KB133768

The Secret Garden 비밀의 화원

The Secret Garden 비밀의 화원

프랜시스 호지슨 버넷 지음 | 천은실 일러스트 | 정지현 옮김

CONTENTS

01

아무도 남지 않았다

메리 레녹스가 고모부와 살기 위해 처음 미셀스와이트 장원 (봉건 사회에서 영주나 사원이 소유하던 넓은 토지-옮긴이)에 온 날, 모두 그렇게 고약하게 생긴 아이는 생전 처음 본다고 생각했다. 정말 그랬다. 조그맣고 야윈 얼굴에 역시 조그맣고 야윈 몸, 숱이 적은 머리, 심술궂은 표정. 인도에서 태어난 메리는 잔병치레가 잦은 터라 머리카락이 누리끼리하고 얼굴색도 노랬다.

영국 정부의 공무원인 메리의 아버지는 일하느라 늘 바쁜 데다 병치레가 잦았다. 한편 굉장한 미인인 메리의 어머니는 사람들과 어울리는 파티에만 관심이 있었다. 딸을 원치 않은 그녀는 메리가 태어나자마자 아야(인도에서 서양인이 부리던 원주민 하녀나 유모를 가리키는 말-옮긴이)에게 맡겨 버렸다. 아야는 마담 사히브

(영국 식민지 시대에 인도 사람들이 영국 부인에게 붙인 존칭으로 '마님'을 의미함 - 옮긴이)의 기분이 상하지 않도록 가능하면 아기를 눈에 띄지 않게 해야 한다는 사실을 잘 알았다. 메리는 병약하고 짜증 많고 못생긴 아기일 적부터 되도록 눈에 잘 띄지 않는 곳에 있어야 했다. 아장아장 걸어 다니던 시절에도 마찬가지였다. 아야나 원주민 하인들 외 다른 사람들은 메리를 보지도 못했다. 메리가 울면 마담 사히브가 화를 냈기 때문에 하인들은 메리의 말이라면 무조건 들어주었다. 그래서 메리는 이미 여섯 살 무렵 그 누구도 말릴 수 없을 만큼 이기적인 폭군이 되어 있었다. 읽기와 쓰기를 가르치러 온 젊은 영국 여자 가정교사가 메리에게 질려 석 달 만에 그만둘 정도였다. 그 뒤로 온 가정교사들은 첫 번째 가정교사보다 더 빨리 그만두었다. 만일 메리가 스스로 책 읽는 법을 알고 싶어 하지 않았다면 아예 글자를 배우지도 못했을 것이다.

메리가 아홉 살쯤 되던 해, 지독하게 더운 어느 날 아침이었다. 메리는 몹시 언짢은 기분으로 잠에서 깼다. 침대 옆에 서 있는 하인이 자기를 돌보는 아야가 아니자 더욱 언짢아졌다.

"왜 네가 있는 거야? 당장 나가. 내 아야를 불러와."

하녀는 겁에 질린 표정으로 아야가 올 수 없다고 더듬거리며 말했다. 메리는 그 말에 노발대발하며 하녀를 마구 때리고 발로 찼다. 하녀는 더욱 겁먹은 얼굴로 아야가 아가씨에게 올 수 없다는 말만 반복할 뿐이었다.

그날 아침은 이상하게도 분위기가 묘했다. 평소대로 되는 일이 하나도 없었다. 원주민 하인 몇 명은 코빼기도 보이지 않는데다 메리의 눈에 띈 하인들은 살금살금 걸어가거나 겁에 질린 흙빛 얼굴로 허둥지둥 뛰어다녔다. 하지만 무슨 일인지 메리에게 설명해 주는 사람은 아무도 없었고 아야도 오지 않았다. 메리는 아침나절 내내 홀로 내팽개쳐져 있었다. 이리저리 돌아다니던 메리는 정원으로 나가 베란다 근처에 있는 나무 아래에서 혼자 놀기 시작했다. 꽃밭을 꾸미기라도 하듯 커다란 진홍색 히비스커스꽃을 꺾어 조그만 흙더미에 꽂았다. 시간이 지날수록 점점 부아가 치밀어 하녀가 돌아오면 무슨 욕을 해줄지 생각하며 혼자 중얼거렸다.

"돼지! 돼지! 돼지 새끼!"

원주민에게 '돼지'라는 말은 가장 심한 욕이었다.

메리가 이를 갈면서 욕지거리를 되풀이하고 있을 때였다. 어머니가 누군가와 함께 베란다로 나오는 소리가 들렸다. 어머니와 같이 있는 사람은 잘생긴 젊은 남자였다. 두 사람은 이상하게 낮은 목소리로 대화를 나누고 있었다. 메리는 아직 소년티를 벗지 못한 그 잘생긴 젊은 남자가 누구인지 알고 있었다. 영국에서 건너온 지 얼마 되지 않은 젊은 장교라고 했다. 메리는 그 남자를 힐끗 쳐다보고는 어머니에게로 눈길을 돌렸다. 사실 메리는 기회가 있을 때마다 어머니에게서 눈길을 떼지 않았다. 왜 냐하면 마담 사히브(메리는 어머니를 주로 그렇게 불렀다.)는 키가 크 고 날씬한 데다 아름다운 얼굴에 언제나 근사한 옷을 입고 있었 기 때문이다. 마담 사히브의 곱슬곱슬한 머리는 비단결 같았고, 자그맣고 예쁜 코는 세상 모든 사람을 업신여기는 듯 당당해 보 였으며, 커다란 눈에는 웃음기가 가득 담겨 있었다. 마담 사히 브는 언제나 얇고 하늘하늘한 옷을 입었다. 메리의 눈에는 '레 이스투성이'처럼 보이는 옷이었다. 그날 아침에 입은 옷은 여느 때보다 더 레이스투성이 같았는데, 웬일인지 마담 사히브의 눈 에는 웃음기가 없었다. 어머니는 두려움이 가득한 커다란 눈으 로 잘생긴 장교의 얼굴을 애원하듯이 올려다보며 말했다.

"그렇게 심각한 상황인가요? 정말 그래요?"

메리에게까지 마담 사히브의 말이 들렸다.

장교가 떨리는 목소리로 대답했다.

"끔찍합니다. 정말로 끔찍해요, 레녹스 부인. 부인은 2주 전 에 산으로 들어가셨어야 합니다."

마담 사히브는 두 손을 꽉 쥐었다.

"아, 나도 알아요! 그 바보 같은 파티에 가느라고 남았던 거예 요. 정말 어리석었어요!"

바로 그때 하인들의 방에서 통곡소리가 터져 나왔다. 마담 사 히브는 장교의 팔을 움켜잡았고, 메리는 머리끝에서 발끝까지 부들부들 떨면서 꼼짝도 할 수 없었다. 통곡소리는 점점 커졌다.

"무슨 일이죠? 대체 무슨 일이에요?"

레녹스 부인이 놀라 숨이 턱 막힌 목소리로 외쳤다.

"누가 죽은 모양이네요. 하인들 중에서 발병했다는 말은 하지 않으셨잖습니까?"

"난 몰랐어요! 같이 가봐요! 어서 가보자고요!"

마담 사히브는 돌아서서 집 안으로 뛰어갔다.

그 끔찍한 일이 일어난 후, 메리는 그날 아침에 왜 그렇게 이상하고 묘한 분위기가 감도는지 알게 되었다. 콜레라가 발병해서 사람들이 파리 떼처럼 죽어 갔던 것이다. 전날 밤 하인들의 방에서 통곡소리가 터져 나온 것도 메리의 아야가 병에 걸려 죽었기 때문이었다. 그날 하루가 지나가기 전에 하인 세 명이 더 죽었고 남은 하인들은 겁에 질려 도망쳤다. 사방은 공포로 가득했고 방갈로마다 사람들이 죽어 나갔다.

다음 날도 사람들이 정신없기는 마찬가지였다. 메리는 놀이방에 숨어들었고 사람들의 관심에서 완전히 잊혔다. 메리를 생각해 주거나 찾는 사람은 아무도 없었다. 밖에서는 메리가 전혀 모르는 일들이 벌어지고 있었다. 메리는 몇 시간 동안 울면서 잠들다가 또 깨서 울다가 잠들기를 반복했다. 사람들이 병에 걸리고, 이상하고 무서운 소리가 들린다는 것밖에는 알 수 없었다. 메리는 살금살금 식당으로 갔다. 식당은 텅 비어 있었지만 식탁 위에는 먹다 만 음식이 놓여 있었다. 사람들이 무슨 이유에선지 의자와 접시를 급하게 밀쳐 내고 간 것처럼 보였다. 메리는 과일과 비스킷을 먹고 목이 말라 꽉 찬 포도주 잔을 입에 갖다 댔다. 포도주는 달콤했다. 포도주가 얼마나 독한지 메리로서는 알 턱이 없었다. 얼마 지나지 않아 졸음이 쏟아지자 메리는 놀이방으로 돌아와 다시 틀어박혔다. 방갈로에서 들려오는 울음소리와 허둥지둥 바쁘게 돌아다니는 걸음소리에 덜컥 겁이 났기 때문이다. 메리는 포도주 기운이 도는지 눈을 뜨지 못할 만큼 졸렸다. 결국 침대에 누워 잠에 곯아떨어졌다.

그사이 많은 일이 일어났다. 하지만 메리는 통곡소리와 방갈로로 무언가를 들여가고 내가는 소리를 듣지 못한 채 깊게 잠만 잤다.

마침내 잠에서 깬 메리는 누운 채로 벽을 빤히 쳐다보았다. 집 안은 적막했다. 이렇게 조용한 적은 처음이었다. 사람들의 목소리도 걸음소리도 들리지 않았다. 콜레라에 걸린 사람들이 전부 다 나은 걸까? 아야가 죽었으니 이제 누가 날 돌봐 줄까? 아마도 새로운 아야가 생기겠지. 새 아야는 어떤 이야기를 알고 있을까? 그렇지 않아도 죽은 아야가 해주던 이야기가 싫증 나던 참인데.

메리는 자기를 돌봐 주는 사람이 죽어도 울지 않았다. 평소 다정한 성격도 아닌 데다 누구를 좋아한 적도 없었다. 하지만

콜레라 때문에 집 안이 온통 시끄럽고 허둥지둥하는 발소리와 울음소리가 들리자 겁이 나기는 했다. 자기가 살아 있다는 사실을 아무도 기억하지 못하는 것 같아 화도 났다. 모두 공포에 질린 나머지, 평소 얄미운 짓만 골라 하는 계집아이 따위는 생각조차 나지 않은 걸까? 사람들은 콜레라에 걸리면 자기밖에 생각하지 못하는 모양인가 보지. 그래도 메리는 콜레라가 잠잠해지면 분명 누군가 자신을 기억하고 찾으러 올 거라고 생각했다.

하지만 아무도 오지 않았다. 메리가 누워 기다리는 동안 집은 더욱 적막해졌다. 매트 위에서 뭔가 부스럭거리는 소리가 들려 내려다보니 작은 뱀 한 마리가 스르르 미끄러져 나와 보석 같은 눈으로 메리를 쳐다보았다. 메리는 겁나지 않았다. 그 작은 뱀이 자기를 해치리라고 생각지 않았다. 뱀은 서둘러 밖으로 나가려고 하는 듯 보였기 때문이다. 그리고 정말로 뱀은 문 아래로 스르르 빠져나갔다.

"정말 이상해. 이렇게 조용하다니. 방갈로에 나하고 뱀밖에 없는 것 같잖아."

바로 그때 정원을 밟는 발자국 소리가 들리더니 베란다 쪽으로 점점 더 가까워졌다. 남자들의 발자국 소리였다. 남자들은 방갈로 안으로 들어와 나직하게 이야기를 나누었다. 마중 나오거나 말을 거는 사람이 없어서 그들은 문을 열고 방 안을 여기저기 들여다보는 것 같았다. 한 남자의 말소리가 들렸다.

"개미 새끼 한 마리 없이 황량하군. 그렇게 예쁜 여인이……아이도 죽었나 봐. 아이가 있다고 들었는데, 아이를 본 사람이 없다는군."

몇 분 후 문이 열렸을 때, 메리는 놀이방 한가운데에 서있었다. 안 그래도 못생기고 심술궂어 보이는 얼굴인데, 배까지 고픈 데다 아무도 자기에게 신경 쓰지 않는다는 게 기분 나빠서 잔뜩 인상을 찌푸린 상태라 평소보다 더 사나워 보였다. 먼저 덩치 큰 장교가 들어와 메리를 봤다. 메리는 그 남자가 예전에 아버지와 이야기 나누는 걸 본 적이 있었다. 지치고 괴로운 기색이 가득한 표정으로 들어오던 그는 메리를 보자마자 어찌나 놀랐는지 펄쩍 뛰었다.

"바니! 여기 애가 있어! 애가 혼자 있다고! 이런 곳에! 맙소사! 도대체 얘가 누구지?"

여자아이가 몸을 꼿꼿하게 곧추세우며 말했다.

"난 메리 레녹스예요."

메리는 아버지의 방갈로를 '이런 곳'이라고 말하다니, 무척 무례하다고 생각했다.

"모두 콜레라에 걸릴 때 잠이 들었는데 이제야 깼어요. 왜 아무도 오지 않아요?"

그 남자가 동료들을 돌아보며 소리쳤다.

"아무도 본 적이 없다는 바로 그 아이야! 모두 까맣게 잊어버린 거로군!"

메리가 발을 동동 구르며 말했다.

"날 까맣게 잊어버렸다고요?"

바니라는 젊은 남자가 측은하게 메리를 바라보았다. 눈물을 감추려고 눈을 깜빡이는 것 같기도 했다.

"가엾은 꼬마야! 올 사람이 아무도 없단다."

바로 그때 이상하고도 갑작스럽게, 메리는 아버지도 어머니도 남아 있지 않다는 사실을 깨달았다. 모두 지난밤에 죽어서 실려 나갔다는 것을. 그리고 살아남은 원주민 하인 몇 명은 아가씨의 존재를 까맣게 잊은 채 허둥지둥 달아났다는 것을. 그래서 집 안이 이렇게 고요했던 것이다. 정말로 방갈로에는 메리와 작은 뱀 한 마리밖에 없었으니까.

02

심술쟁이 메리 아가씨

메리는 멀찌감치 떨어진 곳에서 어머니를 바라보는 것을 좋아했고 어머니가 무척 예쁘다고 생각했다. 하지만 어머니에 대해 아는 것은 별로 없었다. 그래서 어머니를 사랑했다거나 죽은 어머니를 그리워할 수 없었다. 사실 메리는 어머니가 하나도 그립지 않았다. 자기밖에 모르는 메리는 평소와 마찬가지로 자기 생각만 할 뿐이었다. 만약 나이를 좀 먹었다면 세상에 홀로 남겨진 사실에 불안해했을 것이다. 하지만 메리는 어린 데다 항상 사람들의 보살핌을 받았으므로 앞으로도 마찬가지일 거라고 생각했다.

다만 자기가 어떤 사람들에게로 가게 될지 알고 싶었다. 아야나 원주민 하인들처럼 자기에게 공손하고, 마음대로 하게 내버려 둘 사람들이어야만 했다.

우선 메리는 영국인 목사의 집으로 보내졌다. 메리는 자기가 그 집에서 계속 살지 않으리라는 것을 알고 있었다. 메리는 그 집에서 살고 싶지 않았다. 영국인 목사는 가난한 데다 고만고만한 나이의 자식들이 다섯 명이나 있었다. 아이들은 누더기 같은 옷을 입었고 항상 말다툼을 하며 서로 장난감을 빼앗기 위해 싸웠다. 메리는 지저분한 그 집이 정말로 싫었다. 메리가 아이들에게 심술궂게 굴었기 때문에 이틀 정도 지나자 아무도 메리와 놀려고 하지 않았다. 이틀째 되는 날에 아이들이 메리에게 별명을 붙여 주었는데, 메리는 불같이 화를 냈다.

그 별명을 처음 생각해 낸 것은 배질이었다. 배질은 건방져 보이는 파란 눈과 들창코를 가진 조그만 남자아이였다. 메리는 배질이 싫었다. 어느 날 콜레라가 퍼진 날처럼, 메리는 나무 아래에서 혼자 놀고 있었다. 흙더미를 쌓아 정원의 길을 만들고 있었는데, 배질이 옆으로 와서 지켜보았다. 그러더니 흥미를 느꼈는지 갑자기 제안했다.

"거기에 돌을 쌓아 바위 정원을 만들지 그래? 거기 가운데에 말야."

배질은 몸을 숙여 손가락으로 가리켰다.

"저리 가! 난 남자애들이 싫어. 저리 가란 말이야!"

배질은 잠시 화난 듯 보였지만 이내 놀려 대기 시작했다. 평소에도 누나와 동생들을 곧잘 놀리던 배질은 메리 주위를 빙글빙글 돌며 얼굴을 찡그린 채 노래를 부르더니 웃음을 터뜨렸다.

심술쟁이 메리 아가씨,
정원의 꽃이 잘 자라고 있나요?
은종과 조가비, 금잔화가
한 줄로 서있네요.

배질이 계속 노래를 불러 대자 그 노래를 들은 다른 아이들도 웃음을 터뜨렸다. 메리가 화를 낼수록 아이들은 더더욱 '심술쟁이 메리 아가씨' 노래를 불렀다. 그 후로 메리가 그 집에 머무는 동안 아이들은 저희끼리 메리를 말할 때 '심술쟁이 메리 아가씨'라고 불렀고, 메리에게 말을 걸 때도 종종 그렇게 했다.

배질이 말했다.

"이번 주말에 널 집으로 보낸대. 우린 정말 좋아."

"나도 좋아. 그런데 그 집이 어딘데?"

"앤, 집이 어딘지도 모른대!"

배질은 말썽쟁이 일곱 살답게 또 메리를 놀려 댔다.

"당연히 영국이지. 우리 할머니도 영국에 사시고 우리 마벨 누나도 작년에 거기로 갔거든. 하지만 넌 할머니 댁으로 가는 게 아니야. 할머니가 없으니까. 넌 고모부 댁으로 가는 거야. 너희 고모부 이름은 아치볼드 크레이븐이야."

"난 그런 사람 몰라."

"나도 네가 모른다는 걸 알아. 넌 아는 게 하나도 없잖아. 계집애들은 아는 게 없다니까. 난 엄마랑 아빠가 너희 고모부 얘기 하는 걸 들었어. 너희 고모부는 시골에 있는 무지무지 크고 낡은 집에서 산대. 얼마나 심술궂은지 사람들이 자기한테 가까이 오지도 못하게 한대. 하지만 가까이 오라고 해도 아무도 가려는 사람이 없을걸. 너희 고모부는 곱사등이거든. 무시무시하지 않니?"

"난 네 말 안 믿어."

메리는 더 이상 듣고 싶지 않아 고개를 돌리고 양손으로 귀를 틀어막았다.

하지만 나중에 배질이 한 말을 곱씹어 보았다. 그날 밤 크로퍼드 부인이 메리에게 며칠 후면 배를 타고 영국에 있는 고모부에게 가게 된다고 말해 주었다. 고모부의 이름은 아치볼드 크레이븐이고 미셀스와이트 장원에 살고 있다고 했다. 메리가 무표정한 얼굴로 아무런 관심을 보이지 않자 크로퍼드 부부는 몹시 당황했다. 사실 그들은 메리에게 상냥하게 대해 주려고 애썼다. 하지만 메리는 크로퍼드 부인이 키스를 하려고 하면 얼굴을 돌렸고, 크로퍼드 씨가 어깨를 두드려 주어도 몸을 뻣뻣하게 세울 뿐이었다.

나중에 크로퍼드 부인은 메리를 측은하게 여기며 말했다.

"정말 못생긴 아이예요. 제 엄마는 그렇게 예뻤는데. 성격도 정말 사근사근했고요. 메리처럼 밉상인 아이는 생전 처음이에요. 우리 애들이 그 애를 '심술쟁이 메리 아가씨'라고 부르는데, 못된 장난이긴 하지만 누구라도 이해할 수 있죠."

"메리의 엄마가 그 예쁜 얼굴과 사근사근한 성격으로 메리의 방을 좀 더 자주 들락거렸다면 메리도 예쁘게 행동하는 법을 배웠을지도 모르지. 세상을 떠난 그 미인에게 아이가 있다는 사실을 아무도 기억하지 못했다니, 정말 안된 일이야."

크로퍼드 씨의 말에 부인이 한숨을 내쉬면서 말을 이었다.

"그 여자는 저 애를 거의 쳐다보지도 않았을 거예요. 아야가 죽고 저 어린것을 생각해 준 사람이 아무도 없었다니. 하인들이 전부 달아나고 텅 빈 방갈로에 혼자 남아 있었다잖아요. 맥그루 대령은 저 애가 방 한가운데에 혼자 서있는 걸 보고 놀라서 펄쩍 뛰었대요."

메리는 어느 장교 부인의 보살핌을 받으면서 영국까지 기나긴 여행을 했다. 그 부인은 자기 아이들을 기숙사 학교에 보내려고 영국으로 가는 중이었다. 어린 아들과 딸에게 정신이 팔려 있던 그 장교 부인은 런던에 도착해 아치볼드 크레이븐 씨가 보낸 여자를 만나 메리를 넘겨줄 수 있게 되자 몹시 기뻐했다.

메리를 데리러 온 여자는 미셸스와이트 장원의 가정부 메들록 부인이었다. 메들록 부인은 붉은 뺨과 날카롭고 새까만 눈동자를 가진 풍채 좋은 여자였다. 그녀는 진한 자주색 드레스 차림에 술이 달린 검정 비단 망토를 걸치고 검정 보닛(여자들이 쓰는 모자로 턱 아래에서 끈을 매게 되어 있음 - 옮긴이)을 쓰고 있었다. 그녀가 머리를 움직일 때마다 보닛의 벨벳으로 된 자주색 꽃장식이 흔들흔들했다. 메리는 첫눈에 그녀가 마음에 들지 않았다. 하지만 평소 메리가 마음에 들어 하는 사람은 거의 없었으므로 놀랄 만한 일은 아니었다. 게다가 메들록 부인도 메리를 마음에 들어 하지 않는 것이 분명했다.

"맙소사! 정말 못생겼군요! 어머니는 굉장한 미인이었다던데, 그 미모를 전혀 물려받지 못한 것 같네요. 그렇죠, 부인?"

"좀 더 크면 나아지겠죠. 얼굴색이 누르께하고 표정이 상냥하지 못해서 그렇지 생긴 건 괜찮은 편이에요. 어쨌든 아이들은 크면서 많이 변하니까요."

그러자 메들록 부인이 대답했다.

"저 애는 아주 많이 변해야겠어요. 하지만 미셀스와이트는 아이들의 외모에 전혀 도움이 되지 않을 텐데!"

호텔에 온 두 여자는 메리가 듣지 않는다고 생각했다. 두 사람과 떨어진 창가에 서있었기 때문이다. 메리는 지나가는 버스와 택시, 사람들을 쳐다보고 있었지만 두 사람의 말소리를 분명히 들었고, 고모부와 고모부가 사는 집에 호기심이 생겼다. 그 집은 어떤 곳이고 고모부는 어떤 사람일까? 곱사등이가 뭐지? 메리는 곱사등이를 한 번도 본 적이 없었다. 어쩌면 인도에는 없는 모양이었다.

메리는 아야도 없이 남의 집에서 살게 되면서 외로움을 느끼기 시작했고, 지금까지 전혀 해본 적이 없는 이상한 생각을 했다.

'어머니와 아버지가 살아 있을 때조차 나는 왜 한 번도 누구의 자식이라고 느낀 적이 없을까?'

다른 아이들은 자기 어머니와 아버지의 자식인 것이 분명해 보였는데, 메리는 누구의 딸이던 적이 없는 것 같았다. 물론 하인들이 먹고 입을 것은 풍족하게 챙겨줬지만 메리를 진심으로 생각해 주는 사람은 한 명도 없었다. 하지만 당시 메리는 자신이 사람들이 싫어할 만한 아이라는 사실을 몰랐다. 자기가 싫어하는 사람들은 많았지만 자신이 그런 사람이라는 것은 알지 못했다.

메리는 평범한 얼굴에 혈색이 붉고, 멋진 보닛을 쓴 메들록 부인이야말로 지금까지 만나 본 사람들 중에 가장 마음에 안 드는 사람이라고 생각했다.

다음 날 두 사람은 요크셔를 향해 출발했다. 메리는 메들록 부인의 딸처럼 보이기 싫어 되도록 부인과 멀리 떨어져 고개를 빳빳이 들고 역사를 지나 기차 객실로 걸어갔다. 사람들이 자기를 메들록 부인의 딸로 볼 거라는 생각만으로도 화가 날 것 같았다.

하지만 메들록 부인은 메리의 행동이나 생각 따위는 조금도 신경 쓰지 않았다. 그녀는 '아이들이 제멋대로 행동하는 것을 참지 못하는' 여자였다. 적어도 누가 물어본다면 그녀는 그렇게 말했을 것이다. 사실 메들록 부인은 메리를 데리러 런던에 오고 싶지 않았다. 마침 언니인 마리아의 딸 결혼식과 겹쳤기 때문이다. 하지만 미셀스와이트 장원의 가정부 일은 편한 데다 월급도 두둑했다. 그리고 그 일자리를 지키려면 아치볼드 크레이븐 씨의 지시에 따라야 했다.

"레녹스 대령과 그 부인이 콜레라로 죽었다는군. 레녹스 대령은 내 아내의 동생이오. 내가 그 딸의 후견인이니 그 아이를 여기로 데려와야겠소. 부인이 런던으로 가서 데려오시오."

그래서 메들록 부인은 작은 트렁크에 짐을 챙겨 런던으로 온 것이었다.

메리는 객실 한쪽 구석에서 읽을 것도 없고 처다볼 것도 없어서 그저 까만 장갑을 낀 조그맣고 삐쩍 마른 손을 무릎 위에 포개고 앉아 있었다. 까만색 드레스 차림이라 얼굴이 평소보다 더 노르스름해 보였고 힘없는 머리카락이 까만 크레이프 모자 아래로 헝클어져 내려와 있었다. 정말로 못생기고 성질이 고약한 아이처럼 보였다.

메들록 부인은 생각했다.

'나 원 참, 살다가 이렇게 버르장머리 없는 애는 처음이네.'

부인은 아무것도 하지 않고 가만히 앉아 있는 어린아이를 본 적이 없었다. 결국 그녀는 메리를 참을 수 없어 활기차고 거친 목소리로 입을 열었다.

"아가씨가 어디로 가고 있는지 설명해 드려야겠군요. 고모부에 대해서 아는 게 있나요?"

"아뇨."

"아버지나 어머니가 고모부 얘기를 한 번도 하지 않던가요?"

"네."

메리가 찡그린 얼굴로 대답했다. 아버지와 어머니는 자기에게 특별한 일이 없으면 말을 건넨 적이 없다는 사실이 기억났기 때문이다. 정말 메리의 아버지와 어머니는 메리에게 어떠한 이야기도 해준 적이 없었다.

메들록 부인은 이상할 정도로 아무런 반응이 없는 메리의 얼굴을 쳐다보면서 구시렁거렸다.

"흠."

그녀는 잠깐 동안 아무 말도 하지 않다가 다시 입을 열었다.

"마음의 준비를 하려면 미리 알려 주어야 할 것 같군요. 아가씨가 가는 곳은 좀 괴상한 곳이거든요."

메리는 아무런 대꾸도 하지 않았다. 메들록 부인은 무관심이 역력한 메리의 반응이 불편했다. 하지만 심호흡을 한 뒤 계속 말을 이었다.

"그곳은 음울하고 넓은 저택인데, 크레이븐 씨는 자랑스럽게 생각하십니다. 그것만 해도 분위기가 음울하죠. 그 저택은 지어진 지 600년이나 되었고 황무지 끝에 있어요. 방이 100개쯤 되지만 대부분은 문이 잠겨 있고요. 그림이나 오래된 훌륭한 가구도 많고 몇백 년 전부터 내려오는 물건들도 있어요. 저택을 둘러싼 커다란 정원과 뜰도 있고 가지가 바닥까지 늘어진 나무도 있고요."

메들록 부인은 잠시 멈추고 또 숨을 내쉬더니 갑작스럽게 이야기를 끝냈다.

"하지만 그 밖에는 아무것도 없어요."

메리는 자기도 모르게 부인의 이야기에 귀를 기울였다. 인도와는 사뭇 다른 곳 같았다. 새로운 것이 메리의 관심을 끌었다. 하지만 메리는 부인의 이야기에 관심 없는 척했다. 그것은 평소 메리의 못된 성격 중 하나였다. 메리는 그저 가만히 앉아 있었다.

"어떻게 생각하시나요?"

"내가 생각해야 하나요? 난 그런 곳에 대해서는 아무것도 몰라요."

그 말에 메들록 부인의 입에서 짧은 웃음이 터져 나왔다.

"마치 노인 같군요. 관심이 생기지 않나요?"

"내가 관심이 있든 없든 상관없잖아요."

"맞아요. 상관없는 일이지요. 아가씨가 왜 미셀스와이트 장원으로 오게 됐는지 난 몰라요. 아마도 그게 가장 쉽고 간단한 방법이기 때문이겠죠. 어쨌든 주인님은 아가씨한테 신경 쓰지 않으실 거예요. 그건 확실하죠. 그 누구한테도 신경 쓰지 않는 분이니까요."

메들록 부인은 뭔가 생각난 듯 잠시 말을 멈추었다.

"주인님은 등이 굽으셨어요. 그러면서 성격이 괴상해지셨죠. 사실 결혼 전까지도 성격이 좀 삐뚤어서 많은 돈과 넓은 저택도 잘 쓰지 못했죠."

메리는 관심 있는 것처럼 보이지 않으려고 애썼지만 어쩔 수 없이 두 눈이 메들록 부인에게로 향했다. 등이 굽은 사람이 결혼할 수 있다고 생각한 적이 없어 약간 놀랐기 때문이다.

메리의 표정에 나타난 변화를 본 메들록 부인은 평소 말하기 좋아하는 성격답게 더욱 열심히 말을 이어갔다. 어쨌든 시간 때울 일이 필요하기는 했다.

"주인마님은 예쁘고 다정하신 분이었어요. 주인님은 마님을 위해서라면 무엇이든지 해주려고 했지요. 아무도 마님이 주인님과 결혼하리라고 생각하지 않았지만 마님은 주인님과 결혼했어요. 사람들은 돈 때문이라고들 수군댔지만, 그게 아니에요. 그런 게 아니었어요. 그런데 마님이 돌아가시자……."

순간 메리는 자기도 모르게 자리에서 벌떡 일어나서 소리쳤다.

"아니, 죽었다고요?"

메리는 예전에 읽은 적 있는 《곱슬머리 리케》라는 가난한 곱사등이와 아름다운 공주에 관한 프랑스 동화가 떠올랐다. 갑자기 아치볼드 크레이븐 씨가 가엾게 느껴졌다.

메들록 부인의 대답이 이어졌다.

"네, 돌아가셨어요. 그 후로 주인님은 더 괴상해지셨고요. 아무한테도 신경 쓰시지 않아요. 사람들을 만나려고도 하지 않으시고, 늘 저택을 떠나 계시죠. 저택에 머무를 때는 외진 방에 틀어박혀서 피처 씨 외에는 아무도 들이지 않아요. 피처 씨는 나이 많은 집사인데 주인님을 어릴 때부터 돌봐 드려서 주인님을 잘 알거든요."

메들록 부인이 들려준 이야기는 꼭 책에 나오는 이야기 같았다. 하지만 메리는 전혀 즐겁지 않았다. 100개나 되는 방문이 모두 잠긴, 황무지(황무지가 뭔지는 모르겠지만) 끝에 있는 저택이라니. 게다가 사람들을 만나려고 하지 않는 등이 굽은 남자까지! 우울하게만 느껴졌다. 메리는 입을 꼭 앙다문 채 창밖을 내다보았다. 만일 아름다운 부인이 살아 있었다면 저택을 즐거운 분위기로 만들었을 것이다. 메리의 어머니가 '레이스투성이' 옷차림으로 바쁘게 집 안을 들락거리면서 파티에 다닌 것처럼. 하지만 예쁜 부인은 이제 저택에 없다.

"주인님을 만날 거라는 기대는 하지 않는 게 좋아요. 십중팔구 만나지 못할 테니까. 아가씨하고 얘기 나눌 사람들이 있을 거라는 기대도 마세요. 아가씨는 혼자서 놀고 스스로 자신을 돌봐야 해요. 들어가도 되는 방과 가까이 가면 안 되는 방이 어딘지 알려 줄 거예요. 저택에는 뜰이 많아요. 하지만 집 안에 있을 때는 마음대로 돌아다니거나 뒤져서는 안 돼요. 주인님이 허락하지 않으시니까요."

"난 뒤지고 싶은 마음 같은 건 없어요."

메리가 심술궂게 대답했다. 조금 전만 해도 아치볼드 크레이븐 씨가 가엾다는 생각이 들었지만 갑자기 그런 일을 당해도 될 만큼 기분 나쁜 사람이라는 생각이 들었다. 메리는 빗물이 넘쳐 흐르는 유리창으로 고개를 돌린 채 영원히 끝나지 않을 것만 같은 잿빛 폭풍우를 바라보았다. 한참 동안 그러고 있자 잿빛이 점점 짙어지더니 두 눈이 감기고 잠이 쏟아졌다.

03

황무지를 지나서

메리는 오랫동안 잠을 잤다. 메리가 잠에서 깨자 메들록 부인이 어느 역에선지 사둔 점심을 바구니에서 꺼냈다. 두 사람은 닭고기 조금과 차가운 소고기, 빵과 버터, 뜨거운 차를 먹고 마셨다. 빗줄기는 더욱 세차게 변한 모양이었다. 역에 있는 사람들은 전부 비에 젖어서 번들거리는 비옷 차림이었다. 차장이 객실 안 램프에 불을 붙였다. 차와 닭고기, 소고기를 잔뜩 먹은 메들록 부인은 기분이 몹시 좋아져서 금방 곯아떨어졌다. 메리는 자리에 앉아 메들록 부인을 쳐다보았다. 멋진 보닛이 한쪽으로 기울어졌다. 메리는 창문을 두들기는 빗방울 소리를 자장가 삼아 객실 구석에서 다시 잠이 들었다.

메리가 다시 깨어날 때는 몹시 어두웠다. 기차는 어느 역에

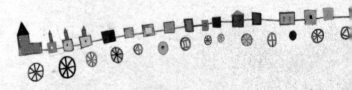

멈추어 있었고, 메들록 부인이 메리를 흔들어 깨웠다.

"또 잠이 들었군요! 이제 일어나야 해요! 스와이트 역이에요. 여기서부터는 마차를 타고 한참 가야 해요."

메들록 부인이 짐을 챙기는 동안 메리는 자리에서 일어나 눈을 뜨려고 애썼다. 메리는 부인을 도우려고 하지 않았다. 인도에서는 언제나 원주민 하인들이 짐을 들고 챙겼으므로 메리는 당연히 시중을 드는 사람과 받는 사람이 따로 있다고 여겼다.

역은 자그마했다. 메리와 메들록 부인 외에 기차에서 내리는 사람은 없는 것 같았다. 역장이

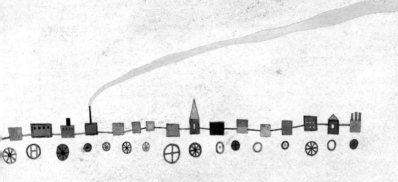

거칠면서도 사람 좋아 보이는 목소리로 메들록 부인에게 말을
걸었다. 발음이 참 기묘했는데, 메리는 나중에야 그것이 요크셔
사투리라는 것을 알았다.

"오시는 길이구먼유. 그 아가씨 데리고 오셨네유."

"그래유, 그 아가씨예유."

메들록 부인도 사투리로 대답하면서 고개를 어깨 너머로 획 돌리고 메리가 있는 쪽을 가리켰다.

"아줌니는 좀 어떠세유?"

"인제 괜찮어유. 밖에 마차가 기다리고 있던디."

조그만 플랫폼 앞으로 난 길에 사륜마차가 서있었다. 마차는 멋졌고 마차에 올라타도록 도와준 하인도 멋졌다. 하인이 입은 기다란 비옷과 모자에 덮어 쓴 방수천은 빗물에 젖어 번들거렸고 빗방울이 뚝뚝 떨어졌다. 덩치 큰 역장은 물론이고 주변의 모든 것이 빗물에 번들거렸다.

하인이 마차 문을 닫고 마부와 함께 앞자리에 올라타자 마차가 출발했다. 메리는 푹신푹신한 쿠션이 있는 구석 자리에 앉았지만 다시 잠들고 싶지는 않았다. 메들

록 부인이 말한 그 이상한 집으로 가는 길에 뭐가 보일까 궁금했기 때문이다. 그런데 평소 겁을 잘 먹지 않던 메리는 갑자기 잠긴 방이 100개나 되는 황무지 끝의 그 집에서 무슨 일이 생길지 모른다는 생각이 들었다.

메리가 별안간 메들록 부인에게 물었다.

"황무지가 뭐예요?"

"10분쯤 있다가 창밖을 보면 알게 될 거예요. 미셸 황무지를 약 8킬로미터쯤 달려야 장원에 도착하거든요. 어두운 밤이라 잘은 보이지 않겠지만 그래도 황무지가 무엇인지 알 수는 있을 거예요."

메리는 더 이상 묻지 않고 어두운 구석 자리에 앉은 채 창밖 풍경에서 시선을 떼지 않으며 기다렸다. 마차에 달린 등불이 앞쪽을 약간 비추었으므로 지나치는 것들을 얼핏 볼 수 있었다. 마차가 기차역을 떠나 작은 마을을 지나는 동안 허옇게 칠한 오두막들과 선술집의 불빛이 보였다. 그다음에는 교회와 목사관이 나왔고, 진열창에 장난감이며 사탕, 자질구레한 물건이 놓인 가게도 지나쳤다. 큰길에 이르자 산울타리와 나무가 보였다. 그러고 나서 한참 동안 새로운 것이 하나도 없는 듯했다. 적어도 메리에게는 굉장히 긴 시간처럼 느껴졌다.

마침내 비탈길을 오르듯 마차의 속도가 줄어들었다. 이제는 산울타리와 나무가 더 이상 없는 것 같았다. 사실 양쪽 모두 짙은 어둠뿐이라 아무것도 보이지 않았다. 그런데 메리가 앞으로 몸을 숙여 창문에 얼굴을 바짝 갖다 댄 순간 마차가 심하게 한 번 덜컹거렸다.

메들록 부인이 말했다.

"아! 이제 확실히 황무지에 들어섰네요."

마차 등불에서 나온 노란 불빛이 울퉁불퉁해 보이는 길을 비추었다. 그 길은 덤불과 키 작은 풀 사이를 뚫고 나있는 것 같았고 마차 주변으로 드넓게 펼쳐진 어둠 속에서 끝났다. 바람이 불어와 거칠고 낮고 기이한 소리를 냈다.

메리가 메들록 부인을 돌아보며 물었다.

"설마, 이게 바다는 아니죠?"

"아니에요. 물론 들판도 아니고 산도 아니죠. 히스꽃이랑 가시금작화, 양골담초 말고는 아무것도 자라지 않는 거친 땅이 몇 킬로미터나 끝없이 펼쳐져 있는 거예요. 야생 조랑말과 양 외에는 아무것도 살지 않아요."

"마치 바다 같아요. 저 위로 물이 있는 것 같아요. 방금 저 소리는 바다 소리랑 똑같아요."

"덤불 사이에서 불어오는 바람 소리예요. 황무지를 좋아하는 사람도 많지만 난 거칠고 무시무시한 곳이라고 생각해요. 히스꽃이 만발할 때는 더더욱 그렇고요."

마차는 계속 어둠 속을 달렸다. 어느새 비가 멈추었지만 바람이 이상한 소리를 내며 세차게 불었다. 길은 오르락내리락했고 마차는 몇 번이나 작은 다리를 건넜다. 다리 아래로는 강물이 세차게 흘렀다. 메리는 마차가 영원히 쉬지 않고 달릴 것 같은 느낌이 들었다. 거대하고 삭막한 황무지는 널따랗고 시커면 바다 같고, 메리는 그 바다 위 한 줄로 난 마른 땅을 지나는 기분이었다.

"여기가 싫어. 싫어."

메리는 얇은 입술을 더욱 세차게 깨물었다.

마차가 가파른 길을 올라갈 때 메리는 처음으로 불빛을 보았다. 메들록 부인도 이내 그 불빛을 보더니 안도의 한숨을 길게 내쉬었다.

"아, 불빛이 깜빡이는 걸 보니 반갑네. 창문에서 나오는 불빛이에요. 잠시 후면 따뜻한 차를 마실 수 있겠군요."

메들록 부인은 '잠시 후'라고 말했지만 마차는 정문을 지나 3킬로미터나 더 달렸다. 나뭇가지가 머리 위로 닿을 듯 늘어져 있어 마치 길고 컴컴한 지하 납골당을 지나는 느낌이었다.

마차는 납골당 같은 곳을 지나 어느새 탁 트인 공간으로 들어서더니 엄청나게 길고 야트막한 집 앞에서 멈추었다. 그 집은 돌로 된 마당에 아무렇게나 들어선 것처럼 보였다. 처음에 메리는 불빛이 새어 나오는 창문이 하나도 없는 줄 알았는데 마차에서 내리니 위층 구석진 방에서 희미한 불빛이 새어 나오고 있었다.

거대한 현관문은 희한한 모양의 커다란 떡갈나무 판자로 되어 있었고 커다란 쇠못이 박혀 있는 데다 묵직한 쇠 빗장이 걸려 있었다. 문이 열리자 어마어마하게 넓은 화랑이 나타났다. 불빛이 어두침침해서 메리는 벽에 걸린 초상화 속 얼굴과 갑옷을 입은 인물상을 쳐다보고 싶은 마음이 들지 않았다. 돌로 된 바닥에 서있는 메리는 아주 조그맣고 기이한 새까만 물체처럼 보였다. 메리 스스로도 자신이 보잘것없고 외로운, 길 잃은 아이가 된 기분이 들었다.

문을 열어 준 하인 옆에는 말쑥하고 호리호리한 노인이 서 있었다. 노인이 쉰 목소리로 말했다.

"아가씨를 방으로 데려가시오. 주인님은 아가씨를 만나고 싶어 하지 않으시니까. 주인님은 아침에 런던으로 떠나실 거요."

메들록 부인이 대답했다.

"알겠습니다, 피처 씨."

"메들록 부인, 당신이 할 일은 주인님이 방해받고 싶어 하지 않는다는 것과, 만나고 싶지 않은 사람은 만나지 않는다는 사실을 명심시키는 거요."

메들록 부인은 메리를 데리고 널찍한 층계참으로 가더니 기다란 복도로 내려간 후 짧은 계단을 올라갔다. 그러고는 계속해서 나오는 복도를 걷다가 벽에 있는 문 하나를 열었다. 메리는 그 방으로 들어갔다. 난로가 피워져 있었고 테이블에는 저녁 식사가 놓여 있었다.

메들록 부인이 무뚝뚝하게 말했다.

"자, 도착했네요! 아가씨는 이 방과 옆방에서 지낼 거예요. 두 방에서만 지내야 합니다. 명심하세요!"

이렇게 메리는 미셀스와이트 장원에 도착했다. 메리가 살면서 이토록 심술궂은 기분이 들기는 처음이었다.

04

하녀 마사

다음 날 아침, 메리는 시끄러운 소리에 눈을 떴다. 어린 하녀가 벽난로에 불을 지피기 위해 그 앞에 놓인 깔개에 무릎을 대고 앉아 재를 긁어내고 있었다. 메리는 잠시 누운 채로 하녀를 바라보다가 방 안을 둘러보기 시작했다.

이렇게 생긴 방은 생전 처음이었다. 묘하고 음산한 방이었다. 벽에는 숲의 모습이 수놓인 태피스트리(여러 가지 색실로 그림을 짜넣은 직물. 벽걸이나 가리개 등 실내 장식품으로 쓰임 - 옮긴이)가 둘러져 있었다. 나무 아래에는 한껏 멋을 부린 사람들이 있고 저 멀리 성의 작은 탑이 어렴풋하게 보이는 그림이었다. 사냥꾼과 말, 개, 부인들도 그려져 있었다. 메리는 마치 그들과 함께 숲속에 있는 듯한 기분이 들었다. 창문 밖으로는 길게 뻗은 오르막길이 보였다. 나무 한 그루 없이 자줏빛이 도는 끝없고 단조로운 바다처럼 보였다.

메리가 창밖을 가리키며 물었다.

"저게 뭐야?"

자리에서 막 일어선 어린 하녀 마사는 창밖을 보며 똑같이 손짓을 했다.

"저거 말이에유?"

"그래."

마사는 사람 좋아 보이는 웃음을 지으며 대답했다.

"황무지인데유, 아가씨 맘에 드세유?"

"아니. 싫어."

"처음 보는 거라 그래유. 지금은 무지허게 넓기만 허고 아무것두 없어 보이지만 좋아허게 될 거예유."

"넌 좋아해?"

마사가 기분 좋은 표정으로 벽난로에서 재를 긁어내며 대답했다.

"그래유. 지는 황무지 좋아해유. 무쟈게 좋아유. 아무것도 없는 게 아녀유. 식물들이 자라는 계절이 오면 좋은 냄새가 나는 것들루 뒤덮여유. 봄, 여름에 가시금작화랑 양골담초랑 히스꽃이 피면 참말 이쁘지유. 꿀처럼 달코롬한 냄새가 나고 공기도 싱그럽구유. 하늘은 높고 꿀벌이랑 종달새가 듣기 좋게 노래를

불러유. 아유, 지는 무슨 일이 있어두 황무지에서 떨어져 살구
싶지 않네유.”

메리는 심각하고 어리둥절한 표정으로 마사의 말을 들었다.
인도의 원주민 하인들은 전혀 저렇지 않았다. 고분고분하게 말
을 잘 들었고, 마치 주인과 동등하기라도 한 것처럼 주인에게
말을 거는 일도 없었다. 그들은 살람(이슬람교에서 오른손을 이마에
대고 허리를 굽혀 하는 인사 – 옮긴이)을 했고 주인을 ‘가난한 이들의
수호자’ 같은 이름으로 불렀다. 인도의 하인들은 무엇을 하라고
명령을 받았지 해달라는 부탁을 받지는 않았다. 하인들에게 “부
탁해!”나 “고마워!”라고 말할 필요도 없었다. 심지어 메리는 화
가 날 때마다 아야의 얼굴을 후려치기도 했다. 문득 메리는 이
하녀가 뺨을 얻어맞으면 어떻게 나올지 궁금했다. 동그랗고 혈
색 좋은 얼굴을 가진 하녀는 사람이 유순해 보이면서도 어딘가
당차게 보였다. 메리는 어린아이가 뺨을 때리면 마사도 되받아
칠지 궁금해졌다.

메리는 베개를 벤 채로 약간 거만하게 말했다.

“넌 이상한 하녀구나.”

마사는 시커먼 솔을 들고 일어나 웃음을 터뜨렸다. 전혀 화난
것처럼 보이지는 않았다.

“아, 지두 알어유. 미셀스와이트에 마님이 계셨다면 지는 여
그서 일허지 못했을 거예유. 부엌에서 일허는 하녀는 될 수 있

었을지두 모르지만 위층에는 얼씬도 못했겠지유. 지는 품위도 없구 사투리를 무지허게 많이 쓰니께유. 근디 이 집은 엄청 크기는 허지만 웃겨유. 주인 나리도 마님도 없구 피처 씨랑 메들록 부인만 있는 거 같아유. 주인 나리는 거의 집에 안 계시거든유. 집에 계실 때두 원체 아무 데두 신경을 안 쓰시구유. 메들록 부인이 친절허게두 지한테 일자리를 주셨지유. 다른 저택 같으믄 지한테 일자리를 주지 못했을 거라구 메들록 부인이 그러시대유."

메리는 인도에서 하던 대로 여전히 거만하게 물었다.

"네가 내 하녀가 되는 거야?"

마사는 다시 솔로 벽난로 받침대를 문지르기 시작했다.

"지는 메들록 부인의 하녀예유. 메들록 부인은 크레이븐 씨의 하녀구유. 그래도 지는 위층에서 일하는 하녀니께 아가씨 시중도 쬐끔 들어드려야 하지유. 허지만 아가씨는 별루 시중들 일이 필요허지 않을 거예유."

메리가 물었다.

"내 옷은 누가 입혀 주지?"

마사는 깜짝 놀라 자리에서 일어나 메리를 뚫어져라 쳐다보며 사투리로 말했다.

"흐미, 혼저 옷두 못 입어유? 오메, 망측혀라!"

"무슨 말이야? 네 말 못 알아듣겠어."

"아, 깜빡했네유. 메들록 부인이 아가씨가 제 말을 알아듣지 못할 거라고 조심하라고 했는디. 그러니께 지 말은 아가씨, 혼자서는 옷을 못 입냐구유?"

그 말에 메리는 화가 났다.

"못 입어! 한 번도 혼자서 입어 본 적 없어. 언제나 아야가 입혀 줬단 말이야."

마사는 자기가 건방지다는 사실을 조금도 알지 못하는 것이 분명해 보였다.

"아이구, 인제부팀 배워야겠네유. 나이가 더 어려질 수는 없잖아유. 조금이라두 혼자 허는 게 아가씨한테두 좋을 거구면유. 우리 엄니는 부잣집 자식들이 왜 바보가 안 되는지 용허다구 해유. 유모가 씻겨 주지 옷두 입혀 주지 강아지처럼 밖에두 데리구 나가는데도 말이에유."

메리는 참지 못하고 무시하는 투로 쏘아붙였다.

"인도는 여기랑 달라."

하지만 마사는 조금도 기세가 꺾이지 않았다. 오히려 이해한다는 투였다.

"아, 당연히 다르겠지유. 지가 감히 말하겠는디 그건 인도에 점잖은 백인보다 깜둥이들이 많기 때문이에유. 아가씨가 인도에서 온다는 말을 듣구 지는 아가씨도 깜둥이일 거라구 생각했다니께유."

메리는 화가 치밀어 침대에서 벌떡 일어나 앉았다.

"뭐야! 뭐라고! 내가 원주민이라고 생각했단 말이야. 그렇다면 넌 돼지 새끼야!"

마사는 메리를 빤히 쳐다보았다. 화가 난 것처럼 보였다.

"왜 욕을 한대유? 화낼 필요 없어유. 숙녀가 고런 못된 말을 쓰믄 안 되지유. 지는 깜둥이들을 하나두 나쁘게 생각 안 해유. 책을 읽어 보믄 깜둥이들이 신앙심이 깊다고 나오거든유. 지는 지금꺼지 한 번두 깜둥이를 본 적이 읎어서 인제 가까이서 보겠구나 생각허니 기뻤다구유. 그런데 오늘 아침에 아가씨 방으루 불을 떼러 와서는 침대루 가서 이불을 들추고 아가씨 얼굴을 들여다보니 하나두 시꺼멓지가 않더라구유. 지보다 누리끼리하기는 하지만유."

메리는 분노와 모욕감을 억누르지 못하고 소리쳤다.

"내가 원주민인 줄 알았다 이거지! 어디서 감히! 넌 원주민들에 대해 아무것도 몰라! 걔네들은 사람이 아니란 말이야! 주인한테 살람을 해야만 되는 하인들이라고! 넌 인도에 대해서 아무것도 몰라. 아는 게 하나도 없는 주제에!"

메리는 화가 머리끝까지 났다. 하지만 자기를 빤히 쳐다보기만 하는 마사의 얼굴을 보니 힘이 쭉 빠졌다. 자기가 알고 자기를 아는 모든 것으로부터 너무나 멀리 떨어져 있다는 생각에 갑자기 외로움이 밀어닥쳤다.

메리는 베개에 얼굴을 던지고 흐느끼기 시작했다. 메리가 어찌나 서럽게 흐느끼던지 사람 좋은 요크셔 아가씨 마사는 약간 겁도 났고 몹시 메리가 불쌍하다고 생각했다. 마사는 침대로 다가가 몸을 숙였다.

"아이구, 그만 울어유! 울면 안 돼유. 아가씨가 이렇게 화를 낼 줄 몰랐어유. 아가씨 말대루 지는 아는 게 하나두 읎어유. 미안해유, 아가씨. 그만 울어유."

마사의 요상한 사투리와 당찬 모습에는 왠지 편안하고 다정한 느낌이 묻어 나와서 메리의 마음이 조금씩 풀어졌다. 서서히 메리의 울음이 잦아들더니 완전히 멈추었다. 마사는 안심했다.

"인제 일어날 시간이구먼유. 메들록 부인이 아침밥이랑 차랑 저녁밥을 옆방에다 갖다 주라구 했어유. 옆방은 아가씨가 쓸 놀이방이에유. 일어나믄 지가 옷 입는 걸 도와줄게유. 단추가 뒤에 달려 있으믄 혼자 잠글 수 없으니께."

메리가 침대에서 일어나자 마사가 옷장에서 옷을 가져왔다. 그런데 그 옷은 메리가 지난밤에 메들록 부인과 이 집에 올 때 입고 온 옷이 아니었다.

"이건 내 옷이 아니야. 내 옷은 까만색이야."

메리는 도톰한 모직 코트와 드레스를 살펴보고는 쌀쌀맞게 말을 덧붙였다.

"내 옷보다 괜찮긴 하네."

"아가씨는 이 옷을 입어야 돼유. 주인 나리 분부대로 메들록 부인이 런던까지 가서 사온 거래유. 주인 나리는 '어린애가 유령처럼 검은 옷을 입고 집 안을 돌아다니는 꼴은 못 봐. 그러면 실제보다 더 슬픈 집이 될 테니까. 색깔 있는 옷을 입히시오.'라고 하셨어유. 우리 엄니는 그 말이 뭔 뜻인지 알겠다구 하시대유. 엄니는 사람들 말을 항시 잘 알아들으시거든유. 우리 엄니도 꺼먼 옷은 절대 안 입어유."

메리가 말했다.

"나도 까만 건 싫어."

마사가 메리의 옷을 입혀 주는 과정은 두 사람 모두에게 뭔가를 깨닫게 해주었다. 마사는 어린 여동생들과 남동생들의 '단추'를 채워 준 적은 있지만 마치 손발이 없는 것처럼 꼼짝도 하지 않고 서서 남이 전부 다 해주기를 기다리는 아이는 생전 처음 보았다.

메리가 아무 말 없이 발을 내밀자 마사가 말했다.

"구두는 아가씨가 신지 그래유?"

메리는 마사의 얼굴을 빤히 쳐다보며 대답했다.

"아야가 신겨 줬어. 그게 관습이었어."

메리는 "그게 관습이었어."라는 말을 자주 했다. 원주민 하인들이 언제나 하는 말이었다. 그들은 만일 누군가가 조상들이 1000년 동안 하지 않은 일을 하라고 시키면 상대방을 부드러운 표정으로 쳐다보면서 "그건 관습이 아닙니다."라고 말했고 상대방도 더는 그 문제에 대해서 말하지 않았다.

메리 아가씨가 인형처럼 가만히 서있지 않고 다르게 행동한다면 그것은 관습에 어긋나는 일이었다. 하지만 메리는 아침 먹을 준비가 끝나기도 전에 한 가지 의심이 들기 시작했다. 미셀스와이트 장원에서의 생활은, 직접 구두와 양말을 신는다거나 바닥에 떨어뜨린 물건을 줍는 등 지금까지 한 번도 해보지 않은 일들을 스스로 하는 법을 배우느라 끝나 버릴지도 모르겠다는 생각이었다.

만일 마사가 젊은 귀부인의 잘 훈련받은 하녀라면 좀 더 고분고분하게 말을 잘 들었을 테고, 메리의 머리를 빗겨 주거나 장화의 단추를 채워 주거나 떨어진 물건을 줍고 치우는 일이 전부 자기가 할 일임을 알았을 것이다. 그러나 마사는 훈련이라고는 조금도 받지 못한 요크셔 촌뜨기였고 어린 동생들이 바글바글한 황무지의 오두막에서 자랐다. 마사의 동생들은 제 할 일을 알아서 하지 않는다는 것을 꿈도 꾸지 못했다. 안아 주어야 하는 갓난아기나 이제 막 아장아장 걷는 법을 배워 여기저기에 걸려 넘어지는 동생들을 돌보는 일도 당연하게 받아들였다.

만일 메리 레녹스가 평소 잘 웃는 아이였다면 마사의 수다에 웃음을 터뜨렸을 것이다. 하지만 메리는 시큰둥하게 흘려들을 뿐 마사의 허물없는 태도를 의아하게 여겼다. 이렇듯 처음에는 전혀 관심이 없었지만 차차 메리는 사람 좋고 수수하게 재잘대는 마사의 이야기에 귀 기울이기 시작했다.

"아이구, 아가씨가 우리 동상들을 봐야는디! 애들이 열둘이나 되는디 아부지는 일주일에 16실링밖에 못 벌어유. 엄니는 그 돈으루 온 식구가 배곯지 않게 하시구유. 동상들은 온종일 황무지에서 뒹굴며 놀아유. 엄니는 황무지가 갸들을 살찌게 한다구 해유. 갸들이 황무지에 사는 망아지처럼 풀을 뜯어 먹는다구 생각하시지유. 우리 디콘은 열두 살인디 지 망아지가 있어유."

메리가 물었다.

"어디서 난 건데?"

"황무지에서 지 어미랑 있는 걸 발견했어유. 그때 망아지가 새끼였는디 디콘이 망아지랑 친해져서 빵 부스러기도 주구 연한 풀두 뜯어다 주구 그랬지유. 그러다 보니께 망아지두 디콘을 좋아혀서 졸졸 따라댕기구 등에 태워두 주구 그래유. 우리 디콘은 친절한 애라 동물들이 전부 갸를 좋아하지유."

메리는 지금까지 한 번도 애완동물을 가진 적이 없지만 꼭 한 번 키워 보고 싶다는 생각은 했다. 그래서 디콘에게 약간 관심을 갖기 시작했다. 지금까지 자기가 아닌 다른 사람에게 관심을 가진 적이 없어서 바람직한 감정의 시작이라고 할 수도 있었다.

놀이방으로 꾸민 방은 간밤에 잔 방과 크게 다르지 않았다. 음산한 분위기를 풍기는 오래된 그림이 벽에 걸려 있고 묵직한 느낌의 낡은 떡갈나무 의자가 놓여 있어 아이 방이 아니라 어른 방 같았다.

방 가운데 놓인 테이블에는 아침밥이 푸짐하게 차려져 있었다. 하지만 메리는 식욕이 있던 적이 별로 없었다. 그래서 마사가 첫 번째 접시를 앞으로 가져올 때도 시큰둥한 표정이었다.

"먹기 싫어."

마사가 깜짝 놀라 소리쳤다.

"오트밀을 먹기 싫다구유!"

"싫어."

"이게 얼마나 맛있는지 아가씨가 몰러서 그래유. 당밀을 쬐금 올리든가 설탕을 쳐봐유."

메리는 똑같은 말을 되풀이할 뿐이었다.

"먹기 싫다니까."

"아이구! 이렇게 좋은 음식들을 버리믄 쓰나유. 우리 동상들 이라믄 5분도 안 돼서 깨끗하게 먹어 치울 텐디."

메리가 차가운 말투로 물었다.

"어째서?"

"어째서라니유! 그야 먹을 게 부족허니께 그렇지유. 우리 동 상들은 평생 배불리 먹어 본 적이라고는 없어유. 매랑 여우 새 끼처럼 항시 배가 고프지유."

메리가 이해할 수 없다는 냉담한 태도로 말했다.

"난 배고픈 게 뭔지 몰라."

순간 마사는 화가 난 것처럼 보였다.

"아가씨두 배고픈 게 뭔지 한번 느껴야겠구먼유. 분명 도움이 될 거예유. 난 빵허구 고기를 앞에 놓고 멀뚱멀뚱 쳐다보기만 허는 사람은 두고 볼 수 없어유. 맙소사! 이것들을 싸가지구 갈 수 있다믄 디콘이랑 필이랑 제인이랑 우리 동상들이 을마나 좋아헐까."

메리가 제안했다.

"네 동생들한테 갖다 주지 그래?"

하지만 마사는 단호하게 대답했다.

"제 물건이 아니잖아유. 그리구 오늘은 쉬는 날도 아니구유. 한 달에 하루씩 쉬거든유. 쉬는 날은 집에 가서 엄니는 쉬라구 허구 지가 대신 집 안 구석구석을 청소해유."

메리는 차를 조금 마시고 잼을 바른 구운 빵도 조금 먹었다.

마사가 말했다.

"따뜻허게 챙겨 입구 밖에 나가 놀아유. 그럼 몸에도 좋구 배두 고파져서 고기를 먹을 수 있을 거예유."

메리는 창밖을 바라보았다. 정원과 길, 커다란 나무가 눈에 들어왔지만 전부 암울하고 춥게만 보였다.

"밖에 나가라고? 왜 이런 날 밖에 나가야 되는데?"

"밖에 안 나가믄 온종일 방 안에 틀어박혀 있어야 헐 텐디 뭘 할 건데유?"

메리는 마사를 힐끔 쳐다보았다. 정말로 할 만한 일이 하나도 없었다. 메들록 부인은 놀이방을 꾸미면서 재미있는 놀이에 대한 생각은 전혀 하지 않은 모양이었다. 차라리 밖으로 나가 정원이 어떻게 생겼는지 둘러보는 편이 나을 것 같았다.

"누구랑 같이 가지?"

마사는 메리를 빤히 쳐다봤다.

"아가씨 혼자 가야쥬. 아가씨는 형제자매가 하나두 없는 애들처럼 혼자 노는 법을 배워야 해유. 우리 디콘은 혼자 황무지로 나가서 몇 시간이고 놀아유. 그래서 망아지랑두 친해진 거구유. 황무지에 가믄 디콘을 알아보는 양도 있구 디콘이 손에 먹이를 놓구 내밀믄 날아와서 먹는 새들도 있어유. 먹을 게 아무리 적어두 디콘은 동물 친구들헌티 줄 빵 부스러기를 냄겨 두니께유."

메리는 스스로 알아차리지 못했지만 또 디콘의 이야기를 듣고는 밖에 나가기로 결심했다. 밖에 나가면 망아지나 양은 몰라도 새는 볼 수 있으리라. 이곳의 새는 인도와는 다를 테니 쳐다보기만 해도 재미있을 것 같았다.

마사는 메리에게 코트와 모자, 튼튼해 보이는 부츠를 가져다주면서 아래층으로 내려가는 길을 알려 주었다.

마사가 빽빽이 서있는 관목 사이로 난 문을 가리키며 말했다.

"저짝으로 돌아가믄 뜰이 나올 거구면유. 여름에는 꽃이 잔뜩 피는디 시방은 하나두 없지유."

마사는 잠시 망설이는 듯하다 덧붙였다.

"뜰 하나는 잠겨 있어유. 10년 동안 들어간 사람이 한 명두 없구유."

메리는 자신도 모르게 물었다.

"왜?"

100개나 되는 방이 잠긴 걸로도 모자라 뜰까지 잠겨 있다니, 정말 이상한 집이었다.

"마님이 갑자기 돌아가신 뒤 주인 나리가 잠가 버리셨어유. 아무도 못 들어가게유. 마님의 뜰이었거든유. 문은 잠가 버리구 열쇠를 땅에 파묻어 버리셨어유. 아이구, 메들록 부인이 부르는 종소리네유. 지는 가봐야겠어유."

마사가 가버린 후 메리는 관목 사이에 난 문으로 통하는 길을 따라 걸었다. 10년 동안 아무도 들어가 보지 않은 뜰이 자꾸 머릿속에 떠올랐다. 어떻게 생긴지, 아직도 꽃이 살아 있는지 궁금했다.

관목 사이로 난 문을 지나자 눈앞에 커다란 뜰이 나타났다. 넓은 잔디밭과 가장자리를 깔끔하게 다듬은 산책로가 구불구불하게 나있는 뜰이었다. 나무와 꽃밭도 있고 이상한 모양으로 다듬은 상록수도 있고 한가운데에 낡은 회색 분수가 놓인 커다란 연못도 있었다. 하지만 꽃밭은 텅 비어 쓸쓸하기 짝이 없었고 분수에서는 물이 뿜어져 나오지 않았다. 이곳은 문이 잠겼다는 그 뜰이 아니었다. 어떻게 뜰이 잠겨 있을 수 있단 말인가? 뜰은 언제든지 그냥 걸어 들어갈 수 있는 곳이 아닌가?

메리가 이런 생각에 잠겨 있을 때였다. 메리가 걷고 있는 길 끝에 담쟁이덩굴로 뒤덮인 기다란 담이 보이는 것 같았다. 영국 사정에 익숙하지 않은 메리는 거기에 채소와 과일을 키우는 텃밭이 있다는 사실을 알지 못했다. 담 쪽으로 가까이 다가가 보니 담쟁이덩굴 사이로 초록색 문이 있었다. 문은 열려 있었다. 여기도 닫힌 뜰은 아니었다.

메리는 안으로 들어갔다. 그곳은 사방이 담으로 둘러싸인 뜰이었고 담에 난 문을 통해서 다른 뜰로 계속 이어졌다. 그곳에는 또 다른 초록색 문이 열려 있었고, 열린 문틈으로 덤불과 겨울 채소를 심어 놓은 고랑 사이에 좁게 난 길이 보였다. 담에 붙어 자란 과일나무들은 납작하게 다듬어져 있었고 어떤 고랑 위에는 유리로 온상이 만들어져 있었다. 메리는 휑하고 흉측한 곳이라고 생각하며 멈춰 서서 주변을 둘러보았다. 푸릇푸릇한 여름에는 좀 봐줄 만하겠지만 지금은 예쁜 구석이라고는 전혀 없었다.

잠시 후 어깨에 삽을 짊어진 노인이 두 번째 뜰에서 이어지는 문으로 들어왔다. 노인은 메리를 보고 깜짝 놀라는가 싶더니 이

내 모자로 손을 가져갔다. 쭈글쭈글하고 무뚝뚝한 표정의 노인은 메리가 반갑지 않은 것 같았다. 메리 역시 노인의 뜰이 마음에 들지 않는 데다 평상시의 '심술궂은' 표정을 하고 있어 노인을 반기지 않기는 마찬가지였다.

메리가 물었다.

"여긴 뭐하는 곳이야?"

노인이 대답했다.

"텃밭이쥬."

메리가 초록색 문 안쪽을 가리켰다.

"저건 뭐야?"

"거기두 텃밭이구유. 담 반대편도 텃밭이구 그 반대편에는 과수원이 있어유."

"들어가 봐도 돼?"

"들어가고 싶으면유. 허지만 볼 건 하나두 없슈."

메리는 대답은 하지 않은 채 쭉 걸어가 두 번째 초록 문으로 들어갔다. 거기에도 담과 겨울 채소와 유리 온상이 있었다. 어쩌면 여기에서 10년 동안 아무도 들어가지 않은 뜰로 이어질지도 몰랐다. 메리는 겁과는 거리가 먼 아이였고 항상 자기가 하고 싶은 대로 하면서 살았기 때문에 이번에도 전혀 망설이지 않고 초록 문으로 다가가 손잡이를 돌렸다. 메리는 문이 열리지 않기를 바랐다. 신비한 뜰을 직접 찾고 싶었으니까. 하지만 메리의 바람과 달리 문은 너무 쉽게 열렸다.

안으로 들어가자 과수원이 나왔다. 사방이 담으로 둘러싸여 있고 담 가까이에는 손질된 나무들이 있었다. 겨울을 맞아 갈색으로 변한 잔디밭 위로 휑한 과일나무들이 서있었는데 초록 문은 어디에도 보이지 않았다.

초록 문을 찾아 끝으로 걸어간 메리는 담이 과수원에서 끝나지 않고 이어진다는 것을 알아차렸다. 반대편에 있는 어떤 공간을 에워싸고 있는 것 같았다. 담 위로 삐죽 솟아난 나무들이 보였다. 걸음을 멈춰 보니 가슴에 진홍색을 띤 새 한 마리가 나무 맨 꼭대기에 앉아 있는 것이 보였다. 새가 메리를 보고 부르는 것만 같았다.

경쾌하고 상냥한 지저귐 소리를 듣고 있자니 메리는 기분이 좋아졌다. 아무리 성질 고약한 아이라 해도 때로 외로움을 느낄 수 있다. 엄청나게 크기만 하고 삭막한 집, 휑한 황무지, 텅 빈 뜰까지 메리를 세상에 홀로 남겨진 기분이 들게 만들었다. 만일 평소 사랑받는 일에 익숙한 아이라면 마음이 찢어질 듯 아팠을 것이다. 비록 '심술쟁이 메리 아가씨'라 해도 외로운 것은 마찬가지였지만.

그런데 진홍색 가슴털을 가진 조그만 새는 메리의 뚱한 얼굴에 미소를 피어오르게 만들었다. 메리는 새가 날아갈 때까지 새소리에 귀 기울였다. 인도의 새들과는 다른 그 새가 마음에 들었고, 또 볼 수 있을지 궁금했다. 어쩌면 그 새는 신비한 뜰에 살고 있고 그 뜰에 관해 전부 알고 있는지도 몰랐다.

메리가 계속 그 신비한 뜰이 생각나는 이유는 달리 할 일이 없어서일 수도 있었다. 어쨌든 메리는 그 뜰이 궁금했고 어떻게 생긴지 보고 싶었다. 아치볼드 크레이븐 고모부는 왜 열쇠를 땅에 묻었을까? 사랑하던 아내의 뜰을 왜 그렇게 싫어했을까?

메리는 앞으로 고모부를 만날 일이 있을지 궁금했다. 하지만 만난다고 해도 고모부가 마음에 들지 않을 게 분명했고 고모부도 자기를 좋아하지 않을 게 분명했다. 왜 그런 이상한 짓을 했는지 물어보고 싶은 마음은 굴뚝같지만 막상 고모부 앞에 서면 아무 말도 못하고 쳐다만 보고 있으리라.

"사람들은 날 싫어하고 나도 사람들이 싫어. 난 크로퍼드 아주머니네 애들처럼 지낼 수 없어. 말이 많고 항상 웃고 떠드는 걔네처럼 못 지낸다고."

메리는 아까 자기에게 노래를 불러 주는 것 같던 새를 떠올렸다. 새가 나무 꼭대기에 앉아 있던 모습이 떠오르자 갑자기 걸음을 멈추었다.

"그 나무는 비밀의 뜰에 있을 거야. 확실해. 거기에는 담이 하나 있고 문이 없었어."

처음으로 들어갔던 텃밭으로 돌아가니 노인이 땅을 파고 있었다. 메리는 노인의 옆으로 다가가 쌀쌀맞게 잠시 동안 지켜보

앗다. 하지만 노인이 아는 체도 하지 않자 결국 메리가 먼저 말을 걸었다.

"다른 뜰에 갔다 왔어."

노인이 무뚝뚝하게 대답했다.

"못 갈 이유는 없지유."

"과수원에 갔었어."

"문 앞에 아가씨한테 덤빌 개도 없으니께유."

"다른 뜰로 이어지는 문이 없었어."

노인이 땅 파던 일을 잠시 멈추고 거친 목소리로 물었다.

"무슨 뜰 말이래유?"

메리가 대답했다.

"담 반대편에 있는 뜰 말이야. 거기 나무들이 있어. 나무 꼭대기가 솟아나온 걸 내가 봤거든. 가슴이 붉은 새 한 마리가 거기 앉아서 노래를 불렀어."

놀랍게도 무뚝뚝하고 햇볕에 그을린 쭈글쭈글한 노인의 얼굴 표정이 변했다. 미소가 찬찬히 퍼진 노인의 얼굴은 아까와 많이 달라 보였다. 그 얼굴을 본 메리는 미소가 사람의 얼굴을 저렇게나 좋게 바꿔 주다니 정말 신기하다고 생각했다. 전에는 그런 생각을 한 번도 해본 적이 없었다.

노인은 과수원 쪽으로 몸을 돌리더니 휘파람을 불었다. 낮고 부드러운 소리였다. 메리는 무뚝뚝한 노인이 어쩜 저렇게 부드러운 소리를 내는지 신기했다.

휘파람이 울려 퍼지자 정말로 신기한 일이 벌어졌다. 바람을 가르는 자그마한 날갯짓 소리가 들려왔다. 가슴이 붉은 바로 그 새가 날아오는 것이었다. 새는 노인의 발에서 약간 떨어진 차가운 땅 위에 내려앉았다.

"여기 왔네유."

노인은 껄껄 웃더니 마치 어린아이에게 하듯 새에게 말을 걸었다.

"요 까불이 녀석, 어디 갔었냐? 어제까지 안 보이더니 벌써 짝짓기를 하려고 나선 게야? 성질머리도 급하지."

새는 조그만 머리를 한쪽으로 기울이고 이슬방울처럼 반짝이는 눈으로 노인을 올려다보았다. 노인과 꽤 친숙한 듯 노인을 전혀 무서워하지 않았다. 그러고는 씨앗이나 벌레를 찾아 요리조리 바쁘게 움직이며 땅을 콕콕 쪼아 댔다. 마치 사람인 것처럼 너무나 어여쁘고 기운 넘치는 그 모습을 보니 메리의 가슴에서 이상한 감정이 일었다. 새는 몸통이 포동포동하고 부리는 섬세하며 다리는 늘씬했다.

메리가 속삭이듯 조그맣게 물었다.

"부르면 항상 오는 거야?"

"그럼유. 나하구는 새끼 때부텀 알았으니께. 저짝 뜰에 있는 둥지에서 태어났는디 첨에 담을 타고 날아왔쥬. 근디 몸이 너무

약혀서 며칠이나 날아가지 못했어유. 그 사이에 친해졌쥬. 이눔이 도로 저짝 담 너머로 날아갔을 때는 식구들이 전부 다른 디로 가버린 뒤였고유. 외로우니께 나한티 도로 왔지유."

"이거 무슨 새야?"

"아이구, 아가씨는 그것두 몰라유? 붉은가슴울새유. 새 중에서두 젤루 정 많고 호기심 많은 놈이지유. 친해지기만 하믄 개들만치 사람을 잘 따르구유. 저것 좀 봐유. 저러구 옆에서 흙을 쪼다가 이짝을 쳐다보잖아유. 우리가 지 얘길 한다는 걸 아는 거쥬."

그 노인을 바라보자니 정말로 세상에서 가장 이상한 일이라는 생각이 들었다. 노인은 애정과 자랑스러움이 듬뿍 담긴 눈으로 가슴이 통통하고 붉은 그 조그만 새를 바라보더니 이내 킬킬 웃었다.

"우쭐대기 좋아하는 눔이여유. 남덜이 지 얘길 하믄 좋아해유. 호기심도 많구. 시상에 이렇게 호기심 많은 눔은 본 적이 없구먼유. 내가 땅에 뭘 심나 항시 보러 오쥬. 주인 나리가 골치 아프게 알려고 허지 않는 것덜까지 저눔은 죄다 알고 있어유. 저눔이야말로 최고 정원사쥬. 암, 그렇고말고유."

붉은가슴울새는 통통 뛰어다니면서 바쁘게 흙을 쪼다가 이따금씩 멈추고 두 사람을 쳐다보았다. 메리는 새가 잔뜩 호기심에 차서 이슬방울 같은 까만 눈으로 자기를 뚫어지게 쳐다본다고

63

생각했다. 마치 메리에 대해 모든 것을 알아낼 작정인 것 같았다. 메리의 가슴에 기묘한 느낌이 일어났다.

"나머지 새끼들은 어디로 갔어?"

"그거야 모르쥬. 원래 있던 눔들이 갸들을 둥지서 쫓아 버려서 다덜 흩어져 버렸으니께. 저눔은 똑똑허니께 자기가 외롭다는 걸 알았쥬."

메리는 붉은가슴울새를 향해 한 걸음 다가가서 빤히 쳐다보았다.

"나도 외로워."

메리는 지금까지 외로움이 시무룩하고 심술궂은 기분이 들게 만드는 이유 가운데 하나라는 사실을 알지 못했다. 그러다가 붉은가슴울새가 자기를 바라보고 자기도 붉은가슴울새를 바라보는 순간 그 사실을 깨달았다.

늙은 정원사는 대머리에 쓴 모자를 뒤로 젖히고 잠시 동안 메리를 바라보더니 물었다.

"아가씨가 인도에서 왔다는 그 아가씨예유?"

메리가 고개를 끄덕였다.

"그렇다믄 외로울 만두 허네유. 앞으루 더 외로워질 테구."

정원사는 기름진 시커먼 흙에 삽을 깊숙이 꽂고 다시 파기 시작했다. 붉은가슴울새는 이리저리 바쁘게 뛰어다녔다.

"이름이 뭐야?"

"벤 웨더스타프유."

그런 다음 노인은 퉁명스럽게 킬킬거리더니 엄지로 붉은가슴
울새를 가리키며 덧붙였다.

"나두 외롭쥬. 저눔하고 있을 때만 빼구유. 나헌티는 하나뿐
인 친구예유."

"난 친구가 하나도 없어. 지금까지 한 명도 없었구. 내 아야는
날 싫어했어. 난 지금까지 누구랑 같이 놀아 본 적도 없어."

요크셔 사람들은 퉁명스러울 정도로 솔직하게 자신의 생각을
말하는 습관이 있었다. 벤 웨더스타프 역시 요크셔 황무지에서
태어난 사람이었다.

"아가씨허구 나는 많이 닮았네유. 똑같은 천으루 맹글어진 것
처럼. 우리 둘 다 인물이 좋지도 못허구 생긴 거만큼이나 무뚝
뚝허구. 둘 다 승질머리도 못돼먹었구. 내가 장담해유."

정말로 솔직한 말이었다. 메리 레녹스는 여태까지 자기에 대
한 솔직한 말을 들어 본 적이 없었다. 원주민 하인들은 항상 살
람을 하고 메리가 무슨 행동을 하든 복종할 뿐이었다.

메리는 지금까지 자기의 외모에 대해 깊이 생각해 본 적이 없
었다. 하지만 자기가 정말로 벤 웨더스타프 노인만큼 매력 없게
생긴지, 붉은가슴울새가 오기 전의 노인처럼 무뚝뚝해 보이는
지 궁금했다. 불편하지만 자기가 정말로 '승질머리가 못돼 먹은
지'도.

그때 갑자기 가까운 곳에서 잔물결이 일어나는 소리가 작지만 분명하게 들렸다. 메리는 작은 사과나무에서 약간 떨어진 곳에 서 있었는데 붉은가슴울새가 그 가지 위로 날아가 노래를 부르기 시작한 것이었다. 벤 웨더스타프 노인이 웃음을 터뜨렸다.

메리가 물었다.

"왜 저러는 거야?"

"아가씨허구 친구가 되기루 맴먹은 거예유. 저눔이 아가씨를 맴에 들어 허지 않을 리가 없쥬."

"나를?"

메리는 가만가만 작은 사과나무로 다가가 새를 올려다보았다.

"나랑 친구가 되어 줄래? 응?"

메리는 마치 사람에게 하듯이 새에게 말을 걸었다. 평소의 거친 목소리도 아니었고 인도에서 하던 대로 거만한 말투도 아니었다. 너무 부드럽고 간절하고 달래는 듯한 목소리여서 벤 웨더스타프 노인은 메리가 자신의 휘파람 소리를 듣고 놀란 것만큼이나 깜짝 놀랐다.

"아이구, 참으루 상냥허구 예의 바르게 말하네유. 앙칼진 할망구가 아니라 진짜 어린애 같구먼유. 꼭 디콘이 황무지 짐승들헌티 말하는 것 같네유."

메리가 재빨리 고개를 돌리며 물었다.

"디콘을 알아?"

"갸를 모르는 사람은 없슈. 디콘은 안 댕기는 디가 없이 싸돌 아댕기니께. 검은 딸기랑 히스꽃두 갸를 알쥬. 내가 장담허는디 디콘헌티는 여우두 지 새끼 있는 데를 갈쳐 주고 종달새도 둥지 를 숨기지 않을 거구먼유."

메리는 더 묻고 싶었다. 버려진 뜰만큼이나 디콘에게도 호기 심이 생겼다. 하지만 그때 붉은가슴울새가 노래를 끝마치고 날 개를 살짝 흔들어 펴더니 날아가 버렸다. 마치 다른 할 일이 있 는 것 같았다.

메리가 새를 쳐다보며 소리쳤다.

"담 너머로 날아갔어! 과수원으로 날아갔어. 담 너머로 날아 가서…… 문이 없는 뜰로 들어갔어!"

"거기 사니께유. 거그서 알을 깨고 나왔거든유. 짝을 찾고 있 으믄 거그 오래된 장미나무 틈바구니에 사는 붉은가슴울새 아 가씨헌티 갈 거예유."

"장미나무? 거기 장미나무가 있어?"

벤 웨더스타프 노인은 다시 삽을 들고 땅을 파더니 혼잣말처 럼 중얼거렸다.

"10년 전에는 있었쥬."

"보고 싶어. 어딘가에 있는 초록 문을. 분명 초록 문이 있을 거야."

노인은 삽을 더욱 깊숙이 땅에 박았다. 메리가 처음 만난 때처럼 무뚝뚝한 표정이었다.

"10년 전에는 있었는디 인제는 없구먼유."

"문이 없다고? 분명히 있을 거야."

"아무도 못 찾아유. 신경 쓸 일도 아니구유. 공연히 여기저기 쑤시고 돌아다닐 생각은 말어유. 난 인제 그만 가야겠네. 아가 씨두 어여 가서 놀아유. 난 시간 없으니께."

노인은 땅 파던 일을 멈추고 삽을 어깨에 짊어지고는 가버렸다. 메리에게 인사는커녕 눈길조차 보내지 않았다.

05

복도에서 들려오는 울음소리

처음 며칠 동안 메리 레녹스에게는 매일매일이 똑같았다. 아침마다 태피스트리가 쳐진 방에서 일어나면 마사가 벽난로 앞에서 무릎을 꿇고 불을 지피는 모습이 보였다. 그리고 재미난 놀잇거리라고는 하나도 없는 놀이방에서 아침밥을 먹었다. 아침밥을 먹고 나면 창밖으로 하늘에 닿을 듯 사방으로 끝없이 펼쳐진 황무지를 한동안 바라보았다. 그러고 나서는 온종일 할 일도 없이 방 안에만 있기 싫어서 어쩔 수 없이 밖으로 나갔다.

메리는 밖으로 나간 것이 여태까지 한 일 중 최고로 잘한 일이라는 사실을 알지 못했다. 황무지에서 몰아치는 바람을 가르며 빠르게 걷거나 넓은 길이 나올 때까지 달리는 동안 몸속의 피가 요동치며 몸이 점점 튼튼해지고 있다는 사실도 알지 못했다. 메리가 달리는 이유는 오로지 몸을 따뜻하게 하기 위해서였다. 메리는 큰소리를 내면서 얼굴을 때리고 마치 눈에 보이지 않는 거인처럼 자신을 막아서는 바람이 싫었다. 하지만 황무지에서 불어오는 거칠어도 상쾌한 바람은 비쩍 마르기만 한 메리의 몸에 좋은 기운을 채워 주었고 두 뺨을 붉게 물들였으며 눈동자에 생기를 불어넣어 주었다. 그 사실을 메리는 전혀 몰랐다.

메리는 온종일 바깥에 나가 며칠을 보냈다. 어느 날 아침 메리는 배고픔을 느끼며 일어났다. 아침밥을 먹으려고 앉은 메리는 예전처럼 싫어 죽겠다는 표정으로 오트밀을 밀어내지 않고 숟가락을 들어 떠먹기 시작했다. 그리고 어느새 그릇을 깨끗하게 비웠다.

마사가 말했다.

"오늘 아침은 엄청 잘 드시네유."

메리 스스로도 약간 놀랐다.

"오늘은 맛이 좋아."

"황무지의 공기 땜시 먹을 게 들어갈 자리가 생긴 거예유. 먹고 싶은 맴도 있구 먹을 음식까지 있으니께 아가씨는 운이 좋네유. 우리 동상들은 배 속에 집어넣을 게 없는디유. 맨날 밖에 나가서 놀믄 살집도 좀 붙고 누리끼리한 것두 사라질 거예유."

"난 안 놀아. 놀 게 하나도 없는걸."

"놀 게 없다구유! 우리 동상들은 막대기랑 돌멩이만 가지고도 잘만 노는디. 뛰어댕기구 소리도 지르구 이것저것 구경도 한다 구유."

메리는 소리 지르지는 않았지만 이것저것 구경은 했다. 그것 말고는 달리 할 일도 없었다. 그래서 여기저기 뜰을 빙빙 둘러보고 정원에 난 산책로를 돌아다녔다. 가끔씩 벤 웨더스타프 노인이 있나 찾아보기도 했다. 몇 번 일하고 있는 모습을 발견했지만 노인은 일하느라 바쁜지 메리를 쳐다보지 않았다. 어쩌다 마주쳐도 지나치게 무뚝뚝했다. 한번은 메리가 노인을 발견하고 다가가자 작정한 듯 삽을 들고 다른 곳으로 홱 가버리기도 했다.

메리가 자주 가는 곳이 한 군데 있었다. 바로 사방이 담으로 둘러싸인 뜰 너머로 난 기다란 산책로였다. 길 양쪽에는 아무것도 없이 휑한 꽃밭이 있고 담에는 담쟁이덩굴이 빽빽했다. 담 한쪽은 초록색 담쟁이 이파리가 유난히 무성하게 덮고 있었다. 그 부분만 아주 오랫동안 내팽개쳐진 것 같았다. 산책로 끝에 위치한 그곳만 빼고 나머지는 전부 깔끔하게 손질되어 있었다.

메리가 전혀 다듬어지지 않은 담쟁이덩굴을 처음 발견한 것은 벤 웨더스타프 노인과 이야기를 나누고 며칠 후였다. 메리는 의아한 생각에 걸음을 멈추었다. 바람에 휘날리는 기다란 담쟁이덩굴을 올려다보고 있을 때 진홍색의 무언가가 얼핏 보이더니 어여쁜 새소리가 울려 퍼졌다. 벤 노인의 붉은가슴울새가 담

꼭대기에 앉아 자그만 고개를 옆으로 기울인 채 몸을 앞으로 숙이고 메리를 쳐다보고 있었다.

"우와, 너니? 너야?"

메리는 새가 당연히 자기의 말을 알아듣고 대답할 것처럼 말을 걸었다. 그런 자신의 행동이 전혀 이상하게 느껴지지 않았다.

새도 마치 메리에게 이런저런 이야기를 하는 것처럼 지저귀면서 담을 따라 통통 뛰어다녔다. 새가 정말로 말을 한 것은 아니었지만 메리는 무슨 뜻인지 알아들을 것 같았다. 이렇게 말하는 것 같았다.

"좋은 아침이야! 오늘은 바람이 근사하지 않아? 햇살도 따사롭고! 모든 게 다 좋지? 우리 같이 지저귀면서 뛰자. 어서!"

메리는 웃음을 터뜨렸다. 새가 통통 뛰면서 담을 따라 낮게 날자 메리도 따라서 뛰었다. 비쩍 마르고 얼굴빛은 누르께하고 못생겼지만 그 순간만큼은 예뻐 보였다.

메리는 산책로를 따라 후다닥 달리면서 소리쳤다.

"난 네가 좋아! 네가 좋아!"

메리도 새를 따라 지저귀는 소리를 내보았지만 잘되지는 않았다. 그래도 새는 꽤 만족스러운 듯 지저귐으로 메리에게 화답했다. 그러고는 날개를 펼치고 나무 꼭대기로 잽싸게 날아가 앉더니 크게 노래를 불렀다.

그 모습을 보니 새를 처음 만난 때가 떠올랐다. 그때 새는 몸을 앞뒤로 흔들며 나무 꼭대기에 앉아 있었고 메리는 과수원에 서 있었다. 지금 메리는 과수원 담벼락에 난 길, 지난번보다 훨씬 끝 쪽에 서 있었다. 담 너머에는 똑같은 나무가 있었다.

"아무도 들어갈 수 없다는 그 뜰이야. 문이 없는 바로 그곳. 새는 저기에 살아. 나도 들어가 보고 싶어!"

메리는 첫날 아침에 들어간 초록색 문으로 달려갔다. 그런 다음 또 길을 달려 다른 문으로 들어가서 과수원에 이르렀다. 거기에서 위를 올려다보니 담 너머로 그 나무가 보였다. 새는 어느새 노래를 끝마치고 부리로 깃털을 콕콕 쪼아 대고 있었다.

"그 뜰이야. 확실해."

메리는 과수원 담벼락으로 다가가 자세히 들여다보았다. 하지만 저번처럼 특별한 점은 하나도 없었다. 여전히 문이 없을 뿐이었다. 메리는 텃밭으로 들어가 담쟁이덩굴로 뒤덮인 기다란 담벼락이 있는 곳으로 나갔다. 끄트머리에서 담을 살펴봤지만 역시 문은 보이지 않았다. 반대편 담벼락으로 걸어가 다시 살펴봐도 마찬가지였다.

"정말 이상해. 벤 할아버지 말처럼 진짜로 문이 없어. 10년 전에는 분명히 있었을 텐데. 고모부가 열쇠를 땅에 묻기 전에는 말이야."

여기까지 생각이 미치자 메리는 더욱 관심이 생겨서 미셀스와이트 장원에 살러 온 것이 전혀 유감스럽지 않게 느껴졌다.

인도에서는 항상 더운 날씨 때문에 몸이 축 처져서 그 무엇에도 관심이 가지 않았다. 그런데 이곳에서 살게 된 후 황무지에서 불어오는 상쾌한 바람이 어린 메리의 기분을 전환시키고 머리를 맑게 깨워 줬다.

메리는 거의 매일 밖으로 나갔다. 몹시 허기진 상태로 저녁밥을 먹었고, 먹고 나면 기분이 좋아지면서 졸음이 쏟아졌다. 마사가 수다를 떨어도 짜증스럽지 않았다. 오히려 마사의 이야기를 듣는 것이 좋았고 급기야 질문을 하기까지 했다. 저녁밥을 먹고 벽난로 앞에 놓인 깔개에 앉아 있을 때였다.

"고모부는 왜 그 뜰을 싫어해?"

메리는 마사에게 방에 남아 있으라고 했고, 마사는 조금도 싫은 기색을 나타내지 않았다. 마사는 나이가 어린 데다 여동생들과 남동생들이 득실거리는 오두막에서 살았기 때문에 하인들이 모이는 아래층 하인방이 따분하기만 했다. 하인들은 마사의 사투리를 놀렸고, 어리고 천하다며 무시하고 자기들끼리만 앉아 쑥덕거렸다. 평소 수다 떨기를 좋아하는 마사는 인도에서 '깜둥이' 하인에게 시중받던 이상한 여자아이에게 관심이 갈 수밖에 없었다.

마사는 메리가 그러라고 하지도 않았는데 벽난로 앞 깔개에 덩달아 앉았다.

"여태 고 뜰을 생각하구 있었어유? 내 그럴 줄 알았쥬. 나두 처음 들을 때 그랬쥬."

메리가 고집스럽게 다시 물었다.

"고모부는 왜 그 뜰을 싫어하지?"

마사는 바닥에 편안하게 철퍼덕 앉았다.

"저 울부짖는 바람 소리 좀 들어 봐유. 밤중에 황무지로 나가 믄 서있기도 힘들 거예유."

메리는 마사의 말을 끝까지 듣고 나서야 바람이 울부짖는다는 말의 의미를 이해할 수 있었다.

메리는 마사의 말을 들은 다음에 물었다.

"왜 그렇게 싫어하는 건데?"

마사가 알고 있다면 꼭 대답을 듣고 싶었다. 그리고 마사는 예상대로 알고 있었다.

"잘 들어유, 메들록 부인이 말하믄 안 된다구 했어유. 주인 나리의 분부라구. 나리의 문제를 갖구 하인들이 이러쿵저러쿵 하믄 안 된다는 게 나리의 분부거든유. 그 뜰은 주인마님이 나리랑 결혼하고서 만들었어유. 마님은 그 뜰을 엄청나게 아끼셨구유. 꽃도 엄청 좋아하셔서 정원사들두 들어갈 수 없었대유. 마님하구 나리만 들어가서 문을 잠가 놓고 몇 시간씩 있었지유. 책두 읽구 얘기두 하면서유. 마님은 소녀 같은 데가 있으셨어유. 거그 뜰 안에 늙은 나무가 한 그루 있었는디 가지가 의자처럼 굽어 있었쥬. 마님은 거 위에 장미도 심구 의자 삼아 앉았대

78

유. 그란디 어느 날 마님이 거그 앉아 있는디 나뭇가지가 부러져서 떨어지셨구 심허게 다쳐 이튿날 돌아가셨쥬. 의사 선상님들은 주인 나리두 정신이 나가서 돌아가실 줄 알았대유. 그래서 나리가 거그를 싫어하는 거예유. 그 후로 아무도 안 들어갔쥬. 나리도 얘길 못 허게 허구유."

메리는 더 이상 물어보지 않았다. 벽난로의 빨간 불꽃을 보면서 바람이 울부짖는 소리를 들었다. 그 어느 때보다 소리가 크게 느껴졌다.

그 순간 메리에게는 좋은 일이 하나 더 생겼다. 미셀스와이트 장원에 온 후 생긴 네 번째 좋은 일이었다. 우선 메리는 자기가 새의 말을 알아듣는 것처럼 새도 자기의 말을 알아듣는다고 느꼈다. 그리고 메리는 바람을 맞으며 뛰어다녀서 몸이 따뜻해졌다. 또 몸이 좋아져서 난생처음 배고픔도 느꼈다. 그리고 이제 다른 사람을 가엽게 생각할 줄도 알게 되었다.

그런데 바람 소리에 귀 기울이고 있자니 다른 소리도 함께 들렸다. 처음에는 바람과 잘 구별되지 않아 긴가민가했다. 정말 이상한 소리였다. 마치 아이의 울음소리 같았다. 물론 휘몰아치는 바람 소리가 아이의 울음소리처럼 들릴 때도 있었다. 하지만 메리는 그 소리가 집 밖이 아닌 안에서 나는 소리라고 생각했다. 멀리 떨어져 있지만 집 안이 분명했다. 메리가 고개를 돌려 마사를 쳐다보았다.

"울음소리 들려?"

마사는 별안간 어리둥절한 표정이 되었다.

"안 들려유. 바람 소리구먼유. 황무지에서 누가 대성통곡하는 소리가 들릴 때두 있거든유. 바람이 별별 소리를 다 내지유."

"들어 봐. 기다란 복도 저쪽에서 들리는 소리야."

바로 그 순간 아래층 어딘가에서 문이 열리는 소리가 났다. 서둘러 복도로 달려가는 소리가 이어졌다. 메리와 마사가 앉아 있는 방의 문이 "쾅" 소리와 함께 활짝 열렸다. 두 사람 모두 자리에서 벌떡 일어날 정도로 놀랐다. 등불도 꺼지고 저 멀리 복도에서 들려오는 울음소리가 더욱 선명해졌다.

"내 말이 맞잖아! 누가 울고 있어. 어른이 아니야."

마사는 얼른 달려가 문을 닫고 열쇠로 잠갔다. 하지만 마사가

다 잠그기 전에 저 멀리 떨어진 복도에서 문이 "쾅!" 하고 닫히는 소리가 들리더니 잠잠해졌다. 울부짖는 바람 소리마저 잠시 동안 멈추었다.

마사가 고집스럽게 말했다.

"바람이 맞다니께 그래유. 바람이 아니라믄 식기실에서 일하는 쬐그만 하녀 베티 버터워스일 거예유. 온종일 이가 아프다구 그랬으니께."

하지만 메리는 왠지 곤란해 보이는 마사의 어색한 반응을 놓치지 않고 빤히 쳐다보았다. 마사가 진실을 말하는 것 같지 않았다.

06

"누가 우는 소리였어, 분명해!"

다음 날 또다시 비가 억수로 쏟아졌다. 메리는 창밖으로 황무
지를 내다보았지만 회색 안개와 구름에 가려 거의 안 보였다.
오늘은 밖에 나가지 못할 터였다.

메리는 마사에게 물었다.

"이렇게 비가 많이 오는 날엔 너희 오두막에선 뭘 해?"

"서로 발에 안 닿을라구 용을 쓰쥬! 다덜 집 안에 있으니께 엄
청 북적거리거든유. 엄니는 인자허신 성품인디 동상덜이 쉬지
않구 조잘거려유. 다 큰 동상들은 외양간으루 가서 놀구유. 디
콘은 비에 홀딱 젖어두 신경 안 써유. 해가 쨍쨍한 날이랑 똑같
이 밖으로 나가쥬. 디콘이 그러는디 비 오는 날에는 쨍쨍한 날
에 볼 수 없는 것들을 볼 수 있대유. 한번은 여우굴에서 물에 빠

져 죽을 뻔한 새끼를 발견했다니께유. 품에 따뜻하게 싸가지구 집으루 데리구 왔쥬. 어미는 근방에서 죽어 있었구. 굴에 물이 넘쳐서 다른 새끼들은 전부 죽었대유. 그래서 시방 집에서 그 여우 새끼를 키워유. 그뿐이 아녀유, 또 한번은 물에 빠져 죽을 뻔한 까마귀 새끼를 집으루 데려와서 길들였다니께유. 시커먼 색깔이라 수트라구 이름 붙였쥬. 고 녀석은 디콘이 가는 디마다 따라댕겨유."

어느새 메리는 쉬지 않고 조잘거리는 마사에게 화내는 것을 잊었다. 마사의 이야기는 재미있었다. 말이 끝나거나 마사가 가 버리면 섭섭하기까지 했다. 방이 네 개뿐인 좁아터진 황무지 오두막에서 배불리 먹지도 못하고 사는 열네 식구의 이야기는 인 도에 살 때 아야가 해주던 이야기와는 사뭇 달랐다. 마사네 동 생들은 말 잘 듣는 콜리(주로 양을 지키는 목양견으로 유명하며 순한 견 종 중 하나 – 옮긴이) 새끼처럼 서로 뒹굴면서 재미있게 노는 것 같 았다. 특히 메리는 마사네 어머니와 디콘에게 큰 관심이 생겼 다. '엄니'가 무슨 일을 했고 무슨 말을 했는지 마사가 이야기해 줄 때마다 기분이 편안해졌다.

"나도 까마귀나 여우 새끼가 있다면 같이 놀 수 있을 텐데. 하 지만 난 아무것도 없어."

순간 마사는 당황한 표정이었다.

"뜨개질할 줄 알아유?"

"아니."

"바느질은유?"

"못해."

"글자 읽을 줄은 알구유?"

"응."

"그러믄 책을 읽든지 글자 쓰기 연습을 하지 그래유? 이제 아가씨두 책을 읽고 배울 만큼 컸는디."

"책이 없어. 내 책은 다 인도에 놓고 왔어."

"딱하네유. 메들록 부인이 서재에 들어가게 허락해 준다믄 좋겠는디. 거기 책이 잔뜩 있거든유."

메리는 서재가 어디 있는지 묻지 않았다. 직접 찾아보기로 결심한 것이었다. 메들록 부인은 하나도 신경 쓰이지 않았다. 메들록 부인은 주로 아래층의 편안한 하인 휴게실에 있는 것 같았으니까.

이 이상한 집에서는 서로 얼굴을 보는 경우가 드물었다. 하인들 외에는 사람도 없는 데다 주인이 저택을 떠나면 하인들은 반짝반짝 빛나는 놋쇠와 백랍으로 된 그릇이 걸린 커다란 부엌과 넓은 하인방에서 사치스럽게 지냈다. 메들록 부인이 자리를 지키지 않으면 하인들은 매일 네다섯 끼를 배불리 먹고 떠들썩하게 장난치며 놀기도 했다.

메리의 식사는 제시간에 맞춰 차려졌고 마사가 시중을 들어

주긴 했지만 굳이 메리에게 신경 써주는 사람은 아무도 없었다. 메들록 부인이 매일 또는 이틀에 한 번씩 살피러 왔지만 메리에게 뭘 하는지 물어보거나 뭘 하라고 말하는 사람은 없었다. 메리는 영국에서는 아이들을 이렇게 대한다고 추측했다. 어디를 가든 아야가 따라다니며 시중을 들어주는 인도와는 달랐다. 아야는 말 그대로 메리의 손과 발이었다. 아야가 언제나 따라다녀서 짜증 날 때도 많았다. 하지만 영국에서는 따라다니는 사람도 없는 데다 마사에게 옷을 건네 입혀 달라고 할 때마다 한심해하고 바보 같다고 여기는 것 같아서 혼자 하는 법을 배워야 했다.

언젠가 가만히 서서 장갑을 끼워 주기를 기다리던 메리에게 마사가 말했다.

"아가씨, 바보천치여유? 네 살배기 우리 수잔 앤이 아가씨보다 두 배는 더 똑똑하겠네유. 가끔씩 보믄 아가씨는 어디가 모자란 거 같다니께유."

메리는 그 말을 듣고 한 시간 동안 못마땅한 얼굴을 하긴 했지만 여태까지 한 번도 해본 적 없는 몇 가지 생각을 해보는 기회가 되었다.

아침에 마사가 마지막으로 벽난로에서 재를 긁어내고 아래층으로 내려간 후 메리는 창가에서 약 10분 동안 서있었다. 서재 이야기를 들을 때 떠오른 생각 때문이었다. 지금까지 책을 많이 읽어 보지 않아서 서재에는 정작 관심이 가지도 않았다. 서재

이야기를 듣고 오히려 떠오른 것은 100개나 되는 닫힌 방이었다. 정말로 문이 닫혀 있는지, 들어갈 수 있다면 방에 뭐가 있을지 궁금했다. 정말 방이 100개나 될까? 몇 개인지 가서 세어 보면 어떨까? 그렇다면 밖에 나가지 못할 때 할 일이 있는 건데. 메리는 무슨 일을 할 때 허락을 받아야 한다는 가르침을 받은 적이 없는 데다 권위에 대해서 알지 못했다. 그래서 메들록 부인을 만날 때도 집 안을 돌아다녀도 되는지 물어볼 생각을 하지 못했다.

메리는 방문을 열고 복도로 나가 돌아다니기 시작했다. 복도는 아주 길었고 거기에서 다른 복도들로 갈라졌다. 복도를 따라 걸어가서 계단을 몇 개 올라가니 또 복도가 나왔다. 방문이 잔뜩 보이고 벽에는 그림이 걸려 있었다. 컴컴하고 기이한 풍경이 담긴 그림도 간혹 보였지만 대부분은 새틴과 벨벳으로 된 괴상하고 화려한 옷을 입은 남자와 여자의 모습이었다.

메리는 어느새 벽이 초상화들로 뒤덮인 기다란 화랑에 와있었다. 집 안에 그림이 그렇게 많은 줄은 몰랐다. 메리는 마치 자기를 빤히 쳐다보는 것 같은 그림 속 얼굴들을 보면서 천천히 걸어갔다. 인도에서 온 여자아이가 대체 이 집 안에서 뭘 하는지 궁금해하는 표정 같았다. 아이들 초상화도 있었다. 발까지 내려오는 새틴 원피스를 입은 여자아이들과 긴 머리에 풍성한 퍼프 소매와 레이스 옷깃이 달린 옷을 입은 남자아이들이 특히 눈에 띄었다. 메리는 아이들의 초상화가 보일 때마다 걸음을 멈추었다. 그러고는 이름이 뭐고, 지금은 어디에 있으며, 왜 그렇게 괴상한 옷을 입고 있을까 생각했다. 메리처럼 딱딱한 표정에 못생긴 여자아이도 보였다. 초록색 실크 드레스를 입고 손가락에는 초록색 앵무새가 앉아 있었다. 아이의 눈은 날카롭고 호기심이 많아 보였다.

메리가 그림 속 소녀에게 소리 내어 말했다.

"넌 지금 어디 사니? 네가 여기 있으면 좋겠다."

메리처럼 그렇게 이상한 아침나절을 보낸 여자아이는 없을 터였다. 커다란 집 안에 아무도 없이 메리 혼자서만 계단을 오르내리는 것 같았다. 메리는 수많은 복도를 지나쳤는데, 자기 외에 아무도 걸은 적이 없어 보였다. 이렇게나 많은 방이 있는 걸 보면 분명히 사람들이 생활했을 텐데 지금은 텅 비어서 누가 산 적이 있다고는 도무지 믿을 수 없었다.

3층에 올라가서야 메리는 문을 한번 열어 봐야겠다는 생각이 들었다. 메들록 부인이 말한 대로 문은 전부 닫혀 있었지만 그래도 정말로 닫힌지 하나쯤은 열어 보고 싶었다. 손잡이가 스르르 돌아가자 메리는 순간 겁이 났다. 문을 밀자 천천히 묵직하게 열렸다. 육중한 문이 열리자 넓은 침실이 보였다. 벽에는 자수가 놓인 커튼이 걸려 있었고 인도에서 본 것처럼 무늬가 새겨진 가구들이 있었다. 창틀이 납으로 된 커다란 창문으로 황무지

가 내다보였다. 벽난로 장식장 위에는 딱딱한 표정을 한 못생긴 소녀의 초상화가 또 걸려 있었다. 호기심 가득한 눈으로 메리를 쳐다보는 것 같았다.

"여기가 저 애의 방이었나 봐. 저 애가 날 쳐다보는 것 같아서 기분이 이상해."

메리는 계속 다른 방문을 열어 보았다. 방이 너무 많아서 피곤해 실제로 세어 보지는 않았지만 정말로 방이 100개나 될 거라는 확신이 들었다. 모든 방마다 오래된 그림이나 기이한 풍경이 담긴 태피스트리가 걸려 있었다. 거의 모든 방에 이상한 가구와 장식품이 있었다.

어느 부인이 쓰던 거실처럼 보이는 방에는 자수가 새겨진 벨벳 가리개가 쳐져 있고 장식장에는 상아로 만든 조그만 코끼리상이 100개 정도 진열되어 있었다. 코끼리상은 저마다 크기가 달랐다. 등에 코끼리를 부리는 사람이 타고 있거나 가마를 얹은 것도 있었다. 덩치 큰 녀석도 있고 아직 새끼인 듯 작은 녀석도 있었다. 메리는 인도에서 상아 조각상을 본 적이 있었고 코끼리에 대해서라면 웬만큼 다 알고 있었다. 메리는 장식장 문을 열고 발을 올려놓는 받침대로 올라가 한참 동안 코끼리상을 가지고 놀았다. 그러다가 지루해지자 코끼리상을 가지런히 정리해놓고 장식장 문을 닫았다.

메리는 지금까지 기다란 복도와 빈 방을 이리저리 떠돌아다

녔지만 살아 있는 물체라고는 하나도 보지 못했다. 그런데 이 방에서는 뭔가를 보았다. 장식장 문을 닫는 순간 바스락거리는 소리가 조그맣게 들렸다. 깜짝 놀라 펄쩍 뛴 메리는 소리가 들려온 듯한 벽난로 옆 소파를 쳐다보았다. 소파 구석에 쿠션이 하나 있었다. 쿠션의 벨벳 커버에 구멍이 하나 있었는데 그 사이로 겁에 질린 두 눈과 조그만 머리가 보였다.

메리는 자세히 보려고 살금살금 다가갔다. 반짝이는 두 눈의 정체는 회색 생쥐였다. 생쥐는 쿠션을 파먹어 구멍을 뚫고 안에다 포근한 보금자리를 만들었다. 생쥐 옆에는 새끼 여섯 마리가 꼭 붙어 자고 있었다. 설령 100개나 되는 방에 아무도 살고 있지 않다고 해도 생쥐 일곱 마리는 전혀 외로워 보이지 않았다.

메리가 혼잣말을 했다.

"사람들이 무서워하지 않는다면 방으로 데려갈 텐데."

메리는 더 이상 멀리 갈 수 없을 만큼 피곤해져서 방으로 돌아가기로 했다. 두세 번 복도를 잘못 돌아 길을 잃는 바람에 오르락내리락하며 방을 찾아야만 했다. 다행히 자기 방이 있는 층으로 내려오기는 했다. 하지만 방에서 약간 떨어져 있다는 것 외에는 정확히 어디쯤인지 알 수 없었다.

"또 잘못 돌았나 봐."

메리는 짧은 복도의 끝처럼 보이는 곳에 가만히 서있었다. 벽에는 태피스트리가 걸려 있었다.

"어느 길로 가야 하는지 모르겠어. 아무 소리도 안 들리고 조용하기만 해!"

그런데 메리가 복도에 서서 그 말을 하고 잠시 후 어떤 소리가 침묵을 깨뜨렸다. 이번에도 울음소리였지만 지난밤에 들은 것과는 달랐다. 어린아이의 짜증 섞인 짧은 울음소리가 벽 안쪽에서 약하게 들려왔다.

메리는 가슴이 빨리 뛰기 시작했다.

"저번보다 가까이서 들려. 울고 있어."

메리는 우연히 한 손이 태피스트리에 닿자 깜짝 놀라 튕기듯 물러났다. 그 태피스트리는 문을 가리는 덮개였다. 문이 열려 있어서 그 뒤로 또 다른 복도가 보였다. 그리고 손에 열쇠 꾸러미를 든 메들록 부인이 언짢은 표정으로 그 복도를 걸어 다가왔다.

메들록 부인은 메리의 팔을 붙잡고 잡아끌었다.

"여기서 뭐하세요? 내가 뭐라고 했죠?"

"모퉁이를 잘못 돌았어. 어디로 가야 할지 몰라 서있었는데 누가 우는 소리가 들렸어."

메들록 부인의 다음 말 때문에 메리는 부인이 더욱 싫어졌다.

"아뇨. 아가씨는 그런 소리 못 들었어요. 당장 방으로 돌아가지 않으면 따귀를 맞을 줄 알아요."

그러더니 메들록 부인은 메리의 팔을 움켜쥔 채 밀고 끌어당기면서 복도를 오르내렸다. 그리고 메리의 방에 이르자 문으로 밀어 넣었다.

"이제부터 가지 말라는 곳에는 절대 가면 안 돼요. 안 그러면 방에 가둬 놓을 거예요. 주인님도 이미 말씀하셨지만 빨리 가정교사를 붙이는 게 좋겠군요. 아가씨를 엄하게 가르칠 사람이 필요해요. 난 안 그래도 할 일이 많은 사람이니까."

메들록 부인은 문을 쾅 닫고 나가 버렸다. 얼굴이 하얗게 질릴 정도로 화가 치민 메리는 벽난로 앞 깔개로 가서 앉았다. 하지만 울음을 터뜨리지는 않고 이를 박박 갈았다.

"누가 우는 소리였어. 분명해. 분명하다고!"

벌써 두 번이나 들었으니 머지않아 정체를 알 수 있을 터였다. 어쨌든 그날 아침 메리는 많은 경험을 했다. 언제든지 할 수

있는 놀잇거리를 찾았고 상아로 만든 코리끼상을 가지고 놀았
다. 벨벳 쿠션 속에 사는 회색 생쥐 가족도 보았다. 마치 긴 여
행을 한 기분이었다.

07

뜰의 열쇠

이틀 후 메리는 아침에 눈을 뜨자마자 침대에 똑바로 앉아 마사를 불렀다.

"황무지 좀 봐! 황무지 좀 봐!"

폭풍우가 그쳤고 밤새 휘몰아친 바람이 회색 안개와 구름을 걷어 냈다. 파란 하늘이 황무지 위로 아치처럼 높게 걸쳐 있었다. 메리는 하늘이 저렇게 파란 줄은 생각조차 하지 못했다. 인도의 하늘은 항상 불타는 듯 뜨겁기만 했기 때문이다. 시원하고 푸른 하늘은 헤아릴 수 없이 깊고 아름다운 호수처럼 빛났다. 그리고 높게 펼쳐진 짙푸른 하늘에는 군데군데 솜털처럼 새하얀 구름이 떠다녔다. 저 멀리 끝없이 뻗은 황무지 역시 음산하기 짝이 없는 자줏빛 섞인 시커먼 색도, 끔찍할 만큼 쓸쓸함을 풍기는 잿빛도 아닌, 부드러운 파란색이었다.

마사가 기분 좋게 활짝 웃었다.

"그래유. 폭풍이 잠잠해졌네유. 이맘때쯤 되믄 꼭 이래유. 근디 밤만 되믄 언제 조용했냐는 듯 또 한바탕 난리가 나유. 다시는 안 올 것처럼 잠잠해진 게 다 거짓부렁인 것처럼유. 그게 다 봄이 오고 있어서 그래유. 한참 멀었지만 어쨌든 봄은 오나 보네유."

"영국에서는 늘 비가 오거나 흐린 줄 알았는데."

난로재를 쓰는 솔들이 널린 곳에 있던 마사가 벌떡 일어났다.

"아녀유! 남사시럽게!"

"그게 무슨 말이야?"

메리가 진지하게 물었다. 인도에서도 원주민 하인들이 몇몇 사람들만 알아들을 수 있는 여러 가지 사투리를 써서 메리는 마사가 알아들을 수 없는 말을 해도 별로 놀라지는 않았다.

마사는 그날 아침 처음으로 웃음을 터뜨리더니 분명한 목소리로 천천히 말했다.

"아이구, 또 심한 사투리를 썼나 보네유. 메들록 부인이 그러지 말라고 했는디. '남사시럽다'는 '그런 말 하면 놀림거리가 된다' '부끄럽다'는 뜻이에유. 허지만 그렇게 다 말헐라구 하면 시간이 오래 걸리잖아유. 요크셔는 시상에서 해가 젤루 쨍쨍한 곳이에유. 내가 전에 아가씨헌티 그랬잖아유. 쬐끔만 있으믄 황무지를 좋아하게 될 거라구. 쬐끔만 기다려 봐유. 황금색 가시금 작화랑 양골담초랑 진홍색 종처럼 생긴 히스꽃을 볼 수 있어유. 수백 마리나 되는 나비가 날아댕기구 별도 붕붕거리구 종달새가 저그 높이까지 올라가서 노래 부르는 것도 볼 수 있쥬. 아가씨두 디콘처럼 해가 뜨자마자 밖으루 나가서 온종일 살고 싶어질 거예유."

메리가 창문 너머로 저 멀리까지 펼쳐진 파란빛을 바라보며 간절하게 물었다.

"내가 저기에 갈 수 있을까?"

밖은 도무지 이 세상 것 같지 않은 아름답고 넓은 파란빛으로 물들어 있었다.

"모르겠네유. 아가씨는 태어나서 여태까지 두 다리를 써본 것 같지 않으니께유. 내가 보기엔 그래유. 아가씨는 8킬로미터는 못 걸을 거예유. 우리 오두막까지 8킬로미터나 가야 되거든유."

"난 너희 오두막집을 보고 싶어."

마사는 잠시 호기심 어린 얼굴로 메리를 쳐다보다가 다시 솔을 들고 벽난로의 장작 받침쇠를 쓸기 시작했다. 마사는 메리의 조그맣고 못생긴 얼굴이 첫날 아침에 본 것처럼 심술궂어 보이지 않는다는 생각을 하고 있었다. 동생 수잔 앤이 뭔가를 간절하게 원할 때와 비슷해 보였다.

"우리 엄니한테 물어볼게유. 엄니는 뭘 어떻게 해야 허는지 아는 분이니께유. 마침 오늘은 쉬는 날이라 집에 갈 거예유. 아, 너무 좋아유. 메들록 부인이 우리 엄니를 좋게 생각허니께 엄니가 메들록 부인헌티 잘 말해 줄 수 있을 거예유."

"난 너희 어머니가 좋아."

마사가 솔질을 멈추고 맞장구쳤다.

"그럴 줄 알았슈."

"한 번도 본 적은 없지만."

"그래유. 한 번도 못 봤쥬."

마사는 자리에서 일어나 잠시 당황스러운 듯 손등으로 코를 문지르더니 자신 있게 말했다.

"그래유. 울 엄니는 분별 있구 일도 열심히 하구 성격도 좋구 깔끔한 분이어유. 그래서 봤든 못 봤든 누구나 울 엄니를 좋아하지 않을 수 읎어유. 난 쉬는 날 집에 갈 때믄 너무 좋아서 황무지를 펄쩍펄쩍 뛰면서 간다니께유."

메리가 다시 말했다.

"난 디콘도 좋아. 그 애도 한 번도 못 봤지만."

그러자 마사가 단호하게 말했다.

"글쎄유, 내가 아가씨헌티 새건 토끼건 들에 사는 양이건 망아지건 여우건 죄다 우리 디콘을 좋아한다고 했잖아유. 그런디 우리 디콘은 아가씨를 우찌 생각할까유?"

마사는 생각에 잠긴 얼굴로 메리를 빤히 쳐다보았다.

메리는 특유의 뻣뻣하고 쌀쌀맞은 말투로 대답했다.

"디콘은 아마 날 좋아하지 않을 거야. 날 좋아하는 사람은 아무도 없으니까."

마사는 다시 생각에 잠겼다.

"아가씨는 자기를 어떻게 생각하는디유?"

정말로 궁금해하는 얼굴이었다.

메리는 잠시 머뭇거리며 생각에 잠겼다.

"좋아하지 않아. 하나도. 그런데 옛날에는 이런 걸 생각해 본 적도 없어."

마사는 무슨 기억이 떠오르는지 씩 웃었다.

"울 엄니가 전에 나헌티 하신 말씀이 있어유. 엄니는 빨래를 허고 계시구 나는 화딱지가 나서 누구 욕을 하고 있었거든유. 그랬더니 엄니가 고개를 홱 돌리구 이렇게 말씀하셨어유. '못돼처먹은 지지배! 거기 서가지구 누가 맘에 안 들구 누가 싫구 잘도 말허네. 그러믄 넌 널 어떻게 생각하는디?' 그 말을 듣구는 웃음이 픽 나오구 곧바루 정신이 들었어유."

마사는 메리에게 아침을 차려 주고 잔뜩 들뜬 기분으로 나갔다. 황무지를 8킬로미터나 걸어서 오두막으로 갈 것이다. 그리고 어머니를 도와 빨래를 하고 일주일 동안 먹을 빵을 구우면서 신나게 보내겠지.

메리는 마사가 없다는 생각을 하니 쓸쓸해졌다. 그래서 잽싸게 뜰로 나갔다. 메리가 밖으로 나가 가장 먼저 한 일은 분수대가 있는 뜰을 열 바퀴나 도는 것이었다. 메리는 몇 바퀴인지 꼼꼼하게 세었다. 열 바퀴를 다 돌고 나니 기분이 좀 나아졌다. 햇살이 내리쬔 뜰은 완전히 새롭게 보였다. 높고 깊고 파란 하늘이 황무지뿐만 아니라 미셀스와이트 장원 위로 아치처럼 걸려 있었다. 메리는 눈처럼 하얀 구름 위에 누워 둥둥 떠다니면 어떤 기분이 들지 상상하면서 계속 하늘을 올려다보았다. 처음에 갔던 텃밭에 들어가니 벤 웨더스타프 노인이 정원사 두 명과 함께 일하고 있었다. 날씨가 좋아서 그런지 기분이 좋은 노인이 먼저 메리에게 말을 걸었다.

"봄이 오고 있구먼유. 냄새가 나유?"

메리는 코를 킁킁거리면서 냄새가 난다고 생각했다.

"신선하고 축축하고 좋은 냄새가 나."

노인은 땅을 파면서 말했다.

"기름진 흙냄새예유. 뭘 키울 준비를 하니께 흙도 기분이 좋아진 게지유. 씨 뿌릴 때가 되믄 흙도 좋아해유. 겨울에 할 일이 없으믄 흙도 심심해허구. 저기 뜰에서두 땅속에서 뭔가가 꼼지락거리고 있을 거예유. 태양이 따땃허게 해주니께. 쪼끔만 있으믄 꺼먼 흙에서 파란 싹이 올라오는 걸 볼 수 있을 거예유."

"그게 자라서 뭐가 되는데?"

"크로커스, 아네모네, 수선화유. 한 번두 못 봤남유?"

"못 봤어. 인도에서는 비가 오고 나면 덥고 축축하고 온통 푸르게 변하거든. 그래서 난 하루에 다 자라는 줄 알았지."

"하루에 다 자라는 게 아녜유. 기다려야 자라쥬. 이짝에서 쬐끔 솟아났다 싶으믄 저짝에서 또 튀어나오구. 오늘은 이짝 이파리가 펴졌다 싶으믄 내일은 또 저짝 잎이 펴져유. 한번 봐유."

"그렇게 할게."

곧 부드럽게 바스락거리는 날갯짓 소리가 들렸다. 메리는 단번에 붉은가슴울새가 온 걸 알았다. 새는 활기와 자신감이 넘쳐보였다. 발치에서 폴짝 뛰어다니며 고개를 한쪽으로 갸우뚱하고 장난스럽게 올려다보는 새를 보면서 메리는 벤 웨더스타프 노인에게 물었다.

"얘가 날 기억하는 걸까?"

"기억할까라니유! 채소밭에 있는 배추 한 포기까지 하나하나 다 아는 눔인디. 사람은 말할 것두 없쥬. 여그서 쬐끄만 아가씨를 한 번두 본 적이 없으니께 아가씨에 대해서 전부 알아내려구 결심했을 거예유. 이눔한티는 뭘 숨기려구 해도 소용없어유."

"얘가 사는 뜰에서도 땅속에서 뭔가가 꼼지락거릴까?"

벤 웨더스타프 노인은 다시 무뚝뚝해져서 툴툴거렸다.

"뭔 뜰 말예유?"

"늙은 장미나무가 있는 뜰 말이야. 거기 꽃들은 다 죽었을까? 여름에 다시 살아나는 것도 있을까? 거기 옛날에는 장미가 피었었지?"

노인이 붉은가슴울새 쪽으로 어깻짓을 했다.

"저눔한테 물어봐유. 그걸 아는 건 저눔뿐이니께. 10년 동안 들어가 본 사람은 아무도 없으니께유."

메리는 10년이면 긴 시간이라고 생각했다. 메리가 태어난 게 10년 전이었으니까.

메리는 생각에 잠겨 천천히 걸었다. 붉은가슴울새와 디콘과 마사의 어머니가 좋아진 것처럼 그 뜰도 좋아지기 시작했다. 자기가 좋아하는 사람이 너무 많은 것처럼 느껴졌다. 특히 누구를 좋아하는 일에 익숙하지 않은 메리에게는 그랬다. 메리는 붉은 가슴울새를 자기가 좋아하는 '사람들' 중 하나라고 여겼다. 메리는 나무 꼭대기를 보려고 담쟁이덩굴로 덮인 기다란 담의 바깥쪽 길로 걸어갔다. 두 번째로 그 길을 왔다 갔다 할 때 흥미롭고 신나는 일이 벌어졌다. 바로 붉은가슴울새 덕분이었다.

메리가 지저귀는 새소리를 듣고 왼쪽에 있는 텅 빈 꽃밭을 바라보니 붉은가슴울새가 땅을 쪼는 시늉을 하고 있었다. 마치 자기는 메리를 따라온 게 아니라고 확인이라도 시켜 주듯 폴짝폴짝 뛰기도 했다. 하지만 메리는 새가 자기를 따라왔다는 사실을 알고 있었다. 놀라움과 기쁨으로 가득 차서 몸이 조금 떨렸다.

"너 정말 날 기억하는구나! 날 기억해! 넌 세상에서 가장 예쁜 새야!"

메리는 짹짹거리면서 다정하게 말을 걸었고, 새는 폴짝폴짝 뛰어다니면서 꼬리를 흔들고 지저귀었다. 마치 말을 하고 있는 듯했다. 가슴의 빨간색 조끼는 공단으로 만든 것 같았다. 새는 너무도 멋지고 당당하고 예쁘게 그 조그만 가슴을 쭉 폈다. 마치 붉은가슴울새인 자기가 사람만큼 중요한 존재라는 사실을 보여 주려는 듯이. 계속 가까이 다가가도 새가 가만히 있자 메리는 고개를 숙여 새와 비슷한 소리를 내려고 애를 쓰며 말을 걸었다.

아! 이렇게 가까이 다가가게 해주다니! 새는 무슨 일이 있어도 메리가 자기에게 손을 뻗거나 조금이라도 놀라게 하지 않으리라는 것을 알고 있었다. 붉은가슴울새는 정말로 사람이기 때문에, 이 세상 그 누구보다 좋은 사람이기 때문에 그것을 아는 것이었다. 메리는 너무도 행복해서 숨을 쉴 수가 없었다.

꽃밭은 완전히 휑하지 않았다. 다년생 화초들은 겨울을 나기 위해 베어 버렸지만 꽃밭 뒤편으로 크고 작은 관목들이 자라고 있었다. 붉은가슴울새는 그 아래에서 폴짝폴짝 뛰어다녔다. 메리는 개가 두더지를 잡으려고 파헤쳐 놓은 흙 위에서 새가 폴짝거리는 모습을 바라보았다. 꽤 깊은 구덩이였다. 새는 그 위에 사뿐히 앉아 벌레를 찾고 있었다.

메리는 왜 거기에 구덩이가 있는지도 모른 채 쳐다보았다. 그때 새로 파헤쳐진 흙에 반쯤 묻힌 뭔가가 보였다. 녹슨 쇠나 놋

쇠로 된 고리 같았다. 새가 근처에 있는 나무로 날아오르자 메리는 손을 뻗어 고리를 꺼냈다. 그것은 단순한 고리가 아니었다. 오랫동안 땅에 묻혀 있던 것처럼 보이는 낡은 열쇠였다.

메리는 일어서서 겁에 질린 얼굴로 손가락에 걸려 있는 열쇠를 쳐다보았다.

"이게 10년 동안 땅속에 묻혀 있던 열쇠일까? 어쩜 맞을지도 몰라!"

08

길을 알려 준 붉은가슴울새

메리는 오랫동안 열쇠를 쳐다보았다. 이리 돌리고 저리 돌리면서 생각에 잠겼다. 메리는 어른에게 허락을 받거나 의논을 하도록 교육받은 적이 없었다. 메리가 열쇠를 보면서 한 생각은 만일 그 열쇠가 잠긴 뜰의 열쇠이고 문을 찾을 수 있다면, 문을 열어서 안이 어떻게 생긴지, 오래전에 심은 장미들이 어떻게 된지 볼 수 있다는 것뿐이었다.

메리가 그토록 뜰에 들어가고 싶어 한 이유는 뜰이 너무도 오랫동안 잠겨 있었기 때문이다. 틀림없이 다른 곳과는 다르게 10년 동안 뭔가 신기한 일이 벌어졌을 테니까. 게다가 그 뜰이 마음에 들면 날마다 들어가 문을 잠그고 놀잇거리를 만들어 혼자서 놀 수도 있지 않을까? 사람들은 메리가 어디에 있는지 알 수 없을 것이다. 뜰의 문은 여전히 잠겨 있고 열쇠는 땅에 묻혀 있다고 생각할 테니까. 여기까지 생각이 미치자 메리는 한껏 기분이 좋아졌다.

닫힌 방이 100개나 되는 집에서 혼자 지내는 데다 재미있는 놀잇거리가 하나도 없다 보니 움직이지 않던 머리가 돌아가고 상상력이 깨어나기 시작했다. 황무지에서 불어오는 신선하고 강하고 순수한 공기가 큰 역할을 한 것이 분명했다. 황무지의 공기는 메리의 식욕을 돋우고 몸속의 피가 활발하게 돌게 만든 것처럼 메리의 정신도 깨어나게 했다. 인도에서는 항상 너무 덥고 나른하고 몸이 골골해서 무슨 일에도 별로 신경 쓰지 않았지만 이곳에서는 여기저기 관심을 기울이고 새로운 일을 하고 싶어졌다. 이유는 알 수 없었지만 메리는 벌써 자신이 예전 같은 '심술쟁이'처럼 느껴지지 않았다.

메리는 주머니에 열쇠를 넣고 산책로를 오르락내리락했다. 메리 외에는 아무도 그곳에 오지 않았으므로 천천히 걸으면서 담을, 아니 담을 덮은 담쟁이덩굴을 살펴볼 수 있었다. 담쟁이 덩굴을 보고 있자니 어딘가에 분명히 문이 있을 거라는 사실이 도무지 이해되지 않았다. 아무리 쳐다봐도 빽빽하고 반들거리는 짙은 초록색 잎사귀밖에 보이지 않았다. 메리는 실망이 컸다. 산책로를 걷다가 담 안쪽의 나무 꼭대기를 올려다보고 있자니 심술쟁이 성격이 되살아났다. 바로 가까이에 있는데도 안으로 들어갈 수가 없다니, 정말 바보 같은 일이라고 생각했다. 집으로 돌아가는 길에 메리는 주머니에서 열쇠를 꺼내 보면서 문을 찾으면 곧바로 들어갈 수 있도록 밖에 나갈 때마다 항상 열쇠를 가지고 다녀야겠다고 결심했다.

메들록 부인은 마사에게 오두막에서 자고 와도 된다고 허락해 주었다. 마사는 이튿날 아침 발그레해진 뺨에 한껏 들뜬 기분으로 미셀스와이트 장원으로 돌아왔다.

"새벽 4시에 일어났어유. 해가 뜰 때쯤 되니께 새들이 잠에서 깨구 토끼가 뛰어댕기구 황무지가 엄청 이쁘더라구유. 여기까지 계속 걸어오지는 않았쥬. 누가 마차에 태워 줘서 신나게 타고 왔어유."

마사에게는 쉬는 하루 동안 일어난 재미있는 이야기가 그득했다. 마사의 어머니는 마사를 보며 반가워했고 두 사람은 온종일 빵을 굽고 빨래를 했다. 마사는 동생들에게 흑설탕이 조금 들어간 케이크를 하나씩 만들어 주기까지 했다.

"황무지에서 놀다 들어온 동상들헌티 뜨끈뜨끈한 케이크를 줬어유. 깨끗헌 오두막에 빵 냄새가 가득허구 불이 활활 타구 있으니께 동상들이 좋아서 소리를 질렀쥬. 디콘은 우리 오두막이 왕이 살 정도로 좋다고 했구유."

저녁이 되어 마사네 가족은 난롯가에 둘러앉았다. 마사와 어머니는 찢어진 옷을 깁고 구멍 난 양말을 꿰맸다. 마사는 인도에서 온 여자아이 이야기를 들려주었다. 그 아이는 태어날 때부터 줄곧 마사가 '깜둥이'라고 부르는 사람들에게 시중을 받아서 혼자 힘으로 양말도 신을 줄 모른다는 이야기도 해주었다.

"아이구! 식구덜이 아가씨 얘기를 어찌나 좋아하는지 몰라유. 깜둥이덜 얘기랑 아가씨가 타고 온 배 얘기를 듣고 싶대유. 그런디 내가 잘 모르잖아유."

메리는 잠시 생각에 잠겼다.

"그럼 다음 쉬는 날까지 아주 많이 얘기해 줄게. 네가 식구들한테 얘기해 줄 수 있도록 말이야. 너희 식구들은 코끼리랑 낙타를 타는 얘기나 장교들이 호랑이 사냥을 하러 가는 얘기도 좋아할 거야."

"와아! 동상덜이 엄청 좋아하겠네유. 참말로 그렇게 해주실래유, 아가씨? 예전에 요크셔에서 야생동물 쇼가 열린 얘기를 들은 적 있는디 그거랑 비슷하겠네유."

메리는 곰곰이 생각하면서 천천히 말했다.

"인도는 요크셔하고 완전히 달라. 난 그런 생각은 한 번도 해보지 못했어. 디콘하고 너희 어머니도 내 얘기를 좋아했어?"

"그러믄유. 디콘은 눈이 튀어나올 정도루 커졌다니께유. 근디 엄니는 아가씨가 늘 혼자 있어야 한다구 성을 냈어유. '크레이븐 씨가 아가씨한테 가정교사나 보모를 붙여 주지 않았냐?' 하구 말예유. 그래서 내가 '안 붙여 줬어유. 메들록 부인은 주인 나리가 생각나면 그렇게 해주실 거라고 했는디, 아마 2~3년 동안은 생각을 못하실 거래유.'라고 말씀드렸쥬."

그러자 메리가 날카롭게 말했다.

"난 가정교사가 싫어."

"우리 엄니는 아가씨가 인제 책을 배워야 하니께 아가씨를 돌봐 줄 여자가 있어야 한다구 했어유. '마사야, 네가 그 넓은 집에서 엄니도 없이 혼자 돌아다닌다면 기분이 어떨지 한번 생각해 봐라. 아가씨가 기운 날 수 있게 네가 정성을 다해야 헌다.' 그래서 알았다고 했쥬."

메리는 오랫동안 마사를 똑바로 쳐다보았다.

"넌 정말로 날 기운 나게 해주는구나. 난 네 이야기를 듣는 게 좋아."

마사는 방에서 나가더니 손으로 무언가를 쥔 채 앞치마로 가리고 들어와서는 기분 좋게 씩 웃었다.

"이게 뭘까유? 아가씨한테 줄 선물이에유."

메리가 소리쳤다.

"선물이라고!"

열넷이나 되는 식구가 배를 곯으며 사는 좁아터진 오두막에서 누군가에게 선물을 줄 수 있다니!

"보따리장수가 마차로 황무지를 지나다 우리 집 앞에서 멈췄어유. 냄비랑 프라이팬이랑 이런저런 잡동사니를 가지고 왔는

디 우리 엄니는 돈이 읎어서 암것두 살 수가 없었쥬. 보따리장
수가 그냥 갈라구 하는디 우리 동생 엘리자베스 엘렌이 '엄니,
손잡이가 뺄정구 퍼런 줄넘기가 있네유!' 하구 소리쳤어유. 그
러니께 엄니가 '이봐유, 잠깐 기다려 봐유! 그 줄넘기 을마유?'
이렇게 소리치는 게 아니겠어유? 보따리장수가 '2펜스구먼유.'
하니께 엄니가 주머니를 뒤적거리면서 나한테 그랬어유. '마사
야, 네가 착하게두 봉급 받은 걸 갖다 줬잖냐. 내가 네 군데에
똑같이 나눠서 됐는디 2펜스만 꺼내서 갸한테 줄넘기를 사줘야
쓰겠다.' 이게 엄니가 산 줄넘기예유."

　마사는 앞치마 아래에서 자랑스럽게 줄넘기를 꺼냈다. 양쪽
끝에 빨간색과 파란색 줄무늬 모양의 손잡이가 달린 튼튼하고
가느다란 줄이었다. 하지만 태어나서 한 번도 줄넘기를 본 적이
없는 메리는 어리둥절한 표정으로 쳐다볼 뿐이었다. 그러고는
신기한 듯 물었다.

　"어디에 쓰는 거야?"

　"아이구, 이게 어디에 쓰는 거냐구유! 인도에는 줄넘기가 없
어유? 코끼리랑 호랑이랑 낙타두 있는디! 잘 봐유, 어디에 쓰는
물건인지 보여 줄게유."

　마사는 방 한가운데로 성큼 달려가더니 양손으로 손잡이를
하나씩 붙잡고 펄쩍펄쩍 뛰며 줄을 넘기 시작했다. 메리는 의자
에서 고개를 돌려 마사를 쳐다보았다. 오래된 초상화 속의 괴상

한 얼굴들도 천한 오두막집 딸이 뻔뻔스럽게 자기들 코앞에서 대체 뭘 하는지 궁금해하며 쳐다보는 것 같았다. 하지만 마사는 초상화 따위는 쳐다보지도 않았다. 그저 메리 아가씨의 얼굴에 호기심 어린 표정이 나타나자 기뻐서 100을 셀 때까지 줄을 넘었다. 줄넘기를 마친 다음 마사가 말했다.

"원래는 더 많이 할 수 있는디. 열두 살 때는 500번이나 했다니까유. 허긴, 그때는 지금처럼 뚱뚱하지도 않았구 매일매일 연습을 했거든유."

메리는 흥이 나 의자에서 일어섰다.

"마음에 들어. 너희 엄마는 친절한 분이야. 나도 너처럼 줄을 넘을 수 있을까?"

"한번 해봐유. 처음부터 100번은 못해두 매일 연습하면 늘어유. 엄니가 '갸한티 줄넘기만큼 좋은 게 없을 거여. 어린애들한티 줄넘기만큼 좋은 장난감은 없는 법이여. 신선한 공기를 마시면서 팔다리를 쭉쭉 펴구 줄넘기를 하믄 튼튼해질 거여.'라구 했거든유."

메리가 줄넘기를 시작하자마자 팔다리에 힘이 없다는 사실이 분명히 드러났다. 메리는 잘하지는 못했지만 줄넘기가 마음에 들어서 그만두고 싶지 않았다.

"옷 입구 나가서 뛰어 봐유. 엄니가 아가씨를 되도록 밖으로 나가게 하라구 했어유. 비 오는 날두 따숩게 입고 나가게 하라구유."

메리는 코트를 입고 모자를 쓰고 팔에 줄넘기를 걸쳤다. 밖으로 나가려고 문을 열었다가 갑자기 무슨 생각이 나 느릿느릿 되돌아왔다.

"마사, 사실 네 월급으로 산 거잖아. 그 2펜스는 네 돈인데. 고마워."

메리는 사람들에게 고마워하거나 누가 자기를 생각해 준다는 것을 알아차리는 데 익숙하지 않으므로 딱딱한 말투로 말했다.

"고마워."

메리는 달리 어떻게 해야 할지 몰라 한 손을 내밀었다.

마사도 이런 일에 익숙하지 않은 듯 손을 내밀어 어색하게 흔들더니 웃음을 터뜨렸다.

"아이구! 아가씨는 괴상한 노인네 같아유. 우리 엘리자베스 엘렌 같으믄 나한티 뽀뽀를 해줄 틴디."

메리는 그 어느 때보다 뻣뻣한 표정이었다.

"내가 뽀뽀해 주면 좋겠니?"

마사가 또다시 웃음을 터뜨렸다.

"아니유. 아가씨가 다른 사람이믄 그러구 싶었겠쥬. 그치만 아가씨는 아가씨잖아유. 나가서 줄넘기하구 놀아유."

메리는 약간 어색함을 느끼며 밖으로 나갔다. 요크셔 사람들은 별나 보였고 메리에게 마사는 언제나 수수께끼 같았다. 처음에는 마사가 싫었지만 이제는 아니었다.

줄넘기는 놀라운 물건이었다. 메리는 줄을 넘으면서 볼이 빨개지도록 숫자를 셌다. 세상에 태어나 이렇게 재미있는 일은 처음이었다. 해는 반짝반짝 빛났고 바람이 살랑살랑 불어왔다. 거친 바람이 아니라 새로 갈아엎어 상쾌한 흙냄새를 실은 기분 좋은 바람이었다. 메리는 줄넘기를 하면서 분수대가 있는 뜰을 빙 돌고 산책로를 오르락내리락했다. 마침내 텃밭으로 들어가니 땅을 파면서 붉은가슴울새와 이야기하는 벤 웨더스타프 노인이 보였다. 새는 노인 주변에서 폴짝폴짝 뛰고 있었다. 메리가 줄넘기를 하면서 다가가자 새는 고개를 들고 신기하다는 듯이 쳐다보았다. 메리는 새가 자기를 알아보는지 궁금했다. 새에게 줄넘기하는 모습을 꼭 보여 주고 싶었다.

"아이구! 시상에! 아가씨도 어린애구먼. 아가씨 핏줄에 시큼헌 버터밀크(버터를 만들고 남은 신맛 나는 우유 - 옮긴이)가 아니라 어린애의 피가 흐르구 있었네유. 줄넘기를 해서 뺨이 빨개진 게지. 그건 내 이름이 벤 웨더스타프인 것만큼 분명허네유. 아

가씨가 줄넘기를 할 수 있을 줄은 몰랐는디."

"예전에는 한 번도 해본 적이 없어. 오늘 처음 해보는걸. 아직은 스무 개밖에 못 해."

"계속해유. 그러믄 이교도들하고 산 어린애치고는 체력이 좋아질 테니께. 저눔이 아가씨를 쳐다보는 것 좀 봐유."

노인은 고개로 붉은가슴울새를 가리켰다.

"어제 저눔이 아가씰 따라갔잖유. 아마 오늘도 그럴 거구먼유. 줄넘기가 뭔지 알아내려고 정신없을 테쥬. 줄넘기를 처음 봤으니께."

노인은 새를 향해서 절레절레 고개를 흔들었다.

"이눔아, 조심혀. 언젠가 그눔의 호기심 때미 혼쭐날 날이 올 거여."

메리는 몇 분마다 한 번씩 쉬어 가면서 모든 뜰과 과수원을 돌았다. 마침내 자기만 가는 그 특별한 산책로로 가서는 그 길 처음부터 끝까지 쉬지 않고 줄넘기를 할 수 있는지 알아보았다. 길이 꽤 길어 천천히 시작했지만 반도 못 가 덥고 숨이 차서 멈추고 말았다. 하지만 벌써 서른 번 넘게 넘었기 때문에 상관은 없었다. 메리는 기분이 좋아 웃음을 터뜨리며 멈추었다.

그런데 맙소사, 놀랍게도 붉은가슴울새가 길게 뻗은 담쟁이 덩굴 가지에 앉아 몸을 흔들고 있었다. 메리를 따라온 것이었다. 새는 짹짹거리면서 메리에게 인사했다. 메리는 줄넘기를 하면서 새에게 다가갔다. 뛸 때마다 주머니에서 뭔가 묵직한 것이 부딪혔다. 메리는 새를 보고 또 웃음을 터뜨렸다.

"어제 네가 나한테 열쇠 있는 곳을 가르쳐 줬잖아. 오늘은 문이 있는 곳을 알려 줘. 네가 꼭 알고 있을 거라고는 생각하지 않지만."

담쟁이덩굴에 앉아 몸을 흔들던 새는 담장 꼭대기로 날아가 앉더니 부리를 벌리고 큰 소리로 사랑스럽게 노래를 부르며 뽐냈다. 세상에 붉은가슴울새가 뽐낼 때만큼 사랑스러운 모습은 없다. 그리고 붉은가슴울새들은 거의 언제나 뽐을 내며 그런 모습을 보인다.

메리 레녹스는 아야에게 마법 이야기를 많이 들었다. 훗날 메리는 그때 일어난 일이 마법이라고 말했다.

산책로에 한바탕 기분 좋은 바람이 불어왔다. 그러나 손질하지 않은 담쟁이덩굴의 축 처진 가지가 흔들릴 만큼 센 바람이었다. 메리가 붉은가슴울새에게 다가가려던 순간, 갑자기 쌩하고 불어온 바람에 축 처진 담쟁이덩굴이 옆으로 밀려날 정도였다. 메리도 그쪽으로 펄쩍 뛰면서 담쟁이덩굴을 움켜쥐었다. 그런데 줄기 아래로 뭔가 보였다. 담쟁이덩굴로 뒤덮인 동그란 손잡이였다. 문의 손잡이였다.

메리는 잎사귀 아래로 양손을 넣어 덩굴을 잡아당기고 옆으로 제쳤다. 덩굴은 빽빽하게 들어차 있었지만 흔들리는 커튼처

럼 느슨했다. 문의 쇠와 나무로 된 부분에 줄기가 얽혀 있기는
했다. 메리는 너무 기쁘고 설레어 가슴이 쿵쿵 뛰기 시작했다.
붉은가슴울새도 메리만큼 신이 나 계속 지저귀면서 노래를 불
렀다. 손아래로 쇠로 된 네모난 무언가가 만져졌다. 구멍도 하
나 만져지는데 뭘까?

그것은 10년 동안 잠겨 있던 문의 열쇠 구멍이었다. 메리가
주머니에서 열쇠를 꺼내 구멍에 꽂아 보니 딱 맞았다. 열쇠를
돌리자, 두 손을 써야 하기는 했지만 열쇠가 조금씩 돌아갔다.

메리는 길게 한숨을 내쉬고 산책로에 누가 오는지 뒤를 살펴
보았다. 아무도 없었다. 그 길에는 아무도 온 적이 없는 것 같았
다. 자기도 모르게 또다시 긴 한숨이 나왔다. 메리는 커튼처럼
늘어진 담쟁이덩굴을 젖히고 문을 밀었다. 천천히 문이 열렸다.
천천히.

안으로 살며시 들어가 문을 닫고 기대어 서서 주변을 둘러보
았다. 설렘과 경이로움, 기쁨으로 숨이 빨라졌다.

메리는 비밀의 뜰 안에 서있었다.

09

정말 이상한 집

그곳은 사람이 상상할 수 있는 곳 중에서 가장 근사하고도 수수께끼 같은 곳이었다. 높다란 담장에는 잎이 다 떨어지고 없는 장미 줄기가 빽빽하게 얽혀 있었다. 메리 레녹스는 인도에서 장미를 많이 본 터라 그것이 장미라는 것을 알았다. 겨울이라 땅을 온통 덮은 풀은 누런색이었고 살아 있다면 분명히 장미꽃이 피어날 관목들이 무리 지어 있었다. 지지대를 세워 놓은 장미도 가득 있었는데, 가지가 잔뜩 뻗어서 조그만 나무처럼 보였다.

뜰에는 다른 나무들도 있었지만, 이 뜰이 신기하고 아름다워 보이는 이유는 다름 아닌 덩굴장미 때문이었다. 덩굴장미가 다른 나무들을 뒤덮고 기다란 덩굴손을 가벼운 커튼처럼 살랑살랑 흔들어 늘어뜨리거나 서로 뒤엉키거나 멀리 떨어져 있는 가지를 붙잡기도 하면서 이쪽 나무에서 저쪽 나무로 살금살금 뻗어 사랑스러운 다리 모양을 이룬 덕분이었다.

지금은 꽃이나 잎사귀가 달려 있지 않아서 메리는 장미가 죽은지 산지 알 수 없었지만, 옅은 잿빛이나 갈색의 덩굴장미 가지는 담과 나무 할 것 없이 어디든 마치 장막처럼 뒤덮고 있었다. 심지어 누런 풀을 덮고 땅까지 뻗어 있었다. 뜰은 뿌연 덩굴장미로 뒤덮여 신비스럽게만 보였다.

메리는 오랫동안 버려진 뜰이니 다른 곳과 다를 것이라고 생각하기는 했었다. 그런데 정말로 이곳은 메리가 태어나서 본 그 어떤 곳과도 달랐다.

메리가 작게 속삭였다.

"이렇게 조용할 수가! 정말 조용해!"

메리는 잠시 동안 고요함에 귀를 기울이면서 기다렸다. 나무 꼭대기로 날아오른 붉은가슴울새도 다른 모든 것처럼 조용했다. 날개를 퍼덕이지도 않았다. 꿈쩍도 하지 않고 앉아서 메리를 쳐다볼 뿐이었다.

"당연히 조용할 수밖에 없겠지. 내가 10년 만에 처음 여기서 말을 하고 있으니까."

메리는 누군가를 깨울까 봐 겁나는 듯 문에서 살금살금 걸음을 옮겼다. 발아래로 깔린 풀 덕분에 발소리가 나지 않아서 다행이었다. 메리는 동화에 나올 법한 잿빛 덩굴장미 아래로 걸어가, 아치를 이루는 잔가지와 덩굴손을 올려다보았다.

"전부 죽은 걸까? 다 죽어 버린 뜰일까? 아니면 좋겠어."

정원사 벤 웨더스타프 노인이라면 보기만 해도 나무가 살았는지 죽었는지 알 수 있겠지만 메리는 갈색이나 잿빛의 가지가 있다는 것과, 새싹이 돋은 흔적은 그 어디서도 찾아볼 수 없다는 것만 알 뿐이었다.

하지만 메리는 이 놀라운 뜰 안에 있었다. 언제든지 담쟁이덩굴에 가려진 문으로 들어올 수 있었다. 마치 혼자만의 세상을 발견한 기분이었다.

뜰을 둘러싼 담장 안으로 해가 반짝였고 미셀스와이트 장원의 이 특별한 공간 위로 아치처럼 높다랗게 파란 하늘이 걸려 있었다. 황무지의 하늘보다 훨씬 밝고 푸른 하늘이었다. 붉은가슴울새는 나무 꼭대기에서 내려와 폴짝 뛰어다니거나 관목 사이를 날아다녔다. 메리에게 이것저것 구경시켜 주려는 듯 바쁘게 지저귀며 움직였다.

모든 것이 기묘하고 고요해서 메리는 다른 사람들에게서 수백 킬로미터나 떨어진 곳에 와있는 기분이 들었지만 조금도 외롭지가 않았다. 그저 장미가 전부 죽었는지, 날씨가 따뜻해지면 일부는 새싹이 돋아날지 알고 싶을 뿐이었다. 뜰이 완전히 죽은 것이 아니기를 바랐다. 뜰이 살아 있다면 얼마나 멋질까! 사방에서 장미꽃 수천 송이가 피어날 텐데…….

메리는 팔에 줄넘기를 걸친 채 뜰에 들어왔다. 한동안 여기저기 걸어 다니며 구경한 후 메리는 줄넘기를 하면서 전체를 구경하기로 했다. 뭔가 살펴보고 싶으면 그때그때 멈출 생각이었다. 예전에는 풀이 깔린 길이 여기저기 있던 듯했고, 구석의 한두 군데 상록수로 둘러싸인 오목한 자리에는 돌로 만든 의자와 이끼 덮인 기다란 꽃병이 놓여 있었다.

메리는 두 번째로 발견한 오목한 자리로 다가가려다 줄넘기를 멈추었다. 그 안에는 한때 꽃밭이 있던 것 같았다. 메리는 시커먼 흙에서 튀어나온 뭔가를 본 듯했다. 뾰족하게 튀어나온 연한 초록색 새싹이었다. 메리는 벤 웨더스타프 노인의 말을 떠올리면서 무릎을 꿇고 그것을 내려다보았다.

"그래. 조그만 것들이 자라고 있어. 크로커스나 아네모네나 수선화일 거야."

메리는 허리를 굽혀 축축한 땅에서 나는 신선한 냄새를 맡았다. 냄새가 정말 좋았다.

"다른 곳에서도 이런 게 솟아나고 있을 거야. 뜰 안을 전부 살펴봐야겠어."

메리는 줄넘기를 하지 않고 걸었다. 땅을 내려다보면서 천천히 걸었다. 가장자리에 있는 오래된 꽃밭과 풀 사이도 살피고 그다음에는 하나도 놓치지 않으려고 한 바퀴 빙 돌았다. 뾰족한 연두색 새싹을 더 찾아냈다.

"이 뜰은 완전히 죽은 게 아니야. 장미는 죽은지 몰라도 다른 것들은 살아 있어."

원예에 대해서 메리는 전혀 몰랐다. 하지만 풀이 너무 빽빽하면 연둣빛 새싹이 자랄 공간이 충분하지 않다는 것쯤은 알고 있었다. 메리는 뾰족한 막대기를 찾아 무릎을 꿇고 땅을 팠다. 그리고 풀을 뽑아내 새싹 둘레에 작고 깔끔한 공간을 터주었다.

"이제는 새싹들이 숨을 쉴 수 있겠어."

첫 번째 자리에서 풀을 다 뽑아내고 메리가 말했다.

"다른 곳들도 해줘야겠어. 보이는 대로 뽑아 줘야지. 오늘 다 못하면 내일 다시 와서 하면 돼."

메리는 여기저기 옮겨 다니면서 땅을 파고 풀을 뽑았다. 무척이나 재미있어서 꽃밭에서 꽃밭으로, 풀밭에서 나무 아래로 옮겨 다니면서 했다. 그러다 보니 무척 더워 처음에는 코트를 벗고 나중에는 모자까지 벗었다. 메리는 자기도 모르는 사이 풀과 연둣빛 새싹을 내려다보며 미소 짓고 있었다.

붉은가슴울새도 정신없이 바빴다. 자기가 사는 뜰이 정리되기 시작하는 모습을 보고 무척 기뻐했다. 새는 벤 웨더스타프 노인을 보고 신기해할 때가 많았다. 노인이 손질을 끝낼 때마다 땅에서 온갖 맛있는 먹이들이 나왔기 때문이다.

그런데 이제 자기가 사는 곳에도

신기한 생물체가 왔다. 몸집은 벤 노인의 절반도 되지 않지만 들어오자마자 곧바로 손질을 시작할 만큼 영리한 생물체였다.

메리는 점심을 먹으러 가야 할 때까지 뜰에서 일했다. 사실은 점심시간이라는 사실을 좀 늦게 알아차렸다. 코트를 입고 모자를 쓰고 줄넘기를 집어 들었다. 두세 시간 동안이나 일했다는 사실이 믿어지지 않았다. 일하는 내내 행복하기만 했다. 말끔하게 정돈된 땅 위로 수십 개의 연둣빛 새싹이 보였다. 풀과 잔디로 숨 막히던 때보다 훨씬 더 기운차 보였다.

"밥 먹고 다시 올게."

메리는 자기의 새로운 왕국을 둘러보며 나무와 덩굴장미를 향해 말했다. 그것들이 마치 자신의 말을 알아듣기라도

하는 것처럼.

메리는 가볍게 풀밭을 가로질러 가서 낡은 문을 천천히 열었다. 그리고 담쟁이덩굴 아래에 난 문으로 살그머니 빠져나갔다. 메리가 발그레한 뺨과 반짝거리는 눈을 하고 점심을 잔뜩 먹자 마사는 몹시 기뻐했다.

"괴기 두 조각에 라이스 푸딩도 두 그릇이나! 와아! 줄넘기 덕분에 아가씨가 이렇게 달라진 걸 알믄 엄니가 엄청 기뻐하실 거예유."

메리는 아까 뾰족한 막대기로 땅을 파다가 양파처럼 생긴 하얀 뿌리를 파냈다. 제자리에 돌려놓고 조심스럽게 흙으로 덮어 주었는데, 그게 뭔지 마사가 알려 줄 수 있을지 궁금했다.

"마사, 양파처럼 생긴 하얀 뿌리가 뭔지 알아?"

"구근이에유. 봄에 피는 꽃 중에는 구근에서 나는 것덜이 많아유. 아주 작은 것덜은 아네모네랑 크로커스구 큰 것덜은 하얀 수선화랑 노랑 수선화랑 나팔수선화구유. 제일 큰 것들은 백합이랑 보라색 붓꽃인디 아주 이쁘쥬. 디콘이 우리 꽃밭에두 잔뜩 심어 놨어유."

메리는 문득 새로운 생각이 나서 물었다.

"디콘은 구근에 대해서 뭐든 알아?"

"우리 디콘은 벽돌 깔린 길에서두 꽃을 피울 수 있는 애예유. 우리 엄니가 그러는디 디콘이 속삭이믄 고것들이 자란대유."

메리가 걱정스럽게 물었다.

"구근은 오래 살아? 보살펴 주는 사람이 없어도 몇 년이고 살 수 있는 거야?"

"지들이 알아서 살아유. 그래서 가난한 사람들두 키울 수 있쥬. 성가시게 하지만 않으믄 평생 땅속에서 퍼져 나가 새끼를 만들 거든유. 여그 정원 숲에두 아네모네 천지예유. 봄이 되믄 요크셔에서 젤루 이쁜 게 아네모네예유. 그런디 언제 처음 심은 지는 아무도 몰라유."

"빨리 봄이 오면 좋겠어. 영국에서 자라는 걸 보고 싶거든."

메리는 점심을 다 먹고 자기가 가장 좋아하는 벽난로 깔개에 앉아서 마사에게 말을 걸었다.

"있잖아……, 나 작은 삽을 하나 갖고 싶어."

마사가 웃음을 터뜨리면서 물었다.

"삽을 어디다 쓰게유? 땅이라도 팔려구유? 엄니한테 그 야그도 꼭 해야 쓰겄네."

메리는 난롯불을 바라보며 잠시 생각에 잠겼다. 비밀의 왕국을 지키려면 조심해야만 했다. 메리가 해를 끼칠 만한 일을 하는 것은 아니지만 뜰의 문을 연 것을 크레이븐 고모부가 안다면 무섭게 화를 내고 새 열쇠로 영영 잠가 버릴 게 분명했다. 생각만 해도 견딜 수 없었다.

메리는 머릿속으로 말을 곱씹으며 차근차근 이야기했다.

"여기는 크기만 하고 외로운 곳이야. 집도 외롭고 정원도 외롭고……. 너무 많은 곳이 잠겨 있는 것 같아. 인도에서는 할 일이 별로 없었지만 원주민들이나 행진하는 군인들 같이 구경할 사람들이 많았어. 악대가 연주할 때도 있었고 내아야가 들려주는 이야기도 많았지. 여기에서는 너하고 벤 웨더스타프 할아버지 말고는 얘기할 사람이 없어. 하지만 넌 일하느라고 바쁘고 벤 웨더스타프 할아버지는 나한테 자주 말을 걸지 않아. 삽이라도 있으면 나도 땅을 파서 조그만 뜰을 만들 수 있을 것 같아. 벤 할아버지가 나한테 씨앗을 좀 준다면 말이야."

마사의 얼굴이 환해졌다.

"아이구! 우리 엄니가 한 말이랑 똑같네유! '그 큰 집에는 땅도 많은디 갸한테 땅을 조금만 주지 그런다냐? 파슬리허구 무밖에 심지 못하믄 좀 어뗘? 땅을 파구 긁어서 고르구 하믄 좋아헐 텐디.' 엄니가 한 글자도 틀리지 않구 그렇게 말씀하셨어유."

"그래? 너희 어머니는 모르시는 게 없구나!"

"맞아유! 울 엄니는 '자식을 열둘이나 키우는 여자는 글자 말고두 다른 걸 배우게 되는 법이여. 자식들을 키우다 보믄 산수처럼 여러 가지를 깨우치게 된다니께.'라고 하시쥬."

메리가 물었다.

"삽 하나에 얼마나 할까? 작은 걸로?"

"글씨유. 스와이트 마을에 가믄 가게가 하나 있는디 삽이랑 갈퀴랑 쇠스랑을 한꺼번에 묶어서 원예 세트로 팔아유. 다 합쳐서 2실링이었어유. 튼튼하니 쓸 만해 보였어유."

"지갑에는 돈이 그것보다 더 있어. 모리슨 부인이 5실링을 줬고 메들록 부인이 크레이븐 고모부가 준다면서 또 돈을 줬거든."

마사가 소리쳤다.

"주인 나리가 아가씨를 그렇게까지 생각하셨다구유?"

"내가 일주일에 용돈을 1실링씩 받게 될 거라고 메들록 부인이 그랬거든. 그래서 토요일마다 1실링씩 줘. 그 돈을 어디에 써야 할지 몰랐는데."

"시상에! 엄청나게 큰 돈이네유. 그걸루 뭐든 살 수 있겠어유. 우리 오두막집 월세가 1실링 3펜스인디 그 돈을 마련할라믄 사방으루 뛰어댕겨야 해유. 아, 방금 뭔가 생각났는디."

마사는 양손을 허리에 갖다 댔다.

메리가 잔뜩 기대하며 물었다.

"뭔데?"

"스와이트에 있는 가게에서 한 봉다리에 1페니씩 허는 꽃씨도 팔거든유. 우리 디콘은 어떤 꽃이 젤루 이뿌구 어떻게 키워야 잘 크는지 다 알고 있어유. 하루에도 몇 번씩 재미 삼아서 스와이트까지 걸어간다니께유."

그러고 나서 마사는 난데없이 물었다.

"아가씨 인쇄체 글자 쓸 줄 알어유?"

"쓸 줄은 알아."

마사가 고개를 흔들었다.

"우리 디콘은 인쇄체만 읽을 줄 알거든유. 아가씨가 인쇄체 글자를 쓸 줄 알믄 디콘한티 편지를 써서 원예 도구랑 꽃씨를 한꺼번에 사다 달라구 하는 거예유."

그러자 메리가 소리쳤다.

"넌 정말 좋은 사람이야! 정말로! 네가 이렇게까지 좋은 사람인 줄 몰랐어. 노력하면 인쇄체로 쓸 수 있을 거야. 메들록 부인한테 펜이랑 잉크랑 종이를 달라고 하자."

"나한테두 있어유. 일요일에 엄니한테 편지를 쓸라구 사뒀쥬. 가서 가져올게유."

마사는 밖으로 뛰어나갔고 메리는 너무도 기뻐하면서 난롯가에 선 채 마르고 조그만 손을 깍지 꼈다.

"삽이 있으면 흙을 부드럽게 파서 풀을 뽑을 수 있어. 씨앗을 구해서 꽃을 피우면 뜰이 절대로 죽지 않을 거야. 다시 살아날 거라구."

메리는 그날 오후 다시 밖으로 나가지 않았다. 펜과 잉크와 종이를 가지고 돌아온 마사는 테이블을 치우고 접시와 그릇을 아래층으로 날라야 했다. 마사가 부엌으로 들어가자 메들록 부인이 심부름을 시켰기 때문에 메리는 마사가 돌아올 때까지 기다려야만 했다. 그 시간이 너무도 길게 느껴졌다.

게다가 디콘에게 편지를 쓰는 것도 여간 어렵지 않았다. 메리를 싫어한 모든 가정교사들이 오래 붙어 있지 않으려고 한 탓에 메리는 많이 배우지 못했다. 열심히 노력해야만 간신히 인쇄체를 쓸 수 있는 정도였다. 마사는 다음과 같은 내용을 불러 메리에게 쓰도록 했다.

사랑하는 동생 디콘에게

이 편지가 네 손에 무사히 닿기를 바란다. 메리 아가씨가 꽃밭을 만들 수 있게 네가 스와이트에 가서 꽃씨 조금하고 원예 도구 세트를 하나만 사다 줘야겠다. 돈은 아가씨가 낼 거야. 아가씨는 한 번도 꽃밭을 만들어 본 적이 없고 여기하고 완전히 다른 인도에서 살다 왔으니까 제일 예쁘고 키우기 쉬운 걸로 골라야 한다. 어머니와 동생들 모두에게 사랑을 전한다. 메리 아가씨가 나한테 더 많은 이야기를 들려주겠다고 하니 다음 쉬는 날에 집에 가서 코끼리랑 낙타 얘기, 사자랑 호랑이를 사냥하는 신사들 얘기를 들려줄게.

사랑하는 누나, 마사 피비 소어비가

마사가 말했다.

"봉투에 돈을 넣고 푸줏간 애한테 짐수레에 싣고 가라구 하면 돼유. 갸하고 디콘하고 아주 친하거든유."

"디콘이 그걸 사면 난 어떻게 받지?"

"디콘이 일루 가지구 올 거예유. 갸는 여그까지 걸어오는 걸 좋아할 테니께."

메리가 탄성을 질렀다.

"와! 그럼 디콘을 보겠네! 디콘을 만나게 될 줄은 몰랐어."

마사가 기쁜 표정으로 불쑥 물었다.

"디콘을 만나고 싶어유?"

"응, 만나고 싶어. 여우랑 까마귀가 좋아하는 남자애는 본 적이 없거든. 정말로 보고 싶어."

마사는 갑자기 뭔가가 기억난 듯 조금 움찔했다.

"인제 생각났네유. 새까맣게 잊어버리구 있었네. 오늘 아침에 제일 먼저 말하려고 했는디. 내가 엄니한티 물어봤는디 엄니가 메들록 부인한티 말해 본다구 했어유."

메리가 입을 열었다.

"뭐를……?"

"내가 화요일에 물어봤어유. 나중에 아가씨를 마차에 태워 갖구 우리 오두막으루 데려가서 엄니가 만든 뜨끈뜨끈한 귀리 케이크랑 버터랑 우유를 먹어도 되는지 말여유."

세상에서 재미있는 모든 일이 한꺼번에 일어나는 것 같았다. 하늘이 파란 낮에 마차를 타고 황무지를 지나간다니! 아이들이 열두 명이나 있는 오두막에 간다니!

메리는 걱정스럽게 물었다.

"그럼 메들록 부인이 날 보내 줄까?"

"그럼유. 메들록 부인은 우리 엄니가 엄청 깔끔한 성격이라 오두막집을 깨끗허게 해놓구 산다는 걸 알거든유."

메리는 마사네 오두막에 간다는 생각에 좋아진 기분으로 말했다.

"내가 너희 오두막집에 가면 디콘뿐만 아니라 너희 어머니도 볼 수 있을 텐데. 너희 어머니는 인도의 어머니들하고는 다른 것 같아."

메리는 오전에는 뜰에서 일했고 오후에는 흥분했다. 그리고 이제는 매우 차분해지고 생각에 잠겼다. 마사는 차 마시는 시간까지 메리와 함께 머물렀다. 둘은 별 말을 하지 않은 채 그저 편안하고 조용하게 앉아 있었다. 마사가 쟁반을 가지러 아래층으로 내려가려고 할 때 메리가 물었다.

"마사, 식기실 하녀 말이야, 오늘 또 이가 아프다고 했어?"

그러자 마사는 약간 움찔했다.

"그런 걸 왜 물어본대유?"

"한참 동안 널 기다리다가 네가 오나 보려고 문을 열고 복도로 나갔거든. 그랬는데 지난번 밤에 들은 소리와 똑같은 울음소리가 들렸어. 오늘은 바람이 불지 않으니까 확실히 바람 소리는 아니야."

"아이구! 엿들으면서 복도를 돌아댕기면 안 돼유! 주인 나리가 불호령을 내리실 거예유. 어떻게 그분이 화내실지 아무도 몰라유."

"난 엿들은 게 아니야. 그냥 네가 오나 기다리다가 들은 거야. 그런데 이 소리를 들은 게 벌써 세 번째야."

"아이구! 메들록 부인이 종을 치네유."

마사는 달리다시피 하며 방을 나갔다.

"세상에 이렇게 이상한 집은 없을 거야."

메리는 가까이에 있는 쿠션 달린 팔걸이의자에 머리를 갖다대면서 졸린 목소리로 말했다. 상쾌한 공기를 맡으며 땅을 파고 줄넘기를 한 덕분에 기분 좋은 피로가 몰려와 메리는 금세 잠이 들었다.

10

동물들과 이야기하는 아이, 디콘

비밀의 뜰에 일주일 가까이 햇살이 쏟아졌다. 메리는 그곳을 '비밀의 뜰'이라고 불렀다. 그 이름도 좋았지만 그곳에 있을 때면 오래되고 아름다운 담장에 둘러싸여 자기가 어디에 있는지 아무도 모르는 것 같은 느낌이 더더욱 좋았다. 마치 세상에서 멀리 떨어진 동화 속 나라에 들어간 기분이었다. 메리가 읽어본 동화책 (마음에 든 책은 몇 권 되지 않지만) 몇몇에는 비밀의 뜰 이야기가 나왔다. 동화 속 주인공들은 그 안에서 100년 동안 잠을 자기도 했는데 메리는 그것이 멍청한 짓이라고 생각했다. 메리는 비밀의 뜰에서 잠을 자고 싶은 생각이 털끝만큼도 없었다. 오히려 미셀스와이트에서는 하루하루가 지날수록 정신이 바짝 깨어났다.

메리는 밖으로 나가는 것이 좋아졌다. 이제는 바람이 불어와도 싫지 않고 오히려 좋았다. 예전보다 더 오래, 빠르게 달릴 수 있게 되었고 줄넘기를 100번이나 할 수 있게 되었다.

비밀의 뜰에 있는 구근들은 깜짝 놀랐으리라. 주위에 말끔한 공간이 넉넉하게 생겨서 마음 놓고 숨 쉴 수 있게 되었으니까. 실제로 구근들은 시커먼 땅속에서 기운을 차리고 바지런하게 움직이기 시작했다. 햇볕이 땅을 따뜻하게 해주고 비가 내리면 곧바로 스며들어 구근들은 정말로 살아 있음을 느꼈다.

유별나지만 결단력이 있는 메리는 단호하게 결정 내려야 하는 관심사가 생기자 그 일에 푹 빠졌다. 쉬지 않고 꾸준히 땅을 파고 잡초를 뽑았지만 지겨워지기는커녕 점점 재미를 느꼈다. 메리에게 그 일은 대단히 재미있는 놀이이기도 했다. 새롭게 돋아나는 연둣빛 새싹을 처음 예상한 것보다 훨씬 많이 찾아내기도 했다. 날마다 새로운 새싹이 발견됐다. 너무나 작아서 땅 위로 간신히 돋아난 것들도 있었다. 새싹이 어찌나 많은지 메리는 '사방에 아네모네 천지'이고 새끼 구근이 퍼져 나간다는 마사의 말이 떠올랐다. 10년 동안 내버려져 있었지만 어쩌면 아네모네처럼 사방으로 퍼져 나갔을지도 모른다. 메리는 얼마나 지나야 새싹들이 꽃이라는 사실을 드러낼지 궁금했다. 땅을 고르다가도 이따금씩 뜰을 둘러보며 활짝 피어난 예쁜 꽃으로 뒤덮인 모습을 상상해 보았다.

햇살이 내리쬔 일주일 사이에 메리는 벤 웨더스타프 노인과 좀 더 친해졌다. 메리는 몇 번인가 마치 땅에서 솟아난 것처럼 불쑥 옆에 나타나 노인을 놀라게 만들었다. 사실 메리는 자기가 다가오는 것을 보면 노인이 연장을 들고 가버릴까 봐 걱정돼 되도록 살금살금 다가갔다. 노인도 처음처럼 메리를 강하게 내치지는 않았다. 오히려 속으로는 메리가 자기와 친해지고 싶어 한다는 것을 흐뭇해했을지도 모른다. 게다가 메리는 전보다 훨씬 공손해졌다. 벤 노인은 메리가 처음 자기에게 말을 걸 때 인도에서 원주민 하인을 대하듯이 한다는 걸 몰랐다. 메리도 이 무뚝뚝한 요크셔 노인이 주인에게 살람을 하는 데 익숙하지 않으며 그저 어떤 일을 하라고 지시받는 사람일 뿐이라는 것을 알지 못했다.

어느 날 아침 벤 노인이 고개를 들다가 옆에 서있는 메리를 보았다.

"아가씨는 붉은가슴울새허구 비슷하구먼유. 언제 어디서 나타날지 도통 알 수가 없으니께."

"이제 새하고 나는 친구가 된걸요."

그때 벤 노인이 덥석 가로채듯 말했다.

"아가씨는 붉은가슴울새허구 비슷해유. 그눔은 허영심 많구 변덕스러워서 여자라면 무조건 알랑거리쥬. 지 꼬리깃털을 살랑살랑 뽐낼 수 있다믄 무슨 짓이든 할 거라구유. 자만심이 하늘을 찌른다니께유."

평소 노인은 말을 그다지 많이 하지 않았고 메리의 질문에 툴툴거리기만 할 뿐 대답조차 하지 않을 때도 있었다. 하지만 그날 아침에는 말이 많았다. 노인은 허리를 펴더니 징 박힌 장화를 신은 한쪽 발을 삽 위에 올리고 메리를 쳐다보면서 불쑥 물었다.

"여기 온 지 을매나 됐슈?"

"한 달쯤 됐을걸요."

"아가씨가 미셀스와이트의 체면을 세워 주는구먼유. 옛날보다 통통하게 살도 찌구 인제 얼굴두 누리끼리하지 않네유. 첨에 여기 뜰로 들어올 때는 털 뽑힌 까마귀 새끼 같았는디. 그렇게 못나구 심술 궂게 생긴 애는 첨 봤다니께유."

메리는 허영심 많은 아이도 아니고 자기의 생김새를 그리 높이 평가하지도 않아 그 말이 별로 신경 쓰이지는 않았다.

"네, 전보다 살이 쪘어요. 양말이 점점 꽉 끼거든요. 예전에는 주름이 잡혔는데. 벤 할아버지, 저기 붉은가슴울새가 있네요."

정말로 붉은가슴울새가 있었다. 메리가 보기에 새는 그 어느때보다 멋져 보였다. 빨간색 조끼가 공단처럼 번지르르 윤기가 흘렀다. 새는 날개와 꼬리를 살랑거리고 고개를 갸우뚱하면서 우아하게 폴짝폴짝 뛰어다녔다. 마치 벤 웨더스타프 노인이 자기에게 감탄하도록 만들어야겠다고 단단히 마음먹은 것 같았다. 하지만 벤 노인은 비웃을 뿐이었다.

"니눔 왔냐! 나보다 나은 사람이 없을 때는 나라도 참아 줄 만하다는 거겠지. 한 보름 전부터 몸뚱어리가 더 시뻘개지구 깃털이 빤들거리는구먼. 왜 그런지 알겠다. 어디 도도헌 아가씨를 꾀어 내려구 허겠지. 니눔이 미셀 황무지에서 제일루 멋진 수컷이라는 둥 어떤 놈들허구도 싸울 준비가 됐다는 둥 허튼 소리를 늘어놓으면서 말이여."

메리가 소리쳤다.

"새 좀 보세요!"

붉은가슴울새는 황홀하고 으쓱거리는 기분에 빠져 있는 것 같았다. 폴짝거리며 점점 가까이 다가오더니 더욱 애교스럽게 노인을 바라보았다. 노인의 곁에 있는 까치밥나무 가지로 날아올라 갸우뚱한 고개로 노인을 보며 노래를 불렀다.

"그렇게 하믄 날 설득헐 수 있다구 생각하나 본디. 니눔한테 넘어가지 않을 사람은 없다 이거여? 근디 그건 니눔 생각일 뿐이여."

노인은 얼굴을 찡그리면서 말했는데, 메리의 눈에는 노인이 기분 좋은 표시를 내지 않으려고 애쓰는 것처럼 보였다.

붉은가슴울새가 날개를 활짝 폈다. 메리는 자기의 눈을 믿을 수 없었다. 새는 벤 웨더스타프 노인의 삽으로 곧장 날아가더니 그 위에 내려앉았다. 그 순간 노인의 얼굴에 서서히 주름이 지면서 표정이 바뀌었다. 노인은 숨 쉬기가 두려운 것처럼 꼼짝도 하지 않았다. 붉은가슴울새가 깜짝 놀라 날아가 버릴까 봐 온 세상을 다 준다고 해도 움직이지 않을 것처럼 가만히 있었다. 노인은 낮은 소리로 중얼거렸다.

"이런 기막힌 늠을 봤나!"

노인의 목소리는 말과는 다르게 부드러웠다.

"니늠은 사람 맴을 움직이는 법을 확실히 알고 있다니께! 참말 희한혀! 그건 니늠도 잘 알고 있을껴."

노인은 붉은가슴울새가 다시 한 번 날개를 파닥거리고 날아갈 때까지 거의 숨도 쉬지 않고 가만히 서있었다. 노인은 마치 마법에라도 걸린 것처럼 삽의 손잡이를 쳐다보다가 다시 땅을 파기 시작했고 몇 분 동안 아무 말도 하지 않았다.

그러나 노인이 이따금씩 싱긋 웃어서 메리는 말을 걸기가 무섭지 않았다.

"할아버지도 뜰이 있어요?"

"아니. 난 홀애비구 문지기 마틴이랑 같이 살어유."

"만일 할아버지한테 뜰이 있다면 뭘 심으실 거예요?"

"양배추허구 감자허구 양파허구 심지유."

메리가 고집스럽게 또 물었다.

"뜰을 만들고 싶다면 뭘 심으실래요?"

"구근허구 좋은 향기가 나는 것덜을 심겄지유. 근디 대부분은 장미를 심을 거여유."

메리의 얼굴이 환해졌다.

"장미를 좋아하세요?"

벤 웨더스타프 노인은 잡초 뿌리를 뽑아서 옆으로 던졌다.

"좋아허지유. 어느 젊은 부인한테 배워서 좋아하게 된 거여유. 내가 정원사 일을 해드린 부인이쥬. 그 부인은 자기가 좋아허는 곳에다 장미를 엄청 많이 심었어유. 자식처럼, 붉은가슴 울새처럼 아꼈쥬. 부인이 허리를 굽혀서 장미에 입 맞추는 것두 봤다니께."

노인은 다시 잡초를 뽑아 못마땅한 얼굴로 쳐다보았다.

"그게 벌써 10년 전이여유."

메리는 잔뜩 흥미를 느끼며 물었다.

"그 부인은 지금 어디 있어요?"

노인은 삽을 땅속 깊이 박았다.

"천국에. 사람들 말로는 그려유."

메리는 더욱 흥미가 생겼다.

"그럼 장미는 어떻게 됐어요?"

"지들끼리 남겨졌쥬."

흥분한 메리가 과감하게 물었다.

"다 죽었어요? 장미는 저희끼리 혼자 남겨지면 다 죽나요?"

노인은 내키지 않는 듯하면서도 인정했다.

"글씨, 난 장미를 좋아허게 됐지유. 부인도 좋아했구유. 그래서 1년에 한두 번씩 가서 돌봐 줬쥬. 가지도 쳐주구 뿌리 언저리두 파주구유. 그래서인지 지멋대루 퍼져 나갔는디 땅이 워낙 기름지니께 살아남은 늠들두 있었쥬."

"잎사귀도 없고 회색이랑 갈색이고 메마른 것처럼 보이면 죽었는지 살았는지 어떻게 알아요?"

"봄이 올 때까지 기다려야 혀유. 햇볕이 쬐구 빗줄기가 내릴 때까지 기다리면 알 수 있쥬."

메리는 조심해야 한다는 것도 잊어버리고 소리쳤다.

"어떻게…… 어떻게요?"

"큰 가지랑 잔가지를 살펴봐서 쬐끄만 갈색 혹 같은 게 여기저기 부풀어 있으믄 따뜻한 비가 오구 나서 어떻게 되나 보면 되는 거여유."

노인은 갑자기 말을 멈추더니 열심히 듣고 있는 메리의 얼굴을 이상하다는 듯이 바라보았다.

"왜 갑자기 장미 같은 거에 관심이 생긴 거여유?"

메리는 얼굴이 빨개지는 것을 느꼈다. 대답하기가 겁났다. 더듬거리며 간신히 대답했다.

"그…… 그냥 뜰을 가지고 있는 척하고 싶어서요. 난…… 할

143

일도 없고. 아무것도 없고…… 아무도 없잖아요."

벤 웨더스타프 노인이 메리를 바라보며 천천히 말했다.

"그려. 맞는 말이네유. 암것두 없쥬."

노인이 이상하게 이야기해서 메리는 노인이 정말로 자기를 안쓰럽게 여기는지 궁금해졌다. 메리는 자기가 불쌍한 소녀라고 느낀 적이 한 번도 없었다. 몹시 싫은 사람들이나 물건들 때문에 피곤하고 언짢은 적은 있었지만. 그것도 이제는 세상이 좋은 쪽으로 변하고 있었다. 아무도 비밀의 뜰에 대해 알지 못한다면 메리는 언제까지나 기분이 좋을 것 같았다.

메리는 용기를 내어 10~15분 동안 더 노인 곁에 머무르며 가능한 한 많은 질문을 했다. 노인은 특유의 괴상하고도 툴툴거리는 말투로 모든 질문마다 답을 해주었다. 기분이 언짢아 보이지도 않았고 삽을 들고 불쑥 가버리지도 않았다. 메리가 자리를 뜨려고 할 때 노인이 장미에 대해 어떤 말을 했고, 메리는 노인이 좋아한 장미가 생각나서 물었다.

"지금도 그 장미를 보러 가요?"

"올해는 못 갔네유. 류머티즘 때미 관절이 뻣뻣해져서 말여유."

노인은 툴툴거리면서 대답하더니 갑자기 메리에게 화가 난 것처럼 보였다. 메리는 그 이유를 알 수 없었다.

노인이 날카롭게 말했다.

"아이구! 질문 좀 그만혀유. 아가씨처럼 꼬치꼬치 캐묻는 못된 계집은 첨 봤구먼유. 얼른 가서 놀기나 혀유. 오늘은 그만 말할 거구먼유."

노인이 워낙 언짢은 말투로 이야기해서 메리는 더 이상 있어 봤자 소용없다고 생각했다. 메리는 천천히 줄넘기를 하면서 산책로를 내려갔다. 머릿속으로 노인에 대해 생각하면서 그렇게 무뚝뚝하고 퉁명스러운 사람인데도 자기가 좋아하게 되었다니 정말로 이상한 일이라고 종알거렸다. 메리는 벤 웨더스타프 노인이 좋았다. 정말로 좋았다. 노인이 꽃에 대해서라면 모르는 것이 없다고 생각하니 더 좋았다. 언제나 노인이 자기에게 말을 걸도록 만들고 싶었다.

비밀의 뜰 주위에는 월계수를 울타리로 만들어 놓은 산책로가 빙 둘러 나 있었다. 그 산책로는 정원의 어떤 숲으로 들어가는 문에서 끝났다. 메리는 줄넘기를 하며 산책로를 돌아 숲으로 들어가서 토끼들이 뛰어다니는지 살펴보기로 했다.

신나게 줄넘기를 하면서 조그만 문에 이르자, 나지막하면서 별난 휘파람 소리가 들렸다. 무슨 소리인지 알아보려고 문을 열고 들어갔다. 정말 이상한 일이었다. 메리는 문 안을 살펴보고는 숨을 멈추었다.

한 소년이 나무 아래 기대고 앉아 나무를 대충 깎아 만든 피리를 불고 있었다. 열두 살쯤 되어 보이는, 재미있게 생긴 소년이었다. 소년은 들창코였으며 뺨은 양귀비꽃처럼 빨갰다. 메리

는 그렇게 동그랗고 파란 눈을 가진 남자아이는 처음 보았다.
소년이 기대어 앉은 나무 기둥에는 갈색 다람쥐가 매달려 소년
을 쳐다보고 있었고 근처 덤불 뒤에서는 수꿩이 우아하게 목을
빼고 엿보고 있었다. 그리고 소년의 곁에는 토끼 두 마리가 앞
발을 든 채 코를 벌름거리면서 냄새를 맡고 있었다. 모두 소년
의 곁으로 이끌려, 소년이 부는 피리에서 나오는 신기하고 나직

한 소리에 귀를 기울이는 것 같았다. 소년은 메리를 보자 한 손을 들더니 피리 소리처럼 나지막하게 속삭였다.

"움직이지 말아유. 얘네들이 달아나니께."

메리는 꼼짝 않고 서있었다. 소년은 피리 불던 것을 멈추고 자리에서 일어났다. 너무 느려서 전혀 움직이지 않는 것처럼 보였다. 소년이 일어나자 다람쥐는 자기가 사는 나뭇가지로 재빨리 달려갔고, 꿩은 목을 움츠렸고, 토끼들은 앞발을 내리고 깡충 뛰어갔다. 하지만 전혀 겁을 먹은 것 같지는 않았다.

"난 디콘이에유. 메리 아가씨 맞지유?"

그 순간 메리는 어쩐지 처음부터 그 소년이 디콘이라는 것을 알았음을 깨달았다. 인도에서 원주민이 뱀을 홀리는 것처럼 꿩과 산토끼를 홀릴 수 있는 사람이 또 누가 있을까? 디콘의 입은 크고 빨갛고 꼬리가 올라가 있었다. 디콘의 얼굴에 미소가 번졌다.

"빠르게 움직이믄 갸들이 놀라서 도망가니께 찬찬히 일어난 거예유. 들짐승이 옆에 있을 땐 찬찬히 움직이구 느릿느릿 속삭여야 되거든유."

디콘은 난생처음 만난 사이인데도 마치 잘 아는 사이처럼 이야기했다. 메리는 남자아이들에 대해 아무것도 모르는 데다 왠지 수줍어서 말투가 약간 딱딱해졌다.

"마사의 편지를 받았니?"

디콘은 빨간색 곱슬머리를 끄덕였다.

"그러니께 지가 왔지유. 원예 도구 사왔어유. 쬐그만 삽이랑 갈퀴랑 쇠스랑이랑 괭이에유. 좋은 것들이에유. 모종삽두 있구유. 씨앗을 사니께 주인 아줌니가 하얀 양귀비 씨랑 파란 참제비고깔 씨 한 봉다리를 덤으루 줬어유."

"꽃씨를 보여 줄래?"

메리도 디콘처럼 말하고 싶었다. 디콘은 빠르고 편안하게 말했다. 자기는 메리가 마음에 들며, 여기저기 기운 옷을 입은 데다 웃기게 생긴 얼굴에 헝클어진 빨간 머리를 가진 황무지에 사는 보잘것없는 아이인 자기를 메리가 마음에 들어 하지 않는다 해도 전혀 겁나지 않는다는 말투였다.

메리가 디콘에게 가까이 다가가자 히스꽃과 풀, 나뭇잎의 상쾌하고 싱그러운 향기가 풍겼다. 디콘은 마치 그것들로 만들어진 것 같았다. 메리는 그 향기가 몹시 좋았다. 빨간 뺨과 동그랗고 파란 눈을 가져 재미있게 생긴 디콘의 얼굴을 바라보고 있자니, 수줍음을 느낀 사실조차 잊어버렸다.

메리가 말했다.

"통나무에 앉아서 한번 보자."

두 사람은 자리에 앉았고 디콘이 겉옷 주머니에서 대충 싼 조그만 갈색 꾸러미를 꺼냈다. 끈을 풀자 꾸러미 안에서 꽃 그림이 그려진 더 깔끔하고 조그만 꾸러미가 여럿 나왔다.

"목서초랑 양귀비가 많아
유. 목서초는 향기가 젤루 좋
구 어디다 뿌려두 잘 자라지
유. 양귀비도 그래유. 휘파람
만 불어두 꽃이 핀다니께유. 꽃
중에서 최고예유."

디콘은 말을 멈추고 재빨리 고개를 돌렸다. 양귀비꽃처럼 뺨
이 발그레한 얼굴이 환해졌다.

"붉은가슴울새가 어디서 우리를 부르고 있네유?"

진홍색 열매가 반짝거리는 울창한 서양호랑가시나무 덤불에
서 짹짹 소리가 들렸다. 메리는 누구의 소리인지 알 것 같았다.

"정말 우리를 부르고 있는 거야?"

디콘은 당연한 일이라는 듯이 대답했다.

"그럼유. 자기 친구를 부르고 있네유. 이렇게 말하는 거예유.
'나 여기 있어. 날 봐. 너랑 얘기하고 싶어.' 저기 덤불 속에 있네
유. 누구 새예유?"

"벤 웨더스타프 할아버지의 새야. 그런데 나하고도 좀 아는
사이야."

디콘이 다시 나직한 목소리로 말했다.

"맞아유. 저 새는 아가씨를 알아유. 아가씨를 좋아하구유. 순
식간에 나한티 아가씨 얘기를 전부 해줄 거예유."

디콘은 아까처럼 천천히 덤불로 다가가더니 붉은가슴울새와 거의 똑같이 지저귀는 소리를 냈다. 새는 잠시 귀를 기울이더니 질문에 대답이라도 하듯 지저귀었다.

디콘은 킬킬 웃었다.

"그려유. 저 새는 아가씨 친구가 맞네유."

메리는 정말로 궁금한 마음에 열성적으로 물었다.

"그렇게 생각해? 쟤가 정말로 나를 좋아할까?"

"좋아하지 않으믄 가까이 다가오지 않을 거예유. 새들은 여간해서는 사람을 잘 따르지 않으니께유. 게다가 붉은가슴울새는 사람을 업신여기기도 하거든유. 봐유, 새가 아가씨한티 다가오구 있잖아유. '넌 친구가 안 보여?' 하는구먼유."

디콘의 말이 사실인 것 같았다. 붉은가슴울새는 가만가만 다가와 지저귀면서 고개를 갸우뚱하고 덤불 위에서 폴짝폴짝 뛰었다.

"넌 새들이 하는 말을 전부 알아듣니?"

어느새 디콘의 얼굴에는 크고 빨간 입만 보일 정도로 웃음이 퍼졌다. 디콘은 헝클어진 머리를 문질렀다.

"그런 것 같아유. 새덜두 내가 알아듣는다구 생각해유. 난 황무지에서 새덜이랑 오래 살았거든유. 새덜이 알을 깨고 나와서 깃털이 돋구 날아다니는 법을 배우구 노래를 부르기 시작허는 것까지 다 지켜봤어유. 그래서 나두 새라는 생각이 들어유. 가끔은 내가 새나 여우나 토끼나 다람쥐나 아니믄 딱정벌레 같다는 생각도 한다니께유. 뭔지 모르겠지만유."

디콘은 웃음을 터뜨리고는 통나무로 돌아와 다시 꽃씨에 대해 이야기했다. 씨앗이 어떤 모양의 꽃이 되는지, 어떻게 심고 지켜봐야 하는지, 물과 거름은 어떻게 줘야 하는지도 설명해 주었다.

그러고 나서 디콘은 고개를 돌려 메리를 쳐다보면서 불쑥 말했다.

"내가 대신 씨앗을 심어 줄게유. 아가씨 꽃밭은 어디예유?"

메리는 야윈 손을 깍지 껴 무릎에 올려놓았다. 뭐라고 말해야 할지 알 수 없어 한동안 가만히 있었다. 생각조차 해본 적이 없었다. 메리는 괴로운 기분이 들었다. 얼굴이 빨개지다가 하얗게 질리는 느낌이었다.

"아가씨한티 뜰이 있을 거 아녀유?"

메리의 얼굴이 빨개지다가 하얗게 질리자 이를 본 디콘이 어리둥절해했다.

"집에서 땅을 안 준대유? 아직 하나두 못 받은 거예유?"

메리는 손을 더욱 세게 깍지 끼고 디콘 쪽으로 눈을 돌리더니 느릿하게 말했다.

"난 남자아이들에 대해서는 아무것도 몰라. 내가 너한테 비밀을 말한다면 넌 지킬 수 있니? 정말 큰 비밀이거든. 누군가 그 비밀을 알아낸다면 어떻게 해야 할지 모르겠어."

메리의 마지막 말은 매섭게 들리기까지 했다.

디콘은 더욱 어리둥절한 표정이 되었고 헝클어진 머리를 다시 문질렀지만 대답하는 목소리는 매우 사근사근했다.

"난 언제나 비밀을 지켜유. 여우 새끼나 들짐승들이 사는 굴이랑 새 둥지가 어딘지 딴 애덜한티 알려 주면 황무지에서 동물들이 안전한 곳은 한 군데두 없을 테니께. 그래유. 난 비밀을 지킬 수 있어유."

메리는 자기도 모르게 손을 뻗어 디콘의 소매를 움켜쥐었다.

"내가 뜰 하나를 훔쳤어. 내 뜰도 아니지만 누구의 뜰도 아니야. 아무도 원하지 않고 신경 쓰지도 않고 들어가지도 않는 뜰이거든. 어쩜 그 안에 있는 건 벌써 전부 죽었는지도 몰라. 난 모르겠어."

메리는 몸이 확 달아오르는 것을 느꼈고, 다시 심술쟁이가 된 느낌이었다.

"그래도 난 괜찮아! 상관없어! 아무도 나한테서 그 뜰을 뺏어 갈 권리는 없어. 아무도 신경 안 쓰고 내가 돌보니까. 다들 뜰을 잠가 버리고 혼자 죽게 내버려 두고 있다고."

메리는 잔뜩 흥분한 나머지 두 팔로 얼굴을 감싸고 울음을 터뜨렸다. 가여운 메리 아가씨.

호기심 가득한 디콘의 파란 눈이 점점 더 둥그레졌다.

"어어어!"

디콘은 메리가 왜 그러는지 의아하고 안쓰럽기도 하다는 표정을 지었다.

"난 할 일이 하나도 없어. 내 것이라곤 하나도 없고. 내가 그 뜰을 찾아냈고 나 혼자 들어갔어. 나도 붉은가슴울새하고 똑같아. 사람들은 새한테서는 뜰을 빼앗지 않겠지."

디콘이 목소리를 낮춰 물었다.

"그게 어디 있는데유?"

메리는 곧바로 일어섰다. 또다시 고집불통 심술쟁이가 된 기분이었지만 조금도 상관없었다. 메리는 인도에서 한 것처럼 거만하게 굴었다. 하지만 그와 동시에 몸이 확 달아오르고 슬프기도 했다.

"나랑 같이 가면 보여 줄게."

메리는 디콘과 함께 월계수가 울타리처럼 늘어선 산책로를 지나 담쟁이덩굴이 빽빽하게 자란 곳까지 갔다. 디콘은 메리를 안쓰럽게 여기는 듯한 기묘한 표정으로 따라나섰다. 마치 낯선 새의 둥지를 보러 갈 때처럼 조심스럽게 움직여야만 하는 기분이 들었다.

메리가 담으로 다가가 늘어진 담쟁이덩굴을 들어 올리자 디콘은 깜짝 놀랐다. 그곳에는 문이 있었고 메리가 천천히 문을 밀어서 열었다. 둘은 함께 안으로 들어갔다. 메리가 멈춰 서서 거만하게 한 손을 흔들었다.

"바로 여기야. 여기가 비밀의 뜰이야. 이 뜰이 살아 있기를 바라는 사람은 세상에 나 혼자뿐이야."

디콘은 몇 번이고 주위를 둘러보더니 낮은 목소리로 말했다.

"우와! 희한하구 이쁜 곳이네! 마치 꿈나라로 들어온 기분이네유."

11

붉은가슴울새의 둥지

디콘은 2~3분 동안 주위를 둘러보았고, 메리는 그런 디콘을 바라보았다. 디콘은 메리가 담장으로 둘러싸인 이곳에 처음 들어올 때보다 더욱 가볍게 살금살금 걸어 다녔다. 디콘의 눈길은 모든 곳에 머물렀다. 잿빛 덩굴이 휘감아 올라가고 가지에서 축 늘어져 있는 나무들은 물론, 담장이며 풀밭 사이에 얽혀 있는 가지, 돌로 된 의자와 기다란 꽃병이 있는 상록수 울타리로 둘러싸인 자리에도 머물렀다.

디콘이 마침내 나직하게 속삭였다.

"여그를 보게 될 줄은 몰랐네유."

"너 여기를 알고 있니?"

메리가 큰 소리로 말하자 디콘이 신호를 보냈다.

"작게 말해야 돼유. 아니믄 누가 우리 말소리를 듣구 안에서 뭘 하나 이상하게 생각할 거예유."

"아! 깜빡 잊어버렸네!"

메리는 덜컥 겁이 나서 재빨리 손으로 입을 막았다. 조금 진정한 뒤 다시 물었다.

"너도 이 뜰을 알고 있어?"

디콘은 고개를 끄덕였다.

"마사 누나가 말해 줬거든유. 아무도 못 들어가 본 뜰이 하나 있다구 그랬슈. 어떻게 생긴지 궁금했는디."

디콘은 자리에 멈춰 아름다운 잿빛 덩굴을 바라보았다. 동그란 눈이 행복해 보였다.

"와! 봄이 되믄 둥지가 생기겠네유. 둥지를 틀기에 이만큼 안전한 데는 없을 거예유. 새가 덩굴이나 장미에 둥지를 틀어두 아무도 가까이 오지 않을 테니께. 황무지에 사는 새들이 죄다 여기다 둥지를 트는 건 아니겠쥬?"

메리는 또 자기도 모르게 디콘의 팔을 붙잡았다.

"장미꽃이 필 수 있을까? 넌 알아? 난 다 죽은 거라고 생각했는데."

"아이구, 아녀유! 죄다 죽지는 않았어유! 여그 좀 봐유!"

디콘은 가장 가까이 있는 나무로 다가갔다. 매우 오래된 나무로, 껍질 전체가 잿빛 이끼로 뒤덮여 있었지만 치렁치렁한 커튼처럼 늘어진 큰 가지와 잔가지를 튼튼하게 떠받치고 있었다. 디콘은 주머니에서 두꺼운 칼을 꺼내 칼날 하나를 폈다.

"잘라 내야 헐 죽은 나무가 많아유. 오래된 나무도 많구. 근디 작년에 새로 난 나무도 많네유. 이게 새로 난 거예유."

디콘은 단단하고 말라비틀어진 잿빛이 아니라 푸르스름한 빛이 도는 갈색 가지를 만졌다.

메리도 간절하고 경건한 손길로 가지를 만졌다.

"저건? 저것도 살아 있는 거야?"

웃고 있는 디콘의 커다란 입꼬리가 더욱 올라갔다.

"아가씨랑 나처럼 쌩쌩하네유."

메리는 예전에 마사가 '쌩쌩하다'가 '살아 있다' 또는 '기운 넘치다'라는 뜻이라고 말해 준 기억이 났다.

메리는 나직하게 소리쳤다.

"쌩쌩하다니, 다행이야! 전부 다 쌩쌩하면 좋겠어. 뜰을 한 바퀴 빙 돌면서 쌩쌩한 나무가 얼마나 있는지 세어 보자."

메리는 열의에 차서 숨을 헐떡였고, 디콘도 그만큼 적극적이었다. 두 사람은 나무에서 나무로, 덤불에서 덤불로 돌아다녔다. 디콘은 손에 칼을 들고 메리에게 이것저것 보여 주었고, 메리는 모든 게 굉장히 멋져 보였다.

"튼튼헌 늄덜은 지멋대루 퍼져 나갔는디 무성해지긴 했네유. 젤루 약헌 늄덜은 죽었지만 나머지는 자라구 또 자라구 놀랄 만

큼 계속 퍼졌어유. 여기 좀 봐유!"

디콘이 손을 뻗어 굵고 바짝 마른 것처럼 보이는 회색 가지 하나를 끌어내렸다.

"사람들은 이게 죽은 나무라구 생각할지두 모르는디 난 아니에유. 뿌리까지 죽어 버리지는 않았을 거예유. 잘라서 보여 줄게유."

디콘은 무릎을 꿇고 앉더니 생명이 없는 것처럼 보이는 가지의 끝부분을 잘라 냈다. 그러고는 크게 기뻐하면서 말했다.

"봐유! 내가 뭐랬슈. 이 나무에는 아직 파란 부분이 있다니께유. 한번 봐유."

메리는 디콘이 말하기도 전에 벌써 무릎을 꿇고 앉아서 온 정신을 집중해 들여다보았다.

"이렇게 살짝 파랗고 물기가 있으면 쌩쌩한 거예유. 내가 시방 잘라 낸 것처럼 안이 바짝 말라 있구 툭 허구 쉽게 부러져 버리믄 죽은 거구유. 살아 있는 나무덜은 전부 여그 커다란 뿌리에서 뻗어 나온 거예유. 그러니께 늙은 나무는 잘라 내구 뿌리 옆짝을 파주고 잘 돌봐 주믄……."

디콘은 잠시 멈추더니 뻗어 올라가거나 늘어져 매달린 잔가지들을 올려다보았다.

"올여름에 장미꽃이 가득할 거예유."

두 사람은 또 덤불에서 덤불로, 나무에서 나무로 돌아다녔다.

디콘은 튼튼한 데다 칼을 능숙하게 잘 다뤘고 바짝 메말라 죽은 나무를 잘라 내는 방법을 알고 있었다. 가망 없어 보이는 큰 가지나 작은 가지에 파릇한 생명력이 남아 있는지 없는지도 구별할 줄 알았다. 메리는 자기도 할 수 있겠다는 생각이 들었다. 디콘이 죽은 것처럼 보이는 가지를 잘라 낼 때 물기를 머금은 초록빛이 조금이라도 보이면 숨죽여 기쁨의 탄성을 질렀다. 삽과 괭이, 쇠스랑은 쓸모가 많았다. 디콘은 삽으로 뿌리 주위를 파내고 공기가 잘 통하도록 흙을 섞어 주었다.

두 사람이 가장 큰 버팀목이 세워진 장미 옆에서 열심히 일하고 있을 때, 디콘은 뭔가 발견하고 탄성을 질렀다.

"와! 저거 누가 했대유?"

디콘은 조금 떨어진 풀밭을 가리켰다.

메리가 연둣빛 새싹 주변을 말끔하게 정리해 준 자리 중 하나였다.

"내가 했어."

그러자 디콘이 감탄했다.

"와, 난 아가씨가 정원 손질허는 법은 하나두 모르는 줄 알았는디."

"맞아, 난 몰라. 하지만 새싹들은 굉장히 조그만데 풀이 너무 빽빽하고 튼튼하면 숨을 못 쉴 것 같았어. 그래서 숨 쉴 공간을 만들어 준 것뿐이야. 사실 난 저것들이 뭔지도 모르는걸."

디콘은 그쪽으로 다가가 무릎을 꿇고 앉아서 특유의 함박웃음을 지었다.

"아가씨 말이 맞아유. 정원사라두 아가씨헌티 이렇게 잘 가르쳐 주지는 못할 거구면유. 인제 잭이 심은 콩나무처럼 쑥쑥 자랄 거예유. 크로커스랑 아네모네 새싹이에유. 여그 이것덜은 수선화구유."

디콘은 다른 땅뙈기로 고개를 돌렸다.

"나팔수선화도 있네유. 우와, 나중에 꽃이 피믄 볼 만허겠는디유."

디콘은 메리가 정리해 놓은 땅뙈기들 사이를 뛰어다니다 메리를 보며 말했다.

"쬐그만 여자애치고 일을 많이 했네유."

"요즘 살이 붙고 있어. 힘도 점점 세지고. 예전에는 항상 피곤했는데, 땅을 팔 때는 하나도 피곤하지 않아. 새로 파낸 흙냄새를 맡는 게 좋기도 하고."

디콘이 고개를 끄덕였다.

"그게 아가씨헌티 좋을 거예유. 깨끗헌 흙냄새만큼 좋은 건 읎으니께유. 비가 쏟아질 때 쑥쑥 자라는 것들한티서 나는 싱

162

싱한 냄새 빼구유. 허지만 난 비가 오믄 하루에두 몇 번씩 황무지에 나가유. 덤불 밑에 누워 갖구 히스꽃에 빗방울이 떨어지는 소리를 듣구 코를 킁킁거리구 냄새를 맡지유. 우리 엄니가 그러는디 내 코 끄트머리가 토끼같이 벌름거린대유."

메리는 감탄스러운 듯 디콘을 바라보며 물었다.

"넌 감기에 안 걸리니?"

메리는 그렇게 재미있고 마음씨 착한 남자아이를 만난 적이 없었다.

디콘이 씩 웃었다.

"난 감기 안 걸려유. 태어나서 여태까지 한 번두 안 걸렸구먼유. 난 골골허게 자라진 않았쥬. 날씨가 우떻든 토끼들처럼 황무지를 돌아댕겼어유. 울 엄니가 그러는디 내가 열두 살 먹도록 신선한 공기를 하두 많이 마신 덕분인지 감기에 걸려 코를 훌쩍거릴 새가 없는 거래유. 난 산사나무로 맹근 곤봉처럼 튼튼하거든유."

디콘은 일하면서 이야기를 계속했고, 메리도 디콘을 따라다니며 쇠스랑과 갈퀴질을 하며 도왔다.

디콘이 무척 기쁜 표정으로 말했다.

"여긴 할 일이 참말루 많네유!"

메리가 간청했다.

"또 와서 날 도와줄래? 나도 도울 수 있을 거야. 땅도 파고 풀도 뽑고 네가 하라는 건 뭐든지 할게. 꼭 와줘, 디콘!"

디콘이 단호하게 대답했다.

"아가씨가 오라구 하믄 매일 오쥬. 비가 오나 해가 뜨나. 지금까지 이만큼 재미난 일은 처음이네유. 요 안에 갇혀 갖구 잠든 뜰을 깨우는 거 말이에유."

"네가 와준다면, 이 뜰을 살릴 수 있게 네가 도와준다면, 난 뭘 해줘야 하지?"

메리는 시무룩하게 말했다. 저런 남자아이에게 해줄 수 있는 일이 있기나 할까?

디콘은 행복한 웃음을 지으며 말했다.

"아가씨가 뭘 하믄 되는지 내가 말해 줄게유. 인제 아가씨는 살이 찌구 여우 새끼처럼 배가 고파지구 나처럼 붉은가슴울새헌티 말 거는 법을 배우게 될 거예유. 아, 그리구 우린 무지 재미나게 놀 거예유."

디콘은 생각에 잠긴 표정으로 나무나 담장, 덤불을 올려다보면서 주위를 돌아다녔다.

"나라믄 정원사가 손질한 뜰처럼 나무를 말끔하게 잘라 내 버리진 않을 건디. 안 그래유? 이렇게 지멋대루 퍼지구 뒤엉킨 게 더 보기 좋잖아유."

메리가 걱정스럽게 말했다.

"우리, 여기를 너무 깔끔하게 만들진 말자. 너무 깔끔하면 비밀의 뜰 같지 않을 거야."

디콘은 어리둥절한 표정으로 빨간 머리를 문질렀다.

"이만하믄 비밀의 뜰이 충분해유. 근디 10년 전에 문이 잠긴 다음에두 붉은가슴울새 말구 누가 들어온 거 같아유."

"하지만 문은 잠겨 있었고 열쇠는 땅에 묻혀 있었는걸. 아무도 들어오지 못했을 거야."

"그건 그렇쥬. 참말 희한한 곳이네유. 내가 보기에는 여그저그 가지를 잘라 준 거 같은디. 10년 전 이후로유."

"하지만 어떻게 그럴 수 있겠어?"

디콘은 버팀목이 세워진 장미의 가지를 유심히 살펴보더니 고개를 젓고는 중얼거렸다.

"그러게유. 대체 어떻게 한 걸까유? 문은 잠겨 있구 열쇠는 땅에 묻혀 있었는디."

메리는 아무리 오래 살아도 자기의 뜰이 살아나기 시작한 그날 아침을 결코 잊지 않을 것 같았다. 메리에게는 그날 아침부터 뜰이 자라기 시작하는 것처럼 느껴졌다. 디콘이 꽃씨 뿌릴 자리를 정돈하자, 메리는 배질이 자기를 놀리면서 부른 노래가 기억났다.

"혹시 종처럼 생긴 꽃이 있어?"

디콘은 갈퀴로 땅을 긁어내면서 대답했다.

"은방울꽃이 그렇쥬. 초롱꽃이랑 도라지꽃도 그렇구유."

"그것들을 심자."

"은방울꽃은 벌써 여기 있어유. 내가 아까 봤거든유. 빽빽하게 붙어 있어서 솎아 줘야 하지만 엄청 많아유. 딴것들은 씨에서 꽃이 피기까지 2년 걸려유. 허지만 우리 오두막 마당에서 쬐금 뽑아다 줄 순 있어유. 그런디 왜 그걸 심고 싶은데유?"

메리는 인도에 사는 배질과 그 동생들에 대해 말해 주었다. 자기가 그 아이들을 얼마나 싫어한지와 그 아이들이 자기를 '심술쟁이 메리 아가씨'라고 부른 이야기도 들려주었다.

"걔들은 내 주위를 빙빙 돌면서 춤추고 노래를 불렀어. 들어 볼래?"

심술쟁이 메리 아가씨,
정원의 꽃이 잘 자라고 있나요?
은종과 조가비, 금잔화가
한 줄로 서있네요.

"방금 이 노래가 기억났거든. 그래서 정말로 은종처럼 생긴 꽃이 있는지 궁금해진 거야."

메리는 얼굴을 약간 찡그리고 갈퀴에 화풀이라도 하듯 거칠게 땅을 팠다.

"난 걔네들만큼 심술궂지는 않았는데."

166

디콘은 웃음을 터뜨렸다. 그러고는 기름진 시커먼 흙을 바스러뜨리고 킁킁 냄새를 맡았다.

"그래유! 심통 부릴 이유가 없쥬. 꽃이 있구 잘 따르는 들짐승덜이 여기저기 뛰어댕기구 집을 짓구 둥지를 맹글구 노래를 부르구 휘파람도 불구 하믄 말예유. 안 그래유?"

메리는 씨앗을 든 채 디콘 옆에 무릎을 꿇고 앉아서 디콘을 바라보고는 찡그린 얼굴을 폈다.

"디콘, 넌 마사가 말한 것만큼 착하구나. 난 네가 좋아. 네가 벌써 다섯 번째야. 내가 좋아하는 사람이 다섯 명이나 생길 줄 몰랐어."

디콘은 마사가 벽난로의 장작 받침쇠를 닦을 때처럼 바닥에 철퍼덕 앉았다. 메리는 동그란 파란 눈에 빨간 뺨, 행복해 보이는 들창코를 가진 디콘이 정말로 재미있고 유쾌해 보인다고 생각했다.

"좋아허는 사람이 다섯 명이나 있어유? 나 말고 네 명은 누군데유?"

메리는 손가락을 꼽으며 대답했다.

"너희 어머니랑 마사, 붉은가슴울새, 그리고 벤 웨더스타프 할아버지야."

디콘은 웃음을 터뜨렸다. 소리 내지 않으려고 입에 팔을 갖다 댔다.

"아가씨가 날 희한한 애라구 생각허는 건 알지만 아가씨두 내가 지금까지 본 여자애 중에 젤루 희한하네유."

그러자 메리가 이상한 행동을 했다. 메리는 몸을 앞으로 숙이고는 지금까지 자기가 누구에게 물어보리라고 상상하지도 못한 질문을 했다. 게다가 메리는 디콘이 쓰는 사투리로 그 질문을 하려고 애썼다. 인도의 원주민들은 누가 자기들 말을 알고 있으면 언제나 기뻐했다.

"너두 날 좋아혀?"

"그래유! 좋아해유. 난 아가씨가 멋지다구 생각해유. 붉은가슴울새두 나랑 같은 생각이구유. 그건 내가 자신 있게 말할 수 있어유!"

"그럼 두 명이네. 날 좋아하는 사람이 둘이나 있어."

두 사람은 더욱 열심히 즐겁게 일하기 시작했다. 마당의 커다란 시계에서 점심시간을 알리는 종소리가 울려 퍼지자 메리는 깜짝 놀라며 아쉬워했다.

메리가 애처롭게 물었다.

"난 가봐야 돼. 너도 가야 하지?"

디콘은 씩 웃었다.

"내 점심은 가지구 댕기기 편해유. 엄니가 내 주머니에 먹을 걸 넣어 주시거든유."

디콘은 풀밭에 벗어 둔 윗옷을 집어 들더니 주머니에서 볼록

하고 조그만 꾸러미를 꺼냈다. 파란색과 흰색으로 된, 거칠지만 깨끗한 손수건으로 묶인 꾸러미였다. 거기에는 뭔가 얇은 조각을 사이에 끼운 두툼한 빵이 두 개 들어 있었다.

"빵밖에 없을 때가 많은디 오늘은 두툼한 베이컨이 한 조각 들어 있네유."

메리는 희한한 점심이라고 생각했지만, 디콘은 맛있게 먹을 준비가 된 듯했다.

"아가씨두 얼른 가서 먹어유. 난 먼저 먹어 치울 테니께. 집에 가기 전에 일을 더 할 거예유."

디콘은 나무에 기대어 앉았다.

"붉은가슴울새를 불러서 베이컨 껍질을 쪼아 먹으라구 할 거예유. 고눔들은 기름진 걸 아주 좋아하거든유."

메리는 도저히 디콘을 두고 갈 마음이 들지 않았다. 다시 뜰로 돌아와 보면 마치 숲의 요정처럼 사라지고 없을 것만 같아서였다. 디콘은 현실로 믿어지지 않을 만큼 좋았다. 메리는 문까지 느릿느릿 절반쯤 걸어가다가 갑자기 멈춰서 돌아왔다.

"무슨 일이 있어도…… 말하지 않을 거지?"

양귀비꽃 색깔 같은 디콘의 뺨은 베이컨 끼운 빵을 한입 크게 베어 물어서 불룩해졌지만 메리에게 힘을 북돋워 주는 미소를 한껏 지어 보였다.

"아가씨가 붉은가슴울새인디 나헌티 둥지가 어디 있는지 알

169

려 줬다믄 내가 그걸 말할 거 같아유? 난 안 그래유. 아가씨는
붉은가슴울새만치 안전해유."

메리는 정말로 그렇다고 생각했다.

12

"땅을 조금만 가질 수 있을까요?"

메리는 어찌나 빨리 달렸는지 방에 도착할 때는 숨이 차서 헉헉거렸다. 머리카락은 헝클어져서 이마를 덮었고 뺨은 밝은 분홍색이 되었다. 마사가 테이블에 점심을 차려 놓고 기다리고 있었다.

"쬐끔 늦었네유. 어디 갔었대유?"

"디콘을 만났어! 디콘을 만났다고!"

마사는 기뻐하며 말했다.

"올 줄 알았어유. 디콘이 맘에 들어유?"

"난…… 난 디콘이 잘생겼다고 생각해!"

마사는 깜짝 놀란 듯했지만 여전히 기쁜 표정이었다.

"글쎄유. 시상에서 젤루 좋은 녀석이기는 허지만 잘생겼다는

171

생각은 해본 적이 없는디. 코가 너무 위로 올라갔잖아유."

"난 들창코라서 좋은걸."

마사는 믿을 수 없다는 표정이었다.

"눈은 또 엄청 동그랗잖아유. 색깔이 이쁘기는 해두."

"난 동그란 눈이라서 좋아. 눈동자 색깔이 황무지 하늘 색깔이랑 똑같아."

마사의 얼굴이 만족감으로 환해졌다.

"엄니 말로는 디콘이 맨날 새랑 구름을 올려다봐서 눈동자 색깔이 그리 됐대유. 그래두 입은 너무 크쥬?"

메리는 고집스레 말했다.

"난 디콘의 커다란 입이 좋아. 내 입도 그렇게 크면 좋겠어."

마사가 기분 좋게 킬킬 웃었다.

"쬐끄만 아가씨 얼굴에 고런 입이 달리면 희한허구 웃기겠는디유. 난 아가씨가 디콘을 보구 그렇게 생각헐 줄 알았는디. 씨앗이랑 원예 도구는 어땠어유?"

"디콘이 그걸 가져온 걸 어떻게 알았어?"

"갸가 그걸 안 가져올 리가 없으께유. 디콘은 요크셔에 있기만 하면 틀림없이 가져올 거예유. 믿을 수 있는 애니께."

메리는 마사가 대답하기 곤란한 질문을 하면 어쩌나 몹시 걱정했지만 다행히 마사는 그러지 않았다. 마사는 씨앗과 원예 도구에 관심이 많았다. 메리가 겁이 난 것은 한 순간뿐이었다. 마사가 꽃을 어디에 심을지 물으려고 할 때였다.

"누구한티 물어봤어유?"

메리는 머뭇거리며 대답했다.

"아직 아무한테도 물어보지 않았어."

"나 같으믄 정원장헌티 물어보진 않을 거예유. 로치 씨는 잘난 척하거든유."

"그 사람은 본 적이 없어. 다른 정원사들이랑 벤 웨더스타프 할아버지만 봤는걸."

그러자 마사가 조언했다.

"내가 아가씨라믄 벤 웨더스타프 할아버지헌티 물어볼 거예유. 툴툴거려서 그렇지 사실은 생긴 것의 반만큼두 나쁜 사람이 아니거든유. 주인 나리도 할아버지가 하구 싶은 대루 하게 놔두세유. 벤 할아버지는 마님이 살아 계실 적에두 여그서 일했는디, 마님을 웃게 만들었대유. 마님이 할아버지를 좋아했대유. 벤 할아버지라믄 아가씨헌티 구석진 자리를 찾아 줄 수 있을 거예유."

메리가 불안해하며 물었다.

"멀리 떨어져 있고 아무도 갖고 싶어 하지 않는 땅이라면 내가 가진다고 해도 아무도 신경 쓰지 않을 거야. 그렇지?"

"그렇겠쥬. 아가씨가 해를 끼치는 것두 아닌디."

메리는 최대한 빨리 점심을 먹고 일어났다. 모자를 쓰러 방으로 달려가려는데 마사가 붙잡았다.

"아가씨헌티 할 말이 있어유. 식사 먼저 하구 말해야겄다구 생각했쥬. 주인 나리가 오늘 아침에 돌아오셨는디 아가씨를 만나고 싶어 하신대유."

메리의 얼굴이 하얗게 질렸다.

"아! 왜! 어째서! 내가 처음 올 때는 날 만나고 싶어 하지 않으셨잖아. 피처 씨가 그렇게 말하는 걸 들었는데."

"글쎄유. 메들록 부인 말루는 우리 엄니 때문이래유. 엄니가 미셀스와이트 마을루 걸어가다가 주인 나리를 만났대유. 엄니는 주인 나리하구 한 번두 말한 적이 없는디 마님은 우리 오두막에 두세 번 오셨어유. 주인 나리는 잊어버렸겠지만 우리 엄니는 안 잊어버렸쥬. 그래서 엄니가 용기를 내서 주인 나리를 불렀대유. 엄니가 뭐라구 한지는 모르지만 주인 나리는 엄니 말을 듣구 내일 떠나기 전에 아가씨를 만나 봐야겄다구 생각했나 봐유."

"아! 내일 떠나신다고? 다행이네!"

"오랫동안 나가 계실 거예유. 가을이나 겨울 전에는 안 오실지두 몰라유. 외국 여행을 하시니까유. 늘 그러시니께."

메리는 감사한 마음이 들었다.

"아, 다행이야. 정말 다행이야!"

고모부가 겨울, 아니 가을까지만이라도 돌아오지 않는다면 비밀의 뜰이 살아나는 것을 지켜볼 시간이 충분할 터였다. 그때 고모부가 사실을 알고 뜰을 빼앗아 버린다고 해도, 적어도 메리는 그 전에 비밀의 뜰이 살아나는 모습은 지켜볼 수 있으리라.

"고모부가 날 언제 만나고 싶어……."

그때 문이 열리고 메들록 부인이 들어오는 바람에 메리는 미처 말을 끝맺지 못했다. 메들록 부인은 가장 좋은 검은 드레스를 입고 가장 좋은 모자를 쓰고 있었다. 드레스의 깃은 어떤 남자의 얼굴 사진이 들어간 브로치로 꽉 조였다. 그것은 오래전에 세상을 떠난 메들록 씨의 컬러 사진이었다. 메들록 부인이 한껏 차려입을 때는 언제나 그 브로치를 달았다. 초조하면서도 흥분한 듯 보이는 메들록 부인이 재빨리 말했다.

"머리가 헝클어졌군요. 가서 빗어요. 마사, 아가씨가 가장 좋은 드레스를 입게 도와드려라. 주인님이 아가씨를 서재로 데려오라고 하시는구나."

메리의 뺨에서 홍조가 싹 가셨다. 메리는 가슴이 쿵쾅거리면서 자기가 뻣뻣하고 못생기고 말 없는 아이로 되돌아가는 기분이 들었다. 그래서 메들록 부인의 말에 대답도 하지 않은 채 돌아서서 방으로 들어왔다. 마사가 뒤를 따랐다. 메리는 옷을 갈아입고 머리를 빗는 동안 한마디도 하지 않았다. 단정해진 모습으로 메들록 부인을 따라 복도를 걸어갈 때도 마찬가지였다. 메리가 무슨 말을 할 수 있을까? 메리는 고모부를 만나러 가야만 하고, 고모부는 메리를 마음에 들어 하지 않을 테고, 메리도 고모부가 마음에 들지 않을 터였다. 메리는 고모부가 자기를 어떻게 생각할지 알고 있었다.

메리는 메들록 부인을 따라 지금까지 한 번도 간 적이 없는 곳으로 갔다. 마침내 메들록 부인은 어떤 문을 두드렸고, 안에서 누군가 말하는 소리가 들렸다.

"들어오시오."

두 사람은 함께 안으로 들어갔다. 벽난로 앞 안락의자에 한 남자가 앉아 있었다. 메들록 부인이 남자에게 말했다.

"메리 아가씨를 데리고 왔습니다."

고모부였다.

"아이는 여기 두고 나가 보시오. 이따가 데려가라고 종을 울릴 테니 그때 다시 들어오고."

메들록 부인은 밖으로 나가 문을 닫았다. 못생긴 꼬마 메리는 자리에 선 채 그저 야윈 손을 꼬면서 기다리는 수밖에 없었다. 의자에 앉아 있는 남자는 곱사등이라기보다 어깨가 높이 솟고 굽어 있는 정도였다. 검은 머리카락 사이로 군데군데 흰머리가 보였다. 크레이븐 씨는 솟은 어깨 너머로 메리를 돌아보았다.

"이리 오거라!"

메리는 고모부에게 다가갔다.

크레이븐 씨는 못생긴 얼굴이 아니었다. 그렇게 괴롭고 불행

하지만 않으면 잘생길 얼굴이었다. 그는 메리를 보자 조바심이 나고 초조한 표정이었다. 도대체 이 아이를 어떻게 해야 할지 모르겠다는 것처럼 보였다.

"몸은 괜찮고?"

"네."

"사람들이 잘 보살펴 주고?"

"네."

크레이븐 씨는 메리를 훑어보면서 초조하게 이마를 문질렀다.

"많이 말랐구나."

메리는 최대한 딱딱한 말투로 대답했다.

"살이 찌고 있어요."

얼마나 불행해 보이는 얼굴인가! 크레이븐 씨의 검은 눈은 메리가 아니라 뭔가 다른 것을 보는 듯했다. 도저히 메리에게 생각을 집중할 수 없는 것처럼 보였다.

"널 잊어버리고 있었다. 어떻게 널 기억할 수 있겠니? 가정교사나 보모나 뭐 그런 일을 해줄 수 있는 사람을 보내 주려고 했는데, 잊어버리고 있었구나."

메리가 입을 열었다.

"제발…… 제발……."

하지만 목에 덩어리가 걸린 듯 말문이 막히고 말았다.

"무슨 말을 하고 싶은 거냐?"

"전, 이제 다 커서 보모가 필요 없어요. 그리고 제발…… 아직은 가정교사를 구하지 말아 주세요."

크레이븐 씨는 또 이마를 문지르면서 메리를 빤히 쳐다보았다. 그러고는 혼잣말처럼 멍하게 중얼거렸다.

"소어비 부인이 한 말이군."

그 순간 메리는 용기를 짜내어 더듬더듬 말했다.

"혹시…… 마사의 어머니인가요?"

"그럴 거다."

"그 부인은 아이들에 대해서 잘 알아요. 자식이 열두 명이나 되거든요. 그래서 잘 알아요."

크레이븐 씨는 정신이 든 듯했다.

"넌 뭘 하고 싶으냐?"

메리는 목소리가 떨리지 않기를 바라면서 대답했다.

"전 밖에 나가서 놀고 싶어요. 인도에 살 때는 나가서 노는 게 싫었어요. 하지만 여기서는 밖에 나가서 노니까 배도 고파지고 많이 먹어서 살도 찌고 있어요."

크레이븐 씨는 메리를 주시했다.

"소어비 부인 말로는 그게 너한테 좋을 거라고 하더구나. 아마 그럴 테지. 가정교사를 붙이기 전에 네 몸이 튼튼해져야 한다고 말이다."

"놀고 있으면 튼튼해지는 기분이 들어요. 황무지에서 부는 바

람을 맞으면요."

크레이븐 씨가 또 물었다.

"어디에서 놀지?"

메리는 숨을 헐떡거리며 대답했다.

"아무 데서나요. 마사의 어머니가 저한테 줄넘기를 보내 줬어요. 줄넘기도 하고 달리기도 해요. 땅에서 새싹이 솟아나는 거 구경도 하고요. 나쁜 짓은 안 해요."

그러자 크레이븐 씨가 걱정스러운 목소리로 말했다.

"그렇게 겁먹은 표정은 하지 말거라. 너 같은 어린애가 무슨 해를 끼치겠니? 하고 싶은 대로 해도 된다."

메리는 목에 손을 가져갔다. 그 말을 듣고 신이 나서 목구멍으로 솟아나는 덩어리가 느껴졌는데, 크레이븐 씨가 그것을 눈치챌까 봐 걱정스러워서였다. 메리는 크레이븐 씨에게 한 걸음 다가가 떨리는 목소리로 물었다.

"그래도 될까요?"

걱정에 잠긴 어린 메리의 얼굴을 보자 크레이븐 씨는 더욱 걱정스러운 표정이 되었다.

"그렇게 겁먹은 얼굴은 하지 말래도. 당연히 그래도 되고말고. 난 네 후견인이다. 어떤 아이한테든 그리 좋은 후견인은 못 되겠지만. 난 너한테 시간이나 관심을 줄 수가 없어. 난 몸도 아프고 기분도 안 좋고 머릿속도 복잡한 사람이니까. 하지만 네가 즐겁고 편하게 지내면 좋겠구나. 난 아이들에 대해서는 아무 것도 모르지만 메들록 부인이 너한테 필요한 건 뭐든지 해줄 게 다. 내가 오늘 널 보려고 한 건 소어비 부인이 말해서야. 딸한테 네 얘기를 들은 모양이더구나. 소어비 부인은 네가 신선한 공기 를 마시고 자유롭게 뛰어다녀야 한다고 말했다.”

메리는 자기도 모르게 말했다.

“그 부인은 아이에 대해서라면 뭐든지 다 알아요.”

“그렇겠지. 황무지에서 날 불러 세우기에 뻔뻔하다고 생각했 는데……. 크레이븐 부인이 자기한테 친절하게 대해 줬다고 하 더군.”

크레이븐 씨는 죽은 부인의 이름을 입에 올리기가 몹시도 힘 겨운 것 같았다.

“소어비 부인은 존경할 만한 여성이다. 널 만나 보니까 그 부 인의 말이 맞는 것 같구나. 마음껏 밖에 나가서 놀아. 여기는 넓 으니까 가고 싶은 데로 가서 재미있게 놀아라. 혹시 필요한 게 있니?”

크레이븐 씨는 문득 생각난 듯 덧붙였다.

“장난감이라거나 책이나 인형이 갖고 싶으냐?”

메리가 떨리는 목소리로 물었다.

“저기…… 땅을 조금만 가져도 될까요?”

메리는 너무도 간절해서 그 말이 얼마나 이상하게 들릴지 알지 못했다. 원래 자기가 하려던 말이 아니라는 것도. 크레이븐 씨는 몹시 놀란 표정이었다.

"땅이라니! 무슨 말이냐?"

메리가 더듬거리며 설명했다.

"씨앗을 심고…… 키워서…… 살아나는 걸 보려고요."

크레이븐 씨는 잠시 메리를 응시하다가 재빨리 눈에 손을 가져갔다. 그러고는 느릿하게 말했다.

"넌…… 뜰을 무척 좋아하나 보구나."

"인도에서는 알지도 못했어요. 매일 아프고 피곤하고 날씨도 더웠거든요. 모래밭에 작은 꽃밭을 만들어서 꽃을 꽂아 두기는 했지만요. 하지만 여긴 달라요."

"땅이라……."

크레이븐 씨는 자리에서 일어나 천천히 방 안을 걸으며 혼잣말을 했다. 메리는 자기 때문에 크레이븐 씨가 어떤 기억이 떠오른 것이라고 생각했다. 크레이븐 씨는 멈춰 서서 메리에게 말했다. 검은 눈이 부드럽고 친절해 보였다.

"원하는 만큼 땅을 가져도 된다. 너 때문에 어떤 사람이 생각나는구나. 땅과 땅에서 자라는 것들을 무척 좋아했지."

크레이븐 씨는 어렴풋이 미소를 지으며 덧붙였다.

"얘야, 마음에 드는 땅이 있거든 가져라. 살아나게 만들어."

"필요 없는 땅이라면…… 어디든지 상관없을까요?"

"어디든지. 이제 됐다! 그만 가봐라. 피곤하구나."

크레이븐 씨는 종을 울려 메들록 부인을 불렀다.

"잘 지내거라. 난 여름 내내 떠나 있을 게야."

메들록 부인은 곧바로 들어왔다. 메리는 부인이 복도에서 기다리고 있던 것이 분명하다고 생각했다.

크레이븐 씨가 메들록 부인에게 말했다.

"메들록 부인. 이 아이를 만나 보니 소어비 부인의 말뜻을 알겠소. 공부는 좀 더 튼튼해진 다음에 시작해야겠어. 아이한테 간단하고 몸에 좋은 음식을 주시오. 뜰에서 마음껏 뛰어다니게 하고. 지나치게 돌봐 주지는 마시오. 이 아이는 자유와 신선한 공기와 마음껏 뛰어다니는 게 필요하니까. 소어비 부인이 가끔씩 아이를 보러 오기로 했고, 아이도 가끔씩 오두막집으로 보내도 좋소."

메들록 부인은 기쁜 표정이었다. 메리를 지나치게 '돌봐 주지' 않아도 된다니 다행스러웠다. 사실 부인에게는 메리를 돌봐야 하는 일이 귀찮은 책임으로 느껴져서 되도록 메리를 보러 가지 않았다. 게다가 메들록 부인은 마사의 어머니를 좋아했다.

"감사합니다, 주인님. 수잔 소어비와 저는 학교를 함께 다녔는데, 아마 온종일 걸어 다녀도 그만큼 분별 있고 마음 따뜻한 여자는 찾을 수 없을 겁니다. 저는 자식이 없지만 수잔 소어비한테는 건강하고 착한 아이들 열둘이나 있답니다. 메리 아가씨

183

가 그 아이들한테 나쁜 영향을 받을 일은 없을 거예요. 아이들에 관한 일이라면 저도 언제든 수잔 소어비의 조언을 참고하겠습니다. 수잔 소어비는 흔히 말하는 건강한 마음을 가졌지요. 제 말이 무슨 뜻인지 아신다면요……."

크레이븐 씨가 대답했다.

"무슨 말인지 알고 있소. 메리를 데리고 나가고 피처를 들여보내 주시오."

메리는 메들록 부인이 방이 있는 복도까지 데려다 주고 돌아가자 재빨리 방으로 뛰어갔다. 마사가 기다리고 있었다. 사실 마사는 점심상을 치우고 서둘러 돌아온 참이었다.

"뜰을 가지래! 어디든지 원하는 곳을 가져도 돼! 그리고 앞으로 오랫동안 가정교사도 들이지 않을 거야! 너희 어머니가 날 만나러 올 거고 나도 너희 오두막집에 갈 수 있어! 나 같은 어린애가 무슨 해를 끼치겠냐면서 하고 싶은 대로 하래. 어디든지!"

마사도 기뻐했다.

"아이구, 정말 친절하시네유. 그렇쥬?"

메리의 표정이 진지해졌다.

"마사, 고모부는 정말로 좋으신 분이야. 얼굴이 굉장히 불행해 보이고 찡그린 표정이긴 하지만."

메리는 최대한 빨리 뜰로 달려갔다. 생각보다 훨씬 오랫동안 자리를 비운 데다가 디콘이 8킬로미터나 떨어진 집으로 가려면 일찍 출발해야 한다는 사실을 알고 있었기 때문이다.

담쟁이덩굴로 덮인 문으로 들어가 보니 디콘은 없었다. 원예 도구들만 나무 아래 가지런히 놓여 있을 뿐이었다. 메리는 달려가 주변을 둘러보았지만 디콘은 어디에도 보이지 않았다. 디콘은 가버렸고, 비밀의 뜰은 텅 비어 있었다. 방금 전에 담으로 날아온 붉은가슴울새만이 받침목을 세운 장미 옆에 앉아 메리를 쳐다보고 있을 뿐이었다.

메리는 슬픔에 잠겼다.

"가버렸어. 아! 디콘은…… 디콘은 숲의 요정이던 걸까?"

그때 받침목을 세운 장미에 하얀 무언가가 매달려 있는 게 눈에 띄었다. 그것은 메리가 마사 대신 인쇄체로 써서 디콘에게 보낸 편지였다. 그 편지가 장미나무의 기다란 가시에 꽂혀 있었다. 메리는 디콘이 남기고 간 것임을 깨달았다. 거기에는 삐뚤삐뚤한 글씨와 그림이 담겨 있었다.

처음에 메리는 그것이 뭔지 알 수 없었다. 그러다 잠시 후에 새 한 마리가 둥지에 앉아 있는 그림이라는 걸 깨달았다. 그림 아래에는 인쇄체로 이렇게 쓰여 있었다.

"또 올게유."

13

"난 콜린이야!"

메리는 저녁을 먹으러 집으로 돌아가면서 그림을 가져다 마사에게 보여 주었다.

마사는 자랑스러운 표정이었다.

"우와! 우리 디콘이 이렇게 똑똑헌 줄 몰랐네유. 둥지에 있는 붉은가슴울새 그림이네. 크기는 실제하구 똑같구, 진짜 같기로는 두 배는 더 진짜 같네유."

그제야 메리는 디콘이 무슨 말을 전하고자 그림을 그린지 깨달았다. 자기가 비밀을 지킬 것이라는 걸 믿어도 된다는 뜻이었다. 비밀의 뜰은 둥지였고 메리는 붉은가슴울새였다. 아, 메리는 그 희한하고 보잘것없는 남자아이가 정말로 좋았다!

메리는 내일도 디콘이 오기를 바라면서 잠이 들었다.

하지만 요크셔의 날씨는 도무지 종잡을 수가 없다. 특히 봄에는 더욱 그렇다. 메리는 한밤중에 굵은 빗줄기가 창문을 때리는 소리에 잠을 깼다. 비가 억수로 퍼붓고 거센 바람이 낡은 집 구석구석과 굴뚝 사이를 돌면서 울부짖고 있었다. 메리는 침대에서 일어나 앉았다. 불행한 사태 앞에서 화가 왈칵 쏟아졌다.

"바람도 예전의 나처럼 심술쟁이야. 내가 비가 오지 않으면 좋겠다고 생각하니까 저렇게 내리잖아."

메리는 베개로 몸을 던져 얼굴을 묻었다. 울지는 않았지만 굵은 빗줄기 소리와 함께 울부짖는 바람 소리를 원망하면서 그대로 누워 있었다. 다시 잠을 잘 수가 없었다. 너무도 슬퍼서 비와 바람 소리도 구슬프기 짝이 없게 들려왔다. 만일 행복한 기분이었다면 그 소리가 자장가처럼 들려 잠이 솔솔 올 텐데. 바람은 심하게 울부짖었고 굵은 빗방울은 사정없이 창문을 두드렸다!

"황무지에서 길을 잃고 떠도는 사람이 울부짖는 소리 같아."

메리는 한 시간 동안 계속 몸을 뒤척였다. 그러다 갑자기 어떤 소리를 듣고는 침대에서 일어나 문으로 고개를 돌렸다. 그러고는 귀를 기울였다.

"방금 건 바람 소리가 아니야. 바람 소리하고 달라. 전에 들은 그 울음소리야."

방문이 조금 열려 있었고, 울음소리는 복도 너머에서 희미하게 들려왔다. 메리는 한동안 귀를 기울이면서 울음소리의 실체를 꼭 확인해야겠다는 생각을 했다. 문제의 소리는 비밀의 뜰이 나 땅에 묻힌 열쇠보다 더 희한한 것처럼 느껴졌다. 날씨 때문에 기분이 상한 터라 더욱 대담해진지도 몰랐다.

"무슨 소리인지 알아낼 거야. 모두 자고 있을 시간이고 메들록 부인은 상관없어. 신경 안 써!"

메리는 침대 곁에 놓인 촛불을 들고 살며시 방을 나왔다. 복도는 무척이나 길고 컴컴했지만 흥분한 탓에 조금도 신경 쓰이지 않았다. 메리는 어느 모퉁이를 돌아가야 태피스트리로 가린 문이 있는 짧은 복도가 나오는지 기억할 수 있을 것 같았다. 전에 길을 잃을 때 메들록 부인과 마주친 그곳이었다. 울음소리는 바로 그곳에서 흘러나왔다.

메리는 침침한 불빛을 내뿜는 초를 들고 더듬더듬 앞으로 걸어갔다. 가슴이 어찌나 뛰던지 쿵쾅거리는 소리가 들리는 것만 같았다. 울음소리는 잠깐 동안 멈추다가 다시 들려오기를 되풀이했다. 이 모퉁이를 돌아가는 거였나? 메리는 멈춰 서서 기억을 더듬었다. 그래, 여기였어! 이 통로로 쭉 가서 왼쪽으로 돌고 넓은 계단을 두 개 올라간 다음 다시 오른쪽으로 돌았어. 기억하는 대로였다. 잠시 뒤, 정말로 태피스트리가 드리워진 문이 나왔다.

메리는 살며시 문을 밀고 들어가 그 안쪽 복도에 섰다. 이제 크지는 않지만 울음소리가 또렷하게 들렸다. 소리는 메리의 왼쪽에 있는 벽 너머에서 흘러나왔다. 얼마 떨어진 곳에 문이 있었다. 문 아래로 희미하게 불빛이 새어 나왔다. 누군가 그 방에서 울고 있었다.

메리는 다가가서 문을 열었다. 방이 나왔다!

고풍스럽고 멋진 가구가 놓인 커다란 방이었다. 벽난로에서는 거의 다 탄 장작불이 희미하게 빛나고 있었다. 그리고 네 개의 조각 기둥이 떠받치고 있었고, 수놓은 실크가 드리워진 침대가 보였다. 침대 옆에는 램프가 타고 있었다. 울음소리는 침대에서 흘러나왔는데, 한 남자아이가 누워 신경질적으로 울고 있었다.

메리는 자기가 실제로 존재하는 곳에 와있는지, 자기도 모르는 사이에 다시 잠들어 꿈을 꾸고 있는지 헷갈렸다.

남자아이의 얼굴은 갸름하고 야윈 데다 상앗빛이었다. 이마에 늘어뜨린 머리숱이 많아서 야윈 얼굴이 더욱 작아 보였다. 병을 앓는 듯했지만, 아파서라기보다는 피곤하고 짜증이 나서 울 때가 더 많은 것 같았다.

촛불을 들고 숨죽인 채 문가에 서있던 메리는 살금살금 방 안으로 들어갔다. 불빛이 가까이 다가오는 걸 알아챈 남자아이는 얼굴을 돌려 메리를 빤히 쳐다보았다. 아이의 커다란 회색 눈에 두려움의 빛이 떠올랐다.

아이는 반쯤 겁에 질린 목소리로 속삭였다.

"넌 누구야? 유령이야?"

메리도 반쯤 겁에 질린 목소리로 속삭였다.

"아니, 난 유령이 아니야. 넌 유령이니?"

남자아이는 메리를 빤히 쳐다보고 또 쳐다보았다. 메리는 아이의 눈이 정말로 이상하다고 생각했다. 여러 가지 비슷한 색조가 섞인 회색이었고, 눈 주위에 까만 속눈썹이 빼곡하게 나있어 얼굴에 비해 지나치게 커보이는 눈이었다.

아이는 한동안 기다리다가 대답했다.

"아니, 난 콜린이야!"

메리가 더듬더듬 물었다.

"콜린이 누군데?"

"난 콜린 크레이븐이야. 넌 누구지?"

"난 메리 레녹스야. 크레이븐 씨는 우리 고모부야."

"그 사람은 우리 아버지야."

메리는 숨을 헐떡거렸다.

"너희 아버지라고? 고모부한테 아들이 있다는 말은 못 들었는데! 왜 말해 주지 않은 걸까?"

"이리 와봐."

콜린은 초조한 표정으로 눈을 메리에게 고정한 채 말했다.

메리가 침대로 다가가자 아이는 손을 내밀어 메리를 만졌다.

"진짜가 맞구나? 난 진짜 같은 꿈을 자주 꾸거든. 너도 그런

꿈일지 몰라."

메리는 방에서 나오기 전에 걸치고 온 모직 가운의 옷자락을 콜린의 두 손가락으로 집어 주었다.

"한번 문질러 봐. 얼마나 두껍고 따뜻한지. 네가 원한다면 널 꼬집어서 내가 진짜 사람이란 걸 보여 줄게. 나도 잠깐 네가 꿈일지도 모른다고 생각했어."

콜린이 물었다.

"넌 어디에서 왔어?"

"내 방에서. 바람이 울부짖어서 잠을 못 자고 있었거든. 우는 소리가 들려서 누군지 알아내고 싶었어. 왜 울고 있었니?"

"나도 잠을 잘 수가 없었어. 머리도 아팠고. 네 이름이 뭔지 다시 말해 줘."

"난 메리 레녹스야. 내가 여기에 살러 왔다고 아무도 말해 주지 않은 거니?"

콜린은 여전히 메리의 옷자락을 만지작거리고 있었지만, 얼굴에는 메리가 정말로 살아 있는 존재라는 것을 믿는다는 표정이 떠오르기 시작했다.

"아니, 감히 그렇게 못해."

"어째서?"

"사람들이 나한테 말한다면 난 네가 날 보게 될까 봐 걱정할 테니까. 난 사람들이 날 쳐다보고 나에 대해 얘기하는 걸 허락하지 않아."

메리가 그 이유를 물었다. 모든 것이 수수께끼처럼 느껴졌다.

"난 항상 이렇게 아프고 누워만 있으니까. 아버지도 사람들이 나에 대해 말하지 못하게 해. 하인들은 내 얘기를 하면 안 돼. 만일 내가 산다면 곱사등이가 될 거야. 하지만 난 살지 못할 거야. 아버지는 내가 아버지처럼 될 거라고 생각하는 걸 싫어해."

"아, 여긴 정말 이상한 집이야! 정말로 이상해. 모든 게 다 비밀이라니! 방도 잠겨 있고, 뜰도 잠겨 있고, 그리고 너도! 너도 방에 갇혀 있는 거니?"

"아니, 난 나가기 싫어서 방에 있는 거야. 밖에 나가면 너무 피곤하니까."

"아버지가 널 보러 오시니?"

"가끔씩! 대부분은 내가 잠들어 있을 때 오셔. 아버지는 날 보고 싶어 하지 않거든."

메리는 또 물어보지 않을 수 없었다.

"어째서?"

콜린의 얼굴에 분노의 그림자가 스쳐 지나갔다.

"내가 태어날 때 어머니가 돌아가셨거든. 그래서 아버지는 날 보면 비참한 기분이 든다고 해. 아버지는 내가 모를 거라고 생각하지만 난 사람들이 말하는 걸 다 들었어. 아버지는 날 미워하는 거야."

메리가 혼잣말처럼 중얼거렸다.

"고모가 돌아가셔서 고모부는 뜰도 미워하는구나."

콜린이 물었다.

"무슨 뜰?"

메리가 더듬거리며 말했다.

"아! 그냥…… 고모가 생전에 좋아한 어떤 뜰이야. 넌 항상 여기서 지내니?"

"거의 그래. 가끔씩 바닷가에 갈 때도 있지만 사람들이 빤히 쳐다봐서 싫어. 예전에는 등을 반듯하게 하려고 쇠로 된 받침대 같은 걸 하고 있었는데, 런던에서 온 유명한 의사가 그건 멍청한 짓이라고 했어. 그런 건 벗어 버리고 밖에서 신선한 공기를 마시게 하라고 했지. 하지만 난 신선한 공기도 싫고 밖에 나가기도 싫어."

"나도 처음 여기 올 때는 그랬어. 그런데 왜 그렇게 날 빤히 쳐다보는 거야?"

콜린이 조바심 내며 말했다.

"진짜 같은 꿈을 자주 꾸니까. 눈을 뜨고 있어도 깨어 있다는 걸 믿을 수 없을 때도 있거든."

"우리 둘 다 깨어 있어."

메리는 방 안을 둘러보았다. 천장이 높고, 구석에는 그림자가 드리워져 있고, 장작불은 희미하게 빛났다.

"정말 꿈처럼 느껴지네. 한밤중인 데다 우리 둘만 빼고 모두 잠들었어. 우리는 둘 다 멀쩡하게 깨어 있는데."

콜린이 불안해하며 말했다.

"이게 꿈이 아니면 좋겠다."

갑자기 메리는 무슨 생각이 났다.

"사람들이 널 보는 게 싫으면 나도 가면 좋겠니?"

콜린은 여전히 메리의 가운 자락을 잡고 있었는데 메리가 질문하자 그것을 살짝 당겼다.

"아니! 네가 가버리면 난 꿈이라고 믿게 될 거야. 네가 진짜라면 거기 있는 커다란 발판에 앉아서 얘기 좀 해봐. 너에 대해서 듣고 싶어."

메리는 침대 옆에 있는 테이블에 촛불을 내려놓고 쿠션을 댄 작은 의자에 앉았다. 메리 역시 돌아가고 싶은 마음이 없었다. 수수께끼처럼 숨겨진 이 방에서 수수께끼 같은 아이와 말을 하고 싶었다.

"무슨 얘기를 해줄까?"

콜린은 메리가 미셀스와이트에 온 지 얼마나 된지 궁금해했다. 메리의 방은 어떤 복도에 있는지, 지금까지 뭘 하면서 지냈는지, 자기처럼 황무지를 싫어하는지, 요크셔에 오기 전에는 어디에서 산지도 알고 싶어 했다. 메리는 그 밖에도 계속 이어진 질문까지 전부 대답해 주었다. 콜린은 베개를 베고 누워서 귀를 기울였다. 특히 인도와 바다를 건너온 항해에 대해 궁금해했다. 메리는 콜린이 병약해서 보통 아이들처럼 많은 것을 배우지 못했음을 알게 되었다. 그래도 아주 어릴 때 어느 간호사가 읽는 법을 가르쳐 준 덕분에 콜린은 언제나 책을 읽고 책 속에 나오는 멋진 그림만 보면서 지냈다.

콜린의 아버지는 콜린이 깨어 있을 때 보러 온 적은 거의 없었다. 하지만 콜린이 즐겁게 가지고 놀 수 있는 온갖 멋진 물건들을 보내 주었다. 그러나 콜린은 한 번도 즐거워한 적이 없는 듯했다. 그 아이는 가지고 싶은 것은 뭐든 가질 수 있고 하기 싫은 일은 절대로 하지 않아도 되었는데 말이다.

콜린이 무관심하게 말했다.

"이 집 사람들은 전부 날 즐겁게 해줘야 할 의무가 있어. 난 화가 나면 몸이 아프니까. 모두 내가 어른이 될 때까지 살지 못할 거라고 생각해."

콜린은 자신이 오래 살 수 없다는 얘기를 아무렇지도 않다는 듯이 말했다. 콜린은 메리의 목소리가 마음에 든 모양이었다. 졸린 듯하면서도 메리의 이야기를 관심 있게 들었다. 메리는 한두 번 콜린이 잠든다고 생각했다. 하지만 그럴 때마다 콜린이 던진 새로운 질문 때문에 이야기가 계속 이어졌다.

콜린이 물었다.

"넌 몇 살이니?"

메리는 잠깐 멍하니 있다가 대답했다.

"난 열 살이야. 너도 열 살이잖아."

콜린이 깜짝 놀라며 물었다.

"그걸 어떻게 알았어?"

"왜냐하면 네가 태어날 때 그 뜰의 문을 잠그고 열쇠를 땅에 묻었으니까. 그 후로 10년 동안 뜰은 잠겨 있고."

콜린은 몸을 반쯤 일으켜 앉더니 팔꿈치로 몸을 받치고 메리 쪽으로 고개를 돌렸다. 갑자기 큰 흥미를 느꼈는지 큰 소리로 물었다.

"어떤 뜰의 문이 잠겨 있는데? 누가 그랬는데? 열쇠는 어디에 묻었고?"

메리가 초조해하며 대답했다.

"그건…… 고모부가 싫어하는 뜰이었어. 고모부가 문을 잠가 버렸어. 아무도…… 아무도 열쇠가 어디에 묻혔는지 몰라."

콜린이 간절한 듯 계속 캐물었다.

메리는 신중하게 대답했다.

"10년 동안 아무도 들어갈 수가 없었어."

하지만 신중하기에는 이미 늦어 버렸다. 콜린은 메리와 너무도 똑같았다. 메리가 그랬듯 콜린도 달리 신경 쓸 일이 없어서 숨겨진 뜰이 있다는 사실에 완전히 매료되었다. 콜린은 쉬지 않고 질문을 퍼부었다. 뜰은 어디에 있는지, 뜰의 문을 찾아보려고 해봤는지, 정원사들에게 물어는 봤는지…….

"사람들은 그 뜰에 대해서 말하지 않아. 질문에 답하지 말라고 지시받았나 봐."

"내가 말하게 만들겠어."

"네가 그럴 수 있어?"

메리는 두려움이 몰려와 말을 더듬었다. 정말 콜린이 하인들에게 뜰에 대한 질문에 대답하도록 만든다면 무슨 일이 일어날지 누가 알겠는가!

"모두 날 즐겁게 해줘야 할 의무가 있다니까. 아까 말했잖아. 만일 내가 살 수 있다면 언젠가 이 집은 내 것이 돼. 모두 그걸 알고 있어. 내가 반드시 말하게 만들겠어."

메리는 자기가 버릇없는 아이였다는 사실은 알지 못했지만, 이 수수께끼 같은 남자아이가 버릇없다는 것은 분명히 알 수 있었다. 콜린은 세상이 전부 자기 것이라고 생각했다. 너무도 특이하고, 자기가 살지 못할 거라는 말을 너무도 태연하게 하는 아이였다.

메리는 절반은 호기심으로, 그리고 절반은 콜린이 뜰에 대한 생각을 잊어버리기를 바라는 마음으로 물었다.

"넌 네가 오래 살지 못할 거라고 생각하니?"

콜린은 아까와 마찬가지로 무관심하게 말했다.

"오래 살 수 있을 거라고 생각하지 않아. 내가 아주 어릴 때부

198

터 사람들이 그렇게 말하는 걸 들었어. 처음에는 모두 내가 어려서 무슨 말인지 이해하지 못할 거라고 생각했고 지금은 내가 못 듣는다고 생각하지. 하지만 난 다 들어. 내 주치의는 우리 아버지의 사촌인데 아주 가난해. 내가 살지 못하고 아버지가 돌아가시면 그 사람이 미셀스와이트를 물려받게 될 거야. 내가 살기를 바라지 않을걸."

메리가 물었다.

"넌 오래 살고 싶니?"

콜린은 피곤하고 짜증스럽게 대답했다.

"아니! 하지만 죽고 싶진 않아. 여기 누워 있다가 몸이 아플 때마다 죽는다는 생각을 하게 되고, 그러면 계속 울게 돼."

"난 네가 우는 소리를 세 번이나 들었지만 누군지는 몰랐어. 그래서 운 거였니?"

메리는 콜린이 제발 비밀의 뜰을 잊어버리기를 바랐다.

"아마 그렇겠지. 이제 다른 얘기 하자. 그 뜰 얘기 좀 해봐. 넌 그 뜰을 보고 싶지 않니?"

메리가 작은 목소리로 대답했다.

"보고 싶어."

콜린은 고집스럽게 말했다.

"나도! 지금까지 뭘 보고 싶다는 생각은 해본 적 없는데 그 뜰은 보고 싶어. 땅에 묻힌 열쇠를 파내서 문을 열고 싶어. 휠체어에 태워서 날 거기로 데려가라고 하고 싶어. 그럼 신선한 공기를 마실 수 있겠지. 그 문을 열라고 하겠어."

흥분으로 반짝거리는 콜린의 묘하게 생긴 눈은 아까보다 훨씬 커보였다.

"모두 날 즐겁게 해줄 의무가 있으니까. 날 거기로 데려가라고 할 거야. 너도 들여보내 줄게."

메리는 손을 세게 깍지 꼈다. 모든 게 망가져 버릴 거야. 전부 다! 디콘도 다시는 오지 않겠지. 그럼 안전하게 숨겨진 둥지에 들어간 붉은가슴울새 같은 기분을 다시는 느끼지 못할 것이다.

메리가 소리쳤다.

"아, 제발, 제발, 제발, 제발 그러지 마!"

콜린은 메리를 빤히 쳐다보았다.

"어째서? 너도 보고 싶다고 했잖아."

메리의 목소리는 흐느낌에 가까웠다.

"그래, 보고 싶어. 하지만 네가 뜰의 문을 열고 들어가면 그곳은 다시는 비밀이 될 수가 없잖아."

콜린은 더 가까이 몸을 숙였다.

"비밀이라니? 그게 무슨 말이야? 말해 봐."

메리는 심장이 두근거리고 숨이 차서 제대로 말이 나오지 않았다.

"너도 알겠지만…… 우리만 빼고 아무도 모른다면…… 담쟁이덩굴 아래 어딘가에 문이 숨겨져 있다면…… 정말로 문이 있다면 말이야…… 우리가 그걸 찾아내 다 같이 안으로 들어가서 문을 닫아 버리면 우리가 안에 있다는 걸 아무도 모를 거야. 우리가 그걸 우리의 뜰이라고 부르고…… 우리가 붉은가슴울새고 거기가 우리의 둥지인 체한다면, 거기서 매일 놀고 땅을 파고 씨앗을 뿌려서 뜰을 살아나게 한다면…….”

콜린이 말을 가로막으며 물었다.

“뜰이 죽었어?”

“아무도 돌봐 주지 않으면 곧 죽게 될 거야. 구근은 살겠지만 장미는…….”

콜린은 메리만큼 흥분해서 또 재빨리 물었다.

“구근이 뭐야?”

“수선화랑 아네모네야. 지금 땅속에서 열심히 움직이고 있어. 연두색 새싹을 밀어내고 있어. 봄이 오고 있으니까.”

“봄이 오고 있다고? 봄은 어떤데? 아파서 방에 누워 있으면 봄을 볼 수 없어.”

“비가 내리는데 햇살이 내리쬐고, 햇살이 내리쬐는데 비가 오는 거야. 땅속에서 뭔가가 움직여서 밖으로 나오는 거야. 만약 그 뜰이 비밀이고 우리가 그 안에 들어갈 수 있다면, 온갖 것들이 자라는 걸 날마다 볼 수 있고 장미가 얼마나 많이 살아 있는지도 볼 수 있을 거야. 모르겠니? 그 뜰이 비밀이라면 얼마나 더 멋질지 모르겠어?"

콜린은 다시 베개에 기대 기묘한 표정을 지었다.

"난 비밀을 가져 본 적이 없어. 내가 어른이 될 때까지 살지 못한다는 것만 빼고 말이야. 내가 알고 있다는 걸 사람들이 모르니까 어쨌든 비밀이라고 할 수 있겠지. 하지만 난 그것보단 이런 비밀이 더 마음에 들어."

메리가 애원했다.

"네가 사람들더러 뜰로 데리고 가라고 하지 않는다면 아마…… 난 분명히 언젠가 거기에 들어갈 방법을 찾을 수 있을 거야. 그다음에는…… 의사가 휠체어를 타고 밖에 나가도 된다고 하면…… 우린 휠체어를 밀어 줄 남자아이를 찾을 수 있을 거고, 우리끼리만 갈 수 있을 테니까 거긴 언제나 비밀의 뜰이 될 수 있을 거야."

콜린은 꿈꾸는 듯한 눈으로 아주 느리게 말했다.

"나도…… 그게 좋을 것 같다. 그래, 나도 그게 좋아. 비밀의 뜰에서라면 신선한 공기를 마셔도 상관없어."

메리는 다시 숨이 편안하게 쉬어지고 안전해진 느낌이 들었다. 콜린이 뜰을 비밀로 해두자는 생각을 마음에 들어 하기 때문이었다. 메리는 콜린에게 계속 뜰 이야기를 해주고 자기가 그런 것처럼 콜린도 마음속으로 뜰을 볼 수 있게 된다면, 그 뜰에 대한 강한 애착이 생겨나서 누군가 그 안에 들어오는 것을 도저히 견딜 수 없게 되리라고 확신했다.

메리가 말했다.

"우리가 뜰에 들어갈 수 있다고 치고, 거기가 지금 어떻게 생긴지 상상해서 말해 줄게. 그곳은 너무나 오랫동안 잠겨 있어서 모든 게 뒤죽박죽 엉킨 채로 자랐을 거야."

장미가 이 나무에서 저 나무로 기어 올라가다가 축 늘어져 있을지도 모르고, 안전한 그곳에 많은 새가 둥지를 튼지도 모른다고 메리가 말하는 동안, 콜린은 꼼짝 않고 귀를 기울였다. 메리는 붉은가슴울새와 벤 웨더스타프 할아버지 이야기도 해주었다. 붉은가슴울새에 대해서는 할 말이 무척 많은 데다 편안하고 느긋하게 말할 수 있어서 메리는 더 이상 겁나지 않았다.

콜린은 붉은가슴울새 이야기를 듣고 무척 기분이 좋아져서 환한 미소를 지었다. 미소 짓는 콜린의 모습은 잘생겨 보이기까지 했다. 처음에 메리는 콜린이 큰 눈에 머리숱이 풍성해도 자기보다 못생기다고 생각했다.

콜린이 말했다.

"새가 그럴 수 있는 줄 몰랐어. 하지만 방에서만 지내면 아무것도 볼 수가 없는걸. 넌 정말 아는 게 많구나. 진짜로 그 뜰에 들어가 본 기분이야."

메리는 무슨 말을 해야 할지 몰라서 아무 말도 하지 않았다. 콜린은 대답을 기대하지 않는 것 같았다. 그런데 곧바로 메리를 깜짝 놀라게 했다.

"너한테 뭘 보여 줄게. 저쪽 벽난로 선반 위로 늘어진 장밋빛 실크 커튼 보이지?"

메리는 콜린이 가리키는 쪽으로 고개를 들었다. 그림처럼 보이는 것 위로 부드러운 실크 커튼이 드리워져 있었다.

"응!"

"저기에 끈이 하나 달려 있어. 가서 끈을 당겨 봐."

메리는 어리둥절하며 자리에서 일어나 끈을 찾았다. 그런 다음 끈을 당기자 실크 커튼이 젖혀지면서 그림이 드러났다. 웃는 얼굴의 여자가 그려진 그림이었다. 여자는 금발머리를 파란색 리본으로 묶었고, 쾌활하고 사랑스러운 두 눈은 콜린의 불행해 보이는 눈과 꼭 닮아 있었다. 기묘한 회색빛에다 풍성한 속눈썹 때문에 실제보다 두 배는 커 보이는 것까지.

콜린은 불평하듯 말했다.

"우리 어머니야. 왜 돌아가신지는 몰라. 가끔 난 돌아가신 어머니가 미워."

"넌 정말 별나구나!"

콜린이 투덜거렸다.

"어머니가 살아 계시다면 난 이렇게 아프진 않을 거야. 죽는다는 말도 하지 않을 테고. 아버지도 날 그렇게까지 보기 싫어하지 않겠지. 그리고 내 등도 튼튼할 거야. 다시 커튼을 쳐."

메리는 커튼을 치고 다시 의자에 앉았다.

"너희 어머니는 너보다 훨씬 예쁘지만 눈은 너하고 똑같아. 적어도 모양하고 색깔은 말이야. 그런데 왜 어머니 그림을 커튼으로 가려 둔 거야?"

콜린이 불편한 듯 몸을 움직였다.

"내가 그러라고 시켰어. 가끔은 어머니가 날 쳐다보고 있는 게 싫거든. 어머니는 활짝 웃고 있는데, 난 아프고 불행하기만 하잖아. 그리고 우리 어머니니까 아무나 보게 하고 싶지 않아."

잠시 침묵이 흐른 후 메리가 입을 열었다.

"내가 여기 온 걸 알면 메들록 부인이 어떻게 할까?"

"내가 시키는 대로 하겠지. 난 네가 매일 여기로 와서 나한테 말을 걸어 주면 좋겠다고 할 거야. 난 네가 와서 좋아."

"나도 좋아. 되도록 자주 올게. 하지만⋯⋯."

메리는 잠시 망설였다.

"난 매일 뜰의 문을 찾아봐야 해."

"그래. 넌 그래야만 해. 그래야 나중에 또 나한테 뜰 얘기를 해줄 수 있으니까."

콜린은 아까 그런 것처럼 누운 채 잠시 생각을 하다가 입을 열었다.

"난 너도 비밀로 하겠어. 사람들이 알아내기 전까지 널 만난 얘기를 하지 않을 거야. 난 혼자 있고 싶으면 언제든 간호사를 방에서 내보낼 수 있어. 너 혹시 마사 알아?"

"응, 아주 잘 알아. 내 시중을 들어주거든."

콜린은 복도 쪽을 향해 고개를 끄덕였다.

"저 건너편 방에서 자는 사람이 마사야. 간호사가 어제 자기 언니네 집으로 자러 갔는데, 자기가 나가고 싶을 때마다 마사더러 내 시중을 들라고 해. 네가 언제 여기 오면 좋을지 마사가 알려 줄 거야."

그제야 메리는 울음소리에 대해 물을 때 마사가 왜 그렇게 곤란해하는지 알 수 있었다.

"마사는 예전부터 너에 대해 알고 있었던 거야?"

"응! 자주 날 시중들어 주니까. 간호사는 나한테서 벗어나고 싶어 하고 그럴 때마다 마사가 와."

"여기 오래 있었네. 이제 그만 갈까? 너 눈이 졸려 보이는데."

그러자 콜린이 약간 수줍어하며 말했다.

"내가 잠들 때까지 가지 않으면 좋겠어."

메리가 의자를 가까이 당겼다.

"그럼 눈을 감아. 인도에서 내 아야가 해준 대로 해줄게. 네 손을 토닥거리면서 조그맣게 노래를 불러 줄 거야."

콜린이 졸려하면서 말했다.

"난 분명 그게 마음에 들 거야."

메리는 콜린이 가엾은 생각이 들어 혼자 깬 채로 누워 있게 하고 싶지 않았다. 침대 위로 몸을 숙이고 콜린의 손을 토닥거리며 조그맣게 힌디어로 노래를 부르기 시작했다.

콜린은 더욱 졸린 목소리로 말했다.

"좋다."

메리는 계속 노래를 부르며 콜린의 손을 토닥거렸다. 잠시 후 콜린은 까만 속눈썹이 내려가고 두 눈을 꼭 감은 채 잠들어 있었다. 메리는 살며시 일어나 촛불을 들고 조용히 방을 나왔다.

14

어린 군주

아침이 밝자 황무지는 안개에 가려 보이지 않고 비는 여전히 억수처럼 쏟아지고 있었다. 밖으로 나갈 수가 없었다. 마사가 너무 바빠서 메리는 그녀랑 말을 나눌 기회조차 없었다. 하지만 오후가 되어서는 그녀에게 놀이방으로 와서 앉으라고 할 수 있었다. 마사는 할 일이 없을 때면 항상 뜨곤 하는 털양말을 가지고 왔다.

둘이 자리에 앉자마자 마사가 말했다.

"뭔 일 있어유? 할 말이 있는 얼굴인디."

"할 말 있어. 그 울음소리가 뭔지 알아냈거든."

마사는 뜨개질거리를 무릎에다 떨어뜨리고는 놀란 눈으로 메리를 빤히 쳐다보았다.

"설마! 그럴 리 없어유!"

메리가 말을 이었다.

"어젯밤에 또 그 울음소리를 들었어. 난 일어나서 그 소리가 어디에서 나는지 찾으러 갔지. 바로 콜린이었어."

잔뜩 겁먹은 마사는 얼굴이 새빨갛게 변했다.

"아이구, 메리 아가씨! 왜 그랬슈? 그러믄 안 되는디! 아가씨 때미 내가 큰일 나게 생겼네유. 난 아가씨헌티 콜린 도련님 얘기는 입도 벙긋허지 않았는디. 아가씨 때미 큰일 나게 생겼어유. 보나마나 난 여기서 쫓겨날 거구먼유. 아이구, 우리 엄니가 어떻게 하실지 모르겠네!"

"넌 쫓겨나지 않아. 콜린은 내가 와서 좋아했는걸. 우린 오랫동안 얘길 나눴고, 콜린은 내가 와서 좋다고 말했어."

마사가 큰 소리로 물었다.

"그랬어유? 정말루 그랬어유? 도련님이 짜증 나믄 어떻게 하는지 아가씨가 몰라서 그래유. 다 컸는디두 어린애마냥 운다니께유. 화가 나믄 고래고래 소리 질러서 겁주구유. 우리를 자기 맘대루 할 수 있다는 걸 알구 있으니께유."

"콜린은 짜증 내지 않았어. 내가 도로 갈까 물어보니 가지 말라고 했거든. 콜린이 이것저것 물어봤고, 난 커다란 의자에 앉아서 인도랑 붉은가슴울새랑 뜰에 대해 얘기해 줬어. 콜린이 나더러 정말 가지 말라고 했다니까. 자기 어머니 그림까지 보여

줬는걸. 난 콜린의 방을 나오기 전까지 노래를 불러서 콜린을 재워 줬어."

마사는 도무지 믿을 수 없다는 듯 숨을 헐떡거렸다.

"아가씨 말을 믿을 수가 없네유! 아가씨는 호랑이굴로 걸어 들어간 거나 마찬가지예유. 평소 같으믄 도련님이 불같이 화를 내구 집안을 발칵 뒤집어 놨을 텐디. 도련님은 모르는 사람이 절대루 자기를 쳐다보지 못하게 하거든유."

"난 쳐다보게 해줬어. 난 줄곧 콜린을 쳐다봤고 콜린도 날 쳐다봤어. 우린 서로 빤히 쳐다봤는걸!"

마사가 흥분해서 소리쳤다.

"어째야 할지 모르겠네유. 메들록 부인이 알믄 내가 지시를 어기구 아가씨헌티 말했다고 생각할 테구 그럼 난 짐 싸서 엄니 한티 보내질 거예유."

메리는 확고하게 말했다.

"콜린은 메들록 부인한테 아무 말도 하지 않을 거야. 일단은 비밀로 하기로 했거든. 콜린 말로는 이 집 사람들 모두 자기가 시키는 대로 해야 할 의무가 있다고 하던걸."

마사는 한숨을 내쉬며 앞치마로 이마를 훔쳤다.

"맞아유. 그건 사실이쥬. 못된 녀석 같으니라구!"

"콜린은 메들록 부인도 그래야만 한다고 했어. 내가 매일 와서 얘기를 해주면 좋겠대. 내가 언제 오면 되는지 너더러 전해

주라고 할 거랬어."

"나한테유? 난 정말로 쫓겨날 거예유. 그건 분명허구먼유!"

메리가 마사를 설득했다.

"콜린이 하라는 대로 하면 그럴 리 없어. 누구든지 콜린의 말에 복종해야 하니까."

마사의 두 눈이 휘둥그레졌다.

"그러니께 콜린 도련님이 아가씨헌티 친절허게 대했다는 거네유!"

"콜린은 내가 마음에 든 것 같아."

마사는 숨을 길게 내쉬며 결론 내렸다.

"그러믄 아가씨가 도련님을 홀린 거네유!"

"마법이라는 뜻이야? 인도에서 마법에 대해 들어 보긴 했지만 난 마법을 부릴 줄 몰라. 난 그저 콜린의 방에 갔다가 그 애를 보고 너무 놀라서 가만히 서서 쳐다본 것뿐이야. 콜린도 고개를 돌려서 날 빤히 쳐다봤고. 콜린은 내가 유령이나 꿈일 거라고 생각했고 나도 걔가 그럴지 모른다고 생각했어. 한밤중에 그렇게 서로 모르는 사람끼리 둘만 있으니까 정말 이상했거든. 그러고 나서 우린 서로 이것저것 묻기 시작했어. 내가 도로 가는 게 좋겠냐고 물으니 콜린이 가지 말라고 했고."

마사가 숨을 헐떡거렸다.

"아이구, 시상이 끝날려나 봐유!"

메리가 물었다.

"콜린은 어디가 잘못된 거야?"

"확실히는 아무두 몰라유. 주인 나리는 도련님이 태어날 때 머리가 돌아 버렸어유. 의사덜은 주인 나리를 정신 병원에 보내야 한다구 했쥬. 내가 아가씨한테두 말한 적 있지만 마님이 돌아가셨기 때문이쥬. 주인 나리는 도련님을 쳐다보지두 않았어유. 미친 듯이 소리를 질러 대다가 애기두 자기처럼 곱사등이가 될 테니 차라리 죽는 게 낫겠다구 했어유."

"콜린이 곱사등이야? 그렇게 보이지 않던데."

"아직은 아녀유. 그치만 아주 잘못되기 시작했쥬. 우리 엄니는 이 집에는 하두 문제가 많구 성날 일도 많아서 어린애가 잘못되지 않는 게 이상하다구 하쥬. 도련님 등이 약할까 봐 사람들이 날마다 걱정하구 신경을 썼어유. 누워 있게만 하구 걷게 내버려 두질 않았쥬. 한번은 도련님 등에 쇠 받침대를 댔는디 도련님이 짜증을 내구 곧바로 앓아누워 버렸어유. 용한 의사가 도련님을 진찰하러 와서는 그걸 떼어 버리라구 했쥬. 그 의사는 쇠 받침대를 대라구 한 의사를 욕하더구먼유. 도련님한티 약을 너무 많이 멕이구 지멋대루 하게 내비려 뒀다구 말이쥬. 점잖게 좋은 말로 혔지만."

"나도 콜린이 버릇없는 애라고 생각해."

"그렇게 고약한 애는 없을 거예유! 물론 도련님이 많이 아프지 않다는 소리는 아니에유. 두세 번 감기에 걸려 갖구 기침이 심하게 나와서 죽을 뻔한 적두 있으니께. 류머티즘열이랑 장티푸스에 걸린 적두 있구유. 아이구, 그때 메들록 부인이 얼마나 겁을 먹었는지 모른다니께유. 도련님이 아파서 정신이 하나두 없으니께 암것두 모른다구 생각하구 메들록 부인이 간호사헌티 그랬어유. '이번에는 분명히 죽을 거야. 그게 모두한테 좋은 일이야.'라구유. 그렇게 말하구 도련님을 봤더니 도련님이 그 큰 눈을 똑바루 뜨고 멀쩡한 정신으루 쳐다보구 있더래유. 무슨 일이 벌어질까 조마조마하구 있는디 도련님이 메들록 부인을 빤히 쳐다보믄서 '나한테 물 좀 갖다 주고 그만 입 좀 다물어.' 그랬대유."

"너도 콜린이 죽을 거라고 생각해?"

"울 엄니는 신선한 공기두 마시지 않구 맨날 누워서 그림책이나 읽구 약이나 먹으믄 어린애가 어떻게 살 수 있겠냐구 하쥬. 도련님은 몸도 약하구 밖에 나가는 걸 싫어하구 감기도 잘 걸리니께 밖에 나가믄 병이 난다구 생각해유."

메리는 자리에 앉아 난롯불을 쳐다보면서 느릿하게 말했다.

"뜰에 나가서 이것저것 자라는 걸 보면 콜린한테도 좋을 것 같은데. 나한테는 좋았거든."

"도련님이 젤루 심한 발작을 일으킨 때가 분수 옆에 장미 핀 데루 델꾸 갔을 때여유. 도련님은 신문에서 장미열인가 뭔가 허는 거에 걸린 사람들 야그를 읽다가 갑자기 코를 킁킁거리믄서 자기두 그 병에 걸린 것 같다구 했쥬. 그리구 새로 온 정원사가 아직 규칙을 몰라서 지나가다가 호기심에 도련님을 잠깐 쳐다 봤어유. 도련님은 자기가 곱사등이가 될 거라서 그렇게 쳐다본 거라며 난리를 쳤구유. 너무 많이 울어서 열이 펄펄 나구 밤새 않았쥬."

"콜린이 나한테 화를 낸다면 난 다시는 걔를 보러 가지 않을 거야."

"도련님이 아가씨를 보고 싶어 하믄 봐야 할걸유. 아가씨두 첨부터 그걸 알아 두는 게 좋을 거예유."

잠시 후 종이 울렸고, 마사는 뜨개질거리를 둘둘 말아서 챙 겼다.

"간호사가 도련님하구 잠깐 있어 달라구 부르는 건가 봐유. 도련님 기분이 괜찮아야 할 텐디."

마사는 10분쯤 뒤 어리둥절한 표정으로 돌아왔다.

"아가씨가 참말루 도련님을 홀렸나 보네유. 도련님이 그림책 을 들구 소파에 앉아 있더라구유. 간호사한티 여섯 시까지 나가 있으라구 했어유. 나보구는 옆방에서 기달리라구 했구유. 간호 사가 나가니께 도련님이 날 부르더니 '메리 레녹스더러 여기 와 서 나한테 이야기를 해달라고 해. 아무한테도 말하면 안 된다는 걸 명심해.'라구 했어유. 빨리 가보는 게 좋을 거구먼유."

메리도 얼른 가볼 생각이었다. 콜린보다는 디콘을 더 보고 싶었지만 콜린 역시 보고 싶었다.

메리가 콜린의 방에 들어가 보니 벽난로에는 불이 활활 타고 있었다. 환한 낮에 보니 정말로 아름다웠다. 깔개와 벽걸이, 그림, 벽에 늘어선 책들의 화려한 색깔 덕분에 하늘이 잿빛이고 비까지 내리는 날이지만 방 안이 환하게 빛나고 포근해 보였다. 콜린도 마치 한 폭의 그림 같았다. 벨벳 가운으로 몸을 감싸고 커다란 실크 쿠션에 기대어 앉아 있었다. 양쪽 뺨은 빨갰다.

"들어와. 아침 내내 네 생각을 했어."

"나도 그랬어. 마사가 얼마나 겁에 질려 있는지 넌 모를 거야. 자기가 나한테 네 얘기를 했다고 생각해서 메들록 부인이 쫓아낼 거라고 말이야."

콜린은 얼굴을 찌푸렸다.

"가서 마사더러 오라고 해. 옆방에 있어."

메리가 마사를 데려왔다. 가엾은 마사는 다리를 부들부들 떨고 있었다. 콜린은 여전히 찌푸린 얼굴이었다.

"날 즐겁게 하는 일이 네가 할 일이야, 아니야?"

마사는 발개진 얼굴로 더듬거렸다.

"도련님을 즐겁게 허는 게 지가 할 일이쥬."

"메들록도 날 즐겁게 하는 일을 해야 하지?"

"누구나 다 그렇습니다요, 도련님."

"그래, 그렇다면 내가 너한테 메리 아가씨를 데려오라고 명령한다는 걸 메들록이 알아도 널 쫓아낼 수 있겠어?"

마사가 애원했다.

"제발 그렇게 못 허게 해주세유, 도련님."

꼬마 크레이븐 나리가 거만하게 말했다.

"메들록이 감히 그런 소리를 한다면 내가 메들록을 쫓아낼 거야. 장담하건대 메들록은 그렇게 되고 싶지 않을걸."

마사는 머리를 숙여 인사했다.

"감사험니다, 도련님. 지는 지 의무를 다 허구 싶습니다요."

콜린은 더욱 거만한 목소리로 말했다.

"내가 바라는 건 네가 네 의무를 다하는 거야. 내가 널 보살펴줄 거다. 이제 그만 나가 봐."

마사가 나가고 문이 닫히자 콜린은 메리가 놀라운 표정으로 빤히 쳐다보고 있는 것을 보았다.

"왜 그렇게 쳐다보니? 무슨 생각을 하고 있어?"

"두 가지 생각을 했어."

"그 두 가지가 뭔데? 앉아서 얘기해 봐."

메리는 커다란 의자에 자리 잡고 앉았다.

"첫 번째는 이거야. 인도에 살 때 라자(인도에서 왕을 가리키는 말 – 옮긴이)인 남자애를 한 번 본 적이 있어. 온몸에 루비랑 에메랄드랑 다이아몬드를 치렁치렁 달고 있었지. 그 아이는 신하들한테 말할 때 네가 방금 마사한테 한 것처럼 똑같이 했어. 모든 사람이 그 아이가 시키는 대로 해야 했어. 말하자마자 당장 말이지. 그러지 않으면 죽음을 당했을 거야."

"라자 얘기는 조금 이따가 해달라고 해야겠다. 두 번째로 생각한 건 뭐야?"

"네가 디콘하고 너무 다르다는 생각."

"디콘이 누군데? 정말 이상한 이름이네."

메리는 디콘 이야기는 해도 될 거라고 생각했다. 디콘 이야기라면 비밀의 뜰을 언급하지 않고도 할 수 있다는 생각이 들었다. 메리도 마사가 디콘 이야기를 해줄 때마다 정말 좋았다. 게다가 메리는 디콘 이야기를 하고 싶은 마음이 간절했다. 그러면 디콘이 좀 더 가까이 있는 것처럼 느껴질 것 같아서였다.

"디콘은 마사의 남동생이야. 열두 살이고. 디콘은 세상 그 누구하고도 달라. 걔는 여우랑 다람쥐랑 새한테 마법을 부릴 수 있어. 인도의 원주민들이 뱀한테 마법을 거는 것처럼. 디콘이 나지막하게 피리를 불면 동물들이 와서 귀를 기울여."

콜린 옆에 놓인 탁자에는 커다란 책이 여러 권 있었는데, 콜린은 갑자기 그중 한 권을 끌어당기며 소리쳤다.

"뱀을 부리는 마법사 사진이 있어. 이리 와서 봐."

형형색색의 화려하고 근사한 그림이 들어 있는 책이었다. 콜린은 책을 펼치고 열성적으로 물었다.

"걔가 이걸 할 수 있어?"

"디콘이 피리를 부니까 동물들이 귀를 기울였어. 하지만 디콘은 그걸 마법이라고 부르지 않아. 황무지에서 오래 살아서 동물들에 대해 잘 알기 때문이래. 가끔씩 자기가 새나 토끼 같다는 생각도 든대. 그만큼 동물을 좋아하니까. 내 생각에는 디콘이 붉은가슴울새한테 뭘 물어본 것 같아. 조그맣게 지저귀는 소리를 내면서 둘이 대화를 나누는 것 같았거든."

콜린은 쿠션에 등을 기댔다. 두 눈은 더욱 커지고 뺨은 더욱 발그레해졌다.

"그 애 얘기를 계속해 봐."

"디콘은 새알이랑 둥지에 대해서 모르는 게 없어. 여우랑 오소리랑 수달이 어디 사는지도 알아. 디콘은 동물들의 둥지가 어딘지 비밀을 지켜. 다른 애들이 찾아내서 동물들이 겁먹으면 안 되니까. 디콘은 황무지에서 자라는 것들도 전부 알아."

"걔는 황무지를 좋아하니? 그렇게 넓기만 하고 텅 비고 무시무시한 곳을 어떻게 좋아할 수 있지?"

"황무지는 세상에서 가장 아름다운 곳이야. 수천 가지도 넘는 사랑스러운 것들이 자라고, 수천 가지 조그만 동물들이 바쁘게 둥지도 틀고, 굴이랑 구멍도 파고, 짹짹거리면서 노래도 부르고, 서로 찍찍거리기도 해. 동물들은 땅속이나 나무에서나 무성한 히스꽃 아래에서 바쁘고 즐겁게 지내는걸. 황무지는 동물들의 세상이야."

콜린은 팔꿈치를 대고 메리를 바라보았다.

"넌 어떻게 그걸 다 알지?"

메리는 문득 기억났다.

"사실 나도 황무지에 가본 적은 없어. 캄캄한 밤에 마차를 타고 지나왔을 뿐이야. 그땐 정말 무시무시한 곳이라고 생각했지. 그런데 처음에는 마사가 황무지 얘기를 해줬고, 그다음에는 디콘이 해줬어. 디콘의 얘기를 듣고 있으면 정말로 보고 들은 것 같거든. 정말로 햇살이 내리쬐는 히스꽃 들판에 서있고, 꿀 같은 냄새를 풍기는 가시금작화가 옆에 있는 것 같고…… 꿀벌이랑 나비가 내 옆에 가득한 것 같다니까."

콜린이 안절부절못하며 말했다.

"몸이 아프면 아무것도 볼 수 없는걸."

콜린은 마치 멀리서 들리는 소리에 귀를 기울이면서 무슨 소리인지 궁금해하는 사람 같았다.

"방 안에만 있으면 볼 수 없지."

콜린은 화가 치미는 듯 말했다.

"난 황무지에 나갈 수 없을 거야."

메리는 잠시 아무 말도 하지 않다가 대담하게 말했다.

"나갈 수 있을 거야……, 언젠가는."

콜린은 깜짝 놀란 듯 몸을 꿈틀했다.

"내가 황무지에 나간다고? 어떻게? 난 죽게 될 텐데……."

메리가 쌀쌀맞게 대꾸했다.

"그걸 네가 어떻게 알아?"

메리는 콜린이 자꾸 죽는다는 말을 하는 것이 마음에 들지 않았다. 전혀 불쌍하게 여겨지지 않았다. 오히려 콜린이 자랑삼아 말하는 것처럼 느껴졌다.

콜린은 심사가 뒤틀려서 말했다.

"난 오래전부터 그런 말을 들었어. 다들 수군거리면서 내가 눈치 못 챌 거라고 생각하지. 다들 내가 죽기를 바라고 있어."

메리는 심술쟁이로 돌아간 기분이 들었다. 입을 앙다물었다.

"만일 사람들이 내가 죽기를 바란다면 난 절대로 안 죽을 거야. 네가 죽기를 바라는 사람들이 누군데?"

"하인들. 크레이븐 박사도 당연하고. 내가 죽으면 미셀스와이트를 물려받아 가난에서 벗어날 수 있으니까. 감히 입 밖으로 드러내진 못해도 내 상태가 안 좋아질 때마다 기뻐하는 얼굴이거든. 내가 장티푸스에 걸릴 때는 얼굴에 살이 오르기까지 했다니까. 그리고 아버지도 내가 죽기를 바랄 거야."

메리가 고집스럽게 말했다.

"난 그렇게 생각하지 않아."

콜린은 고개를 돌려 다시 메리를 바라보았다.

"그래?"

그러고 나서 콜린은 다시 쿠션에 기댄 채 생각에 잠긴 듯 꼼짝도 하지 않았다. 꽤 오랫동안 침묵이 이어졌다. 아마 두 사람 모두 보통 아이들은 하지 않는 이상한 생각을 하고 있는지도 몰랐다.

마침내 메리가 입을 열었다.

"난 쇠로 된 그걸 벗기게 했다는, 런던에서 온 유명한 의사가 마음에 들어. 그 의사는 네가 죽게 될 거라고 했어?"

"아니."

"그럼 뭐라고 했어?"

"그 의사는 수군대지 않았어. 내가 수군거리는 걸 싫어한다는 사실을 알았는지도 모르지. 큰 소리로 한마디 하더라. '저 애는 마음만 먹으면 살게 될 거요. 살고 싶은 마음이 들게 만드시오.'라고 말이야. 꼭 화가 난 것처럼 들렸어."

메리는 생각에 잠겼다. 어떻게 해서든 꼭 해결해야 할 문제처럼 느껴졌다.

"네가 살고 싶은 마음이 들게 만들어 줄 사람이 누군지 알 것 같아. 디콘이라면 그럴 수 있을 거야. 디콘은 항상 살아 있는 것들에 대해 얘기하거든. 병이나 죽음 얘기는 안 해. 새가 날아다니는 걸 보려고 항상 하늘을 올려다봐. 아니면…… 뭐가 자라나 보려고 땅을 내려다보고. 디콘은 눈이 정말 둥글고 파란데, 항상 눈을 크게 뜨고 주변을 둘러봐. 그리고 엄청 큰 입으로 진짜 크게 웃어……. 뺨은 빨간색이야, 체리처럼."

메리는 의자을 소파 쪽으로 끌어당겼다. 끝이 말려 올라간 디콘의 커다란 입과 커다랗게 뜬 동그란 눈이 떠오르자 메리의 표정이 바뀌었다.

"잘 들어. 죽는다는 얘기는 하지 말자. 난 싫어. 사는 얘기를 하자. 우리 디콘 얘기를 하자. 그런 다음에 같이 그림책을 보자."

그것은 메리가 할 수 있는 최선의 이야기였다. 디콘 이야기를 한다는 것은 황무지와 오두막집, 그리고 그 오두막집에서 일주일에 16실링으로 사는 열네 식구 이야기를 한다는 뜻이었다. 마치 야생 조랑말처럼 황무지의 풀밭에서 통통하게 살이 찌는 아이들, 디콘의 어머니와 줄넘기, 그리고 태양이 내리쬐는 황무지, 시커먼 흙을 뚫고 솟아나는 연둣빛 새싹들, 모두가 생생하게 살아 있는 것들이어서 메리는 그 어느 때보다 말을 많이 했다. 콜린도 그 어느 때보다 말을 많이 하고 열심히 귀를 기울였다. 두 사람은 보통 아이들이 자기들끼리 신나게 놀 때처럼 아무것도 아닌 일에 웃음을 터뜨리기 시작했다. 어찌나 많이 웃는지 나중에는 평범한 열 살짜리처럼 꽤나 시끄러운 소리를 냈다. 그들은 뻣뻣하고 조그맣고 전혀 사랑스럽지 않은 여자아이와 자기가 죽을 거라고 믿는 병약한 남자아이처럼 보이지 않았다.

둘은 그림책이며 시간도 전부 잊어버리고 너무도 재미있게 놀았다. 벤 웨더스타프 노인과 붉은가슴울새 이야기를 할 때는 큰 소리로 웃었다. 콜린은 갑자기 뭔가 기억해 내고는 등이 약하다는 사실도 잊어버린 채 몸을 세워 앉았다.

"우리가 한 번도 생각하지 못한 게 하나 있어. 바로 우리가 사촌이라는 거야."

그렇게 많은 이야기를 나누었는데, 그 간단한 사실을 떠올리지 못하다니 이상했다. 둘은 그 어떤 일에도 웃을 기분이라서 더욱 크게 웃음을 터뜨렸다. 한참 즐거워하고 있을 때, 문이 열리더니 크레이븐 박사와 메들록 부인이 들어왔다.

깜짝 놀란 크레이븐 박사가 메들록 부인과 부딪히는 바람에 메들록 부인은 넘어질 뻔했다.

가엾은 메들록 부인은 눈이 튀어나올 정도로 깜짝 놀라 소리쳤다.

"맙소사! 세상에 이런 일이!"

크레이븐 박사가 앞으로 나왔다.

"무슨 일이지? 이게 뭐야?"

바로 그때 메리는 또다시 어린 라자가 떠올랐다. 콜린은 깜짝 놀란 크레이븐 박사든 공포에 질린 메들록 부인이든 전혀 중요하지 않다는 투로 대꾸했다. 마치 늙은 고양이나 개가 방으로 들어온 것처럼 조금도 불안해하거나 겁먹지 않았다.

"내 사촌인 메리 레녹스예요. 내가 메리더러 이리 와서 나랑 얘기하자고 했어요. 난 메리가 좋아요. 메리는 내가 부를 때마다 와서 나랑 얘기할 거예요."

크레이븐 박사는 책망하는 눈길로 메들록 부인을 돌아보았다.

"선생님. 어찌 된 일인지 저도 모르겠습니다. 하인들 중에는 감히 얘기할 사람이 없는데……. 모두 지시를 잘 받았어요."

콜린이 말했다.

"아무도 메리한테 얘기하지 않았어. 내 울음소리를 듣고 메리가 날 찾아낸 거야. 난 메리가 와서 기뻐. 멍청하게 굴지 마, 메들록."

메리는 크레이븐 박사가 불쾌한 표정을 지으면서도 감히 자기 환자에게 이의를 제기하지 못하는 모습을 보았다. 의사는 콜린 옆에 앉아 맥박을 쟀다.

"콜린, 지나치게 흥분한 것 같구나. 흥분은 네 몸에 좋지 않단다, 애야."

"난 메리를 데리고 나간다면 흥분할 거예요."

이렇게 대답하는 콜린의 눈이 위험할 정도로 번득였다.

"난 나아졌어요. 메리랑 있으면 상태가 좋아져요. 간호사는 메리가 마실 차도 가져와야 할 거예요. 우린 같이 차를 마실 거니까."

메들록 부인과 크레이븐 박사는 곤란한 표정으로 서로를 쳐다보았지만 어쩔 도리가 없는 것은 분명했다.

메들록 부인이 용기를 내어 말했다.

"확실히 도련님이 좋아진 것 같군요, 선생님. 하지만……."

부인은 곰곰이 생각하면서 덧붙였다.

"아침에 메리 아가씨가 오기 전까지는 더 좋으셨습니다."

"메리는 어젯밤에 여기 왔어. 나하고 오랫동안 같이 있었고. 메리가 힌디어로 노래를 불러 준 덕분에 잠들 수 있었어. 아침에 일어나니까 한결 나아졌지. 아침도 먹고 싶었어. 이제 차를 마시고 싶어. 메들록, 간호사한테 말해."

크레이븐 박사는 오래 머물지 않았다. 방으로 들어온 간호사에게 몇 분간 이야기를 하고 콜린에게도 몇 마디 주의를 주었다. 너무 많이 말하지 말고, 몸이 아프다는 사실을 잊어버리면 안 되고, 금방 피곤해진다는 것도 잊으면 안 된다고. 메리는 콜린이 잊어버리지 말아야 할 불편한 점들이 너무 많다고 생각했다.

콜린은 안절부절못하는 표정으로 속눈썹이 까만 기묘한 눈을 줄곧 크레이븐 박사에게 고정시켰다.

마침내 콜린이 말했다.

"난 그걸 전부 다 잊어버리고 싶어요. 메리는 그걸 잊게 해줘요. 그래서 내가 메리하고 같이 있고 싶어 하는 거예요."

크레이븐 박사는 그다지 만족스럽지 못한 표정으로 방을 나갔다. 그는 커다란 의자에 앉은 조그만 여자아이를 어리둥절한 얼굴로 힐끗 쳐다보았다. 메리는 박사가 방으로 들어오자마자 뻣뻣하고 말없는 아이로 되돌아갔으므로 박사는 그 아이의 매력이 무엇인지 도통 알 수 없었다. 어쨌든 박사가 보기에도 콜린은 훨씬 밝아 보였다. 그는 복도를 걸어가면서 무거운 한숨을 내쉬었다.

간호사가 차를 가져와 소파 옆에 있는 테이블에 올려놓자 콜린이 말했다.

"모두 내가 먹기 싫은데 먹으라고 해. 자, 네가 먹으면 나도 먹을게. 머핀이 따끈하고 맛있어 보인다. 이제 라자 얘기를 해줘."

15
둥지 만들기

일주일 동안 더 비가 내리고 나서 아치 같은 푸른 하늘이 다시 모습을 드러냈다. 그리고 햇살이 강하게 쏟아져서 무척 더웠다. 메리는 비밀의 뜰과 디콘을 볼 수는 없었지만 무척 즐겁게 보냈다. 일주일이 그리 길지 않게 느껴졌다.

매일 콜린의 방으로 가서 라자나 뜰, 디콘, 황무지 오두막 이야기를 하면서 몇 시간씩 보냈다. 둘은 화려한 책과 그림도 보았다. 이따금씩은 메리가 콜린에게 책을 읽어 주거나 콜린이 메리에게 짧은 이야기를 잠깐씩 읽어 줄 때도 있었다. 콜린이 즐거워하고 신이 날 때면, 얼굴에 핏기가 하나도 없고 언제나 소파에 앉아 있다는 점만 빼고는 전혀 아픈 아이처럼 보이지 않았다.

한번은 메들록 부인이 메리에게 말했다.

"소리에 귀를 기울이고 있다가 찾으러 가다니, 아가씨는 정말 음흉한 꼬마로군요."

부인은 약간 웃으면서 말을 이었다.

"하지만 많은 사람한테는 축복이 아닐 수 없네요. 아가씨하고 친구가 된 후로 도련님이 성질을 부리거나 울면서 발작을 일으키는 일은 없어졌으니까요. 간호사는 도련님한테 질려서 그만두려던 참이었는데, 아가씨가 그렇게 해주니까 계속 일해도 괜찮겠다고 하더군요."

메리는 콜린과 이야기할 때마다 비밀의 뜰에 대해서는 조심하려고 애썼다. 콜린에게서 확인해 보고 싶은 것이 몇 가지 있었다. 하지만 직접 물어보지 않고 알아내야 한다고 생각했다.

우선 콜린과 함께 보내는 시간이 좋아지면서 콜린이 비밀을 지킬 수 있는 아이인지 알아내야 했다. 콜린은 디콘과는 조금도 닮지 않았지만 그 뜰이 비밀이라는 사실을 마음에 들어 하는 것 같았다. 그래서 메리는 콜린을 믿을 수 있을지도 모른다고 생각했다. 그러나 오랫동안 알아 온 사이가 아니므로 확신할 수는 없었다.

메리가 두 번째로 알고 싶은 일은 이것이었다. 만일 콜린을 믿을 수 있다면, 정말로 믿을 수 있다면, 사람들 모르게 콜린을 그 뜰로 데려갈 수 있을까? 유명한 의사가 콜린이 신선한 공기를 마셔야 한다고 했고, 콜린도 비밀의 뜰에서라면 신선한 공기를 마셔도 상관없다고 했다. 신선한 공기를 많이 마시고 디콘과 붉은가슴울새를 만나고 뜰에서 자라나는 것들을 본다면, 콜린은 죽는다는 생각을 많이 하지 않을지도 모른다. 요즘 들어 거울을 볼 때마다 메리는 자기가 인도에서 막 도착한 때와는 전혀 다르게 보인다는 걸 깨달았다. 지금 거울에 보이는 아이가 훨씬 괜찮아 보였다. 마사도 메리의 변화를 눈치챘다.

"황무지 공기가 벌써 아가씨헌티 좋은 영향을 끼쳤구먼유. 인제는 얼굴이 별루 누리끼리하지두 않구 비쩍 마르지두 않았어유. 머리카락두 납작허게 달라붙지 않구유. 머리카락에 생기가 돌구 풍성해졌다니께유."

"머리카락도 나랑 똑같아. 나처럼 튼튼해지고 살이 찌고 있어. 분명히 숱이 늘어났다니까."

마사는 메리의 머리카락을 살짝 들어올렸다.

"확실히 그런 것 같네유. 머리카락이 풍성해지니께 옛날처럼 못생기지두 않았구 뺨두 발그레해졌어유."

비밀의 뜰과 신선한 공기가 메리의 몸을 건강하게 해주었으니 콜린의 몸에도 좋을 것이다. 하지만 콜린은 사람들이 자기를 쳐다보는 것을 싫어하니, 디콘을 만나고 싶어 하지 않을지도 모른다.

어느 날 메리가 콜린에게 물었다.

"넌 사람들이 널 쳐다보면 왜 화가 나는데?"

"항상 싫었어. 아주 어릴 때부터. 바닷가에 갈 때 난 유모차에 누워 있었는데 모두 날 빤히 쳐다보는 거야. 부인들은 멈춰서 내 간호사한테 말을 걸었고. 조금 있다가 자기들끼리 귓속말을 했지. 하지만 난 알았어. 내가 어른이 될 때까지 살지 못할 거라고 얘기한다는 걸. 어떤 부인들은 내 뺨을 만져 주면서 '가여워라!' 하고 말하기도 했어. 한번은 어떤 부인이 그럴 때 내가 고함을 지르면서 그 부인의 손을 깨물었지. 그러자 겁을 먹고 도망갔어."

메리는 전혀 감탄하지 않은 채 말했다.

"그 부인은 네가 미쳐 버린 줄 알았을 거야."

콜린은 얼굴을 찡그렸다.

"그 부인이 어떻게 생각했든 상관없어."

"그런데 내가 이 방에 들어올 때는 왜 소리 지르고 날 물어뜯지 않았어?"

이렇게 말하는 메리의 얼굴에는 서서히 웃음기가 나타났다.

"네가 유령이거나 꿈이라고 생각했으니까. 유령이나 꿈은 물수가 없잖아. 아무리 소리 질러도 소용없으니까."

메리가 확신 없는 말투로 물었다.

"만일…… 어떤 남자애가 널 쳐다본다면 싫을 것 같니?"

콜린은 쿠션에 등을 기대고 생각에 잠기더니 한마디 한마디 머릿속으로 되새기면서 느리게 대답했다.

"한 명 있어. 내가 기분 나빠하지 않을 애가 한 명 있어. 여우들이 어디 사는지 알고 있는 애……. 디콘 말이야."

"정말? 디콘이 널 쳐다봐도 싫어하지 않을 거야?"

콜린은 여전히 생각에 잠긴 채 말했다.

"새들이랑 다른 동물들도 디콘을 싫어하지 않잖아. 그러니까 나도 그럴 거야. 디콘은 동물을 부리는 마법사이고 나도 남자아이라는 동물이니까."

콜린은 웃음을 터뜨렸고 메리도 따라 웃었다. 제 굴에 숨어 사는 남자아이를 동물이라고 표현하는 게 너무나 재미있어서 둘은 한바탕 신나게 웃었다.

그 후 메리는 디콘에 대해서라면 전혀 걱정할 필요가 없겠다고 생각했다.

하늘이 다시 파랗게 돌아온 날 아침, 메리는 일찍 잠에서 깼다. 블라인드 사이로 햇살이 비스듬히 쏟아졌다. 보는 것만으로도 왠지 즐거워서 메리는 얼른 창가로 달려갔다. 블라인드를 걷어 올리고 창문을 열자 신선하고 향긋한 바람이 불어왔다. 황무지는 파란색이었고 온 세상이 마법에 걸린 것처럼 보였다. 수많은 새들이 콘서트를 위해 음을 맞추는 듯 여기저기에서 부드럽고 조그만 지저귐이 들려왔다. 메리는 창밖으로 손을 내밀어 햇살을 매만졌다.

"따뜻해…… 따뜻해! 연둣빛 새싹이 계속 올라오고 구근이랑

뿌리도 흙 속에서 힘차게 움직이고 있을 거야."

메리는 무릎을 꿇고 앉아 창밖으로 한껏 몸을 내밀었다. 크게 숨을 내쉬고 킁킁거리며 공기 냄새를 맡던 메리는 크게 웃음을 터뜨렸다. 디콘의 코끝이 토끼처럼 벌름댄다는 디콘의 어머니 말이 떠올랐기 때문이다.

"아직 이른 시간인가 봐. 조그만 구름이 전부 분홍색이잖아. 저런 하늘은 처음 봐. 아무도 일어나지 않았을 거야. 마부들 소리도 들리지 않는걸."

메리는 어떤 생각이 떠올라서 급하게 일어났다.

"못 기다리겠어! 뜰을 보러 가야지!"

이제 메리는 혼자 입는 법을 터득했으므로 5분 만에 옷을 입었다. 혼자서도 빗장을 벗길 수 있는 조그만 옆문을 열고 양말만 신은 채 잽싸게 계단을 내려가 현관에서 신발을 신었다. 쇠사슬을 풀고 빗장을 벗기고 자물쇠를 열자 문이 열렸고 메리는 한걸음에 계단을 뛰어 내려갔다.

메리는 초록빛으로 바뀌어 버린 듯한 잔디 위에 서있었다. 햇살이 내리쬐고 따뜻하고 기분 좋은 바람이 불어왔다. 사방을 둘러싼 수풀과 나무에서 짹짹거리는 소리와 노랫소리가 흘러나왔다. 메리는 순수한 기쁨에 넘쳐 두 손을 꼭 쥐고 하늘을 올려다보았다. 하늘은 푸른빛과 분홍빛, 진주빛, 하얀빛으로 물들고 봄의 빛이 넘실거렸다. 메리는 지빠귀와 붉은가슴울새와 종달

새들이 왜 노래를 부르는지 알 만했다. 자기도 큰 소리로 노래를 불러야 할 것만 같았다. 메리는 나무들을 지나치고 산책로를 달려 비밀의 뜰로 향했다.

"벌써부터 모든 게 달라졌어. 풀도 더 진한 초록빛으로 변하고 여기저기 새싹이 막 솟아나고 있어! 여린 잎이 나와서 펴졌고 초록색 잎눈도 나왔잖아. 오늘 오후에는 분명히 디콘이 올거야."

오랫동안 내린 따뜻한 비 덕분에 낮은 담장 옆 산책로에 있는 화단에는 신기한 일이 생겼다. 빽빽이 자리 잡은 식물들의 뿌리에서 새싹이 흙을 밀치고 돋아났다. 크로커스 줄기에서는 여기저기 푸르스름한 자줏빛과 노란 꽃잎이 펴지려고 했다. 메리는 여섯 달 전만 해도 세상이 깨어나는 모습을 보지 못했지만 이제는 하나도 놓치지 않았다.

담쟁이덩굴에 숨겨진 문에 이르자 메리는 괴상하고 커다란 소리에 깜짝 놀랐다. 까마귀가 까악까악 우는 소리였다. 소리는 담 꼭대기에서 들려왔다. 메리가 올려다보니 번질번질한 검푸른 깃털을 가진 커다란 새가 앉아서 지혜로워 보이는 표정으로 내려다보고 있었다. 메리는 까마귀를 가까이에서 본 적이 처음이라 약간 겁이 났지만 까마귀는 곧바로 날개를 펼치고 뜰로 날아가 버렸다. 메리는 까마귀가 계속 뜰에 머물지 않기를 바랐다. 그리고 까마귀가 여전히 안에 있을지 걱정하면서 문을 밀었다.

뜰에 들어가자 키 작은 사과나무에 내려앉은 까마귀가 보였다. 메리는 저 새가 이 뜰에 계속 있으려는 것인지도 모른다고 생각했다. 사과나무 아래에는 덥수룩한 꼬리를 가진 작고 불그스름한 동물이 앉아 있었다. 까마귀와 그 동물은 등을 굽히고 있는 사람을 쳐다보고 있었다. 풀밭에서 무릎을 꿇고 열심히 일하는 디콘의 빨간 머리가 보였다.

메리는 풀밭을 쌩하고 가로질러 디콘에게 갔다.

"아, 디콘! 디콘! 어떻게 이렇게 일찍 온 거야! 어떻게! 지금 막 해가 떴는데!"

빨간 뺨에 헝클어진 머리의 디콘은 웃으면서 일어났다. 디콘의 눈은 하늘의 일부분 같았다.

"아이구! 난 해님보다 훨씬 일찍 일어났어유. 어떻게 침대에 누워 있을 수 있겠어유! 오늘 아침에 세상이 완전히 다시 시작되었는디. 정말이에유. 세상이 온통 일을 하구 콧노래를 부르구 서로 비벼 대구 피리를 불구 둥지를 만들구 향기를 내뿜구 있는디 침대에 누워 있으믄 쓰나유. 얼렁 일어나야지. 해가 튀어나

오니께 황무지가 너무 좋아서 미쳐 버렸네유. 나두 히스꽃 들판에 서있다가 미친 것처럼 소리 지르구 노래허면서 막 뛰어댕겼다니께유. 그리구 곧바루 일루 왔쥬. 안 올 수가 있나유. 아이구, 뜰이 이렇게 기달리구 있는디!"

메리는 힘껏 달려온 사람처럼 가슴에 손을 얹은 채 숨을 헐떡였다.

"아, 디콘! 디콘! 난 정말 행복해서 숨을 쉴 수가 없어!"

꼬리가 텁수룩한 조그만 동물이 나무 아래에 앉아 있다가 디콘이 낯선 사람과 말하는 모습을 보고 디콘에게 다가왔다. 또 까마귀는 까악 하고 한 번 울더니 날아와서 디콘의 어깨에 조용히 내려앉았다.

디콘은 조그맣고 불그스름한 동물의 머리를 쓰다듬었다.

"여우 새끼예유. 이름은 캡틴이구. 글구 얘 이름은 수트라구 하쥬. 수트는 황무지에서부터 날아서 나랑 같이 왔구 캡틴은 사냥개한티 쫓기듯 막 달려왔구유. 이 녀석들두 나랑 똑같은 기분이었쥬."

동물들은 메리를 조금도 무서워하지 않는 것 같았다. 디콘이 걷기 시작하자 수트는 디콘의 어깨에 그대로 있었고 캡틴은 옆에서 빠른 걸음으로 조용히 따라갔다.

"여그 좀 봐유! 이렇게나 많이 밀구 나왔네! 여기두, 여기두! 아이구, 여기두 좀 봐유!"

디콘이 무릎을 꿇고 앉자 메리도 옆에 따라 앉았다. 두 사람이 마주한 것은 자줏빛과 오렌지빛과 황금빛 꽃망울을 터뜨린 한 무더기의 크로커스였다. 메리는 몸을 숙여 꽃에 입을 맞추고 또 맞추었다.

메리가 고개를 들면서 말했다.

"사람한테는 이렇게 입을 맞추지 못할 거야. 꽃들은 사람과 정말 달라."

디콘은 어리둥절한 표정이었지만 미소를 지었다.

"에! 난 엄니한티 그렇게 입 맞춘 적이 많은디. 온종일 황무지에서 돌아댕기다가 집으루 돌아가믄 엄니가 무쟈게 기쁘구 편안한 표정으루 햇살을 받으면서 문가에 서있거든유."

둘은 여기저기 뛰어다니면서 놀라운 것들을 많이 찾아냈다.

그럴 때마다 소곤소곤 조용하게 말해야 한다는 사실을 다시 한 번 명심해야 했다. 디콘은 죽은 것처럼 보이던 장미 가지에 돋아난 새순과 땅을 뚫고 나온 수없이 많은 연둣빛 새싹을 보여 주었다. 메리와 디콘은 신이 나서 코를 땅 가까이 대고 따뜻한 봄의 향기를 들이마셨다. 땅을 파고 엎으면서 너무나 기뻐서 숨 죽여 웃음을 터뜨렸다. 메리도 디콘처럼 머리가 헝클어지고 양귀비꽃처럼 뺨이 빨갛게 되었다.

그날 아침 비밀의 뜰에는 이 세상의 모든 기쁨이 있었다. 그리고 훨씬 더 크고 경이로운 기쁨도 찾아왔다. 담장에서 뭔가 휙 넘어와 나무 사이를 빠르게 지나더니 잎이 무성한 구석으로 날아갔다. 조그만 불꽃처럼 보이는 그것은 부리에 뭔가를 물고 있는, 붉은색 가슴을 가진 새였다. 디콘은 꼼짝도 하지 않고 서서 마치 교회에서 갑자기 웃음을 터뜨린 아이에게 그러는 것처럼 메리에게 한 손을 꽉 올려놓았다.

디콘이 속삭였다.

"꼼짝두 하지 말어유. 숨소리두 내믄 안 돼유. 어쩐지 저번에 볼 때 짝을 찾아댕긴다 했네유. 벤 웨더스타프 할아부지의 붉은 가슴울새예유. 저눔이 지금 둥지를 맹글구 있어유. 우리가 날아가게 하지 않으믄 계속 여기서 살 거예유."

메리와 디콘은 풀밭에 살며시 앉은 채 꼼짝도 하지 않았다.

"우리가 가까이서 저눔을 보구 있는 것처럼 보이믄 안 돼유.

우리가 훼방 놓는 걸루 보이믄 저눔은 우리허구 끝장낼 테니께. 지금 하구 있는 일을 다 끝마칠 때까지는 평소하구 많이 다를 거예유. 시방 저눔은 집을 맹글구 있거든유. 그려서 수줍음을 많이 타구 금세 성깔을 낼 거예유. 여그저그 돌아댕기구 참견할 시간이 없어유. 우린 잠깐 동안 가만히 있으믄서 풀이나 나무나 덤불처럼 보여야 돼유. 그러구 나서 저눔이 우리헌티 익숙해지믄 그때 내가 짹짹 소리를 낼 거구, 그럼 저눔도 우리가 지를 방해하지 않을 거라는 걸 알게 될 거구먼유."

디콘은 풀잎이나 나무나 덤불처럼 보이는 방법을 알고 있는 듯했지만 메리는 자신이 없었다. 디콘은 그것이 세상에서 가장 쉽고 자연스러운 일이라는 것처럼 희한한 말을 했고, 메리도 디콘에게는 당연히 쉬운 일이리라고 생각했다. 메리는 정말로 조용해지면 디콘의 몸이 초록색으로 변하고 나뭇가지며 잎사귀가 나올지 궁금해 몇 분 동안 디콘을 유심히 살펴보았다. 디콘은 놀라울 정도로 꼼짝 않고 앉아 있었다.

마침내 디콘이 입을 열 때 목소리가 얼마나 작은지 과연 디콘의 말이 들릴지 의아했지만 알아들을 수는 있었다.

"둥지를 맹그는 건 봄의 한 부분이어유. 내가 장담하는디 세상이 시작된 후로 해마다 똑같은 방식으루 해왔을 거구먼유. 새덜은 지들만의 생각이 있구 일허는 방법이 있으니께 사람은 끼어들지 말아야 돼쥬. 너무 호기심이 많다 보믄 자칫 봄에는 친구를 잃기 쉽지유."

메리가 최대한 조용하게 말했다.

"붉은가슴울새 얘기를 하면 난 자꾸 쟤를 쳐다보게 돼. 그러니까 우리 딴 얘기하자. 너한테 해주고 싶은 말이 있어."

"저눔두 우리가 딴 얘기허는 걸 더 좋아할 거구먼유. 해줄 얘기가 뭔데유?"

메리가 속삭였다.

"저기…… 너 콜린을 아니?"

디콘이 고개를 돌려 메리를 바라보았다.

"아가씨는 콜린 도련님에 대해 뭘 아는디유?"

"난 콜린을 만났어. 이번 주에 날마다 걔를 찾아가 얘기했어. 콜린은 내가 오는 걸 좋아해. 나랑 얘기하면 자기가 아프고 죽어 가고 있다는 걸 잊어버리게 된대."

디콘의 동그란 얼굴이 놀라움으로 가득 차다가 이내 안심하는 표정이 되었다.

"잘됐네유. 참말 잘됐어유. 그 말을 들으니께 나두 맴이 편해지네유. 콜린 도련님 야그는 절대루 입에 올리면 안 된다는 건 알구 있었는디, 난 뭘 숨기는 건 싫거든유."

"뜰 얘기를 숨기는 것도 싫어?"

"그건 입도 벙긋 안 할 거여유. 하지만 엄니한테는 이렇게 말했슈. '엄니, 지켜야 될 비밀이 있어유. 엄니두 아시겠지만 나쁜 일은 아니구유. 새둥지가 어디 있는지 숨기는 것처럼 나쁜 일이 아니어유. 괜찮으시쥬?'라구유."

메리는 디콘의 어머니에 대한 이야기라면 언제든지 좋았다. 메리는 어떤 대답이 나올지 조금도 겁내지 않으며 물었다.

"그러니까 어머니가 뭐라고 하셔?"

디콘은 사람 좋아 보이는 웃음을 보였다.

"엄니답게 말하셨쥬. 내 머리를 쓰다듬으시면서 '애야, 네가 원하믄 얼마든지 비밀을 가져두 괜찮구말구. 난 널 열두 해 동안이나 알았잖냐.'라고 말씀하셨어유."

"넌 콜린을 어떻게 알았어?"

"크레이븐 나리를 아는 사람이라믄 다 알쥬. 곱사등이가 될 것처럼 생긴 사내애가 있다는 거랑 그 애가 사람들 입에 오르내리는 걸 나리가 싫어한다는 거랑. 사람들은 나리를 딱하게 생각해유. 크레이븐 마님이 젊구 이쁜 분이셨구 둘이 참말루 사이가 좋았으니께유. 메들록 부인은 미셸스와이트에 갈 적마다 우리 오두막에 들르는디 우리 앞에서두 엄니한티 이런저런 얘길 하쥬. 우리가 믿음직한 애덜루 잘 교육받았다는 걸 아니께유. 근디 아가씨는 어떻게 도련님에 대한 걸 알아냈대유? 저번에 집에 올 적에 마사 누나가 아주 곤란해혔는디. 도련님이 울어 젖히는 소릴 듣구 아가씨가 꼬치꼬치 캐묻는디 뭐라구 해야 할지 모르겠다구 말이쥬."

메리는 한밤중에 바람이 울부짖는 소리에 잠에서 깼고 희미한 울음소리가 들려와 그 소리를 따라간 이야기를 해주었다. 촛불을 들고 컴컴한 복도를 걸어가다가 어떤 문을 열어 보니 흐릿하게 불이 켜있고 구석에 네 개의 조각 기둥이 달린 침대가 놓인 방이 나왔다고. 콜린의 얼굴이 상앗빛처럼 창백하고 속눈썹이 위아래로 빽빽하게 난 기묘한 눈을 가지고 있다는 말에 디콘은 고개를 저었다.

"도련님 어머님 눈이랑 똑같네유. 마님의 눈은 늘 웃고 있었지만유. 사람들 말루는 주인님이 도련님을 깨어 있을 때 보려구하지 않는 이유가 있대유. 도련님 눈이 마님 눈허구 똑같이 생겼는디 마님이랑은 다르게 불행한 얼굴이라서 그런대유."

메리가 작게 물었다.

"넌 콜린이 죽고 싶어 한다고 생각하니?"

"아뉴. 근디 도련님은 차라리 태어나지 말믄 좋겄다구 생각하쥬. 우리 엄니는 그런 생각을 허는 애가 시상에서 젤루 나쁘대유. 필요하다구 생각되지 않으믄 잘 자랄 수가 없는 법이니께유. 크레이븐 나리는 그 불쌍한 애헌티 돈으루 살 수 있는 건 뭐든지 사주지만 갸가 살아 있다는 사실은 잊어버리구 싶어 해유. 나중에 갸가 커서 곱사등이가 될까 봐 겁이 나는 거쥬."

"콜린도 똑바로 앉지 못하게 될까 봐 겁이 나나 봐. 등에서 혹이 솟아나는 게 느껴진다면서 미친 듯이 고래고래 소리 지르다 죽어 버릴 거래."

"아이구! 허구한 날 누워서 그런 생각이나 하고 있으믄 안 되는디. 그런 생각을 허면 절대루 건강해질 수가 없어유."

풀밭에서 디콘 옆에 앉은 여우는 이따금씩 쓰다듬어 달라고 고개를 들었다. 디콘은 고개를 숙여 부드럽게 목덜미를 쓰다듬어 준 뒤 잠시 생각에 잠겼다. 이윽고 고개를 들고 뜰을 둘러보았다.

"우리가 처음 들어올 때는 사방이 다 잿빛이었는디, 뭐가 달라졌나 한번 둘러봐유."

메리는 주위를 둘러보다가 살짝 숨을 멈추었다.

"와! 회색 담이 달라졌네. 담에 초록색 안개가 퍼져 나간 것 같아. 거즈로 된 초록색 덮개를 씌워 놓은 것처럼 말이야."

"그래유. 점점 초록색이 진해지구 회색은 완전히 사라질 거예유. 내가 무슨 생각했는지 알아유?"

메리가 열성적으로 답했다.

"좋은 생각이라는 건 알아. 콜린에 대한 걸 거야."

"도련님이 일루 나오믄 등에 혹이 자라는 걸 보지 않아두 된다고 생각했어유. 대신 장미나무에서 봉오리가 터지는 걸 볼 수 있구 몸두 건강해질 거예유. 우리가 도련님이 일루 나와서 나무 아래에 누워 있구 싶은 마음이 들게 할 수 있을까 생각했어유."

"내 생각도 그래. 콜린이 비밀을 지킬 수 있을지, 우리가 아무도 모르게 콜린을 여기로 데리고 올 수 있을지 궁금했어. 난 네가 콜린의 휠체어를 밀어 줄 수 있을 거라고 생각했어. 의사도 콜린더러 신선한 공기를 마셔야 된다고 했대. 콜린이 우리랑 같이 밖으로 나가고 싶어 하기만 한다면 아무도 감히 콜린을 거역하지 못할 거야. 콜린은 사람들이 자기를 쳐다보는 게 싫어서 나가지 않으려고 하는 거니까, 우리랑 같이 나간다고 하면 다들 좋아할지도 몰라. 그리고 콜린은 정원사들한테 멀리 떨어져 있으라고 지시할 수 있어. 그럼 우리도 들킬 염려가 없고."

디콘은 캡틴의 등을 긁어 주면서 골똘히 생각에 잠겼다.

"내가 장담허는디 틀림없이 도련님헌티 좋을 거구먼유. 우린 도련님이 태어나지 않으믄 좋을 뻔했다구 생각하지 않아유. 우린 그냥 뜰이 자라는 걸 지켜보는 아이일 뿐이구 도련님두 또다른 아이인 거쥬. 사내애 둘이랑 지지배 하나가 봄 구경 나온 거라구유. 내가 장담해유. 의사 나부랭이헌티 진찰받는 것보담 백배는 좋을 거구먼유."

"콜린은 너무 오랫동안 누워만 있었고 등에 혹이 날까 봐 걱정을 해서 성격이 이상해졌어. 책에서 본 건 많지만 다른 건 하나도 몰라. 콜린 말로는 몸이 너무 아파서 여러 가지 일에 관심을 가질 수도 없고 밖에 나가는 것도 싫고 뜰도 싫고 정원사도 싫대. 하지만 이 뜰 얘기는 좋아해. 비밀이라서. 자세한 얘기는 할 수 없었지만 콜린도 여길 보고 싶다고 했어."

"나중에 우리가 꼭 도련님을 일루 데리구 오자구유. 내가 휠체어를 잘 밀 수 있을 거예유. 우리가 여그 앉아 있는 동안에 붉은가슴울새랑 그 짝꿍이 뭘 어떻게 해놨나 봤어유? 저그 나뭇가지에 앉아서 부리에 물고 있는 잔가지를 어디다 놓으믄 젤루 좋을까 궁리허구 있네유."

디콘이 나지막하게 휘파람을 불자 부리에 잔가지를 문 붉은가슴울새가 고개를 돌리고 호기심 가득한 표정으로 쳐다보았다. 디콘은 벤 웨더스타프 노인처럼 새에게 말을 걸었다. 노인과 달리 다정하게 조언을 해주는 말투였다.

"그걸 어디다 놓든 괜찮을 거여. 넌 알에서 나오기 전부터 둥지 맹그는 법을 알고 있었으니께. 야야, 빨리 혀. 허비할 시간이 없으니께."

메리는 즐거워하면서 웃음을 터뜨렸다.

"아, 난 네가 새한테 얘기하는 걸 듣는 게 너무 좋아! 벤 웨더스타프 할아버지는 항상 쟤를 야단치고 놀리는데 그럴 때면 쟤는 폴짝폴짝 뛰어다니고 한마디도 빠짐없이 전부 알아듣는 것처럼 할아버지를 쳐다봐. 쟨 그런 걸 좋아해. 벤 웨더스타프 할아버지가 그러는데 저 붉은가슴울새는 잘난 척하는 걸 너무 좋아해서 관심을 못 받으니 차라리 얼굴에 돌 맞는 걸 더 좋아할 거래."

디콘도 웃음을 터뜨리더니 새에게 계속 말을 걸었다.

"너두 우리가 널 괴롭히지 않을 거란 걸 알잖여. 우리두 들짐 승허구 다르지 않어. 우리두 둥지를 맹글어. 아이구, 아무한티 두 우리 얘길 허면 안 된다."

붉은가슴울새는 부리에 잔가지를 물고 있어 대답하지 못했다. 하지만 새가 잔가지를 문 채 자기가 사는 한쪽 구석으로 날아갈 때 메리는 이슬처럼 반짝이는 새의 까만 눈이 무슨 일이 있어도 비밀을 지키겠다고 말하고 있음을 알 수 있었다.

16

"난 그렇게 못 해!"

메리는 그날 아침 할 일이 너무 많아서 늦게 집에 돌아왔다. 다시 일을 하러 서둘러 나가느라고 콜린을 깜빡 잊어버리고 있다가 마지막 순간에야 생각났다.

"콜린한테 오늘은 못 보러 간다고 전해 줘. 밖에 할 일이 많아서 무척 바쁘거든."

그러자 마사는 겁에 질렸다.

"아이구! 메리 아가씨. 도련님한티 그 말을 전하믄 버럭 화를 내실 텐디."

하지만 메리는 다른 사람들처럼 콜린을 두려워하지 않았고 자신을 희생할 줄 아는 성격도 아니었다.

"난 나가 봐야 해. 디콘이 기다리고 있거든."

메리는 이렇게 말하고 달려가 버렸다.

오후는 아침보다 훨씬 아름답고 분주했다. 잡초는 벌써 거의 다 뽑았고, 장미와 상록수도 가지치기를 하고 주변을 파주었다. 자기의 삽을 가져온 디콘은 메리에게도 여러 가지 도구를 사용하는 방법을 가르쳐 주었다. 이쯤 되니 오랫동안 버려져 있던 이 사랑스러운 곳은 '정원사가 손질한 뜰' 정도는 아니더라도 봄이 지나가기 전까지는 여러 가지가 자라나는 곳이 될 것 같았다.

디콘은 있는 힘껏 열심히 일하면서 말했다.

"머리 위쪽에는 사과꽃하구 벚꽃이 필 거예유. 담 옆에 복숭아나무랑 자두나무에두 꽃이 필 거구 풀밭은 꽃으루 뒤덮일 거구유."

새끼 여우와 까마귀도 메리와 디콘만큼 즐겁고 바빴다. 붉은가슴울새와 그 짝꿍은 마치 가느다란 빛줄기처럼 빠르게 왔다 갔다 날아다녔다. 까마귀는 이따금씩 까만 날개를 펼치고 담 바깥에 있는 나무 꼭대기로 날아갔다. 까마귀는 뜰로 돌아올 때마다 디콘 가까이에 있는 나뭇가지에 앉아서 자기의 모험 이야기를 들려주듯 몇 번씩 까악까악 소리를 냈고 디콘은 붉은가슴울새에게 한 것처럼 까마귀에게 말을 걸었다. 한번은 디콘이 너무 바빠서 곧바로 대답해 주지 않자 까마귀 수트는 디콘의 어깨로 날아가서 커다란 부리로 디콘의 귀를 살며시 깨물었다.

메리가 잠깐 쉬고 싶다고 해서 둘은 나무 아래에 앉았다. 디

콘이 주머니에서 피리를 꺼내 이상하고도 짧은 곡을 연주하자 다람쥐 두 마리가 담 위에 나타나서 내려다보며 귀를 기울였다.

디콘은 메리가 땅 파는 모습을 보고 말했다.

"아가씨는 예전보다 더 튼튼해진 것 같네유. 확실히 달라 보여유."

일을 하고 있는 데다 기분까지 좋은 메리는 얼굴이 빨갛게 달아올라 의기양양하게 말했다.

"난 날마다 살이 찌고 있어. 메들록 부인은 나한테 더 큰 옷을 사줘야 할걸. 마사가 그러는데 내 머리숱도 많아지고 있대. 이젠 머리카락이 착 가라앉지도 않고 가느다랗지도 않아."

둘은 해가 지기 시작하면서 나무 아래로 황금빛 햇살이 비스듬하게 내리쬘 때 비로소 헤어졌다.

"내일두 날씨가 좋을 거예유. 해가 뜰 때쯤 난 여그서 일하고 있을 거예유."

"나도 그럴 거야."

메리는 최대한 빨리 집으로 달려갔다. 콜린에게 디콘의 새끼 여우와 까마귀 이야기며 봄을 맞아 바깥이 어떻게 바뀐지 말해주고 싶었다. 콜린이 분명 듣고 싶어 하리라고 생각했다. 그래서 방문을 열자 수심에 잠긴 얼굴로 기다리는 마사를 보자 기분이 좋지 않았다.

"무슨 일이야? 내가 못 간다니까 콜린이 뭐랬어?"

"아휴! 아가씨가 가야 했어유. 도련님이 또 승질을 부릴 뻔했다니께유. 오후 내내 도련님을 달래느라구 어찌나 바빴는지 몰라유. 도련님은 계속 시계만 쳐다봤어유."

메리는 입술을 꽉 다물었다. 콜린만큼이나 남을 배려하는 일에 익숙하지 않은 메리는 성질 고약한 남자아이한테 왜 자기가 가장 좋아하는 일을 못 하도록 방해받아야 하는지 이해할 수 없었다. 메리는 몸이 아프게 하고 신경이 날카로워서 화를 가라앉히지 못하는 사람들을 안쓰럽게 여긴 적이 한 번도 없었다. 그런 사람들은 자기 때문에 다른 사람들까지 아프게 하고 신경이 날카롭게 만들어서는 안 된다. 메리는 인도에서 살 때 머리가 아프면 다른 사람들도 전부 머리가 아프거나 다른 심한 병에 걸린다고 생각하려고 애썼다. 메리는 자기가 옳다고 느꼈고, 당연히 지금 콜린의 행동이 대단히 잘못됐다고 느꼈다.

메리가 방으로 들어가자 콜린은 소파에 앉아 있지 않았다. 침대에 반듯하게 누운 채 메리가 들어와도 돌아보지 않았다. 시작부터 좋지 않았다. 메리는 뻣뻣하게 굳은 얼굴로 당당하게 다가갔다.

"왜 일어나지 않니?"

"아침에는 네가 올 줄 알고 일어났어. 오후가 되어서야 침대로 옮겨 달라고 한 거야. 등이랑 머리가 아팠고 피곤했어. 왜 안 온 거야?"

"뜰에서 디콘이랑 일했어."

콜린은 얼굴을 찡그리더니 그제야 고개를 돌려 메리를 쳐다보았다.

"네가 나랑 얘기하러 오지 않고 걔를 만나러 간다면 다시는 걔를 여기 오지 못하게 할 거야."

메리는 벌컥 화를 냈다. 메리는 소란을 피우지 않고도 화를 낼 수 있었다. 심술을 부리고 고집스럽게 굴며 무슨 일에도 신경 쓰지 않으면 되었다.

"디콘을 못 오게 하면 난 다시는 이 방에 오지 않을 거야!"

"내가 오라고 하면 와야 할걸."

"난 그렇게 못 해!"

"내가 오게 만들 거야. 널 끌고 오라고 할 거야."

메리는 사납게 말했다.

"그러라고 해. 라자 폐하! 날 여기로 끌고 올 수는 있어도 말을 하게 만들지는 못할걸. 난 앉아서 이를 꽉 물고 한마디도 하지 않을 테니까. 널 쳐다보지도 않을 거야. 바닥만 뚫어지게 쳐다볼 거라고!"

두 아이는 만만치 않은 표정으로 서로를 노려보았다. 만일 거리의 아이들이라면 당장에 서로 달려들어 한바탕 싸울 기세였다. 두 사람은 그에 버금가는 방법으로 싸웠다.

콜린이 소리쳤다.

"넌 이기적이야!"

"그러는 너는? 꼭 이기적인 사람들이 그런 말을 하더라. 자기 뜻대로 하지 않는다고 이기적이라고 말하지. 넌 나보다 더 이기적이야. 너처럼 이기적인 애는 처음 봤어."

콜린이 버럭 소리를 질렀다.

"난 이기적이지 않아! 난 그 잘난 디콘만큼 이기적이지 않다고! 걘 내가 혼자라는 걸 알면서도 널 바깥에서 놀게 만들잖아. 이기적인 건 걔라고!"

메리의 눈동자가 분노로 활활 불타올랐다.

"세상에 디콘만큼 좋은 애는 없어! 디콘은…… 디콘은 천사 같은 애란 말이야!"

약간 우스운 말이었지만 메리는 개의치 않았다.

콜린이 사납게 코웃음을 쳤다.

"천사 좋아하네! 걘 황무지 오두막에 사는 상스러운 애야!"

메리가 되받아쳤다.

"상스러운 라자보다 훨씬 나아! 천배는 더 낫다고!"

몸이 더 튼튼한 메리가 콜린을 이기기 시작했다. 사실 콜린은 자기와 성격이 비슷한 사람과 싸운 적이 없었다. 콜린이든 메리든 전혀 깨닫지 못했지만 전체적으로 보자면 이 싸움은 콜린에게는 좋은 일이었다. 콜린은 베개에 머리를 파묻고 눈을 감았다. 쥐어짠 굵은 눈물방울이 뺨을 타고 흘러내렸다. 콜린은 자신이 불쌍하고 가엾게 느껴졌다. 그 누구도 아닌 자기 자신이.

"난 너만큼 이기적이지 않아. 난 늘 아프고 정말로 등에 혹이 나오고 있단 말이야. 그리고 난 죽을 거잖아."

메리는 조금도 불쌍하게 여기는 기색 없이 반박했다.

"그렇지 않아!"

콜린은 분노가 치밀어 눈을 번쩍 떴다. 생전 처음 듣는 말이었다. 두 가지 감정을 함께 느끼는 것이 가능한지는 모르겠지만, 화가 나면서도 조금은 기뻤다.

"그렇지 않다고? 아니, 그래! 너도 그걸 알고 있잖아! 다들 내가 죽을 거라고 말하니까!"

메리가 심술궂게 소리쳤다.

"난 안 믿어! 넌 다른 사람들이 널 가엾게 여겨 주길 바라고 그런 말을 하는 거야. 넌 오히려 그걸 자랑스러워하는 것 같아. 난 안 믿어! 네가 착한 애라면 그 말이 사실일 수도 있겠지……. 하지만 넌 정말 못된 애야!"

콜린은 화가 치민 나머지 자기 등이 약하다는 사실도 잊어버리고 벌떡 일어나 앉았다.

"당장 나가!"

콜린은 이렇게 소리치고 베개를 집어던졌다. 멀리 던지기에는 힘이 부족해서 베개는 겨우 메리의 발치에 떨어졌다. 하지만 메리의 표정은 구겨질 대로 구겨졌다.

"갈 거야. 다시는 오지 않을 거야!"

메리가 문으로 걸어가면서 고개를 휙 돌리고 말했다.

"난 너한테 재미있는 얘기를 잔뜩 해주려고 했어. 디콘이 데리고 온 여우랑 까마귀 얘기를 해주려고 했다고. 하지만 이젠 하나도 얘기해 주지 않을 거야!"

메리는 당당하게 밖으로 나가 문을 닫았다. 놀랍게도 거기에는 간호사가 서 있었다. 간호사는 방 안에서 하는 이야기를 듣고 있던 것 같았고 더욱 놀랍게도 웃고 있었다.

간호사는 덩치가 크고 얼굴이 예쁜 젊은 여자였는데, 몸이 약한 사람을 견뎌 내지 못하는 성격이라 절대로 간호사가 되지 말아야 했다. 간호사는 언제나 핑곗거리를 대가면서 마사나 자기 일을 대신 해줄 수 있는 다른 사람에게 콜린을 맡겨 버리기 일쑤였다. 메리는 간호사가 마음에 들지 않으므로 손수건으로 입을 막고 킥킥대는 모습을 빤히 올려다보았다.

"왜 그렇게 웃는 거예요?"

"두 꼬마분들 때문에요. 몸 아픈 응석받이 어린애한테는 자기만큼 버릇없는 애가 대드는 게 제일 좋거든요."

간호사는 다시 손수건으로 입을 막고 킥킥거렸다.

"성질 나쁜 여동생이 하나 있어서 도련님이랑 싸운다면 훨씬 좋았을 텐데."

"콜린은 죽게 되나요?"

"난 몰라요. 관심도 없고. 도련님이 아픈 이유의 절반은 히스테리랑 성질 때문이죠."

메리가 물었다.

"히스테리가 뭔데요?"

"이다음에 아가씨가 도련님의 성질을 돋우면 알게 될 거예요……. 어쨌든 난 아가씨가 도련님한테 히스테리 부릴 만한 거리를 만들어 줘서 기쁘네요."

메리는 뜰에서 돌아올 때의 기분이 완전히 사라진 채로 방으로 돌아왔다. 심술이 나고 실망스러웠다. 콜린이 조금도 가엾게 느껴지지 않았다. 콜린에게 여러 가지 이야기를 해줄 생각이었고 엄청난 비밀을 털어놓아도 될지 결정을 내리려던 참이었다. 콜린을 믿어도 된다는 생각이 들려던 참이었는데, 이제는 마음이 완전히 바뀌었다. 콜린한테는 절대로 말하지 않을 거야. 신선한 공기도 못 마시고 방 안에서만 있으라고 해. 그렇게 죽고 싶으면 죽으라지 뭐! 그 앤 그래도 싸니까! 메리는 너무도 삐뚤어지고 무자비한 생각이 들어서 잠시 동안 디콘이며 세상을 뒤덮은 초록빛이며 황무지에서 불어오는 살랑바람을 거의 잊어버리고 말았다.

방에서 기다리고 있던 마사는 메리를 보자 얼굴에서 근심 걱정이 사라지고 순간적으로 흥미와 호기심이 피어올랐다. 테이블에는 나무 상자가 놓여 있었다. 뚜껑이 열린 상자 안에는 깔끔한 꾸러미가 가득 들어 있었다.

"주인 나리가 아가씨헌티 보내신 거예유. 그림책이 들어 있나 봐유."

메리는 지난번 고모부를 만날 때 고모부가 한 말이 기억났다.

"필요한 게 있니? 혹시 장난감이라거나 책이나 인형이 갖고 싶으냐?"

메리는 고모부가 인형을 보낸지도 모른다고 생각하며 꾸러미를 풀었다. 정말로 인형이라면 그걸 가지고 뭘 해야 하나 생각했다. 하지만 고모부가 보낸 것은 인형이 아니었다.

꾸러미 안에는 콜린이 가진 것과 비슷한 예쁜 책이 몇 권 들어 있었다. 그중 두 권은 뜰에 관한 책으로 그림이 가득했다. 게임 도구도 두세 가지 있었고 금박으로 머리글자가 새겨진 예쁘고 조그만 필통과 금촉 펜, 잉크 스탠드도 있었다.

전부 다 너무나 근사해서 메리는 화가 누그러지고 기쁨이 샘솟았다. 고모부가 자기를 기억해 주리라고는 기대도 하지 않았는데, 어린 메리의 차가운 마음은 무척이나 따뜻해졌다.

"난 인쇄체가 아니라면 훨씬 잘 쓸 수 있어. 이 펜으로 가장 먼저 고모부에게 감사 편지를 쓸 거야."

만일 콜린과 싸우지 않았

다면 당장 달려가서 뜰이 나오는 책을 같이 읽거나 게임도 했을 것이다. 그러면 콜린은 너무 재미있어서 죽는다는 생각도 안 하고 등에서 혹이 나오는지 만져 보지도 않을 것이다. 메리는 콜린이 그럴 때마다 견딜 수가 없었다. 콜린이 항상 잔뜩 겁에 질린 표정을 하고 있어서 메리도 불안하고 겁이 났다.

콜린은 등에 조그만 돌기라도 만져지면 언젠가는 분명히 혹이 커질 것이라고 했다. 메들록 부인이 간호사에게 소곤거리면서 한 이야기를 듣고 그런 생각을 처음 하게 되었고, 속으로 계속 곱씹으며 생각하다 보니 결국은 머릿속에 단단하게 박혀서 도저히 떨쳐버리지 못하게 되었겠지.

메들록 부인이 한 말은, 콜린의 아버지도 어릴 때 그렇게 곱사등이가 될 징조를 보였다는 것이다. 콜린은 사람들이 '성깔'이라고 부르는 것이 대부분은 숨겨진 두려움이 발작을 일으켜 나오는 것이라고 메리에게만 말해 주었다. 그 말을 듣고 메리는 콜린이 가엾게 느껴졌다.

메리는 혼잣말을 했다.

"콜린은 시무룩하거나 피곤하면 꼭 그런 생각을 했어. 오늘도 시무룩했지. 어쩌면…… 어쩌면…… 오후 내내 그 생각을 했을지도 몰라."

메리는 가만히 서서 카펫을 내려다보며 생각했다.

"다시는 안 갈 거라고 했는데……."

메리는 눈썹을 찡그리며 머뭇거렸다.

"하지만 아마…… 아마도 난 갈 거야. 콜린이 원한다면 말이야. 내일 아침에……. 걔가 또 베개를 집어던지려고 할지도 모르지만…… 가야 할 것 같아……."

17

성깔 부리기

메리는 아침 일찍 일어나 뜰에서 열심히 일한 탓에 몹시 피곤하고 졸렸다. 그래서 마사가 차려 준 저녁을 먹자마자 잠을 잔다는 사실만으로도 매우 기뻤다. 메리는 베개를 베고 누워 중얼거렸다.

"내일 아침밥을 먹기 전에 나가서 디콘이랑 일하고, 그다음에는…… 콜린을 만나러 가야겠어."

한밤중인 듯했다. 메리는 끔찍한 소리에 잠에서 깼고, 침대에서 벌떡 일어났다. 뭐지? 무슨 소리지? 곧바로 메리는 그것이 무슨 소리인지 알 수 있었다. 문을 여닫는 소리가 들리고 복도를 황급히 뛰어가는 발자국 소리와 누군가가 울면서 질러 대는 비명이 동시에 들려왔다. 너무도 끔찍한 소리였다.

"콜린이야. 간호사가 히스테리라고 말한 성깔을 부리고 있는 거야. 정말로 끔찍하네."

고함 섞인 울음소리를 듣고 있자니, 메리는 사람들이 왜 콜린한테 겁을 먹는지 이해할 수 있었다. 저 소리를 듣느니 차라리 마음대로 하도록 내버려 두는 게 나았다. 손으로 귀를 틀어막고 있으니 구역질이 나고 온몸이 떨렸다. 그래서 메리는 계속 중얼거렸다.

"어떻게 해야 될지 모르겠어. 어떻게 해야 되지? 도저히 참을 수가 없어."

메리는 용기를 내어 콜린의 방으로 가면 이 울음소리가 그치지 않을까 생각했지만 콜린이 자기를 방에서 쫓아낸 일이 떠올랐다. 메리를 본다면 오히려 상황이 악화될지도 모른다는 생각에 더욱 힘껏 귀를 틀어막았다. 하지만 끔찍한 소리는 계속 들려왔다. 그 소리가 너무도 싫고 겁나기도 했다.

그러다 퍼뜩 메리는 화가 치밀었다. 콜린이 자기를 겁나게 하는 만큼 자기도 성깔을 부려서 콜린에게 겁을 줘야겠다고 생각했다. 메리는 자기가 화를 내는 데는 익숙했지만 남이 화를 내는 것에는 익숙하지 않았다. 메리는 당장 귀에서 손을 떼고 자리에서 벌떡 일어나 발을 쿵쿵 굴렀다.

"쟤는 멈춰야 해! 누군가가 멈추게 해야 된다고! 쟤를 때려 줄 사람이 필요해!"

바로 그때 복도를 달려오다시피 하는 발소리가 들리는가 싶더니 방문이 벌컥 열리고 간호사가 들어왔다. 이번에는 전혀 웃는 얼굴이 아니었다. 하얗게 질린 얼굴이었다.

간호사는 엄청 다급하게 말했다.

"도련님이 또 히스테리를 부리고 있어요. 저러다 큰일 날 거예요. 아무도 도련님을 말릴 수가 없어요. 착한 아가씨가 가서 어떻게 좀 해보세요. 도련님은 아가씨를 좋아하잖아요."

메리는 잔뜩 흥분해서 발을 동동 굴렀다.

"걘 오늘 나를 방에서 쫓아냈다고요."

그녀는 메리가 발을 구르는 모습을 보더니 오히려 기뻐했다. 사실 그녀는 메리가 이불을 뒤집어쓰고 울고 있을까 봐 걱정하던 참이었다.

"맞아요. 그러니까 지금 아가씨 기분이라면 안성맞춤이죠. 얼른 가서 도련님을 혼내 줘요. 도련님이 생각을 고쳐먹을 수 있게 말이에요. 자, 가요. 최대한 빨리 가자고요."

나중에야 메리는 이것이 끔찍할 뿐 아니라 우습기도 한 일임을 깨달았다. 다 큰 어른들이 잔뜩 겁을 집어먹고 조그만 여자아이한테 달려왔다니. 단지 그 조그만 여자아이가 콜린만큼이나 성질이 못됐다는 이유로 말이다.

메리는 급하게 복도를 달려갔다. 비명소리가 가까워질수록 더욱 화가 치밀었다. 문 앞에 이르자 악의에 가득 찬 소리가 더욱 크게 들렸다. 메리는 문을 홱 열고 기둥 네 개가 받치고 있는 침대로 달려갔다.

메리는 마구 고함을 질러 댔다.

"그만해! 난 네가 싫어! 모두 널 싫어해! 사람들이 전부 이 집에서 나가고 너 혼자 소리 지르다 죽게 내버려 두면 좋겠어! 넌 그렇게 소리 지르다 조금만 있으면 죽을 거고, 난 네가 죽어 버리면 좋겠어!"

남을 가엾게 여길 줄 아는 착한 아이라면 생각하지도, 입에 올리지도 못할 말이었다. 하지만 누구도 말리지 못하고 반박할 생각조차 하지 못하는 신경질적인 아이에게는 그렇게 충격적인 말을 듣는 것이 최선이라는 사실이 증명되었다.

얼굴을 파묻은 채 누워서 두 손으로 베개를 내리치고 있던 콜린은 움찔하더니 고개를 홱 돌려 성난 어린아이의 목소리가 들리는 쪽을 쳐다보았다. 콜린의 얼굴은 끔찍했다. 하얗게 질린 채 빨갛고 통통 부어 있는 데다 숨이 막히는지 헉헉거렸다. 하지만 무자비한 메리는 조금도 신경 쓰지 않았다.

"한 번만 더 소리 지르면 나도 똑같이 소리 지를 거야. 난 너보다 더 크게 소리 지를 수 있으니까 겁내야 할걸. 난 널 겁나게 할 거야!"

콜린은 메리의 모습에 놀라서 소리 지르던 것을 멈추었다. 지금까지 어찌나 고래고래 소리를 질렀는지 숨이 막힐 정도였다. 얼굴에서는 눈물이 줄줄 흘러내렸고, 온몸은 덜덜 떨렸다.

콜린이 숨을 할딱거리면서 흐느꼈다.

"멈출 수가 없어! 못한다고! 못해!"

메리가 소리를 질렀다.

"할 수 있어! 네가 아픈 이유의 절반은 히스테리랑 성깔 때문이야. 그냥 히스테리, 히스테리, 히스테리 때문이라고!"

메리는 히스테리라는 말을 할 때마다 발을 쾅쾅 굴렀다.

콜린은 숨이 막혀 컥컥거렸다.

"나 혹을 만졌어. 혹이 만져졌단 말이야. 그럴 줄 알았어. 난 곱사등이가 된 다음 죽게 될 거야."

콜린은 다시 몸부림치면서 얼굴을 돌리고 흐느꼈지만 소리를 지르지는 않았다.

메리가 사납게 반박했다.

"아니, 넌 혹을 만지지 않았어! 진짜로 혹이 만져졌다면 그건 그냥 히스테리 혹일 뿐이야. 히스테리가 혹을 만드니까. 네 그 지긋지긋한 등에는 아무런 문제도 없다고! 히스테리가 문제일 뿐이야! 돌아누워. 내가 직접 봐야겠어!"

메리는 '히스테리'라는 말이 마음에 들었고 그것이 콜린에게 어떤 영향을 끼칠 거라고 생각했다. 콜린은 메리와 비슷한 구석이 있는 데다 그 말을 들어 본 적이 없을 터였다.

메리가 명령했다.

"간호사, 이리 와서 당장 애 등을 보여 줘요!"

간호사와 메들록 부인, 그리고 마사는 문가에 모여 서서 입을 반쯤 벌린 채 메리를 쳐다보았다. 세 사람 모두 겁에 질려 몇 번씩이나 숨을 헐떡거렸다. 간호사도 겁에 질린 표정으로 앞으로 나왔다. 콜린은 숨 막히게 흐느꼈다.

간호사가 주저하면서 낮은 목소리로 말했다.

"어쩌면…… 도련님이 싫어할지도 몰라요."

그러나 콜린은 그 말을 듣더니 흐느끼는 사이로 헐떡거리며 말했다.

"쟤한테 보…… 보여 줘! 그러면 쟤도…… 보게 될 테니까!"

옷을 벗기자 보기에 딱할 정도로 여윈 등이 드러났다. 세어 보지는 않았지만 갈비뼈와 척추뼈 마디를 하나하나 셀 수 있을 만큼 야윈 등이었다. 메리는 허리를 굽힌 채 무자비하고 근엄한 얼굴로 콜린의 등을 살폈다. 메리가 심술궂은 노인네 같은 표정을 하고 있어서 간호사는 입술이 씰룩거리는 것을 감추려고 고개를 돌렸다.

잠깐 동안 침묵이 흘렀다. 메리가 런던에서 온 유명한 의사라도 되는 것처럼 콜린의 등을 위아래로 뚫어지게 살피는 동안 콜린조차 숨을 죽였다.

"혹이라고는 단 한 개도 없어! 눈곱만 한 혹도 없다고! 척추뼈를 빼면 말이야. 그건 네가 너무 말라서 만져지는 것뿐이야. 나도 척추뼈가 튀어나왔어. 예전에는 너만큼 많이 튀어나왔었어. 이젠 살이 찌기 시작했지만 아직 하나도 만져지지 않을 만큼 살이 찌진 않았어. 네 등에는 눈곱만 한 혹도 없어! 한 번만 더 혹이 있다고 해봐. 깔깔 비웃어 줄 테니까!"

이 심술궂은 어린아이의 말이 콜린에게 어떤 영향을 끼친지는 콜린 자신을 제외하고 아무도 알지 못했다. 콜린은 자기의 두려움과 병이 대개는 자기 스스로 만들어 낸 것임을 깨달았을 것이다. 만일 아무도 모르는 두려움을 털어놓을 상대가 있었다면, 질문할 수 있는 용기가 있었다면, 또래 친구가 곁에 있었다면, 커다랗기만 하고 사방이 꽉 막힌 집에서 혼자 자리에 누워 지내지 않았다면, 자기에 대해 알지도 못하고 지겨워하는 사람들이 겁에 질려 있는 무거운 분위기 속에서 살지 않았더라면 말이다. 그러나 콜린은 몇 년 동안이나 누워 지내면서 자기 자신과 병과 피로함에 대해서만 생각했다.

그런데 지금 동정심이라고는 눈곱만큼도 없는 어린 여자아이가 불같이 화를 내며 콜린을 윽박지르고 있었다. 콜린은 콜린 자신이 생각하는 것만큼 아프지 않다고. 콜린은 어쩌면 그 아이의 말이 사실일지도 모른다는 생각이 들었다.

간호사가 용기 내어 입을 열었다.

"난 몰랐어요. 도련님이 척추에 혹이 있다고 생각하는 줄은……. 도련님의 등이 약한 건 앉아 있으려고 하지 않아서예요. 등에 혹 같은 건 없다고 진작 말해 줄 걸 그랬네요."

콜린은 눈물을 삼키고 고개를 약간 돌려 간호사를 쳐다보고는 애절하게 물었다.

"정…… 정말이야?"

"네, 도련님."

메리도 눈물을 삼키며 말했다.

"그것 봐!"

콜린은 다시 고개를 돌렸다. 이번에는 띄엄띄엄 긴 숨을 내쉬면서 격한 흐느낌을 잦아들게 할 뿐 한동안 가만히 누워 있었다. 굵은 눈물방울이 얼굴을 타고 흘러내려 베개를 적셨다. 사실 그 눈물의 의미는 희한하게도 마음이 놓인다는 뜻이었다.

잠시 후 콜린은 다시 고개를 돌려 간호사를 쳐다보았고 이상하게도 전혀 라자 같지 않은 태도로 간호사에게 말을 걸었다.

"내가…… 어른이 될 때까지…… 살 수 있을 거라고 생각해?"

간호사는 영리하지도 마음씨가 따뜻하지도 않았지만 런던에서 온 의사가 한 말을 똑같이 해줄 수는 있었다.

"의사가 시키는 대로 하고 성질을 내지 않고 밖에서 신선한 공기를 많이 마신다면 그럴 수 있을 거예요."

그렇게 콜린의 성깔 부리기가 지나갔다. 콜린은 우느라 기운이 빠지고 몹시 지쳐서인지 마음도 한결 부드러워진 듯했다. 그래서 메리에게 한 손을 살짝 내밀었고 정말로 다행스럽게도 메리의 성깔 부리기도 끝나서 메리도 그 손을 잡았다. 그렇게 둘은 화해를 한 셈이었다.

"너하고…… 밖에 나갈 거야, 메리. 난 신선한 공기가 싫지 않을 거야. 만일 우리가……."

콜린은 마지막에 "비밀의 뜰을 찾을 수 있다면 말이야."라고 말하려다가 그것이 비밀이라는 것을 기억해 내고 다른 말로 끝을 맺었다.

"디콘이 와서 휠체어를 밀어 준다면 너랑 같이 밖에 나갈 거야. 난 디콘이랑 여우랑 까마귀가 정말로 보고 싶어."

간호사는 흐트러진 베개를 정리하고 베개를 흔들어 바로잡았다. 그런 다음 콜린에게 쇠고기 수프를 만들어 주었고 메리에게도 한 컵 주었다. 메리는 한바탕 흥분하고 난리를 친 다음이라 쇠고기 수프가 몹시 반가웠다. 메들록 부인과 마사는 안심하면서 살그머니 물러갔다. 그리고 모든 것이 깔끔하게 정리되고 진정되자 간호사는 자기도 이제 그만 살그머니 물러가면 정말로 기쁘겠다는 표정을 지었다. 한밤중에 잠을 빼앗기면 화가 나는 젊고 건강한 그 아가씨는 메리를 쳐다보면서 아무렇지도 않게 입을 크게 벌리고 하품을 했다. 메리는 커다란 의자을 침대로 끌어당기고 콜린의 손을 잡았다.

간호사가 말했다.

"아가씨도 그만 가서 자세요. 도련님도 조금 있으면 잠이 들

테니까요. 너무 흥분하지만 않으면 말이에요. 도련님이 잠들면 나도 옆방에 가서 누울 거예요."

메리가 콜린에게 나직하게 속삭였다.

"내 아야한테 배운 그 노래를 불러 줄까?"

콜린은 메리의 손을 살짝 끌어당기고 피곤에 겨운 눈으로 간청하듯 바라보았다.

"응, 좋아! 그건 정말 조용하고 부드러운 노래니까. 난 금방 잠이 들 거야."

메리는 하품하는 간호사에게 말했다.

"내가 콜린을 재울 테니까 가고 싶으면 가세요."

간호사는 마지못해서 그러는 것처럼 대답했다.

"음, 도련님이 30분이 지나도 잠들지 않으면 날 부르세요."

"알았어요."

간호사는 곧바로 방에서 나갔다. 간호사가 나가자마자 콜린이 또다시 메리의 손을 끌어당겼다.

"하마터면 말할 뻔했지 뭐야. 다행히 입을 다물 수 있었어. 난 절대 말하지 않을 거고 이만 잘 거야. 그런데 너, 나한테 해줄 재미있는 이야기가 잔뜩 있다고 했잖아. 너 혹시 비밀의 뜰에 들어가는 방법을 찾아낸 거야?"

메리는 지쳐 버린 콜린의 가엾은 얼굴과 퉁퉁 부은 눈을 보자 마음이 누그러졌다.

"으응. 찾은 것 같아. 지금은 자고 내일 말해 줄게."

콜린의 손이 파르르 떨렸다.

"아, 메리! 비밀의 뜰에 들어갈 수만 있다면 난 어른이 될 때까지 살 수 있을 거야! 아야의 노래를 불러 주는 대신, 네가 첫날 뜰 안이 어떻게 생겼는지 상상한 얘기를 해줄 때처럼 조용하게 뜰 이야기를 들려주면 안 될까? 그러면 난 분명 잠이 들 거야."

"그래, 눈 감아."

콜린은 눈을 감고 가만히 누워 있었다. 메리는 콜린의 손을 잡은 채 나직한 목소리로 천천히 말하기 시작했다.

"그 뜰은 너무도 오랫동안 혼자 버려져 있어서…… 모든 게 사랑스럽게 뒤엉켜 있을 거야. 장미나무는 뻗어 올라가고 또 올라가거나 나뭇가지랑 담에 축 늘어지고 땅 위까지 뒤덮고 있을 거야. 묘한 회색 안개처럼 말이야. 장미 중에는 죽은 것들도 있겠지만…… 살아남은 것들도 많겠지. 여름이 오면 뜰 안은 온통 장미 천국이 될 거야. 땅속에 가득한 수선화랑 아네모네랑 백합이랑 아이리스도 흙을 뚫고 올라오려고 하겠지. 이제 봄이 되니까 아마도…… 아마도……."

메리의 나지막한 목소리에 콜린은 점점 눈이 감겼다. 메리는 그 모습을 보고 이야기를 계속했다.

"풀 사이로 꽃이 올라올지도 몰라. 지금쯤 자주색 크로커스랑 황금색 크로커스가 잔뜩 피어 있을지도……. 나뭇잎들도 올라

와서 이파리가 펴지고…… 아마도…… 회색에서 초록색으로 바
뀌고…… 모든 걸 덮어 버리고 있을지도 몰라. 새들은 그걸 보
려고 뜰로 오겠지. 뜰은 너무도 안전하고 고요하니까. 그리고
어쩌면…… 어쩌면…….”

메리는 느릿하고 부드러운 목소리로 말을 이었다.

“붉은가슴울새가 짝을 찾아서…… 둥지를 만들고 있을지도
몰라.”

콜린은 잠이 들었다.

18

"꾸물거릴 시간 읎어!"

물론 메리는 다음 날 일찍 일어나지 못했다. 피곤해서 늦게까지 잠을 잤다. 아침 식사를 가져온 마사는 콜린이 무척 조용하게 있기는 하지만 심하게 울면서 발작을 부리고 나면 항상 아프고 열이 난다고 말해 주었다.

"도련님은 아가씨가 될 수 있는 대루 빨랑 보러 와주믄 좋겠대유. 도련님이 아가씨를 얼마나 좋아허는지 참 희한하다니께유. 아가씨가 어젯밤에 그렇게 바짝 혼을 내줬는디, 안 그래유? 여태까지 아무두 감히 그렇게 못했는디! 아이구, 불쌍한 녀석 같으니라구! 아주 지멋대루라서 당해 낼 도리가 없다니께유. 우리 엄니가 그러는디 어린애한티 제일루 나쁜 게 두 가지 있대유. 절대루 지 마음대루 못 허게 허는 거랑 항상 지 마음대루 허

276

게 냅두는 거래유. 뭐가 더 나쁜지는 우리 엄니두 모른대유. 하여간에 아가씨두 어젯밤에 성깔머리가 대단했어유. 근디 내가 도련님 방으로 들어가니께 도련님이 그랬어유. '메리 아가씨한테 여기로 와서 나랑 얘기를 하자고 전해 줘. 부탁이야.'라구유. 도련님이 부탁헌다는 말을 허다니! 가실 거예유, 아가씨?"

"디콘을 먼저 만나러 갈 거야."

그러다 갑자기 어떤 생각이 떠올라 메리는 말을 바꾸었다.

"아니, 콜린한테 먼저 가봐야겠어. 할 말이 있으니까."

메리가 모자를 쓰고 방에 나타나자 콜린의 얼굴에는 잠깐 실망스러운 기색이 떠올랐다. 콜린은 침대에 누워 있었는데 얼굴은 가여울 정도로 창백했고 눈가가 거무스름했다.

"네가 와서 기뻐. 너무 피곤해서 머리도 아프고 온몸이 다 아파. 어디, 나가니?"

메리가 다가가 침대에 기댔다.

"오래 걸리지 않을 거야. 디콘한테 가는 건데 다시 올 거야. 콜린, 이건…… 비밀의 뜰하고 관련된 일이야."

콜린의 얼굴이 환해지면서 약간 혈색이 돌았다.

"아, 그래! 밤새 그 꿈을 꿨어. 회색이 초록빛으로 바뀌고 있다는 말을 너한테 듣고서 팔랑거리는 조그만 초록 잎이 가득한 곳에 서있는 꿈을 꿨거든. 새들이 둥지에 앉아 있는데 너무 조용하고 고요해 보였어. 네가 돌아올 때까지 그 생각을 하면서 누워 있을게."

5분 뒤 메리는 디콘과 함께 뜰에 있었다. 여우와 까마귀도 같이 왔고 디콘은 이번에 길들인 다람쥐 두 마리도 데려왔다.

"오늘 아침에는 조랑말을 타구 왔어유. 아, 이름은 점프구 참말 착한 녀석이에유! 요 두 눔은 주머니에 넣어가지구 왔쥬. 여기 이눔은 너트구 이눔은 쉘이라구 해유."

디콘이 '너트'라는 이름을 말할 때 다람쥐 한 마리가 디콘의 오른쪽 어깨로 뛰어올랐고 '쉘'이라고 하자 나머지 한 마리가 왼쪽 어깨로 뛰어올랐다.

메리와 디콘이 풀밭에 앉자 여우 캡틴은 아이들의 발치에 웅크리고 앉았고, 까마귀 수트는 나무에 앉아 진지하게 귀를 기울였으며, 너트와 쉘은 근처에서 서로 코를 비벼 댔다. 메리는 이렇게 즐거운 공간을 도저히 떠날 수 없을 것 같았다. 메리는 디콘에게 콜린의 이야기를 들려주었다. 디콘의 재미있게 생긴 얼굴에 떠오른 표정을 보고 디콘이 자기보다 더 콜린을 가엾게 여긴다는 것을 느꼈다. 디콘은 고개를 들어 하늘과 주변의 모든 것을 바라보았다.

"새소리 좀 들어 봐유. 세상이 온통 새소리루 가득헌 것 같잖아유. 휘파람두 불구 피리 소리두 내구. 새덜이 번개처럼 잽싸게 날아댕기는 것도 좀 봐유. 지들끼리 부르는 소리도 들어 보구. 봄이 온다는 건 온 세상이 서로 부르는 거예유. 이파리덜이 쫙 펴지구……. 글구 사방이 좋은 냄새루 가득허구!"

디콘은 행복해 보이는 들창코로 킁킁 냄새를 맡았다.

"근디 그 가엾은 녀석은 집 안에만 틀어박혀서 별루 보는 게 없으니께 소리 지르고 싶어지는 생각만 허게 되는 거쥬. 아이구! 우리가 도련님을 여기루 데리구 나와야 쓰겄네유……. 여기 나와서 보게 허구 듣게 허구 공기도 맑게 허구 햇빛을 몸에 실 컷 쏘이게 하자구유. 꾸물거릴 시간이 읎어유."

디콘은 평소에는 메리가 잘 알아들을 수 있도록 되도록 사투리를 심하게 쓰지 않으려고 노력했지만 흥분했을 때는 자기도 모르게 사투리가 심해졌다. 하지만 메리는 디콘의 사투리가 몹시 좋은 데다 자기도 사투리로 말하려고 노력한 덕분에 이제는 조금 할 줄 알았다.

"그려, 글케 혀야 쓰겄어. 젤 먼저 뭘 혀야 되는지 내가 말해 줄 테니께 말여."

디콘은 메리의 사투리에 싱긋 웃었다. 이 조그만 여자아이가 사투리를 쓰려고 혀를 꼬는 모습이 디콘을 즐겁게 만들었다.

"콜린은 널 참말 좋아혀. 널 만나구 싶어 하구 수트랑 캡틴도 보구 싶어 혀. 난 이따 집으루 가서 갸에게 낼 아침에 니가 만나러 와두 되는지 물어볼 거여. 짐승덜을 데리구 와도 되는지두……. 그리구 조금 있다가 잎이 더 많이 나오구 꽃봉오리가 나오기 시작허믄, 갸를 밖으루 데리구 나오자. 네가 휠체어를

밀구 여기루 데리구 와서 모든 걸 다 보여 주는 거여."

말을 끝마치자 메리는 몹시 자랑스러운 기분이 들었다. 사투리로 이만큼 길게 말해 본 적은 처음이었다. 메리는 사투리를 잘 기억하고 있었다.

디콘이 킬킬 웃었다.

"아가씨, 콜린 도련님한테두 사투리로 말해야 되겠는디유. 그러믄 도련님이 웃을 거 아녀유. 아픈 사람헌티 웃는 것만큼 좋은 게 없다잖아유. 우리 엄니는 매일 아침 30분씩 웃으면 장티푸스에 걸려두 낫는다구 하세유."

메리도 킬킬 웃었다.

"오늘부터 당장 콜린한테 사투리로 말해야겠어."

이즈음의 뜰은 마치 매일 아침저녁으로 마법사가 지나가면서 지팡이를 톡 두드려 흙과 나뭇가지에서 아름다움이 나오도록 마법을 부리는 것처럼 변화했다. 너트가 메리의 옷 위로 기어오르고 쉘은 두 아이가 앉은 사과나무 줄기에 올라앉아 호기심 가득한 눈으로 자신을 쳐다보는 이 순간이 너무나 아름다워서 메리는 뜰을 떠나기가 힘들었다. 하지만 메리는 집으로 돌아갔다. 메리가 콜린의 침대 가까이 앉자 콜린은 디콘만큼 익숙한 솜씨는 아니지만 코를 킁킁대기 시작했다. 그리고 즐거워하며 소리쳤다.

"너한테 꽃이랑 싱그러운 향기가 나. 무슨 냄새야? 신선하면

서도 따뜻하고 달콤하기까지 해."

"황무지에서 불어오는 바람 냄새여. 디콘이랑 캡틴이랑 수트랑 너트랑 쉘이랑 나무 아래 풀밭에 앉아 있다 왔으니께. 밖은 봄이여. 햇빛두 쨍쨍 내리쬐구 냄새두 좋아."

메리는 되도록 사투리를 심하게 쓰려고 노력하면서 말했다. 요크셔 사투리는 실제로 말하는 것을 들어 봐야만 얼마나 심한지 알 수 있다. 콜린은 웃음을 터뜨렸다.

"뭐하는 거야? 네가 그렇게 말하는 건 처음 봐. 정말 재미있는걸."

그러자 메리가 의기양양해져서 대답했다.

"요크셔 사투리로 말하는 거여. 디콘이나 마사처럼 잘허지는 못해두 흉내는 낼 수 있다니께. 넌 이걸 듣구두 여그 사투리인 줄 모르겠어? 넌 여기서 태어나구 자랐잖여! 어이구! 창피헌 줄두 모르나벼."

그러고 나서 메리도 웃음을 터뜨렸다. 두 아이 웃음은 멈추지 않았다. 웃음소리가 복도까지 울려 퍼졌다. 메들록 부인이 문을 열고 들어오려다가 놀라서 도로 슬쩍 닫고는 가만히 귀를 기울였다.

메들록 부인은 아무도 듣는 사람이 없는 데다 너무나 놀라서 자기도 모르게 사투리로 말했다.

"아이구, 시상에! 누가 저런 걸 들어 봤겄어! 시상에 누가 생

284

각이나 했겠어!"

두 아이는 할 말이 무척이나 많았다. 콜린은 디콘과 캡틴, 수트와 너트, 쉘, 그리고 점프라는 이름의 조랑말 이야기를 계속 듣고 싶어 했다. 메리는 아침에 디콘과 함께 점프를 보러 숲으로 뛰어들어 갔었다. 점프는 조그맣고 털이 텁수룩한 황무지 조랑말인데, 눈 위로 두꺼운 털이 늘어져 있고 얼굴이 아주 예쁘며 벨벳 같은 코를 문질러 댔다. 황무지의 풀을 먹고 자라서, 마르기는 했지만 무척 튼튼했다. 조그만 다리의 근육은 강철 스프링으로 만들어진 듯했다. 점프는 디콘을 보자 머리를 들어 자그맣게 히힝 소리를 내고는 총총걸음으로 다가와서 어깨 위로 고개를 가져갔다. 그러자 디콘이 점프의 귀에 대고 뭐라고 했고 점프도 자그맣게 히힝거리며 훅훅 콧김을 내뿜으면서 대답했다. 디콘은 점프가 메리에게 조그만 앞발굽을 내밀어 메리의 뺨에 벨벳 같은 주둥이로 입을 맞추게 만들었다.

콜린이 물었다.

"그 조랑말은 정말 디콘의 말을 전부 알아들어?"

"그런 것 같아. 디콘이 그러는데 정말로 친구가 되면 뭐든지 알아들을 수 있대. 반드시 서로 친구가 되어야만 한대."

콜린은 잠시 동안 가만히 누워 있었다. 콜린의 기묘한 회색 눈은 벽을 빤히 쳐다보는 것 같았지만 메리는 콜린이 생각에 잠겨 있음을 알 수 있었다.

마침내 콜린이 말했다.

"나도 그런 것들과 친구면 좋겠다. 하지만 난 아닌걸. 난 그 어떤 것과도 친구가 된 적이 없어. 게다가 난 사람들을 참을 수가 없고."

"나도 참을 수 없어?"

"아니. 넌 아니야. 좀 우습지만 난 오히려 네가 좋은걸."

"벤 웨더스타프 할아버지는 내가 자기랑 비슷하댔어. 둘 다 똑같이 성질이 못됐다구 장담했거든. 내 생각엔 너도 벤 할아버지랑 비슷한 것 같아. 우리 셋이 전부 비슷해……. 너랑 나랑 벤 할아버지랑. 벤 할아버지는 우리 둘 다 얼굴도 못생긴 데다 생긴 것만큼 심술궂다고 했거든. 하지만 난 붉은가슴울새랑 디콘을 만난 후로는 예전만큼 심술궂은 기분이 안 들어."

"예전에는 사람들이 싫었니?"

메리는 솔직하게 말했다.

"응. 붉은가슴울새랑 디콘을 만나기 전에 널 만나면 싫어했을 거야."

콜린은 메리에게 야윈 손을 뻗었다.

"메리, 디콘을 다시는 오지 못하게 하겠다는 말은 하지 말걸 그랬어. 네가 디콘이 천사 같다고 말했을 때 난 네가 미웠어. 하지만…… 어쩌면 디콘은 천사일 거야."

메리는 솔직하게 인정했다.

"글쎄, 사실 좀 우스운 말이기는 했어. 왜냐하면 디콘은 들창코에다 입은 커다랗고 여기저기 잔뜩 기운 옷을 입고 요크셔 사투리를 심하게 쓰거든. 하지만 천사가 요크셔로 내려와서 황무지에 산다면, 요크셔에 천사가 있다면 말이지, 그 천사는 디콘처럼 초록빛인 것들을 이해하고 그것들을 잘 자라게 하는 방법을 알고 들짐승하고 말할 줄 알 거야. 그리고 들짐승들은 천사가 자기들과 진짜 친구라는 걸 알겠지."

"디콘이라면 날 쳐다봐도 괜찮을 거야. 디콘을 만나고 싶어."

"네가 그렇게 말해서 기뻐. 왜냐면…… 왜냐면……."

문득 메리는 지금이야말로 콜린에게 말해야 할 때라는 생각이 들었다. 콜린도 메리가 뭔가 새로운 이야기를 할 것임을 눈치채고 잔뜩 들떠서 소리쳤다.

"뭔데?"

메리는 흥분한 나머지 자리에서 일어나 콜린에게 다가가 두 손을 꼭 잡았다. 그러고는 간절하게 물었다.

"널 믿어도 될까? 내가 디콘을 믿게 된 건 새들이 디콘을 믿기 때문이야. 내가 널 믿어도 될까? 널…… 정말…… 정말로?"

메리의 표정이 너무도 진지해서 콜린은 속삭이듯 나직한 목소리로 대답했다.

"응, 물론이지!"

"디콘이 내일 아침에 널 만나러 올 거야. 동물들도 데리고 올 거고."

콜린이 기쁨의 함성을 질렀다.

"와! 와!"

메리는 흥분 탓에 거의 창백해진 얼굴로 말을 이었다.

"하지만 그게 전부가 아냐. 더 좋은 게 있어. 뜰로 들어가는 문을 내가 찾아냈어. 담쟁이덩굴로 덮인 담장에 문이 있어."

만일 콜린이 튼튼하고 건강한 아이라면 "만세! 만세! 만세!" 하고 소리쳤으리라. 하지만 몸이 약하고 신경이 예민한 콜린은 눈이 점점 커지며 숨이 가빠졌고 흐느낌 섞인 목소리로 소리쳤다.

"아, 메리! 내가 거길 볼 수 있을까? 내가 거길 들어갈 수 있을까? 내가 살아서 거길 들어갈 수 있을까?"

콜린은 메리의 손을 잡은 채 꽉 쥐고 자기 쪽으로 끌어당겼다.

메리가 발칵 화를 내며 소리쳤다.

"당연히 갈 수 있지! 당연히 살아서 들어갈 수 있지! 바보 같은 소리 좀 하지 마!"

메리의 반응이 히스테리와는 거리가 먼 데다 자연스럽고 어린아이다워서 콜린은 곧 정신을 차리고는 그런 말을 한 자신을 비웃기 시작했다.

몇 분 후 메리는 다시 의자에 앉아 콜린에게 비밀의 뜰 이야기를 해주었다. 상상 속의 이야기가 아니라 그곳이 정말로 어떻게 생긴지 상세하게 들려주었다.

콜린은 몸이 아프고 피곤한 것도 잊어버리고 좋아서 어쩔 줄 모르며 이야기를 들었다.

"메리, 네가 상상한 그대로구나. 마치 정말로 그곳에 가본 것처럼 말이야. 처음에도 내가 그랬잖아. 꼭 네가 거기에 가본 것 같다고."

메리는 잠시 망설이다가 용기를 내어 사실대로 말해 주었다.

"나 정말로 가봤어. 들어가 봤다고. 몇 주 전에 열쇠를 찾아서 들어갔어. 그런데 너한테는 차마 말하지 못했던 거야. 널 믿을 수 있는지 걱정이 되어서……. 확실히 믿을 수 있는지 말이야!"

19

"봄이 왔어!"

　콜린이 성깔을 부린 날 아침, 당연히 크레이븐 박사가 호출되었다. 박사는 그런 일이 있을 때마다 언제나 곧장 불려왔고 박사가 도착해 보면 으레 콜린은 하얗게 질린 얼굴로 몸을 바들바들 떨면서 침대에 누워 있게 마련이었다. 말 한마디에도 당장 울음을 터뜨릴 듯 여전히 샐쭉하고 신경이 예민한 채로 있을 때가 많았다. 이날 박사는 오후가 되어서야 미셀스와이트 장원에 도착했다.

　박사는 약간 짜증을 내면서 메들록 부인에게 물었다.

　"어떻게 하고 있소? 언젠가는 발작을 일으키다 혈관이 터질 거요. 히스테리가 심한 데다 제멋대로여서 반쯤 정신이 나갈 테니까."

메들록 부인이 대답했다.

"글쎄요, 박사님. 도련님을 보면 박사님 눈을 의심하게 될 겁니다. 못생기고 심술궂게 생긴 데다 도련님 못지않게 성질이 못된 애가 도련님을 홀렸거든요. 도대체 어떻게 된 일인지는 알 수가 없습니다. 누가 봐도 별 볼일 없이 생긴 데다 말도 별로 없는 앤데 저희로서는 감히 불가능한 일을 해냈어요. 그 여자아이는 어젯밤에 새끼고양이처럼 도련님한테 달려가서는 발을 쾅쾅 굴리면서 소리 좀 그만 지르라고 명령을 했답니다. 어쨌든 도련님은 놀라서 정말로 소리 지르던 걸 멈추었고요. 그리고 오늘 오후에는…… 직접 가서 보세요. 정말 믿을 수가 없다니까요."

환자의 방으로 들어간 크레이븐 박사는 눈앞에 펼쳐진 광경을 보고 깜짝 놀랐다. 메들록 부인이 문을 열자 웃음소리와 재잘거리는 소리가 들려왔다.

콜린은 기다란 가운을 입고 소파에 있었는데, 똑바로 앉은 채로 웬 못생긴 여자아이와 같이 원예 그림책을 보면서 이야기를 나누고 있었다. 여자아이는 즐거움으로 얼굴이 환하게 빛나고 있어 못생겼다고 할 수는 없었다.

콜린이 말했다.

"기다란 줄기에 꽃이 파란색인 저거, 저걸 많이 심자. 이름은 델, 피, 니움이야."

메리가 외쳤다.

"디콘이 그러는데 아주 커다란 참제비고깔이랬어. 저건 이미 많이 있어."

그때 두 아이는 크레이븐 박사가 들어오는 것을 보고 말을 멈추었다. 메리는 아주 조용해졌고 콜린은 표정에 짜증이 가득해졌다.

"안타깝게도 어젯밤에 아팠다더구나, 애야."

콜린은 라자 같은 말투로 대답했다.

"지금은 좋아졌어요. 훨씬 더. 하루나 이틀 뒤에 날씨가 좋으면 휠체어를 타고 밖으로 나갈 거예요. 신선한 공기를 마시고 싶거든요."

크레이븐 박사는 콜린 곁에 앉아 맥을 짚은 후 이상한 눈길로 쳐다보았다.

"날씨가 아주 좋아야 해. 지치지 않게 각별히 조심해야 하고."

어린 라자가 대답했다.

"신선한 공기를 마시면 지치지 않을 거예요."

이 어린 신사는 예전에 몹시 화를 내면서 신선한 공기를 마시면 감기에 걸려 죽을 거라고 고함을 질렀었다. 그러니 지금 크레이븐 박사가 놀라는 것은 당연했다.

"난 네가 신선한 공기를 싫어하는 줄 알았는데."

"나 혼자라면 싫지만 내 사촌이랑 같이 나가면 괜찮아요."

"물론 간호사도 같이 가겠지?"

"아뇨. 간호사는 안 데려가요."

콜린이 어찌나 당당한 태도로 말한지 메리는 온몸에 다이아
몬드와 에메랄드, 진주를 휘감고 커다란 루비가 박힌 반지를 낀
인도의 어린 왕자가 신하들에게 살람을 하고 명령을 받으라고
손짓하는 모습을 떠올리지 않을 수 없었다.

"내 사촌은 날 보살피는 방법을 잘 알아요. 사촌이 옆에 있으
면 난 항상 몸 상태가 훨씬 좋아져요. 어젯밤에도 사촌 덕분에
나은 거예요. 그리고 내가 아는 튼튼한 남자아이가 휠체어를 밀
어 줄 거고요."

크레이븐 박사는 적잖이 놀랐다. 이 성가실 정도로 히스테리
가 심한 아이의 건강이 좋아진다면 박사는 미셀스와이트를 상
속받을 기회를 놓칠 것이다. 그러나 박사는 심약하기는 해도 사
악한 사람은 아니었으므로 아이의 상태가 정말로 위험해지도록
내버려 둘 마음은 전혀 없었다.

"아주 힘이 세고 의젓한 애여야 해. 어떤 앤지 내가 알아야겠
다. 그 애가 누구지? 이름이 뭐니?"

갑자기 메리가 입을 열었다.

"디콘이에요."

메리는 황무지를 아는 사람이라면 틀림없이 디콘을 안다고
생각했다. 과연 메리의 생각이 맞았다. 메리는 근엄한 크레이븐
박사의 얼굴이 안도의 미소로 누그러지는 것을 보았다.

"아, 디콘. 디콘이라면 괜찮겠지. 그 애는 황무지 조랑말처럼 튼튼하니까."

또 메리가 말했다.

"그리구 디콘은 믿을 수 있어유. 요크셔에서 젤루 믿을 만한 애라니께유."

메리는 지금까지 콜린에게 사투리로 말해서 자기도 모르게 그렇게 말했다.

크레이븐 박사가 너털웃음을 터뜨리며 물었다.

"디콘이 가르쳐 줬니?"

메리는 약간 쌀쌀맞게 대답했다.

"난 프랑스어를 배우는 것처럼 사투리를 배우고 있어요. 인도의 사투리도 마찬가지예요. 똑똑한 사람들은 사투리를 배우려고 하거든요. 난 여기 사투리가 마음에 들고 콜린도 좋아해요."

"그래, 그래. 재미있다면 나쁠 것 없겠지. 콜린, 어젯밤에 진정제 먹었니?"

콜린이 대답했다.

"아뇨. 처음에는 먹기 싫어서 안 먹었는데 메리가 날 진정시켜 주고 이야기를 해줘서 잠이 들었어요. 아주 조용한 목소리로 뜰에 봄이 오는 얘기를 해줬거든요."

"정말로 진정이 되었겠구나."

너무도 당황한 크레이븐 박사는 의자에 앉아 조용히 카펫을

295

내려다보는 메리를 흘낏 곁눈질했다.

"분명히 좋아지긴 했다만, 반드시 기억해야 할 게⋯⋯."

콜린이 다시 라자 같은 태도로 가로막았다.

"난 기억하고 싶지 않아요. 혼자 누워서 그런 걸 기억하면 온몸이 아프게 되고 소리를 지르게 만드는 것들을 생각하게 돼요. 너무나도 싫으니까 비명을 지르죠. 아프다는 걸 기억하지 않고 잊게 해주는 의사가 세상에 있다면 난 그 의사를 부를 거예요."

콜린은 야윈 손을 들어 흔들었다. 루비로 만든 옥새 반지가 끼워져 있어야 할 손이었다.

"내 사촌은 내가 아프다는 걸 잊게 해줘요. 그래서 사촌이랑 있으면 몸이 좋아지는 거라고요."

콜린이 '성깔'을 부린 다음 크레이븐 박사가 이렇게 짧게 머문 적은 처음이었다. 보통은 아주 오랫동안 머무르면서 여러 가지 조치를 해야 했다.

그러나 이날 오후, 박사는 약을 주거나 새로운 지시를 내리거나 마음에 안 드는 일을 참을 필요도 없었다. 아래층으로 내려가자 박사는 깊은 생각에 잠긴 표정이었다. 메들록 부인은 서재에서 박사와 이야기를 나누는 동안 박사가 무척 당황스러워한다는 것을 느낄 수 있었다.

메들록 부인이 용기를 내어 물었다.

"저, 박사님, 나아진 건가요?"

"확실히 새로운 상태네요. 예전보다 나은 상태라는 걸 부인할 수 없군요."

"수잔 소어비의 말이 맞네요. 정말로 맞는 것 같아요. 어제 미셀스와이트에 가면서 그 집 오두막에 들러 잠깐 이야기를 나눴거든요. 수잔이 저한테 그러더군요. '사라 앤, 메리 아가씨는 착헌 애두 아니구 얼굴이 이쁜 애두 아닐지는 모르겠지만 어린애는 어린애여. 어린애헌티는 어린애가 필요헌 법이지.'라고요. 수잔 소어비하고 저는 학교를 같이 다녔죠."

"그 부인만큼 환자를 잘 간호하는 사람은 없어요. 내가 진찰할 때 그 부인이 간호해 주던 환자라면 틀림없이 낫게 해줄 수가 있었지요."

메들록 부인은 미소를 지었다. 부인은 수잔 소어비를 무척 좋아했다. 그래서 말이 많아졌다.

"수잔은 주관이 뚜렷한 사람이에요. 전 아침 내내 수잔이 어제 한 말을 생각했답니다. 수잔은 이렇게 말했지요. '한번은 애들이 지들끼리 싸움질을 혀서 전부 모아 놓구 내가 잔소리를 좀 혔지. 엄니가 핵교 댕길 때 지리 선상님이 시상이 오렌지 모냥으로 생겼다구 허시더라. 이 엄니는 열 살이 되기두 전에 오렌지를 전부 다 가질 수 있는 사람은 읎다는 걸 알았어. 누구든 쬐끄만 조각 하나밖에 못 가지는 거여. 부족혀서 모두헌티 돌아가지 못혈 때두 많어. 절대루 전부 다 가질 수 있다구 생각허지 마

라. 결국은 그게 잘못된 생각이라는 걸 깨닫게 될 테니께. 큰코 다친 담에나 깨닫게 되는 거여. 어린애덜이 지들끼리 배우는 건 오렌지를 통째루 집어 들구 껍데기를 벗겨 봤자 아무 소용없다는 거여. 그랬다가는 씨두 못 얻기 십상이구 씨를 얻어두 써서 못 먹으니께.'라고 하더군요."

크레이븐 박사는 코트를 입었다.

"정말로 현명한 부인이군요."

메들록 부인은 몹시 흡족해하며 말을 끝맺었다.

"글쎄요, 그런데 말할 때 자기만의 방식이 있어요. 제가 그 친구한테 이렇게 말한 적이 있어요. '아이구, 수잔, 만일 네가 다른 사람이구 그렇게 심헌 사투리를 쓰지 않는다믄 난 네가 똑똑하다구 몇 번이나 말할 텐디.'라고요."

그날 밤 콜린은 한 번도 깨지 않고 푹 잤다. 아침에 눈을 뜰 때는 가만히 누워 자기도 모르게 미소를 지었다. 이상할 만큼 편안함이 느껴져서 나온 웃음이었다. 잠에서 깬 것이 기분 좋았다. 콜린은 몸을 뒤척여 기분 좋게 팔다리를 쭉 뻗었다. 지금까지 몸에 꽉 묶여 있던 줄이 느슨하게 풀린 것 같았다. 신경이 저절로 누그러지고 편안해진 것을 알면 크레이븐 박사가 어떻게 나올지 궁금했다. 콜린은 누운 채로 벽을 빤히 쳐다보면서 잠에서 깨지 않길 바라는 대신, 어제 메리와 세운 계획과 뜰 안의 모습, 디콘과 들짐승의 생각으로 머릿속을 가득 채웠다. 생각할 거리가 있어 정말로 좋았다. 콜린이 깬 지 10분도 되지 않아 복도를 날려오는 발소리가 들리고 메리가 문 앞에 나타났다. 메리는 아침 향기로 가득한 신선한 공기를 실어 나르면서 곧장 침대로 달려왔다.

"밖에 다녀왔구나! 좋은 나뭇잎 냄새가 나!"

콜린이 미처 알아차릴 틈도 없었지만, 메리는 계속 뛰어다녀서 머리카락이 헝클어지고 얼굴은 신선한 공기를 맞아 밝게 빛나고 뺨은 발그레했다.

메리는 빨리 달려오느라 조금 숨이 차서 말했다.

"정말 예뻐! 그렇게 예쁜 건 본 적이 없을 거야! 드디어 왔어! 지난번 아침에도 온다고 생각했는데 오고 있는 중이었을 뿐이었어. 그런데 이제 다 온 거야! 드디어 왔어! 봄이 왔다고! 디콘이 그랬어!"

"봄이 왔어?"

콜린은 봄에 대해 아는 것이 없었지만 가슴이 뛰는 것을 느꼈다. 침대에서 벌떡 일어나 앉기까지 했다.

콜린은 즐거운 마음과 자기만의 상상에 사로잡혀서 웃음을 터뜨리며 덧붙였다.

"창문을 열어 봐! 황금 트럼펫 소리가 들릴지도 몰라!"

콜린은 웃고 있었지만 메리는 정말로 곧장 창문으로 달려가 창문을 활짝 열었다. 신선한 공기와 따스한 바람, 향긋한 냄새,

새들의 노랫소리가 한꺼번에 쏟아져 들어왔다.

"이게 바로 신선한 공기야. 똑바로 누워서 깊이 들이마셔 봐. 디콘은 황무지에 누워서 그렇게 한대. 핏줄 속으로 신선한 공기가 들어오면 몸이 튼튼해져서 영원히 살 수 있을 것 같은 느낌이 든대. 어서 들이마셔 봐."

메리는 디콘이 예전에 한 말을 그대로 옮긴 것뿐이었지만 콜린은 그 말에 푹 빠져 버렸다.

"방금 '영원히'라고 했니? 정말로 그런 기분이 든대?"

콜린은 메리의 말대로 몇 번이고 숨을 길게 들이마셨다. 자신에게 뭔가 새롭고 즐거운 일이 일어나는 기분이었다.

메리가 다시 침대 옆으로 와서 쉴 새 없이 재잘거렸다.

"땅 위로 이것저것 잔뜩 올라왔어. 여기저기 꽃들이 잎을 펴고 꽃봉오리가 돋아나고 초록빛 베일이 회색을 거의 다 덮어 버렸어. 새들은 너무 늦었을까 봐 걱정하면서 서둘러 둥지를 만들고 있고. 비밀의 뜰에다 둥지를 만들려고 다투는 녀석들도 있다니까. 장미나무는 그렇게 쌩쌩해질 수가 없어. 샛길이랑 숲속에는 앵초가 피었어. 우리가 심은 꽃씨도 싹이 올라왔고. 아, 그리고 디콘이 여우랑 까마귀랑 다람쥐들이랑 갓 태어난 새끼 양을 데려왔어."

메리는 잠깐 말을 멈추고 숨을 내쉬었다. 갓 태어난 새끼 양은 디콘이 사흘 전에 황무지의 가시금작화 덤불에서 죽은 어미 옆에서 발견한 것이었다. 디콘은 전에도 어미 잃은 새끼 양을 발견한 적이 있으므로 어떻게 해야 하는지 잘 알고 있었다. 디콘은 웃옷으로 새끼 양을 감싸 집으로 데려와서 난롯가에 누이고 따뜻하게 데운 우유를 먹였다.

보드라운 새끼 양은 사랑스럽고 멍하고 앳된 얼굴에다 몸에 비해 다리가 길었다. 디콘은 두 팔로 새끼 양을 안고 주머니에 다람쥐와 젖병을 넣고 황무지를 걸어왔다. 나무 아래에 앉아 새끼 양의 따뜻한 몸을 무릎에 올려놓을 때 메리는 이상한 기쁨으로 가득 차서 말조차 나오지 않았다. 양…… 양이! 살아 있는 양이 아기처럼 무릎에 앉아 있다니!

메리가 몹시도 즐겁게 새끼 양 이야기를 하고 콜린은 신선한 공기를 깊이 들이마시면서 귀를 기울이고 있을 때 간호사가 들어왔다. 간호사는 창문이 열린 것을 보고 약간 놀랐다. 지금까지 간호사는 환자가 문을 열면 감기에 걸린다고 철석같이 믿는 바람에 더운 날조차 창문이 꽉 닫힌 숨 막히는 방에 앉아 있어야만 했던 것이다.

"콜린 도련님, 정말 춥지 않으세요?"

"아니. 난 지금 신선한 공기를 깊이 들이마시고 있어. 신선한 공기를 마시면 몸이 튼튼해지거든. 아침은 소파로 가서 먹을 거야. 내 사촌도 같이 먹을 거고."

간호사는 떠오르는 웃음을 감추며 2인분의 아침 식사를 준비하라는 지시를 내리려고 밖으로 나갔다. 간호사에게는 환자의 방보다 하인들 방이 훨씬 재미있는 곳이었고, 요즘은 모두 위층 소식을 궁금해하는 터였다.

하인들은 평소 다들 싫어하던 어린 은둔자에 대해 이런저런 농담을 주고받았다. 그중 요리사는 "임자를 만났구먼. 잘된 일이여."라고 말했다. 하인들은 콜린의 성깔 부리기에 질릴 대로 질려 있었다. 가정을 꾸리고 사는 집사는 그 환자가 '숨어 지내는 편'이 훨씬 낫다고 몇 번이나 말했다.

콜린이 소파에 앉아 있을 때 두 사람의 아침 식사가 테이블에 차려졌다. 콜린은 그 어느 때보다 라자 같은 태도로 간호사에게 통보했다.

"남자애 하나랑 여우랑 까마귀, 다람쥐 두 마리, 그리고 갓 태어난 새끼 양이 오늘 아침에 날 만나러 올 거야. 오는 대로 위층으로 올려 보내도록 해. 하인들 방에서 동물들을 데리고 놀면서 붙잡아 두지 마. 곧장 여기로 데리고 와."

간호사는 놀라서 살짝 숨을 헐떡거렸지만 기침을 하는 척하면서 숨겼다.

"네, 도련님."

콜린은 손을 저으면서 덧붙였다.

"어떻게 하면 되는지 말해 주지. 마사한테 남자애와 동물을 여기로 데려오라고 전해. 그 애는 마사의 동생이야. 이름은 디

303

콘이고 동물을 부리는 마법사야."

간호사가 말했다.

"동물들이 물지 말아야 할 텐데요, 도련님."

그러자 콜린이 엄하게 말했다.

"그 애는 동물을 부리는 마법사라고 했잖아. 마법사의 동물은
물지 않아."

메리가 끼어들었다.

"인도에는 뱀을 부리는 마법사가 있어요. 입에다가 뱀 대가리
를 집어넣는 걸요."

간호사가 몸서리쳤다.

"맙소사!"

메리와 콜린은 신선한 아침 공기를 마시며 아침 식사를 했다.
아침 식사는 몹시 훌륭했다. 메리는 흥미를 느끼면서 진지하게
콜린을 쳐다보았다.

"너도 나처럼 살이 찌기 시작할 거야. 난 인도에 있을 때 아침
이 먹고 싶은 적이 없었어. 그런데 지금은 언제나 아침이 먹고
싶거든."

"나도 오늘 아침에는 먹고 싶은 기분이 들었어. 신선한 공기
때문일 거야. 디콘이 언제 올까?"

얼마 후에 디콘이 왔다. 10분 정도 지나자 메리가 한 손을 들
어올렸다.

"가만! 깍깍 소리 들었지?"

콜린도 귀를 기울이자 그 소리가 들렸다. 집 안에서 목쉰 '까악까악' 까마귀 소리가 들리다니, 정말로 희한했다.

"응."

"저게 수트야. 들어 봐! 매애 소리 들려? 아주 조그맣게?"

콜린의 얼굴이 발그레해졌다.

"응, 들려!"

"갓 태어난 새끼 양 소리야. 디콘이 오고 있어."

디콘이 황무지에서 신는 장화는 투박하고 굽이 두꺼워서 아무리 조용히 걸으려고 해도 저 멀리 복도에서부터 터벅터벅 소리가 들렸다. 메리와 콜린은 디콘이 걸어오는 소리를 들었다. 디콘의 장화가 태피스트리가 쳐진 문을 지나고 콜린의 방으로 이어지는 통로에 깔린 부드러운 카펫 위를 지나는 소리가 들렸다.

마사가 문을 열면서 알렸다.

"실례헙니다, 도련님. 디콘허구 들짐승덜이 왔습니다."

디콘은 언제나처럼 활짝 웃으면서 들어왔다. 갓 태어난 양은 디콘의 품에 안겨 있었고 불그스름한 새끼 여우는 옆에서 총총걸음으로 따라왔다. 너트는 디콘의 왼쪽 어깨에, 수트는 오른쪽 어깨에 자리 잡고 있었다. 그리고 디콘의 윗옷 주머니에는 쉘의 머리와 앞발이 삐져나와 있었다.

콜린은 메리를 처음 볼 때처럼 천천히 일어나 앉아서 뚫어져

라 쳐다보았다. 하지만 이번에는 기쁨과 경이로움의 눈길이었다. 지금까지 디콘에 관한 이야기라면 전부 들어서 알고 있었다. 그러나 콜린은 디콘이라는 아이가 어떻게 생긴지 생각해 본 적이 없었다. 더군다나 여우와 까마귀와 다람쥐들과 양이 저렇게 다정하게 아이 곁에 붙어 있어서 동물들이 마치 아이의 일부분처럼 보이리라고는 상상도 하지 못했다. 콜린은 지금까지 한 번도 남자아이와 이야기를 해본 적이 없는 데다 기쁨과 호기심이 넘쳐흘러 입을 열 엄두조차 내지 못했다.

그러나 디콘은 조금도 수줍어하거나 어색해하지 않았다. 디콘은 까마귀와 처음 만난 날도 까마귀가 자기 말을 알아듣지 못하고 자기를 빤히 쳐다볼 뿐 아무 말도 하지 않았다. 하지만 조금도 당황하지 않았다. 동물들이 사람과 친해지기 전에는 그런 법이라는 것을 알고 있었기 때문이다.

디콘은 콜린이 앉은 소파로 다가가 새끼 양을 콜린의 무릎에 살며시 내려놓았다. 그러자 새끼 양은 곧바로 콜린이 입은 따스한 벨벳 가운으로 고개를 돌리고 옷자락으로 코를 문질러 대더니 살그머니 조바심이 난 듯 털이 복슬복슬한 머리로 콜린의 옆구리를 밀었다. 이럴 때에는 어떤 남자아이라도 입을 열지 않을 수 없을 것이다.

콜린이 외쳤다.

"뭐하는 거지? 왜 이러는 거야?"

디콘은 점점 더 활짝 웃으면서 대답했다.

"어미를 찾는 거예유. 이눔이 젖 먹는 모습을 도련님이 보고 싶어 헐 것 같아서 배고픈 상태루 데리구 왔거든유."

디콘은 소파 옆에 무릎을 꿇고 앉아 주머니에서 젖병을 꺼냈다. 그러고는 털이 복슬복슬한 조그맣고 새하얀 머리를 갈색 손으로 부드럽게 잡았다.

"그려, 그려, 착허지. 넌 이게 먹고 싶을 거여. 벨벳 옷자락이 아니라 여기루 와야 배가 부르다니께. 자, 어여 먹어."

디콘은 고무로 된 젖꼭지를 새끼 양의 주둥이로 밀어 주었고 양은 게걸스럽게 빨기 시작했다.

그다음부터 콜린은 무슨 말을 해야 할지 고민할 필요도 없었다. 양이 잠들자 질문이 쏟아져 나왔고, 디콘은 하나하나 친절하게 대답해 주었다. 디콘은 사흘 전 해가 막 뜰 때 새끼 양을 발견한 이야기를 들려주었다.

그때 디콘은 황무지에 서서 종달새의 노랫소리를 듣다가 종달새가 파란 하늘 높이 날아올라 점이 될 때까지 지켜보고 있었다.

"그렇게 순식간에 종달새가 안 보이게 사라져 버렸는디 이상 허게 노랫소리는 계속 들리는 거예유……. 그때 멀리 떨어진 가시금작화 덤불에서 뭔 소리가 나더라구유. 아주 쪼그맣게 매애 하고 우는 소리였어유. 난 그게 배고픈 새끼 양의 소리라는 걸 금세 알아챘쥬. 어미를 잃어버려서 배가 고프다는 것두 알았구

유. 그래서 길 읽은 새끼 양을 찾아 나섰쥬. 아이구! 얼매나 힘들게 찾아댕겼는지 몰라유. 가시금작화 덤불도 싹 뒤지구 돌구 또 돌았는디 계속 다른 데를 찾구 있는 거 같았쥬. 찾다 찾다 황무지 꼭대기에 있는 바위 옆에서 희끄무레헌 게 보여서 올라가 보니께 춥구 배고퍼서 반쯤 죽어 있는 이 쬐끄만 게 있었쥬."

디콘이 이야기하는 동안 수트는 진지하게 열린 창문으로 왔다 갔다 하면서 까악까악 바깥 경치를 이야기했고, 너트와 쉘은 밖에 있는 커다란 나무로 나가서 가지를 오르락내리락하며 탐험했다. 캡틴은 벽난로 앞 깔개에 앉은 디콘 곁에 웅크리고 앉아 있었다.

세 사람은 원예책의 그림을 들여다보았다. 디콘은 책에 나오는 꽃마다 요크셔에서 불리는 이름을 알고 있었다. 그중에서 비밀의 뜰에 있는 꽃이 무엇인지도 정확히 알았다.

디콘은 '아켈레지아'라는 이름 아래에 나온 꽃을 가리키며 말했다.

"진짜 이름은 모르겠지만 여그서는 참매발톱꽃이라구 불러유. 저거는 금어초구. 둘 다 산울타리 안에서 야생으루 자라쥬. 그런디 여그 그림에 나온 거는 정원에서 키운 거라 훨씬 크구 화려하네유. 비밀의 뜰에두 참매발톱꽃이 한 무더기 자라구 있어유. 꽃이 피믄 퍼렇구 허연 나비떨이 펄펄 날아댕기는 꽃밭처럼 보일 거예유."

310

콜린이 외쳤다.

"난 그걸 볼 거야. 꼭 볼 거라고!"

메리도 사뭇 진지하게 말했다.

"그려, 꼭 그래야 혀. 꾸물거릴 시간이 읎어."

20

"난 영원히 살 거야!"

하지만 일주일도 넘게 기다려야 했다. 처음 며칠 동안은 바람이 심하게 불었고 그 뒤에는 콜린이 감기에 걸릴 것 같아서였다. 예전 같으면 이런 일이 두 번이나 연달아 일어나면 콜린은 화가 치밀었을 테지만 지금은 그러지 않았다. 비밀리에 조심스럽게 계획을 세워야 하는 데다 날마다 디콘이 찾아왔기 때문이다. 디콘은 비록 오래 있을 수는 없었지만 황무지와 샛길, 산울타리, 시냇가에서 무슨 일이 벌어지고 있는지 전부 들려주었다. 또 새둥지와 들쥐 굴은 물론이고 수달과 오소리, 물쥐가 사는 집에 대해서도 말해 주었다. 콜린은 동물을 부리는 마법사가 자세하게 들려주는 이야기를 듣고 있노라면 흥분으로 몸이 떨렸고, 땅속 세계가 감격스러울 만큼 열심히 움직이고 있다는 사실을 깨달았다.

디콘이 말했다.

"걔네두 우리랑 똑같아유. 해마다 집을 지어야 헌다는 것만 빼구유. 집을 맹그느라구 허둥지둥 바쁘게 움직이쥬."

세 아이는 무엇보다 콜린을 아무도 모르게 뜰로 데려갈 준비를 하는 데 힘을 쏟았다. 관목이 들어선 모퉁이를 지나 담쟁이 덩굴로 뒤덮인 담장 옆에 난 산책로로 들어선 다음에는 그 누구도 휠체어와 디콘, 메리를 보면 안 되었다.

하루하루가 지날수록 콜린은 신비스러움이야말로 비밀의 뜰이 가진 가장 큰 매력이라고 믿게 되었다. 그 무엇도 신비로움을 망쳐서는 안 되었다. 세 아이에게 비밀이 있다는 사실을 어느 누구도 눈치채면 안 되었다. 다른 사람들은 콜린이 메리와 디콘을 좋아하기 때문에, 그 아이들이 자기를 쳐다봐도 괜찮기 때문에 함께 밖으로 나가는 것이라고 생각해야만 했다.

세 아이는 어떤 길로 갈지 오랫동안 이야기를 나눴다. 이쪽 길로 올라가서 저쪽 길로 내려가 다른 길로 건너간 다음 정원사 우두머리인 로치 씨가 손질하고 있는 '화단용 화초'를 구경하는 척하면서 분수가 있는 꽃밭을 빙 돌아갈 생각이었다. 지극히 자연스러운 행동이라 전혀 이상하게 생각되지 않을 터였다. 관목이 들어선 길로 돌면 눈에 띄지 않고 기다란 담에 도착할 수 있었다. 이 모든 것은, 훌륭한 장군들이 전쟁터에서 진격 계획을 세울 때만큼이나 진지하고 꼼꼼하게 생각해 낸 것이었다.

환자의 방에서 새롭고 희한한 일이 벌어지고 있다는 소문은 당연히 하인들의 방에서 마구간은 물론 정원사들에게까지 퍼져 나갔다. 로치 씨도 소문을 들었지만 어느 날 콜린 도련님의 방에서 지시를 받고는 깜짝 놀랐다. 도련님이 할 말이 있으니 방으로 직접 오라는 지시였다. 밖에서 일하는 하인들은 콜린 도련님의 방에 들어가 본 적이 없었다.

로치 씨는 서둘러 겉옷을 갈아입으며 혼잣말을 했다.

"이런, 이런, 뭘 어떻게 해야 한담? 쳐다보지도 못하게 하는 높으신 분께서 웬일로 생전 관심도 없던 날 부르신담."

물론 로치 씨도 호기심이 일었다. 로치 씨는 여태까지 그 아이를 힐끗 쳐다본 적도 없었지만 무시무시한 생김새와 제정신이 아닌 성질에 대해 잔뜩 부풀려진 이야기를 많이 들어왔다. 가장 많이 들은 이야기는 아이가 언제 죽을지 모른다는 것이었다. 물론 콜린을 한 번도 본 적이 없는 사람들이 콜린의 구부러진 등과 축 늘어진 팔다리의 생김새에 관해 기상천외하게 퍼뜨린 소문들이었다.

로치 씨가 메들록 부인을 따라 저택 뒤쪽으로 난 계단을 올라가자 신비에 둘러싸인 그 방으로 이어지는 복도가 나왔다.

"이 집 안에서는 변화가 일어나고 있어요, 로치 씨."

로치 씨가 대답했다.

"좋은 쪽으로 달라지고 있기를 바랍시다, 메들록 부인."

메들록 부인의 말이 이어졌다.

"더 나빠지려야 나빠질 수는 없겠지요. 그런데 우리로서는 맡은 임무를 해내기가 훨씬 편해졌으니, 정말 희한한 일이지요. 로치 씨, 혹시라도 놀라지 마세요. 동물들이 떼거지로 몰려 있고 마사 소어비의 동생 디콘이 로치 씨나 저보다도 훨씬 제 집처럼 편안한 얼굴로 있는 모습을 보더라도 말이지요."

메리가 늘 남몰래 생각하듯 디콘에게는 정말로 마법 같은 무언가가 있었다. 로치 씨 또한 다른 사람들과 마찬가지로 디콘의 이름을 듣더니 인자하게 미소를 지었다.

"디콘이야 버킹엄 궁전에서든 탄광 밑바닥에서든 제 집처럼 편하게 있을 수 있는 애지요. 그러면서도 절대로 건방지지 않고. 디콘은 정말 좋은 애예요."

로치 씨가 메들록 부인의 말을 듣고 미리 마음의 준비를 해서 어쩌면 다행이었다. 그렇지 않았다면 깜짝 놀랐을 게 분명하다. 그도 그럴 것이 침실 문이 열리자 높은 의자 등받이에 제 집처럼 편안하게 앉아 있는 커다란 까마귀가 큰 소리로 '까악까악' 울면서 손님이 왔음을 알렸기 때문이다. 메들록 부인에게 미리 경고를 들었음에도 로치 씨는 하마터면 품위 없게 놀라서 뒤로 나자빠질 뻔했다.

어린 라자는 침대에도, 소파에도 있지 않았다. 안락의자에 앉아 있었다. 옆에는 새끼 양이 서서 젖 먹을 때 그러듯 꼬리를 흔들고 있었고, 디콘은 무릎을 꿇고 앉아 젖병에 든 우유를 먹이고 있었다. 디콘의 구부린 등에는 다람쥐 한 마리가 올라가 열심히 도토리를 갉아먹고 있었다. 인도에서 온 여자아이는 커다란 의자에 앉아 지켜보고 있었다.

메들록 부인이 말했다.

"콜린 도련님, 로치 씨를 데려왔습니다."

어린 라자는 고개를 돌려 신하를 살폈다. 아니, 적어도 정원장 로치 씨는 신하가 된 듯한 기분이었다.

"당신이 로치인가? 중요한 지시를 내리려 오라고 했어."

로치 씨는 혹시 정원의 참나무를 전부 잘라 버리라거나 과수원을 수상 정원으로 바꾸라는 명령은 아닐까 생각했다.

"네, 도련님."

"난 오늘 오후에 휠체어를 타고 밖으로 나갈 거야. 신선한 공기가 나한테 잘 맞으면 날마다 나갈 수도 있어. 내가 밖에 나갈 때는 정원사들이 뜰 담장에 나있는 기다란 산책로에 얼쩡거리지 말아야 해. 그 누구도 거기 있어서는 안 돼. 난 두 시쯤 나갈 거니까 내가 일터로 돌아가라는 전갈을 보낼 때까지는 모두 자리를 피해 있으라고 해."

로치 씨는 참나무를 베지 않아도 되고 과수원도 무사해서 안심이 되었다.

"알겠습니다, 도련님."

콜린은 고개를 돌려 메리에게 물었다.

"메리, 인도에서는 하인들한테 말이 끝났으니까 가도 된다는 말을 어떻게 하지?"

메리가 대답했다.

"인도에서는 '그만 물러가도록 해.'라고 말해."

어린 라자가 손을 저었다.

"로치, 그만 물러가도록 해. 금방 말한 거는 아주 중요한 지시라는 걸 명심하고."

까마귀가 거칠게, 하지만 무례하지는 않은 소리를 냈다.

"까악까악!"

로치 씨가 말했다.

"알겠습니다. 감사합니다, 도련님."

메들록 부인이 로치 씨를 데리고 방에서 나갔다. 복도로 나오자 마음씨 좋은 로치 씨는 미소를 짓더니 소리 내어 웃음을 터뜨리다시피 했다.

"맙소사! 아주 위엄 있고 당당하네요. 그렇지요? 흡사 왕실 전체를 한 사람으로 합쳐 놓은 것 같아요. 여왕의 부군하고 나머지 왕족들을 전부 말입니다."

메들록 부인이 항의하듯 말했다.

"휴! 도련님이 아주 어릴 때부터 우리를 완전히 무시하도록 내버려 둬서 그래요. 하인들은 태어날 때부터 그런 대접을 받는 게 당연하다고 생각하는 거죠."

"만일 살 수 있다면, 바뀔 겁니다."

"글쎄요, 한 가지만은 확실하죠. 도련님이 살게 되고 인도에서 온 여자애가 계속 여기서 산다면, 내가 장담하건대 그 애가 도련님한테 가르쳐 줄 거예요. 수잔 소어비의 말대로 오렌지를 통째로 가질 수 없다는 걸 말이죠. 도련님은 자기한테 주어진 몫이 얼마만큼인지 알게 될 거예요."

한편 콜린은 방 안에서 쿠션에 기대어 앉아 있었다.

"이젠 안전해. 오늘 오후에 난 드디어 거길 보게 되는 거야. 그 안에 들어가 볼 수 있다고!"

디콘은 동물들을 데리고 뜰로 돌아갔고, 메리는 콜린 곁에 남았다. 메리가 보기에 콜린은 피곤해 보이지 않았지만 점심 식사가 차려지기 전에도, 식사를 하는 도중에도 무척 조용했다. 메리는 그 이유가 궁금해서 물어보았다.

"콜린, 넌 눈이 참 크구나. 특히 생각에 잠겨 있을 때는 접시만큼이나 커지더라. 지금 무슨 생각을 하고 있니?"

"뜰이 어떻게 생긴지 생각하는 거야."

"뜰?"

"내가 한 번도 진짜로 봄을 본 적이 없다는 생각을 했어. 밖에 나간 적도 거의 없었고, 나가더라도 보려고 하지 않았으니까.

생각조차 해본 적이 없어."

"나도 인도에서는 본 적이 없는걸. 거긴 봄이 없거든."

몸이 아파서 방에만 틀어박혀 지낸 탓에 콜린은 메리보다 상상력이 풍부했다. 적어도 온갖 화려한 책과 그림을 보면서 지내는 시간이 많았다.

"네가 '왔어! 왔다고!' 소리치며 뛰어 들어오던 날 아침에 난 정말이지 이상한 기분이 들었어. 뭔가 잔뜩 행렬을 지어 다가오는 것처럼 들렸거든. 쾅쾅 크게 터지고 음악이 바람에 실려 들어오듯 말이야. 책에서 그런 그림을 본 적이 있어. 화환과 꽃송이 달린 나뭇가지로 장식한 어른들과 아이들이 모여서 다 함께 웃고 춤추고 피리를 불고 있었지. 그래서 내가 '황금 트럼펫 소리가 들릴지도 몰라!'라고 말하면서 너한테 창문을 열라고 한 거야."

"정말 재미있구나! 봄은 정말로 그런 느낌이야. 꽃이랑 나뭇잎이랑 온갖 초록색 식물들이랑 새들이랑 들짐승들이 다 함께 춤을 추면서 지나간다면 정말 굉장할 거야! 다 같이 춤추고 노래하고 피리도 불고 음악이 바람에 실려 올 거야."

메리와 디콘은 그 생각이 우스꽝스러워서가 아니라 너무나 마음에 들어서 한바탕 웃음을 터뜨렸다.

잠시 후 간호사가 콜린에게 나갈 채비를 해주었다. 간호사는 콜린에게 옷을 입혀 줄 때 콜린이 통나무처럼 뻣뻣하게 누워만 있지 않고 똑바로 앉아 거들려고 한다는 것을 알 수 있었다. 게다가 콜린은 시종일관 메리와 이야기하면서 웃음을 터뜨렸다.

간호사는 콜린의 상태를 살피러 들른 크레이븐 박사에게 말했다.

"오늘 도련님은 상태가 좋으세요. 기분이 좋으시고 몸도 좋아지신 것 같아요."

"오후에 콜린이 밖에서 돌아오면 그때 다시 들르겠소. 밖에 나가도 괜찮은지 확인해 봐야 하니까."

박사는 나직한 목소리로 덧붙였다.

"콜린이 간호사를 같이 데리고 나가면 좋겠는데."

간호사는 갑자기 단호하게 대답했다.

"그런 부탁을 듣느니, 지금 당장 환자를 포기하겠어요."

의사는 약간 안절부절못하며 말했다.

"그냥 한번 해본 말이오. 어쨌든 이대로 두고 봅시다. 디콘은 갓난아이도 믿고 맡길 수 있는 녀석이니까."

저택에서 가장 힘이 센, 마구간에서 일하는 하인이 콜린을 아래층까지 안고 가 밖에서 대기하고 있는 휠체어에 앉혔다. 휠체어 옆에는 디콘이 기다리고 있었다. 하인이 무릎 덮개와 쿠션을 놓아 주자 라자는 하인과 간호사에게 손을 저었다.

"그만 물러가도록 해."

그러자 두 사람은 재빨리 사라졌다. 둘은 집 안으로 무사히

들어간 후 킥킥거릴 것이 분명했다.

디콘은 천천히, 흔들림 없이 휠체어를 밀기 시작했다. 메리는 옆에서 걸었고, 콜린은 등을 기댄 채 고개를 들어 하늘을 쳐다보았다. 아치 모양의 하늘은 무척 높아 보였고, 눈송이 같은 조그만 구름은 하얀 새들이 날개를 활짝 펴고 수정처럼 빛나는 파란 하늘 아래를 둥둥 떠가는 듯했다.

그때 황무지에서 부드러운 바람이 휙 불어왔고 이상할 만큼 맑고 달콤한 향기가 실려 왔다. 콜린은 야윈 가슴을 들어 계속 바람을 들이마셨고 커다란 두 눈으로 귀를 대신해 듣고 있는 것 같았다.

콜린이 말했다.

"노랫소리랑 윙윙거리는 소리랑 뭔가 부르는 소리가 많구나. 바람이 휙 불 때 무슨 향기가 나는 거야?"

디콘이 대답했다.

"시방 황무지에서 피고 있는 가시금작화예유. 와, 오늘 꿀벌들이 가시금작화에 떼거지로 몰려들것네유."

세 아이가 지나가는 길에는 개미 한 마리 얼씬거리지 않았다. 정원사나 정원사의 조수들이 전부 마법에 걸려 사라진 것 같았다. 그래도 세 아이는 비밀스러운 즐거움을 만끽하기 위해서, 미리 계획해 놓은 대로 관목 사이를 빙 돌아 나와 분수대가 있는 꽃밭을 돌아서 갔다. 마침내 담쟁이덩굴로 덮인 담 옆으로

난 긴 산책로로 접어들자 말로는 표현할 수 없지만 거의 도착해 간다는 흥분에 사로잡혀 세 아이는 소곤거리기 시작했다.

메리가 속삭였다.

"바로 여기야. 내가 오르락내리락하면서 고민했던 곳이."

콜린은 호기심이 가득한 눈으로 담쟁이덩굴을 살피기 시작하면서 역시 나직한 목소리로 속삭였다.

"그래? 하지만 아무것도 보이지 않는걸. 문이 없어."

"나도 그렇게 생각했어."

그러고 나서 숨이 막힐 듯한 침묵이 잠시 흘렀고 휠체어는 계속 굴러갔다.

"저기가 벤 웨더스타프 할아버지가 일하는 뜰이야."

"그래?"

조금 더 가서 메리가 또 속삭였다.

"여기가 바로 붉은가슴울새가 담 너머로 날아간 곳이고."

콜린이 외쳤다.

"그래? 아, 새가 또 왔으면!"

메리는 기쁨이 샘솟는 것을 느끼며 라일락이 커다란 숲을 이룬 아래쪽을 가리켰다.

"그리고 붉은가슴울새가 저기에서 조그만 흙더미에 앉아 나한테 열쇠 있는 곳을 가르쳐 줬어."

콜린은 몸을 일으켰다.

"어디? 어디야? 저기?"

콜린의 눈은 《빨간 모자》 이야기에서 빨간 모자가 왜 그렇게 크냐고 물었던 늑대의 눈만큼이나 커졌다. 디콘은 가만히 섰고 휠체어도 멈추었다.

메리는 담쟁이덩굴 가까이 있는 꽃밭에 올라섰다.

"그리고 여긴 붉은가슴울새가 담 꼭대기에서 나한테 짹짹거려서 내가 말을 걸려고 다가간 곳이야. 바람이 불어서 들춰 올라간 담쟁이덩굴이 바로 이거야."

메리는 늘어진 초록빛 커튼을 잡았다.

콜린이 숨을 헐떡거렸다.

"아, 그래! 그렇구나!"

"그리고 여기 손잡이가 있고 문이 있어. 디콘, 휠체어를 안으로 밀어. 얼른 안으로 들어가!"

디콘이 단 한 번에 흔들리지 않게 멋지게 휠체어를 안으로 밀었다.

콜린은 너무나 기뻐서 숨을 헐떡거리면서도 다시 쿠션에 등을 푹 기대고는 아무것도 보이지 않게 두 손으로 눈을 꼭 가렸다. 뜰 안으로 들어가자 마법처럼 휠체어가 멈추었고 문이 닫혔다. 그제야 콜린은 손을 떼고 주위를 둘러보고 또 둘러보았다. 전에 메리와 디콘이 그랬던 것처럼.

보드랍고 자그만 잎사귀들이 초록색 베일처럼 사랑스럽게 담과 땅, 나무, 흔들리는 나뭇가지, 덩굴손을 덮고 있었다. 나무 아래 풀밭과 산울타리로 둘러싸인 곳에 놓인 회색 꽃병도 보였다. 그리고 여기저기에는 황금빛과 자줏빛, 하얀빛이 흩뿌려져 있었고, 콜린의 머리 위 나무는 분홍색과 순백색으로 물들어 있었다. 날개를 팔락거리는 소리와 희미하게 들리는 감미로운 피리 소리에 섞여 윙윙거리는 소리가 들렸고 향기, 향기가 그득했다.

콜린의 얼굴에는 마치 부드러운 손길로 매만지듯 따뜻한 햇살이 와닿았다. 메리와 디콘은 경이로움을 느끼며 그대로 선 채 콜린을 빤히 바라보았다. 환한 분홍빛이 콜린의 상앗빛 얼굴과 목, 손을 비롯하여 온몸을 감싸 콜린은 너무도 신비하고 다르게 보였다.

콜린이 소리쳤다.

"난 건강해질 거야! 건강해질 거라고! 메리! 디콘! 난 건강해질 거야! 난 영원히 살 거라고!"

21

벤 할아버지

살아가면서 겪는 이상한 일 가운데 하나는 이따금씩 자기가 영원히 살 거라고 믿게 되는 순간이 있다는 것이다. 부드럽고 장엄하게 빛나는 새벽녘, 잠에서 깨어 밖으로 나가 홀로 서서 고개를 한껏 뒤로 젖히고 하늘을 올려다볼 때 그런 기분이 들기도 한다. 어슴푸레한 하늘이 서서히 발그레해지고 도저히 알 수 없는 경이로운 일들이 벌어지면서 마침내 동쪽 하늘에서 해가 떠오르는 순간 자기도 모르게 탄성이 나온다. 아침마다 해가 뜨는, 수많은 아침마다 되풀이되어 온, 변하지 않는 그 장엄한 광경에 심장이 멈출 것만 같다. 바로 그 순간, 사람들은 자기가 영원히 살 거라는 믿음을 가지게 된다. 해가 질 무렵 숲에 홀로 서 있을 때도 느낄 수 있다. 나뭇가지 사이로 비스듬히 스며드는 신비로운 황금빛 고요함이, 아무리 애를 써도 잘 들리지 않는 말을 천천히 쉬지 않고 해주는 바로 그때이다. 수없이 많은 별이 기다리고 지켜보는 검푸른 밤하늘의 한없는 고요함도 그런 믿음을 준다. 때로는 저 멀리서 들려오는 음악 소리가 그런 믿음을 준다. 때로는 누군가의 눈빛을 보면서도 그런 믿음을 가질 수 있다.

콜린은 높은 담으로 둘러싸인 비밀의 뜰 안에서 처음으로 봄을 보고 듣고 느꼈을 때 꼭 그런 느낌이었다. 그날 오후에는 마치 이 세상 전체가 오직 한 아이만을 위해서 완벽하고 눈부시게 아름답고 다정한 모습을 보이려고 온 힘을 쏟는 것처럼 보였다. 어쩌면 봄은 거룩하고 선한 마음으로 있는 힘껏 자기가 부를 수 있는 모든 것을 한 곳에다 모아 놓은지도 몰랐다.

디콘은 몇 번이나 하던 일을 멈추고 가만히 서있었다. 두 눈은 경이로움으로 빛났고 고개는 살며시 내저었다.

"아이구, 참말 굉장해유. 난 이제 곧 열세 살이 되는디 이렇게 멋진 오후는 첨 봐유."

메리는 기쁨에 겨워서 한숨을 내쉬었다.

"그려, 참말 멋진 오후여. 내가 장담하겠는디 시상에서 제일 멋진 오후일 거여."

콜린은 꿈을 꾸듯 조심스럽게 말했다.

"니덜두 이게 전부 날 위해서 생긴 일이라구 생각허냐?"

메리가 감탄하며 소리쳤다.

"시상에! 사투리 한번 잘허네! 너 참말루 잘헌다."

기쁨이 온 세상으로 퍼져 나갔다.

세 아이는 휠체어를 끌고 자두나무 아래로 다가갔다. 눈처럼 하얀 꽃이 흐드러지게 피고 벌들이 윙윙대는 소리가 음악처럼 들렸다. 마치 동화에 나오는 캐노피(제단이나 왕이 앉는 자리, 침대 등의 위쪽을 가리는 지붕처럼 돌출된 것, 혹은 덮개 – 옮긴이) 같았다. 근처에는 꽃이 활짝 핀 벚나무, 분홍색과 흰색 꽃망울이 맺힌 사과나무도 있었다. 여기저기 꽃을 활짝 피운 나무들이 있었다. 캐노피처럼 드리워진 나뭇가지 사이로 파란 하늘이 경이로운 파란 눈으로 내려다보고 있었다.

메리와 디콘은 여기저기에서 조금 일했고, 콜린은 그 모습을 지켜보았다. 메리와 디콘은 피어나는 꽃봉오리나 꼭 닫힌 꽃봉오리, 이제 막 초록빛을 띠기 시작한 잔가지, 풀밭에 떨어진 딱따구리 깃털, 일찌감치 새가 깨고 나온 빈 껍데기 등을 가져와 콜린에게 보여 주었다. 디콘은 천천히 휠체어를 밀고 뜰을 빙 돌다가 이따금씩 멈추어, 땅에서 솟아나오거나 나무에서 늘어진 경이롭고 놀라운 것들을 콜린이 들여다볼 수 있게 했다. 콜린은 마치 왕과 여왕이 사는 마법의 나라에 초대받아 그 나라의 온갖 진귀하고 신비한 보물들을 구경하는 것 같았다.

콜린이 말했다.

"그 붉은가슴울새를 볼 수 있을까?"

"쪼금만 있으믄 자주 보게 될 거예유. 새끼들이 알을 깨구 나오믄 그눔은 머리가 팽팽 돌 만큼 바빠져유. 지 몸집만 한 벌레를 물구 날아댕기는 걸 볼 수 있을 거예유. 그눔이 둥지루 오믄 새끼들이 주둥이를 짝짝 벌리구 엄청나게 시끄러워지는 것도 볼 거구유. 그눔은 처음 물어온 벌레를 어느 입에다 떨어뜨려야 허나 고민하쥬. 여기저기서 깍깍 울면서 불평을 해대니까유. 우리 엄니는 쪼그만 주둥이를 쉬지 않구 채워 줘야 허는 붉은가슴울새에 비하믄 할 일이 없는 것 같대유. 다른 사람들은 못 보지만 엄니는 그눔들이 땀을 뻘뻘 흘리는 걸 봤나 봐유."

아이들은 재미있어서 킥킥거리다가 밖에서 소리를 들으면 안 된다는 사실을 떠올리고 손으로 입을 막았다. 콜린은 며칠 전에 나직한 목소리로 소곤소곤 말해야 한다는 법칙을 처음 배웠다. 그 비밀스러운 규칙이 마음에 들어서 최선을 다하기는 했지만, 소곤거리는 것보다는 신나고 재미있을 때 웃음을 참는 것이 훨씬 어려웠다.

그날 오후에는 모든 순간 새로운 일들이 벌어졌고, 시간이 지날수록 햇살이 찬란한 황금빛으로 빛났다. 디콘이 캐노피 아래에 휠체어를 세워 두고 풀밭에 앉아 피리를 꺼내 들 때 지금껏 미처 보지 못한 무언가가 콜린의 눈에 띄었다.

"저건 아주 늙은 나무네, 그렇지?"

디콘은 풀밭 너머로 그 나무를 바라보았고, 메리의 시선도 그쪽을 향했다. 잠시 침묵이 흘렀다.

잠시 후 디콘이 아주 부드럽고 나직한 목소리로 말했다.

"그래유."

메리는 나무를 바라보면서 생각에 잠겼다.

콜린이 계속 물었다.

"나뭇가지가 진한 회색이고 나뭇잎은 한 개도 없어. 죽은 거구나, 그렇지?"

디콘이 말했다.

"맞어유. 허지만 장미에 잎이 무성해지구 꽃이 잔뜩 펴가지구 저 위로 올라가믄 죽은 나무를 전부 가려 버릴 거구만유. 그러면 죽은 것처럼 보이지 않을 거예유. 제일루 이뿐 나무가 될 거라구유."

메리는 여전히 나무를 바라보며 생각에 잠겼다.

"커다란 나뭇가지가 부러진 것처럼 보이네. 어쩌다 그렇게 됐는지 궁금해."

"여러 해 전에 부러진 거예유."

갑자기 디콘이 깜짝 놀라면서도 다행스러운 표정을 짓더니 콜린을 잡았다.

"아이구! 저기 붉은가슴울새 좀 봐유! 저기 있네유! 지 짝꿍헌 티 줄려구 먹이를 찾으러 다니네유."

콜린은 하마터면 놓칠 뻔했지만 간신히 붉은가슴울새의 모습을 볼 수 있었다. 가슴이 붉은 새가 부리에 뭔가를 물고 번개처럼 휙 날아갔다. 새는 재빨리 푸르른 풀밭을 지나 나뭇잎이 무성한 한쪽 구석으로 날아가더니 시야에서 사라졌다. 콜린은 쿠션에 기대 앉아 살짝 웃음을 터뜨렸다.

　"짝꿍한테 차를 가져다주는 건가 봐. 지금 다섯 시쯤 되었을 거야. 나도 차를 마시면 좋겠는데."

　메리와 디콘은 안심이 되었다.

　나중에 메리는 디콘에게 살짝 말했다.

　"마법이 붉은가슴울새를 데려온 거야. 그건 정말 마법이었어."

　메리와 디콘은 콜린이 10년 전 가지가 부러진 나무에 대해 물어볼까 봐 걱정되어서 미리 그 문제에 대해 의논을 했었다. 그때 디콘은 곤혹스러운 표정으로 머리를 긁적이면서 말했다.

　"다른 나무랑 똑같은 나무인 것처럼 해야 돼유. 그 나무가 왜 부러졌는지 도련님헌티 말하믄 안 돼유. 도련님이 그 나무 얘기를 해두 우리는…… 신나는 표정을 하구 있어야 돼유."

　"그려, 그래야 허구말구."

　하지만 메리는 그 나무를 바라보는 자기의 표정이 전혀 신나 보이는 것 같지 않았다. 메리는 잠깐 동안, 디콘이 말한 또 다른 이야기가 사실인지 생각했다. 그때 디콘은 당황스러운 표정으로 빨간 머리를 계속 긁적거렸지만 파란 눈동자가 조금씩 편안해지면서 머뭇머뭇 이렇게 말했다.

"크레이븐 마님은 아주 이쁘구 젊은 부인이었어유. 우리 엄니가 그러는디 먼저 하늘나라루 떠난 엄니들이 전부 그러는 것처럼 마님두 콜린 도련님을 보살피느라구 미셸스와이트를 떠돌구 있을지두 모른대유. 아가씨두 알겄지만 엄니덜은 자식들헌티 돌아와야만 허니께유. 어쩌믄 마님이 뜰 안에 계속 계시는지두 몰라유. 우리헌티 뜰에 와서 일허게 한 것두 마님이구유. 콜린 도련님을 뜰루 데려오라구 허신 것두 마님일지두 몰러유."

메리는 디콘이 마법 이야기를 하는 것이라고 생각했다. 메리는 그 누구보다 마법을 굳게 믿었다. 속으로 메리는 디콘이 주변에 있는 모든 것에 마법을, 당연히 좋은 마법을 건다고 믿었다. 그래서 모든 사람이 디콘을 좋아하고 들짐승들마저 친구로 받아들인다고 생각했다. 메리는 디콘이 그런 재능을 타고나서 콜린이 그 위험천만한 질문을 한 순간 붉은가슴울새를 불러올 수 있었다고 생각했다.

또한 디콘이 오후 내내 마법을 부렸고 그 덕분에 콜린도 전혀 다른 사람처럼 보인다고 믿었다. 콜린은 도저히 고래고래 소리 지르고 베개를 물어뜯고 내리치던 정신 나간 아이처럼 보이지 않았다. 상앗빛 얼굴마저 변한 것 같았다. 뜰에 처음 들어올 때 얼굴과 목, 손에서 희미하게 빛나던 빛은 사라지지 않고 그대로였다. 이제 콜린은 상아나 밀랍이 아니라 진짜 살로 만들어진 아이처럼 보였다.

붉은가슴울새가 짝꿍에게 두세 번 먹이를 가져다주는 모습을 보고 있자니, 세 아이는 오후의 차를 마시고 싶은 생각이 간절해졌다. 콜린은 꼭 차를 마셔야겠다고 생각했다.

"가서 하인더러 바구니에 차를 담아다 철쭉 핀 길에 갖다 놓으라고 해. 그러면 너하고 디콘이 가서 가져오면 돼."

그 멋진 생각은 간단하게 실현되었다. 세 아이는 풀밭에 하얀 천을 깔고 뜨거운 차와 버터 바른 토스트와 핫케이크를 펼쳐 놓고 즐거워하며 맛있게 먹었다. 둥지를 꾸리느라 바쁘게 움직이던 새 몇 마리가 무슨 일인가 멈추고 살펴보더니 열심히 빵부스러기를 쪼았다. 너트와 쉘은 케이크 조각을 물고 잽싸게 나무 위로 올라갔고, 수트는 버터 바른 핫케이크 반쪽을 구석으로 물고 가 쪼기도 하고 이리저리 살피며 뒤집어 보기도 하다가 깍깍쉰 목소리를 내더니 기분 좋게 한입에 꿀꺽 삼켰다.

오후가 점점 무르익어 갔다. 황금빛 햇살이 더욱 짙게 내리쬤고 벌들은 집으로 돌아가고 있었으며 날아가는 새들이 뜸해졌다. 디콘과 메리는 풀밭에 앉아 있었다. 차를 담아온 바구니는

집으로 가져가려고 잘 챙겨 놓았다. 콜린은 이마를 덮은 숱 많은 머리를 옆으로 젖히고 자연스러운 혈색이 도는 얼굴로 쿠션에 기대어 있었다.

"오늘 오후가 가지 않으면 좋겠다. 하지만 난 내일 다시 올 거야. 모레도, 그다음 날도, 그다음 날도."

메리가 말했다.

"넌 신선한 공기를 잔뜩 마실 거야. 그렇지?"

"다른 건 말고 신선한 공기만 잔뜩 마실 거야. 이제 봄은 봤으니까 여름도 볼 거야. 이 뜰에서 자라는 모든 걸 볼 거야. 나도 여기에서 자랄 거야."

디콘이 말했다.

"그렇게 될 거예유. 우리가 여기서 도련님을 남덜처럼 걸어 댕기구 땅도 파게 만들 거구먼유."

콜린의 얼굴이 새빨갛게 달아올랐다.

"걷는다고? 땅을 판다고? 내가 그럴 수 있어?"

디콘은 조심스럽게 콜린을 힐끗 쳐다보았다. 디콘이나 메리는 콜린의 다리에 이상이 있는지 물어본 적이 없었다.

디콘이 자신 있게 말했다.

"틀림없이 그렇게 될 거예유. 도련님두 다른 사람덜처럼 다리가 있으니께!"

메리는 콜린의 대답을 듣기 전까지는 조금 겁이 났다.

"다리는 하나도 안 아프지만 너무 가늘고 힘이 없어. 부들부
들 떨려서 일어서기가 겁이 나."

메리와 디콘은 안도의 한숨을 내쉬었다.

디콘이 다시 쾌활함을 불어넣으며 말했다.

"겁만 나지 않으면 일어설 수 있어유. 쪼금만 있으믄 하나두
겁나지 않게 될 거예유."

"정말 그럴까?"

콜린은 무슨 생각에 잠긴 듯 가만히 등을 기대고 앉아 있었다.

세 아이는 잠시 동안 조용했다. 해가 지고 있었다. 모든 것이
고요한 시간이었다. 세 사람은 정말로 바쁘고 흥분되는 한나절
을 보냈다. 콜린은 기분 좋게 휴식을 취하는 것처럼 보였다. 디
콘의 동물들도 움직임을 멈추고 옹기종기 모여 쉬고 있었다. 수
트는 한쪽 다리를 들고 낮은 가지에 앉아 졸린 듯 회색 눈꺼풀
을 끔뻑거렸다. 메리는 조금만 지나면 수트가 코를 골지도 모른
다고 생각했다.

콜린이 고개를 들었다가 갑자기 소리 죽여 외쳤다. 사방이 고
요할 때라 더욱 깜짝 놀랐다.

"저 사람 누구야?"

디콘과 메리는 자리에서 벌떡 일어나 동시에 낮은 목소리로
외쳤다.

"사람이라고!"

337

콜린이 높은 담을 가리키며 흥분해서 소곤거렸다.

"저기! 봐 봐!"

메리와 디콘은 고개를 돌려 쳐다보았다. 사다리 위에서 벤 웨더스타프 노인의 성난 얼굴이 담 너머로 아이들을 노려보고 있었다! 노인은 메리를 향해 주먹을 휘둘러 댔다.

"내가 홀애비가 아니구 아가씨가 내 딸이믄 실컷 패줬을 거여!"

노인은 사다리를 한 칸 더 올라왔다. 당장이라도 뛰어내려 메리를 혼내 줄 기세였다. 하지만 메리가 가까이 다가오자 노인은 생각을 바꾼 듯 사다리 가장 위 칸에 선 채 아래쪽으로 주먹을 흔들면서 열변을 토했다.

"난 아가씨를 한 번두 좋게 본 적이 읎어! 첨 볼 때는 눈 뜨구 봐줄 수도 읎었다구! 얼굴은 시큼한 버터밀크처럼 허옇구 빼짝 말라 갖구 꼬치꼬치 물어나 보구, 여기저기 들쑤시구 댕기기나 하구 말여. 어쩌다가 아가씨랑 나랑 친해진지 모르겄네. 그 망할 늠의 새만 아니믄…… 내 그늠을……."

메리가 숨을 가다듬었다. 약간 할딱거리면서 위에 대고 소리쳤다.

"벤 웨더스타프 할아버지, 붉은가슴울새가 여기로 들어오는 길을 가르쳐 줬어요!"

노인은 화가 머리끝까지 났다. 정말로 메리가 있는 쪽으로 담을 뛰어넘으려는 것처럼 보였다.

노인은 아래쪽에 있는 메리에게 고래고래 소리쳤다.

"이런 못돼 처먹은 지지배 같으니라구! 지 잘못을 새 탓으로 돌리다니……. 그눔은 그렇게 못된 짓을 할 눔이 아니란 말여. 그눔이 길을 갈쳐 줬다구! 그눔이! 아이구! 시상에, 그나저나……."

메리는 호기심에 사로잡힌 노인의 입에서 무슨 말이 나올지 알 수 있었다.

"대체 거긴 어떻게 들어간 거여?"

메리가 고집스럽게 우겼다.

"붉은가슴울새가 가르쳐 줬다니까요. 걔는 자기가 뭘 하고 있는지 몰랐지만 어쨌든 걔가 가르쳐 준 거예요. 할아버지가 거기서 그렇게 주먹을 흔들어 대고 있으면 말할 수가 없어요."

바로 그때 노인의 주먹질이 멈추고 입이 떡하고 벌어졌다. 노인은 메리의 뒤로 풀밭을 지나 다가오는 누군가를 보았다.

처음에 콜린은 노인이 퍼붓는 말에 너무 놀라 넋이 나간 듯 몸을 일으켜 세우고 듣고 있었다. 하지만 곧 정신이 든 듯 손짓으로 거만하게 디콘을 불렀다.

콜린이 명령했다.

"날 저기로 데려가! 저기로 가까이 데려가서 저 사람 바로 앞에다 휠체어를 세워!"

그 장면이 벤 웨더스타프 노인의 입을 떡 벌어지게 만든 것이었다. 호화로운 쿠션과 무릎 덮개로 장식한 휠체어에는 어린 라자가 깊숙이 등을 기대고 앉아서 까만 속눈썹이 빽빽하게 난 커다란 눈과 하얀 손으로 거만하게 명령을 하고 있었다. 마치 국왕의 마차가 다가오는 것처럼 보였다. 휠체어는 벤 웨더스타프 노인의 바로 앞에서 멈추었다. 노인의 입이 떡 벌어진 것도 무리는 아니었다.

라자가 물었다.

"내가 누군지 아나?"

벤 웨더스타프 노인은 콜린을 빤히 쳐다보았다! 노인의 불그스름한 눈은 유령을 보기라도 한 것처럼 콜린에게 가서 못 박혔다. 노인은 계속 쳐다보다가 침을 꿀꺽 삼켰지만 한마디도 하지 못했다.

콜린이 더욱 거만하게 물었다.

"내가 누군지 아느냐고? 대답해!"

벤 웨더스타프 노인은 마디가 울퉁불퉁한 손을 들어 눈과 이마로 가져가더니 떨리는 묘한 목소리로 대답했다.

"도련님이 누군지 아냐구유? 알다마다유. 어머님 눈허구 똑 닮은 눈으루 날 쳐다보구 있는디. 도련님이 어떻게 여길 오셨나 모르겠네유. 가엾게두 도련님은 병신일 텐디."

그동안 자기 등에 대해서 까맣게 잊어버리고 있던 콜린은 갑자기 얼굴이 새빨갛게 달아올랐다. 곧바로 몸을 똑바로 세우고는 화가 난 목소리로 소리쳤다.

"난 병신이 아냐! 아니라고!"

메리도 잔뜩 화가 치밀어 담 위쪽을 향해 소리쳤다.

"앤 병신이 아니에요! 등에 눈곱만 한 혹도 없어요! 내가 살펴 봤는데 아무것도 없었어요. 아무것도!"

벤 웨더스타프 노인은 또다시 손을 이마로 가져가더니 아무리 보고 또 봐도 모자란 듯 계속 콜린을 쳐다보았다. 노인의 손과 입술과 목소리가 떨렸다. 노인은 무지한 데다 요령 없는 사람이어서 들은 이야기만 기억할 뿐이었다. 노인은 쉰 목소리로 물었다.

"도련님은…… 등이 굽지 않았어유?

콜린이 소리쳤다.

"아니라고!"

노인의 쉰 목소리가 떨렸다.

"다리도…… 안 굽었구유?"

너무도 심한 말이었다. 콜린은 지금까지는 성깔을 부리는 데 사용하던 힘을 이제는 전혀 다르게 사용하고자 하는 충동이 일었다. 콜린은 지금까지 자기의 다리가 굽었다는 소리는 소곤대는 말로도 들어 본 적이 없었다. 그런데 벤 웨더스타프 노인의 말에서 너무도 잘 드러나듯 남들은 콜린의 다리가 굽었다고 믿고 있었다. 어린 라자로서는 도저히 견디기 힘든 일이었다. 라자는 분노와 일그러진 자존심 때문에 지금 이 순간 도저히 다른 생각을 할 수 없었고, 자기도 미처 몰랐던 힘이 솟구쳤다. 도저히 믿을 수 없는 힘이었다.

콜린은 디콘에게 소리쳤다.

"이리 와!"

그러고 나서 콜린은 다리를 덮은 무릎 덮개를 황급히 벗겨 버리기 시작했다.

"이리 와! 이리 오라고! 어서!"

디콘이 곧장 콜린의 곁으로 달려갔다. 메리는 짤막하게 숨을 할딱거리고는 숨을 죽였다. 얼굴이 하얗게 질리는 것을 느꼈다.

메리는 숨을 죽인 채 최대한 빠르게 중얼거렸다.

"너는 할 수 있어! 할 수 있어! 할 수 있다고!"

잠시 동안 격렬하게 밀쳐 댄 끝에 무릎 덮개가 땅바닥으로 내동댕이쳐졌다. 디콘이 콜린의 팔을 붙잡은 채 가느다란 두 다리가 밖으로 모습을 드러냈고 야윈 발이 풀밭에 닿았다. 콜린은 똑바로 섰다. 똑바로! 화살처럼 곧고 이상할 만큼 키가 커 보였다. 고개는 뒤로 젖히고 두 눈에서는 빛이 났다.

콜린이 벤 웨더스타프 노인에게 소리쳤다.

"날 봐! 날 보라고! 당신 말야! 날 보라고!"

디콘이 소리쳤다.

"나처럼 똑바르네유! 요크셔에 사는 어떤 녀석만큼이나 꼿꼿하다니께유!"

벤 웨더스타프 노인은 메리가 생각하기에 너무도 이상한 반응을 보였다. 노인은 목이 메어 침을 꿀꺽 삼키더니 두 손을 꽉 쥐었고 주름진 얼굴에 갑자기 눈물이 흘러내렸다.

"아이구! 사람들이 거짓부렁을 했구먼! 말라비틀어지구 유령처럼 허옇긴 해두 혹 하나 읎네유. 도련님은 어른이 될 때까지 살 거예유. 신의 축복이 있기를!"

디콘이 팔을 꽉 잡아 주기는 했지만 콜린은 조금도 휘청거리지 않았다. 콜린은 더욱 꼿꼿하게 서서 노인의 얼굴을 빤히 쳐다보았다.

"아버지가 집에 안 계실 때는 내가 이 집의 주인이야. 그러니 당신은 내 말에 복종해야 해. 여긴 내 뜰이야. 이 뜰에 대해 감히 한 마디라도 입 밖에 내서는 안 돼! 사다리에서 내려가 긴 산책로로 가면 메리 아가씨가 나가서 당신을 이리로 데려올 거야. 난 당신에게 할 말이 있어. 처음부터 그럴 생각은 없었지만 이젠 당신도 우리의 비밀을 함께 해야 하니까. 서둘러!"

벤 웨더스타프 노인의 무뚝뚝한 얼굴은 여전히 이상하게 솟구쳐 흐른 눈물로 젖어 있었다. 노인은 고개를 뒤로 젖히고 두 발로 우뚝 서있는 콜린에게서 시선을 떼지 못했다.

노인은 소곤거리는 듯한 자세로 외쳤다.

"그래유, 도련님! 그렇게 하지유, 도련님!"

갑자기 정신이 든 것처럼 노인은 정원사들이 흔히 하는 대로 모자를 살짝 치면서 말했다.

"알겠습니다, 주인님! 분부대로 허겄습니다, 주인님!"

노인은 고분고분하게 사다리를 내려가 사라졌다.

22

해가 질 때

노인의 머리가 보이지 않게 되자 콜린이 메리를 보며 말했다.

"가서 데리고 와."

메리는 쏜살같이 풀밭을 가로질러 담쟁이덩굴 문으로 달려갔다.

디콘은 콜린을 살펴보았다. 콜린은 뺨이 군데군데 진홍빛으로 물들어 있고 몹시 놀란 얼굴이었지만, 쓰러질 기미는 보이지 않았다.

콜린은 여전히 고개를 똑바로 들고 당당하게 말했다.

"난 견딜 수 있어."

"겁을 안 내믄 똑바로 설 수 있다구 내가 그랬잖아유. 도련님은 이제 겁을 안 내는 거예유."

"응, 이젠 겁나지 않아."

콜린은 문득 메리가 했던 말이 떠올라 물었다.

"디콘, 네가 마법을 부리고 있는 거야?"

디콘은 입꼬리가 말려 올라간 입으로 기분 좋게 씩 웃었다.

"마법은 도련님이 부리구 있구먼유. 여기 땅에서 새싹이 솟아나는 거랑 똑같은 마법이에유."

디콘은 이렇게 말하면서 장화 신은 발로 풀밭에 한 무더기로 무리 지어 있는 크로커스를 살짝 건드렸다.

콜린은 크로커스를 내려다보더니 느릿느릿 말했다.

"그려. 그것처럼 굉장한 마법은 없을 거여……"

콜린은 더더욱 몸을 똑바로 세우고 얼마간 떨어져 있는 나무를 가리켰다.

"저 나무까지 걸어가겠어. 벤 웨더스타프가 여기 왔을 때는 서있을 거야. 나무에 기댈 수도 있으니까. 앉고 싶으면 앉을 거고. 하지만 절대로 앉기부터 하지는 않을 거야. 휠체어에서 무릎 덮개를 갖다 줘."

콜린은 나무로 걸어갔다. 디콘이 팔을 잡아 주기는 했지만 콜린은 놀라울 정도로 안정감 있게 걸었다. 그다지 밋밋한 나무가 아니어서 콜린 혼자 나무에 기대고 서

있을 수 있었다. 여전히 몸을 똑바로 세우고 있어서 키가 커보였다.

담에 난 문으로 들어온 벤 웨더스타프 노인은 콜린이 서있는 모습을 보았다. 그리고 메리가 숨죽이고 뭐라 중얼거리는 소리를 들었다.

노인은 키가 호리호리하게 크고 몸이 꼿꼿한 남자아이를 쳐다보는 데 메리의 말소리가 방해되는 것이 싫어서 퉁명스럽게 물었다.

"뭐라고 하는 거여?"

하지만 메리는 노인에게 말을 거는 것이 아니었다.

"넌 할 수 있어. 넌 할 수 있다고! 내가 할 수 있다고 했잖아. 할 수 있어. 넌 할 수 있어. 할 수 있고말고!"

메리는 마법이 일어나 콜린이 계속 똑바로 서있기를 바라는 마음으로 말하는 중이었다. 벤 웨더스타프 노인이 들어오기도 전에 콜린이 포기한다면 견딜 수 없었다. 다행히 콜린은 포기하지 않았다. 메리는 문득 콜린이 여위기는 했지만 너무도 멋져 보인다는 생각에 한껏 기분이 들떴다.

콜린은 특유의 우스꽝스럽게 거만한 표정으로 벤 웨더스타프 노인을 보면서 명령했다.

"날 봐! 똑바로 봐! 내가 곱사등이야? 내 다리가 굽었어?"

벤 웨더스타프 노인은 솟구쳐 오르는 감정을 주체할 수 없었다. 하지만 조금 진정하고는 평소와 거의 다름없는 말투로 대답했다.

"아녀유. 조금두 아니구먼유. 근디 왜 도련님은 꽁꽁 숨어 지내서 사람덜이 본인을 병신에다 머리가 돌았다구 생각허게 만든 거예유?"

콜린은 화를 냈다.

"내가 돌았다고 누가 그래?"

"바보 멍충이들이 그러쥬. 시상에는 거짓말만 늘어놓구 댕기는 멍충이들이 엄청 많으니께유. 근디 왜 방에만 틀어박혀 지내셨대유?"

콜린이 짧게 말했다.

"모두 내가 죽을 거라고 생각하니까. 난 안 죽어!"

콜린의 어조가 어찌나 단호하던지 벤 웨더스타프 노인은 콜린을 위아래로, 다시 아래위로 훑어보았다. 그리고 기쁨이 역력한 말투로 대답했다.

"도련님이 죽는다니? 절대 아니구먼유. 도련님한티는 대단한 용기가 있어유. 도련님이 그렇게 빨리 땅에 서는 걸 보구 지는 도련님이 멀쩡하다는 걸 알았쥬. 주인님, 깔개에 앉으시구 지한티 분부를 내려주세유."

노인의 태도에는 무뚝뚝하면서도 부드럽고 섬세한 이해심이 묘하게 섞여 있었다. 노인과 긴 산책로를 걸어오면서 메리는 쉬지 않고 재빨리 말했다. 그녀는 노인에게 콜린의 건강이 좋아지고 있다는 사실을 기억하는 것이 가장 중요하다고 강조했다. 뜰이 그렇게 해주고 있다고, 그 누구도 혹이나 죽음을 상기시켜서는 안 된다고 말했다.

꼬마 라자는 황공하게도 벤 웨더스타프 노인의 간청대로 나무 아래에 놓인 깔개에 앉았다.

"뜰에서 무슨 일을 하지, 웨더스타프?"

"허라구 허는 일은 다 하쥬. 그분이 지를 좋아해 주셔서 지가 계속 여그서 일헐 수 있는 거구먼유."

콜린이 물었다.

"그분이라고?"

"도련님 어머님 말여유."

"내 어머니?"

콜린은 잠시 조용히 노인을 바라보았다.

"여기가 어머니의 뜰이었군. 그런가?"

벤 노인도 콜린을 바라보았다.

"맞아유, 그랬쥬! 여그를 엄청 좋아허셨구먼유."

콜린이 큰 소리로 알렸다.

"이젠 내 뜰이야. 나도 여기가 좋아. 날마다 올 거야. 하지만 비밀이어야 해. 우리가 여기 온다는 걸 아무도 알면 안 돼. 그게 내 분부야. 디콘하고 내 사촌이 열심히 일해서 여길 살려 놨어.

350

도움이 필요하면 당신을 부르겠어. 하지만 아무도 모르게 와주면 좋겠어."

벤 노인의 얼굴이 허심탄회한 웃음으로 쭈글쭈글해졌다.

"예전에두 아무도 모르게 왔었쥬."

콜린이 외쳤다.

"뭐라고! 언제?"

노인은 턱을 문지르며 주위를 둘러보았다.

"그러니께 마지막으루 온 게, 재작년쯤이네유."

콜린이 또 외쳤다.

"하지만 10년 동안 아무도 들어오지 못했을 텐데! 문도 없었잖아!"

노인은 무덤덤하게 말했다.

"지만 빼구유. 지는 문으로 들어온 게 아녀유. 담을 넘어서 왔지유. 그런디 류머티즘 때미 두 해 동안 못 들어왔쥬."

디콘이 소리쳤다.

"할아부지가 들어와서 가지치기를 해주셨구먼유! 어쩐지 이상허다 생각했어유."

노인이 천천히 말했다.

"마님이 여그를 좋아하셨으니께. 참말 좋아하셨쥬! 얼마나 이쁘구 젊은 부인이셨는지 몰러유. 한번은 웃으면서 그러셨쥬. '벤, 만일 내가 아프거나 죽는다면 내 장미들을 돌봐 줘야 해요.'

마님이 참말 돌아가시구 나서는 아무두 여그 들어오믄 안 된다는 분부가 떨어졌어유. 허지만 지는 왔쥬."

노인은 무뚝뚝하고 고집스럽게 말했다.

"류머티즘에 걸리기 전까지는…… 담을 넘어서…… 해마다 조금씩 일했쥬. 지한티는 마님의 분부가 먼저였으니께."

디콘이 말했다.

"할아부지 덕분에 뜰이 그만큼 쌩쌩했슈. 10년 동안 내팽개쳐 있었는디 이상하다구 생각했쥬."

콜린이 말했다.

"그렇게 해줘서 고마워, 웨더스타프. 비밀도 잘 지켜 줄 수 있겠지?"

"그렇구말구유. 인제 문으로 들어오믄 류머티즘 걸린 이 늙은 이헌티는 훨씬 편할 거구먼유."

나무 근처 풀밭에 메리의 모종삽이 놓여 있었다. 콜린은 손을 뻗어 삽을 집었다. 얼굴에 야릇한 표정이 떠오르더니 모종삽으로 땅을 긁기 시작했다. 비록 힘 약한 야윈 손이었지만 콜린은 모두 지켜보는 가운데 삽 끝을 땅에 꽂고 흙을 파서 뒤집었다. 특히 메리는 숨죽이고 열심히 바라보면서 중얼거렸다.

"넌 할 수 있어. 할 수 있어. 할 수 있고말고!"

디콘은 동그란 두 눈에 열렬한 호기심이 그득했지만 아무런 말도 하지 않았다. 벤 웨더스타프 노인도 흥미로운 표정으로 바라보았다.

콜린은 끈기 있게 해냈다. 모종삽으로 몇 번 한가득 흙을 파 엎고 환희에 넘치는 얼굴로 자기가 할 수 있는 한 한껏 요크셔 사투리로 디콘에게 말했다.

"니가 날 여그서 딴 사람들이랑 똑같이 걷게 혀준다고 혔지. 땅도 파게 혀주고. 난 니가 내 기분을 좋게 해주려고 거짓말을 허는 줄 알았어. 근디 오늘 처음 여그 왔는디 내가 걸었어. 지금 땅도 파구 있구."

벤 웨더스타프 노인은 콜린의 사투리를 듣고 또 입이 떡하고 벌어졌지만 잠시 후 껄껄 웃었다.

"아이구! 이제 정신이 돌아온 것 같네유. 도련님은 틀림없이 요크셔 사내애구먼유. 참말로 땅도 파구 있구. 거그다 뭘 좀 심으실래유? 장미 묘목을 갖다 드릴 수 있는디."

콜린이 신나게 땅을 파면서 외쳤다.

"얼른 가져와! 어서! 서둘러!"

정말로 순식간에 이루어졌다. 벤 웨더스타프 노인은 류머티즘도 잊어버리고 서둘러 발걸음을 옮겼다. 디콘은 자기 삽을 들고 하얗고 여윈 손으로 난생처음 땅을 파본 콜린보다 더 깊고 넓게 구덩이를 팠다. 메리는 얼른 달려가서 물뿌리개를 가져왔다. 디콘이 구덩이를 깊게 파자 콜린은 계속 부드러운 흙을 얹었다. 대단한 일은 아니지만 콜린은 새로운 일을 하느라고 발그레해진 얼굴로 하늘을 올려다보았다.

"해가 완전히 저물기 전에 끝내면 좋겠는데."

메리는 해가 일부러 몇 분 꾸물거렸다가 저물지도 모른다고 생각했다. 벤 웨더스타프 노인은 온실에서 화분에 심은 장미 묘목을 가져왔다. 절뚝거리면서도 될 수 있는 한 빠르게 풀밭을 걸어왔다. 노인도 흥이 나기 시작한 참이었다. 노인은 구덩이 옆에 무릎을 꿇고 앉아 화분을 깨뜨려 묘목을 콜린에게 주었다.

"여기 있슈, 도련님. 왕은 새로운 곳에 가믄 나무를 심는다구 하던디. 자, 도련님이 직접 구덩이에 집어넣으세유."

장미 묘목을 구덩이에 집어넣으면서 콜린의 가느다란 하얀 손이 살짝 떨렸고 얼굴은 더욱 발그레해졌다. 콜린이 묘목을 붙잡고 벤 노인이 단단하게 흙을 다졌다. 구덩이에 흙을 전부 채우고 단단하게 눌러주었다. 메리는 무릎을 꿇고 앉아 두 손을 땅에 짚고 고개를 앞으로 쭉 내밀고 있었다. 수트가 땅으로 내려앉아 무슨 일인지 보려고 성큼성큼 걸어왔다. 너트와 쉘은 벚나무에서 재잘거렸다.

"다 심었어. 해가 막 지려고 해. 내가 일어서게 도와줘, 디콘. 해가 질 때는 서있고 싶어. 그것도 마법의 한 부분이니까."

디콘은 콜린이 일어설 수 있도록 도와주었다. 마법은 콜린에게 해가 완전히 질 때까지 서있을 수 있는 힘을 주었다. 신기하고도 사랑스러운 오후가 끝날 때까지 웃으며 두 발로 서있을 수 있도록…….

23

마법이 시작되다

    아이들이 집으로 돌아올 때, 크레이븐 박사는 한참 동안 기다리고 있었다. 사실 박사는 사람을 보내 뜰의 산책로 구석구석을 찾아보라고 하는 편이 좋지 않을까 생각하던 참이었다. 박사는 방으로 돌아온 콜린을 심각한 표정으로 살펴보았다.

    "밖에서 너무 오래 있었구나. 무리하면 안 돼."

    "난 하나도 피곤하지 않아요. 몸이 좋아졌어요. 내일은 오후는 물론 아침에도 밖에 나갈 거예요."

    "잘 모르겠구나. 별로 현명한 일이 아닌 것 같은데."

    그러자 콜린이 사뭇 진지한 얼굴로 말했다.

    "날 말리는 게 별로 현명한 일이 아닐걸요. 난 나갈 거예요."

    메리조차 콜린이 자기가 사람들에게 얼마나 무례한 태도로

얘기하는지 눈곱만큼도 모른다는 게 가장 특이한 점이라고 생
각했다. 콜린은 지금껏 무인도에서 살아온 것이나 다름없는 데
다, 그 무인도의 왕으로 군림하면서 뭐든 자기 뜻대로 했고 자
기와 견줄 대상도 없었다. 사실 메리도 예전에는 콜린과 비슷했
다. 하지만 미셀스와이트에 온 후로는 자기의 태도가 흔하지도
않고 사람들이 좋아할 만한 것도 아님을 차츰 깨달았다. 메리는
그러한 사실을 깨닫자 자연스럽게 콜린의 태도에 관심이 갔고,
콜린에게 말해 봐야겠다는 생각도 들었다. 크레이븐 박사가 가
고 메리는 자리에 앉아 한동안 호기심 어린 표정으로 콜린을 쳐
다보았다. 왜 그러느냐고 콜린더러 물어보게 만들려는 생각에
서였다. 물론 작전은 성공이었다.

콜린이 물었다.

"왜 그렇게 쳐다보는 거야?"

"크레이븐 박사가 안됐다는 생각을 하고 있어."

콜린은 침착하게 말했지만 조금도 만족스러운 표정은 아니
었다.

"나도 그래. 이젠 내가 죽지 않을 테니 미셀스와이트를 차지
할 수 없잖아."

"물론 그것도 안된 일이지. 하지만 내가 생각하고 있던 건 항
상 버릇없이 구는 애한테 10년 동안이나 공손하게 대해야 했다
니 얼마나 끔찍했을까였어. 나라면 도저히 못 했을 거야."

콜린은 아무렇지도 않은 듯 물었다.

"내가 버릇이 없어?"

"네가 크레이븐 박사의 아들이고 박사가 자식을 때리는 사람이라면 분명히 널 때려 줬을 거야."

"하지만 감히 그러진 못해."

"그래. 그렇겠지."

메리는 아무런 선입견 없이 곰곰 생각했다.

"그 누구도 감히 네가 싫어하는 일은 하지 못했어. 네가 죽을거라는 사실 때문에 말이야. 넌 정말 가엾은 애였으니까."

콜린이 완고하게 말했다.

"하지만 난 가엾은 애가 되지 않을 거야. 사람들이 날 가엾게여기지 못하게 할 거야. 난 오늘 오후에 내 발로 일어섰는걸."

메리가 혼잣말처럼 말했다.

"항상 제멋대로 하려고 하니까 별난 거야."

콜린은 얼굴을 찌푸리며 고개를 돌렸다.

"내가 별나다고?"

"그래. 아주 별나지. 하지만 기분 나빠할 필요는 없어."

메리는 공정하게 덧붙였다.

"왜냐면 나도 별나고…… 벤 웨더스타프 할아버지도 별나니까. 하지만 지금의 난 좋아하는 사람들이 생기고 뜰을 발견하기전만큼 별나지는 않아."

"난 별난 애가 되기 싫어. 그런 애가 되지 않을 거야."

콜린은 다시금 얼굴을 찡그리며 단호하게 말했다.

콜린은 자존심이 강한 아이였다. 생각에 잠긴 채 누워 있는 콜린의 얼굴로 아름다운 미소가 천천히 퍼져 나가는 모습을 메리는 보았다.

"매일 뜰에 나간다면 더 이상 별난 애가 되지 않을 거야. 거기엔 마법이 있으니까. 메리 너도 알다시피 좋은 마법 말이야. 난 뜰에 정말로 마법이 있다고 믿어."

"나도 그래."

"그게 진짜 마법이 아니라도 해도 우린 마법인 척할 수 있어. 거기에는 정말로 뭔가가 있으니까. 뭔가가!"

"그건 마법이야. 물론 나쁜 마법이 아니라 좋은 마법이지."

아이들은 항상 그것을 마법이라고 불렀고 그 후 몇 달 동안, 놀랍도록 눈부시게 찬란한 몇 달 동안은 정말로 마법과도 같은 시간이었다. 아! 그 시간 동안 뜰에서 일어난 모든 일은 한 번도 뜰을 가져 본 적 없는 사람은 이해할 수 없을 것이다. 그리고 뜰을 가져 본 사람이라면 그 안에서 일어난 모든 일을 설명하는 데 책 한 권으로도 모자란다는 사실을 알 수 있을 것이다.

처음에는 땅과 풀밭과 꽃밭과 담의 갈라진 틈에서조차 푸릇푸릇한 것들이 쉬지 않고 올라오는 듯했다. 그러고 나서는 푸릇푸릇한 것들에서 봉오리가 돋아나고 이파리가 펴지기 시작하더니 온갖 파란빛과 자줏빛, 진홍빛이 모습을 드러냈다. 갖가지 꽃이 피어나 작은 구멍이며 구석까지 채웠다. 벤 웨더스타프 노인은 담의 벽돌 사이에서 모르타르(회나 시멘트에 모래를 섞고 물로 갠 것 - 옮긴이)를 긁어내 사랑스럽게 늘어진 것들이 자랄 수 있도록 공간을 터주었다. 풀밭에는 아이리스와 하얀 백합이 수북하게 자랐고, 상록수 산울타리로 둘러싸인 곳에는 파랗고 하얀 키 큰 참제비고깔이나 참매발톱꽃, 초롱꽃이 크게 무리 지어 피었다.

"마님은 이것덜을 참 좋아하셨어유. 파란 하늘루 쭉 뻗은 것 같다구 하셨쥬. 그치만 마님은 땅만 내려다보는 분은 아니었슈. 땅을 좋아허셨지만 파란 하늘두 즐거워 보인다구 하셨거든유."

디콘과 메리가 심은 씨앗은 요정이 돌봐 주기라도 한 것처럼 쑥쑥 잘 자랐다. 온갖 색조의 공단 같은 양귀비는 바람을 따라 넘실넘실 화려하게 춤추며 뜰에서 몇 년 동안 살아온 꽃들과 맞섰다. 새로운 꽃들은 양귀비들이 어떻게 이 뜰로 온지 의아해할지도 몰랐다. 그리고 장미, 장미들! 장미는 풀밭에서 쭉 솟아나 마치 폭포처럼 쏟아지는 기다란 화환 같았다. 해시계 둘레에서 뒤엉키거나, 나무 밑동을 휘감거나, 제 가지에서 축 늘어지거나, 담장을 타고 올라가거나, 그 위를 덮어 버렸다. 장미는 날마다, 매시간마다 살아났다. 싱그러운 잎과 꽃봉오리들……. 처음에 조그마하던 꽃봉오리는 점점 부풀어 마치 마법에 걸린 것처럼 꽃망울을 터뜨리더니 그 안에 가득 차오른 향기를 뜰 전체로 흘려보냈다.

콜린은 뜰에서 일어나는 변화를 하나하나 전부 지켜보았다. 비가 오지 않으면 매일 아침 뜰로 나가 온종일 있었다. 날씨가 흐려도 콜린은 기분이 좋았다. 그런 날에는 풀밭에 누워서 자기 말마따나 온갖 것들이 자라는 모습을 지켜보았다. 콜린은 오랫동안 지켜보면 꽃봉오리가 터지는 모습을 볼 수 있다고 말했다. 그리고 무슨 일인지는 몰라도 대단히 중요한 것이 분명한 일을 하느라고 바쁘게 돌아다니는 벌레들과도 친해질 수 있다고 했다. 벌레들은 지푸라기 조각이나 깃털, 음식 부스러기를 부지런히 날랐다. 어느 때는 마치 꼭대기로 올라가면 온 세상이 다 보이기라도 할 것처럼 풀잎을 기어오르기도 했다.

언젠가 콜린은 아침 내내 두더지 한 마리가 꼬마 요정의 손처럼 생긴 기다란 발톱이 난 앞발로 열심히 땅굴을 파헤치는 모습에 온 마음을 빼앗겼다. 개미와 딱정벌레, 개구리, 새, 식물은 콜린에게 탐험해 봐야 할 새로운 세계였다. 디콘이 그것들을 전부 보여 주었고 수달이나 흰 족제비, 다람쥐, 송어, 물쥐, 오소리의 세계까지 가르쳐 주었으므로 콜린은 이야깃거리와 생각할 거리가 끝도 없이 생겨났다.

하지만 그것은 마법의 절반이라고도 할 수 없었다. 콜린은 자기가 정말 두 발로 일어섰다는 사실을 생각하고 또 생각했다. 메리는 자기가 주문을 외운 덕분이라고 했다. 콜린은 신나게 맞

장구를 치면서 끊임없이 그 이야기를 했다.

어느 날 콜린이 지혜롭게 말했다.

"분명히 세상에는 여러 가지 마법이 있을 거야. 하지만 사람들은 마법이 어떤 건지, 어떻게 일어나게 하는지 몰라. 어쩌면 멋진 일이 생길 거라고 말하는 게 첫 시작일지도 몰라. 정말로 멋진 일이 일어날 때까지 계속 말하는 거야. 난 그걸 직접 실험해 보겠어."

다음 날 아침, 비밀의 뜰에 갈 때 콜린은 곧바로 벤 웨더스타프 노인을 불러오라고 했다. 노인이 부름을 받고 와보니 라자는 나무 아래에 서있었다. 위엄 있는 모습이었지만 아름다운 미소도 함께 지어 보였다.

"좋은 아침이에요, 벤 웨더스타프. 디콘이랑 메리 아가씨랑 셋이 나란히 서서 내 말을 들어주면 좋겠습니다. 아주 중요한 얘기를 할 거예요."

벤 노인은 이마를 살짝 만지면서 말했다.

"네, 알겠습니다!"

벤 웨더스타프 노인이 오랫동안 숨겨온 매력이 하나 있다면, 소년 시절 집을 나가 선원이 되어서 바다를 항해한 것이었다. 그래서 노인은 선원처럼 대답하는 법을 알고 있었다.

라자의 설명이 이어졌다.

"난 과학 실험을 하려고 합니다. 나중에 어른이 되면 위대한 과학 발견을 할 건데, 지금 이 실험부터 시작하는 거죠."

노인은 '위대한 과학 발견'이라는 말을 난생처음 들어 보면서
도 즉각 대답했다.

"네, 알겠습니다!"

메리도 처음 듣는 말이었지만, 이즈음 메리는 콜린이 별나기
는 해도 책에서 특이한 내용을 많이 읽었고 설득력 있게 말할
줄 아는 아이라는 사실을 깨닫기 시작한 터였다. 콜린이 고개를
똑바로 들고 그 기묘한 눈으로 뚫어지게 쳐다보면 자기도 모르
게 이제 열한 살이 되어 가는 그 아이를 믿게 되었다. 특히나 이
때 콜린의 말은 더욱 설득력 있게 들렸다. 그 이유는 콜린이 어
른처럼 연설 같은 것을 하는 것에 매력을 느꼈기 때문이다.

콜린이 계속 말했다.

"내가 하려는 위대한 과학 발견은 마법에 관한 거예요. 마법
은 아주 훌륭한 거지만 옛날 책에 나오는 몇 사람만 빼고 마법
에 대해 아는 사람이 거의 없어요. 아, 메리도 좀 알아요. 메리
는 고행자가 있는 인도에서 태어났으니까요. 난 디콘도 마법
에 대해 좀 안다고 생각하는데, 디콘은 자기가 알고 있다는 것
도 모를 거예요. 난 디콘이 동물을 부리는 마법사가 아니라면
날 만나러 오게 하지 않았을 거예요. 디콘은 동물을 부릴 줄 아
니까 남자애도 부릴 줄 알죠. 남자애도 동물에 속하니까. 난 세
상 모든 것에 마법이 들어 있다고 믿어요. 우리가 그걸 이해하

지 못하고 유용하게 쓸 줄 모를 뿐이지. 전기나 말이나 증기처럼 말이에요."

너무도 감동적인 연설에 벤 웨더스타프 노인은 몹시 흥분해서 가만히 있을 수가 없었다.

"네, 네, 맞습니다요."

노인은 이렇게 말하고 자세를 똑바로 가다듬었다.

연설이 계속되었다.

"메리가 처음 발견한 당시만 해도 이 뜰은 거의 죽은 것처럼 보였어요. 하지만 뭔가가 흙을 밀치고 올라왔어요. 아무것도 없는 데서 뭔가가 생긴 거예요. 어제만 해도 없던 게 다음 날이면 생겨나고. 난 예전에 많은 걸 본 적이 없어서 커다란 호기심이 생겼어요. 과학자들은 호기심이 많은 법이거든요. 난 과학자가 될 거고, 항상 '이게 뭐지? 이게 뭐지?' 하고 생각해요. 그건 뭔가 굉장한 거예요. 아무것도 아닐 리가 없어요! 난 그 이름을 모르기 때문에 '마법'이라고 불러요. 난 아직 해 뜨는 모습을 본 적이 없는데 메리와 디콘은 봤어요. 그 애들이 해준 말을 들어 보니 그것도 마법이 확실해요. 뭔가가 해를 밀어올리고 끌어당기는 거죠. 뜰에 온 다음부터 이따금씩 나무 사이로 하늘을 올려다보면, 내 가슴 속에서 뭔가가 밀어올리고 끌어당겨서 숨을 가쁘게 만들어 이상하게 행복한 기분이 들어요. 마법은 언제나 밀고 당기면서 아무것도 아닌 것에서 뭔가를 만들어 내요. 모든 게 전부 마법으로 만들어져요. 나뭇잎, 나무, 꽃, 새, 오소리, 여우, 다람쥐, 사람 전부 다요. 그러니까 마법은 틀림없이 우리 주변에 있는 거예요. 이 뜰은 물론 세상 모든 곳에 말이에요. 이 뜰의 마법은 날 일어서게 해줬고, 내가 어른이 될 때까지 살 수 있다는 걸 알려 줬어요. 난 과학 실험으로 마법을 만들고, 내 안에 불어넣어 날 밀어올리고 끌어당기게 해서 강하게 만들 거예요. 사실 나도 어떻게 하는지 모르지만, 계속 생각하고 부른다면 마법은 올 거예요. 그게 마법을 일으키는 첫 번째 방법일지도 몰라요. 내가 처음 일어서려고 할 때 메리는 재빠르게 '넌 할 수 있어. 넌 할 수 있어.'라고 중얼거렸고 난 정말 해냈어요. 물론 나도 해내려고 노력했지만 메리의 마법이 날 도와준 거예요. 디콘의 마법도 물론이고요. 난 매일 아침과 저녁에, 그리고 낮에도 기억날 때마다 '내 안에 마법이 있어. 마법이 날 건강하게 만들어 주고 있어. 난 디콘처럼 튼튼해질 거야. 디콘처럼 튼튼해질 거야.'라고 말할 거예요. 여러분도 그렇게 해야 합니다. 이게 내가 하려는 실험이에요. 날 도와주겠어요, 벤 웨더스타프?"

"네, 알겠습니다! 네, 네!"

"군인들이 훈련받는 것처럼 매일 꾸준히 그렇게 하면서 어떤 일이 생기나 두고 볼 거예요. 그러면 실험이 성공인지 알 수 있겠죠. 뭔가 배울 때는 몇 번이고 반복해서 말하고 생각해야 머릿속에 자리 잡잖아요. 마법도 똑같다고 생각합니다. 와서 도와

달라고 계속 말하면 그게 우리의 일부가 되고 몸 안에 머물면서 힘을 발휘하게 될 거예요."

메리가 말했다.

"인도에 있을 때 장교가 우리 엄마한테 어떤 말을 수없이 되풀이하는 고행자가 있다고 말하는 걸 들은 적 있어."

벤 노인도 덤덤하게 말했다.

"지두 젬 페틀워스네 여편네가 똑같은 말을 몇천 번이나 하는 걸 들었네유. 젬한티 술 취헌 짐승이라구 하는 말이었쥬. 근디 꼭 그 말대루 되었지 뭐유. 지 마누라를 두들겨 패더니 블루 라이언 술집에 가서 술을 잔뜩 퍼마시구 취해 버렸으니께."

눈썹을 찡그리면서 잠시 생각에 잠긴 콜린의 표정이 곧 환해졌다.

"거기서도 뭔가가 생기긴 했잖아요. 그 부인은 잘못된 마법을 썼기 때문에 남편이 자기를 때리게 만든 거예요. 만일 그 부인이 제대로 된 마법을 썼고 남편한테 그렇게 못된 말이 아니라 다정한 말을 했다면 남편이 술에 취하지 않았을지도 몰라요. 어쩌면…… 부인한테 새 보닛을 사줬을지도 모르죠."

벤 웨더스타프 노인은 감탄스러운 표정으로 빙그레 웃었다.

"도련님은 다리만 꼿꼿헌 게 아니라 똑똑허기까지 하네유. 이 담에 베스 페틀워스를 만나면 어떤 마법이 도움이 될지 넌지시 알려 줘야겠어유. 그 '가학 시럼'인지 뭔지가 효과가 있으믄 베스가 아주 좋아할 거예유. 젬도 그렇구."

디콘은 선 채로 연설을 듣고 있었는데 파란 두 눈이 즐거운 호기심으로 반짝거렸다. 너트와 쉘은 디콘의 어깨에 올라가 있었고 디콘은 귀가 기다란 하얀 토끼를 안고 부드럽게 매만졌다. 귀를 뒤로 젖힌 토끼는 편안하고 기분 좋아 보였다.

콜린이 디콘의 생각을 궁금해하며 물었다.

"넌 실험이 성공할 거라고 생각해?"

콜린은 디콘이 커다란 입을 벌려 행복하게 웃으면서 자기나 동물들을 바라볼 때면 무슨 생각을 하는지 궁금했다.

이번에도 디콘은 평소보다 더 활짝 웃고 있었다.

"그래유, 그렇게 생각하쥬. 씨앗이 햇살을 받으면 지대루 자라는 것처럼 꼭 성공할 거구말구유. 시방부터 시작할래유?"

콜린은 무척 기뻤고 메리도 마찬가지였다. 고행자나 예로 든 사람들의 이야기에 자극받은 콜린은 캐노피처럼 드리워진 나무 아래에 다 같이 책상다리를 하고 앉자고 제안했다.

"사원 같은 곳에선 이렇게 앉을 거야. 그리고 난 피곤해서 앉고 싶어."

디콘이 말했다.

"아이구! 피곤허다는 말루 시작허믄 안 돼쥬. 그러믄 마법을 망칠 텐디……."

콜린은 디콘의 순진하고 동그란 눈을 바라보면서 천천히 말했다.

"그래, 맞아. 난 오직 마법만 생각해야 해."

다 함께 동그랗게 둘러앉으니 대단히 장엄하고 신비스러운 기분이었다. 벤 웨더스타프 노인은 기도 모임에 이끌려 온 기분이 들었다. '늙은이들의 기도 모임'이라면 표정이 빳빳하게 굳어졌겠지만 라자가 제안한 일이므로 노인은 분통이 터지기는커녕 오히려 자기도 그 자리에 껴주어서 영광이라고 생각했다. 메리는 엄숙하면서도 황홀한 느낌이 들었다. 디콘은 품에 토끼를 안은 채 참여했다. 동물을 부리는 마법사답게 무슨 신호를 보냈는지, 디콘이 책상다리를 하고 앉는 순간 까마귀와 여우, 다람쥐들, 새끼 양이 천천히 다가오더니 스스로 한 자리씩 차지하고 앉아 동그라미 모양을 완성했다.

콜린이 엄숙하게 입을 열었다.

"동물들도 왔어요. 우리를 돕고 싶어 하는 거예요."

메리는 콜린이 정말 멋져 보인다고 생각했다. 콜린은 사제가 된 듯한 기분인지 고개를 높이 쳐들었고 그 묘한 눈이 아름다워 보였다. 캐노피처럼 드리워진 나뭇가지 사이로 쏟아진 햇살이 콜린을 비추었다.

"이제 시작합시다. 메리, 우리도 데르비시(이슬람교에서 갈라져 나온 수피교의 수도승으로, 극도의 금욕 생활을 하며 예배 때 빠른 춤을 춘다 - 옮긴이)처럼 몸을 앞뒤로 흔들어야 할까?"

벤 웨더스타프 노인이 말했다.

"지는 앞뒤로 못 흔들어유. 류머티즘이 있어서유."

콜린이 대사제 같은 어조로 말했다.

"마법이 류머티즘을 물러가게 하리라. 하지만 그렇게 될 때까지는 몸을 흔들지 말고 그냥 찬송만 합시다."

벤 웨더스타프 노인이 성미 급하게 말했다.

"지는 찬송도 못해유. 한번 할려구 혔는디 교회 성가대에서 쫓겨났다니께유."

아무도 웃지 않았다. 모두 너무나 진지했다. 콜린의 얼굴에는 언짢은 표정이 눈곱만큼도 떠오르지 않았다. 콜린은 오직 마법만을 생각했다.

"그럼 내가 찬송을 하겠어요."

콜린은 찬송을 하기 시작했다. 그 모습이 마치 묘하고 신비한 정령처럼 보였다.

"해가 빛나고 있네. 해가 빛나네. 그것은 마법이다. 꽃이 자라고 있네. 뿌리가 움트네. 그것은 마법이다. 살아 있다는 것은 마법이다. 튼튼해지는 것은 마법이다. 내 몸 안에는 마법이 있다. 마법이 내 몸 안에 있다. 내 몸 안에 마법이 있다. 마법은 모두의 안에 있다. 벤 웨더스타프의 등에도 있다. 마법이여! 마법이여! 이리로 와서 도와다오!"

콜린은 그 말을 여러 번 반복했다. 1000번까지는 아니지만 꽤 여러 번이었다. 메리는 넋을 잃고 빠져들었다. 이상할 만큼 아름답게 느껴져 콜린이 계속 읊어 주길 바랐다. 벤 웨더스타프 노인은 마치 차분하게 꿈속으로 빠져드는 기분이 들었다. 꽃에 모여든 윙윙거리는 벌소리가 함께 어우러져 나른해지고 꾸벅꾸벅 졸음이 쏟아졌다. 디콘은 잠든 토끼를 안고 새끼 양의 등에 손을 올린 채 책상다리를 하고 앉아 있었다. 수트는 다람쥐 한 마리를 쫓아내고 디콘의 어깨를 차지했다. 수트의 회색 눈꺼풀이 눈을 덮었다.

마침내 콜린이 찬송을 멈추고 말했다.

"이제 난 뜰을 한 바퀴 돌겠어요."

벤 웨더스타프 노인의 머리가 앞으로 홱 떨어지는가 싶더니 잽싸게 들어 올려졌다.

콜린이 말했다.

"자고 있었군요."

벤 노인이 우물거렸다.

"아이구, 아니구먼유. 아주 훌륭헌 설교였어유. 근디 지는 헌금을 걷기 전에 가야겄네유."

노인은 아직 잠에서 덜 깬 듯했다.

"여긴 교회가 아니에요."

노인이 몸을 꼿꼿이 세우며 말했다.

"맞아유, 여긴 교회가 아니쥬. 여기가 교회라구 누가 그래유?

지는 한 마디도 빠뜨리지 않구 다 들었구먼
유. 도련님이 지 등에 마법이 있다구 그랬잖아유. 의사는 그걸
류머티즘이라구 하는디."

라자가 손을 내저었다.

"그건 잘못된 마법이에요. 벤은 나을 거예요. 이제 그만 물러
가서 일해요. 하지만 내일 다시 이리로 와야 해요."

그러자 벤 노인이 툴툴거렸다.

"도련님이 걸어 댕기는 걸 보구 싶은디."

기분 나빠서 툴툴거리는 것은 아니었지만 어쨌든 노인은 툴툴 거렸다. 사실 벤 웨더스타프 노인은 고집 센 노인인 데다 마법을 완전히 믿지도 않았다. 하지만 지금 콜린이 뜰을 걷기 전에 물러 가라는 분부가 떨어진다면 노인은 사다리를 타고 올라가 담장 으로 내려다볼 참이었다. 그리고 혹시 콜린이 비틀거리기라도 하면 절뚝거리면서라도 돌아와야겠다고 마음먹은 터였다.

라자는 벤 노인이 남아 있는 것을 반대하지 않았다. 곧바로 행 진할 준비가 갖추어졌다. 정말로 행진하는 것처럼 보였다. 콜린 이 맨 앞에 서고 양쪽으로 디콘과 메리가 섰다. 벤 웨더스타프 노인은 뒤에서 걸었고 '동물들'도 뒤따랐다. 양과 새끼 여우는 디콘의 곁에 붙어서 갔고, 하얀 토끼는 깡충 뛰어오면서 한 번씩 멈춰 풀을 갉아먹었으며, 수트는 자기가 대장이라도 되는 것처럼 진지한 표정으로 따라갔다.

행진은 느리지만 위엄한 분위기에서 이루어졌다. 때때로 멈추어 쉬기도 했다. 쉴 때 콜린은 디콘의 팔에 기댔고, 벤 웨더스타프 노인은 콜린의 상태가 괜찮은지 슬쩍슬쩍 살폈다. 하지만 콜린은 자기를 부축해 주는 디콘의 손을 놓고 혼자 몇 걸음씩 걸었다. 언제나 고개를 꼿꼿하게 든 당당한 모습이었다.

콜린은 계속 중얼거렸다.

"내 안에 마법이 있어. 마법이 나를 튼튼하게 만들고 있어. 느껴져. 느낄 수 있어!"

뭔가가 정말로 콜린의 몸을 지탱해 주고 사기를 한껏 고조시켜 주는 듯했다. 콜린은 산울타리로 둘러싸인 곳에 마련된 자리에 앉았고, 한두 번 잔디밭에 앉거나 여러 번 샛길에서 멈춰 디콘에게 기대기도 했지만, 절대로 포기하지 않고 끝까지 뜰을 한 바퀴 돌았다. 캐노피처럼 드리워진 나무 아래로 돌아온 콜린의 뺨은 붉게 달아올라 있었다. 그는 의기양양한 표정으로 외쳤다.

"해냈어! 마법이 성공했어. 이게 내 첫 번째 과학 실험이야."

그때 메리가 입을 열었다.

"크레이븐 박사는 뭐라고 할까?"

콜린이 대답했다.

"아무 말도 하지 않을 거야. 아무 말도 듣지 못할 테니까. 이

374

게 가장 중요한 비밀이 될 거야. 내가 다른 남자애들처럼 마구 걷고 달릴 수 있을 만큼 건강해질 때까지 아무한테도 말하면 안 돼. 난 매일 휠체어를 타고 여기로 와서 휠체어를 타고 집으로 돌아갈 거야. 실험이 완전히 성공하기 전까지는 사람들이 수군거리거나 질문을 하게 만들지 않을 거고, 아버지한테 알리지도 않을 거야. 나중에 아버지가 미셀스와이트로 돌아오시면 난 서재로 걸어가서 말할 거야. '저예요, 저도 다른 애들하고 똑같아요. 전 아주 건강하고, 어른이 될 때까지 살 거예요. 이게 다 과학 실험 덕분이에요.'라고 말이야."

"고모부는 꿈인 줄 알 거야. 도저히 믿지 못하실걸."

콜린의 얼굴이 더욱 의기양양하게 달아올랐다.

콜린은 자기가 건강해질 수 있다고 믿게 되었다. 콜린이 알고 있을지는 모르겠지만, 그 믿음이 생기는 것이야말로 건강해지는 과정에서 통과해야 할 가장 힘든 고비였다. 콜린은 자기가 다른 아이들처럼 꼿꼿하고 튼튼하다는 사실을 아버지가 직접 확인하면 어떤 표정을 지을지 상상하니 힘이 샘솟았다. 몸이 아프고 우울하던 지난날, 그 무엇보다 가장 비참하고 싫던 일은 자기가 아버지조차 쳐다보기를 두려워하는 아픈 아이라는 사실이었다.

"믿으실 수밖에 없을 거야. 마법이 성공하면 과학 발견을 시작하기 전에 난 먼저 운동선수가 될 거야."

벤 웨더스타프 노인이 말했다.

"일주일쯤 있다가 도련님을 모시구 권투를 보러 가야겠네유.
도련님은 영국 챔피언 벨트를 딸 거구먼유."

콜린이 단호한 표정으로 벤 노인을 쳐다보았다.

"웨더스타프, 그건 안 될 말이에요. 당신도 우리와 함께 비밀
을 지키는 중이니까 멋대로 행동해서는 안 돼요. 마법이 아무리
대성공을 거둬도 난 권투 선수가 되지 않을 거예요. 과학자가
될 거라니까요."

벤 노인이 손을 이마에 갖다 대고 경례했다.

"용서하세유, 용서하세유, 도련님. 농담헐 일이 아니라는 걸
지가 알았어야 되는디."

하지만 노인은 눈이 반짝거렸고 이루 말할 수 없을 만큼 기분
이 좋았다. 콜린이 윽박질러도 아무렇지 않았다. 윽박지른다는
것은 콜린에게 힘이 생기고 활기가 넘친다는 뜻이었으니까.

24

연극 놀이

 디콘이 일하는 곳은 비밀의 뜰만이 아니었다. 오두막 근처에 있는 돌로 야트막하게 담을 둘러쳐 놓은 텃밭도 디콘이 일하는 곳이었다. 디콘은 이른 아침과 해가 질 무렵, 그리고 메리와 콜린을 만나지 못하는 날마다 어머니를 위해 텃밭에서 감자와 양배추, 순무, 당근, 약초를 심거나 가꾸었다. 디콘은 '동물들'을 벗 삼아 온갖 일을 했지만 정작 본인은 하나도 지치지 않는 듯했다. 디콘은 땅을 파거나 잡초를 뽑는 동안 휘파람을 불기도 하고 요크셔의 황무지에 전해 내려오는 노래도 불렀다. 일을 거들며 배우는 동생들 또는 수트나 캡틴과 이야기를 나누기도 했다.

 소어비 부인은 이렇게 말하곤 했다.

 "디콘의 텃밭이 아니면 우린 지금처럼 편하게 지내지 못할 거여. 그 애가 키우면 뭐든 간에 쑥쑥 잘 크지. 디콘이 키우는 감자랑 양배추는 남덜이 키우는 것보다 두 배는 크구 맛은 비교가 안 된다니께."

부인은 시간 날 때마다 텃밭으로 나가 디콘과 이야기 나누는 것을 좋아했다. 해가 긴 탓에 저녁을 먹고 치우고 나서도 조용하게 보낼 시간이 있었다. 부인은 야트막한 돌담에 앉아 디콘을 바라보면서 디콘의 하루 이야기를 들었다. 부인은 그 시간을 몹시 사랑했다. 디콘의 텃밭에는 채소만 있는 것이 아니었다. 디콘은 때때로 한 봉지에 1페니씩 하는 꽃씨를 사와서 구스베리 나무 사이나 양배추 포기 사이에 심어 알록달록하고 달콤한 향기가 나는 꽃을 피웠다. 텃밭 가장자리에는 목서초나 패랭이꽃, 팬지 등 해마다 씨앗을 거둬들일 수 있는 꽃이나 봄마다 뿌리가 퍼져 한 무더기로 자라는 식물들을 심었다. 돌담이 벌어진 틈새마다 황무지 디기탈리스와 고비, 오브리에타 등 산울타리처럼 자라는 꽃들을 심어 돌은 거의 보이지 않았으므로 텃밭의 야트막한 돌담은 요크셔의 그 어느 곳보다 아름다웠다.

디콘은 어머니에게 말하곤 했다.

"엄니, 채소가 쑥쑥 잘 크게 할라믄 진짜 친구가 되어 주기만 하믄 돼유. 동물들허구 똑같거든유. 목마르믄 물을 주구 배고프믄 먹을 걸 주구. 채소두 우리랑 똑같이 살구 싶어 하니께유. 그 눔들이 죽는다믄 지가 나쁜 애쥬. 걔네들헌티 무심허게 굴어서 그런 거니께."

소어비 부인이 미셸스와이트 장원에서 일어난 모든 이야기를 들은 것도 바로 그 해가 질 무렵의 시간이었다. 처음에 부인은 '콜린 도련님'이 메리 아가씨와 함께 밖으로 나가는 것을 무척 좋아하고 몸도 좋아졌다는 말만 들었다. 하지만 얼마 지나지 않아 메리와 콜린은 디콘의 어머니가 '비밀을 알아도 괜찮은 사람'이라고 생각하게 되었다. 왠지 모르게 디콘의 어머니는 '안심할 수 있는 사람'이라고 믿은 것이다.

그리하여 어느 아름답고 고요한 저녁 무렵, 디콘은 어머니에게 모든 이야기를 털어놓았다. 땅에 묻힌 열쇠와 붉은가슴울새, 죽은 것처럼 보이던 잿빛 안개, 메리 아가씨가 절대로 밝히려고 하지 않던 비밀, 디콘이 그 비밀을 알게 된 이야기, 콜린 도련님을 믿을 수 있을지 고민한 것, 마침내 숨겨진 뜰로 도련님을 데려간 것과 담장 위로 벤 웨더스타프 노인의 성난 얼굴이 나타난 것, 도련님이 용기를 내 두 발로 꼿꼿하게 선 것까지 전부 이야기했다. 이야기를 듣는 동안 소어비 부인의 고운 얼굴색이 몇 번이나 바뀌었다.

"시상에나! 그 아가씨가 미셸스와이트 장원에 와서 참말 다행이구나. 아가씨헌티두 잘된 일이구 도련님두 구했으니께. 도련님이 두 발로 일어서다니! 다덜 도련님이 뼈는 죄다 구부러지구 정신은 돌아 버린 가엾은 애라구 생각혔는디."

부인은 디콘에게 여러 가지 질문을 했고 파란 두 눈은 깊은 생각에 잠겼다.

  "인제 도련님이 건강해지구 불평도 안 하게 되었는디 저택 사람덜은 어떻게 생각헌다냐?"

  "어떻게 생각혀야 좋을지 모르구 있쥬. 날마다 도련님 얼굴이 달라지니께. 얼굴에 살이 붙어서 사납게 보이지두 않구 얼굴색이 밀랍처럼 허옇지두 않아유."

  디콘은 즐거운 듯 싱긋 웃으면서 덧붙였다.

  "허지만 도련님은 계속 불평을 혀야 돼유."

  소어비 부인이 물었다.

  "아니, 그건 또 왜 그런디?"

  디콘이 싱긋 웃었다.

  "그려야 사람들을 속일 수 있으니께유. 도련님이 두 발로 일어날 수 있다는 걸 의사 선상님이 알믄 크레이븐 주인 나리헌티 당장 편지로 알릴 거예유. 도련님은 주인 나리가 돌아올 때까지 매일매일 다리에 마법을 걸구 주인 나리의 방에 당당허게 걸어 들어가서 딴 애들만치 꼿꼿하다는 걸 보여 줄 생각이거든유. 도련님허구 메리 아가씨는 사람덜이 그걸 눈치채지 못허게 끙끙 앓는 소리도 좀 내구 신경질도 내야 헌다구 생각해유."

  소어비 부인은 디콘이 말을 끝내기 훨씬 전부터 편안하고 나지막하게 웃고 있었다.

"아이구! 둘이 아주 재미나겠구나. 연극을 실컷 하겠어. 그려, 어린애덜이 연극 놀이만큼 좋아하는 놀이는 없을 거여. 둘이 어떻게 연극을 하나 좀 들어 보자."

디콘은 잡초를 뽑다가 철퍼덕 자리에 앉아 이야기를 시작했다. 디콘의 두 눈이 즐거움으로 빛났다.

"콜린 도련님은 맨날 휠체어를 타구 나가는디 하인인 존헌티 조심해서 밀지 않는다구 소리를 질러유. 그리구 될 수 있는 대로 힘이 하나두 없는 표정으로 집이 보이지 않게 될 때까지 절대루 고개를 안 들쥬. 하인덜이 휠체어에 앉힐 때는 막 툴툴대구 짜증을 내구유. 콜린 도련님허구 메리 아가씨는 아주 재미있어해유. 도련님이 끙끙대구 불평하믄 아가씨가 이렇게 말하쥬. '가엾은 콜린! 그렇게 아프니? 가엾기도 해라. 너 그렇게나 몸이 약한 거니?' 그런디 터져 나오는 웃음을 참을 수 없다는 게 문제구먼유. 뜰에 도착하믄 도련님이랑 아가씨는 숨넘어가게 웃음을 터뜨리쥬. 혹시라두 가까이 있는 정원사가 들을까 봐 둘 다 도련님의 쿠션에 얼굴을 푹 처박어야 한다니께유."

소어비 부인은 여전히 웃고 있었다.

"많이 웃을수록 좋지! 어린애덜헌티는 웃는 게 약보다 건강에 훨씬 좋은 거여. 둘 다 통통허게 살이 찔 거여."

"둘 다 살이 찌구 있어유. 근디 소문내지 않구 배불리 먹을 수 있는 방법을 몰라유. 콜린 도련님은 계속 먹을 걸 가져오라구

시키믄 아무두 자기가 병자라구 믿지 않을 거라구 해유. 메리 아가씨가 자기 몫을 나눠 준다구 혀두 그러믄 아가씨가 배가 고파서 마르게 된다구 안 된다구 하구유. 둘이 같이 살이 쪄야 된다구."

두 아이의 곤란한 사정을 들은 소어비 부인은 파란 망토를 입은 몸이 앞뒤로 흔들릴 정도로 실컷 웃어젖혔다. 디콘도 함께 웃음을 터뜨렸다.

웃음이 그치자 소어비 부인이 말했다.

"잘 들어 봐라. 내가 도울 방법이 생각났으니께. 아침에 거그 갈 적에 통에다가 갓 짠 우유를 담아가는 거여. 그라구 내가 느 그들이 좋아허는 바삭바삭헌 빵이나 건포도 들은 둥근 빵을 구워 줄 거여. 갓 짜낸 우유랑 빵만큼 좋은 게 어딨것냐. 그걸 가지구 가면 뜰에 있을 때 허기를 채울 수 있을 거여. 나중에 집으루 돌아가서 또 좋은 음식을 먹으면 되지 않것냐."

디콘은 감탄했다.

"아이구, 엄니! 엄니는 참말 대단하세유! 언제고 방법을 찾아내신다니께유. 어제는 한바탕 난리가 났었슈. 도저히 먹을 걸 더 가져오라구 하지 않을 수가 없는 지경이었다니께유. 둘 다 배 속이 텅텅 빈 것 같다구."

"둘 다 한창 클 나이고 건강해질려구 그러지. 그런 애덜은 늑대 새끼처럼 먹는 대루 다 피가 되구 살이 되는 법이여."

소어비 부인은 활짝 미소를 지었다. 디콘처럼 입꼬리가 슬쩍 말려 올라갔다.

"아이구! 하여간 둘 다 재미나게 지내구 있네!"

포근하고 훌륭한 어머니인 소어비 부인의 말은 맞았다. 아이들이 연극 놀이를 재미있어할 것이라는 부인의 말은 절대적으로 옳았다. 콜린과 메리에게는 가장 짜릿하고 재미있는 놀이였다. 두 아이는 어리둥절해하는 간호사와 크레이븐 박사를 보고 의심을 사지 않도록 조심해야겠다는 생각이 스쳤다.

어느 날 간호사가 말했다.

"식욕이 아주 좋아지고 있네요, 콜린 도련님. 예전에는 거의 드시질 않았고 맞지 않는 음식도 많았는데."

"지금은 안 맞는 게 하나도 없어."

콜린은 간호사가 신기한 표정으로 바라보는 모습을 보고는 문득 아직은 너무 건강하게 보이면 안 되겠다고 생각했다.

"적어도 자주 입에 맞지 않는 건 아니라는 말이야. 신선한 공기 덕분이야."

간호사는 여전히 의아한 표정으로 콜린을 바라보았다.

"그렇겠죠. 하지만 크레이븐 박사님께 말씀드려야겠어요."

나중에 간호사가 가고 나서 메리가 말했다.

"간호사가 어찌나 널 빤히 쳐다보던지! 뭔가 이상하다고 생각하는 눈치였어."

"사실을 알아채게 할 수 없어. 아직 아무도 알면 안 돼."

그날 아침 크레이븐 박사도 어리둥절한 표정이었다. 박사가 질문을 잔뜩 퍼부어서 콜린은 짜증이 났다.

"밖에 나가 있는 시간이 많다더구나. 어디에 가는 거냐?"

콜린은 자기가 가장 좋아하는 분위기를 만들었다. 바로 당당하고도 관심 없다는 태도를 보이는 것이었다.

"내가 어딜 가는지 아무한테도 말하지 않을 거예요. 난 내가 가고 싶은 델 가요. 아무도 얼씬거리지 말라고 지시했어요. 날 지켜보거나 쳐다보는 게 싫으니까. 잘 알잖아요!"

"온종일 밖에서 지내는 것 같은데 몸 상태가 나빠진 것 같지는 않구나. 그런 것 같진 않아. 간호사가 그러는데 예전보다 훨씬 많이 먹는다던데."

콜린은 순간 머릿속에 떠오르는 대로 대답했다.

"아마…… 부자연스러운 식욕일 거예요."

"난 그렇게 생각하지 않는다. 네 몸에서 음식을 잘 받아들이는 것 같아. 살도 많이 찌고 혈색도 좋아졌어."

콜린은 실망스럽고 암담한 분위기를 기대하며 말했다.

"어쩌면…… 어쩌면 몸이 붓고 열이 나는 걸지도 몰라요. 오래 살지 못하는 사람들은 남들하고 많이 다르잖아요."

크레이븐 박사는 고개를 저었다. 콜린의 손목을 잡은 채 소매를 걷어올리고 팔을 만지더니 생각에 잠긴 표정으로 말했다.

"열은 없어. 살이 붙은 것도 건강에 좋은 거고. 이런 상태가 계속된다면 앞으로 죽는다는 말은 할 필요가 없겠구나. 네가 이렇게 좋아진 걸 알면 네 아버지도 기뻐하실 게다."

콜린이 사납게 소리쳤다.

"절대 말하면 안 돼요! 또다시 나빠지면 실망만 안겨 드릴 거고…… 당장 오늘 밤에 나빠질지도 모르잖아요. 화가 나서 열이 오를 수도 있고…… 지금 그럴 것 같은 느낌이란 말이에요. 절대로 아버지에게 편지를 보내선 안 돼요. 절대! 절대로! 난 지금 아저씨 때문에 화가 나요. 화내는 게 내 몸에 나쁘다는 걸 잘 알잖아요. 벌써 몸이 뜨거워졌어요. 난 누가 날 쳐다보는 것만큼이나 편지에다 내 얘길 이러쿵저러쿵 쓰는 게 싫다구요!"

크레이븐 박사가 콜린을 달랬다.

"그래…… 알았다. 네가 허락하지 않으면 절대로 편지를 보내지 않으마. 넌 지나치게 예민하니까. 그동안 좋아진 게 도루묵이 되면 안 되지."

크레이븐 박사는 더 이상 편지 이야기를 꺼내지 않았다. 간호사에게도 환자 앞에서는 절대로 편지 이야기를 하지 말라고 몰래 지시해 놓았다.

"저 애는 상당히 좋아졌소. 비정상적일 정도로 상태가 호전됐어. 우리가 예전에 실패한 일을 지금 저 애 스스로 하고 있어. 하지만 여전히 쉽게 흥분할 수 있으니까 자극이 될 만한 말은 삼가도록 해요."

이 일로 메리와 콜린은 몹시 놀라서 초조해하며 이야기를 나누었다. 이때부터 '연극 놀이'를 하기로 결심한 것이었다.

콜린이 후회하면서 말했다.

"한 번쯤 다시 성깔을 부려야겠어. 이젠 그러고 싶지 않고 심하게 성깔을 부릴 만큼 불행하지도 않은데. 어쩌면 다시는 못할지도 몰라. 이젠 목에 덩어리가 걸리지도 않고 끔찍한 생각 대신 좋은 생각만 하니까. 하지만 아버지한테 편지를 보내려고 한다면 뭔가 손을 써야 할 것 같아."

콜린은 먹는 것을 줄이겠다는 훌륭한 방법을 떠올렸지만 실천하기가 도저히 불가능했다. 아침에 일어날 때마다 몹시도 배가 고픈 데다 소파 옆 테이블에는 직접 구운 빵과 신선한 버터, 하얀 달걀, 나무딸기잼, 생크림으로 된 아침 식사가 푸짐하게 차려져 있었다. 메리는 항상 콜린과 함께 아침을 먹었는데, 둘은 테이블에 앉을 때마다 절망스러운 표정으로 서로를 쳐다보기 일쑤였다. 특히나 뜨거운 은색 뚜껑 아래에서 얇게 썬 햄 조각이 지글지글 끓으며 유혹적인 냄새를 풍길 때는 너무도 견디기 힘들었다.

결국은 콜린이 이렇게 말하곤 했다.

"메리, 오늘 아침에는 전부 먹어 치워야 할 것 같아. 점심을 조금 남기고 저녁은 잔뜩 남기면 되니까."

하지만 메리와 디콘은 도저히 남길 수가 없었다. 윤이 날 정도로 깨끗하게 먹어 치운 그릇이 식당으로 돌아가면 하인들이 일제히 술렁거렸다.

콜린은 이런 말도 했다.

"햄 조각이 좀 더 두껍다면 얼마나 좋을까. 머핀 한 개로 배부를 사람은 아무도 없어."

메리는 그 말을 처음 들을 때 이렇게 대답했다.

"죽어 가는 사람한테는 충분하지. 하지만 오래 살 사람한테는 부족해. 황무지에서 싱그러운 히스꽃이랑 가시금작화 향기가 바람을 타고 창문으로 들어오면 난 머핀을 세 개라도 먹을 수 있을 것 같다니까."

그날 아침 뜰에서 두 시간쯤 즐거운 시간을 보내고 난 때였다. 디콘이 커다란 덩굴장미 뒤로 가더니 양동이 두 개를 가져와 보여 주었다. 양동이 하나에는 크림이 동동 뜰 정도로 갓 짜낸 진하고 신선한 우유가 가득 담겨 있었고, 나머지 양동이에는 오두막에서 직접 만든 건포도 빵이 파란색과 하얀색으로 된 깨끗한 냅킨에 싸여 있었다. 어찌나 꼼꼼하게 싼지 빵은 여전히 따끈했고 아이들은 탄성을 질렀다. 소어비 부인은 정말로 근사한 생각을 했다! 친절하고 현명한 부인이 틀림없으리라! 빵은 얼마나 맛있는지! 신선한 우유의 맛은 또 얼마나 굉장한지!

콜린이 말했다.

"디콘한테 마법이 깃들어 있는 것처럼 디콘의 어머니에게도 마찬가지로 마법이 깃들어 있어. 그래서 멋진 일들을 생각할 수 있는 거야. 디콘의 어머니는 마법을 부리는 분이야. 디콘, 어머니께 전해 드려. 배려에 지극히 감사드린다고."

콜린은 이따금씩 어른들이 하는 말을 썼다. 그것을 즐겨서 계속 실력을 가다듬었다.

"어머니께 꼭 전해 드려. 어머니의 아낌없는 관용과 배려에 우리가 진정 감사하고 있다고 말이야."

그러고 나서 콜린은 품위 따위는 잊어버리고 빵을 입안에 쑤셔 넣고 우유를 통째로 벌컥벌컥 마셔 댔다. 아직 아침을 먹으려면 두 시간도 넘게 남았는데, 평소보다 많이 돌아다니고 황무지의 공기를 흠뻑 들이마셔서 배고픈 아이 같았다.

이날을 시작으로 메리와 콜린은 매일 맛있는 음식을 대접받게 되었다. 두 사람은 자신들이 워낙 많이 먹는다는 사실을 깨달았다. 그래서 부인에게 돈을 조금 보낼 테니 필요한 재료를 사는 데 써 달라고 부탁했다.

한편 디콘은 뜰 바깥에 있는 정원에 딸린 숲에서 근사한 것을 발견했다. 들짐승들에게 피리를 불어 주던 디콘을 메리가 처음 본 곳이었다. 디콘이 발견한 것은 깊고 조그만 구덩이었다. 돌을 화덕처럼 만들어 그곳에 감자나 달걀을 넣어 구워 먹을 수 있었다. 구운 달걀은 예전에는 미처 알지 못하던 호사였고, 소금과 신선한 버터를 바른 따끈따끈한 감자는 숲의 왕에게 잘 어울리는 음식이었을 뿐만 아니라 맛까지 엄청 좋았다. 게다가 감자와 달걀 같은 음식이라면 열네 식구의 입에서 빼앗는 기분을 느끼지 않고 마음껏 먹을 수 있었다.

아이들은 짧은 시간 동안 꽃이 피었다가 초록빛 이파리가 무성해진 자두나무를 캐노피 삼아 아름다운 아침마다 그 아래에 신비스럽게 빙 둘러앉아 마법을 실험했다. 의식이 끝난 다음 콜린은 언제나 걷기 연습을 했다. 낮에도 이따금씩 걷는 연습을 하곤 했다. 날이 갈수록 콜린은 점점 튼튼해져서 더 오래, 더 안정감 있게 걸을 수 있게 되었다. 날마다 마법에 대한 믿음도 강해졌다. 콜린은 스스로 점점 튼튼해지는 것을 느끼면서 계속 새로운 실험을 시도했다. 그런 콜린에게 가장 멋진 실험을 알려 준 것은 디콘이었다.

어느 날 디콘은 뜰에 나오지 않았는데, 그 이튿날 와서 말했다.

"어제 엄니 심부름으루 스와이트에 갔는디 블루 카우 여인숙 근처에서 봅 하워스 아저씨를 만났어유. 봅 아저씨는 황무지에서 힘이 젤루 센 사람이쥬. 레슬링 챔피언이구 높이뛰기도 젤루 잘허구 해머두 젤루 멀리 던지쥬. 운동을 허느라구 몇 년 동안 이나 스코틀랜드에 가있었어유. 봅 아저씨는 내가 어릴 적부터 날 알았구 워낙 친절헌 사람이라서 이것저것 질문을 많이 하구 왔쥬. 사람덜이 아저씨헌티 운동선수라구 허는 말을 들으니께 콜린 도련님 생각이 나서 물어봤슈. '아저씨, 어떻게 하믄 알통 이 그렇게 볼록 나와유? 힘이 세질라구 뭘 특별히 하신 게 있나 유?' 그랬더니 봅 아저씨가 '그려, 있지. 일전에 스와이트에 온 쇼단에 힘센 남자가 하나 있었는디 그 사람이 팔이랑 다리랑 온 몸의 근육을 단련허는 방법을 갈쳐 줬거든.'이라구 했어유. 내 가 '아저씨, 허약한 사람두 그 방법으루 단련허면 튼튼해질 수 있슈?'라구 물으니 아저씨가 웃으면서 '네가 그 허약한 사람이 냐?' 하지 않겠어유? 그래서 '아니에유. 오랫동안 병을 앓다가 지금 낫구 있는 어린 신사분을 아는디 그 신사분헌티 알려 줄려 구 그래유.'라구 했어유. 난 이름은 말허지 않았구 봅 아저씨두 묻지 않았어유. 아까 말했지만 아저씨는 친절한 사람이라 벌떡 일어나서 자세히 알려 줬어유. 난 다 외울 때까지 아저씨가 허 는 대루 따라 했구유."

콜린은 잔뜩 흥분해서 듣고 있다가 소리쳤다.

"나한테 가르쳐 줄 수 있어? 응?"

디콘이 자리에서 일어났다.

"그럼유, 물론이쥬. 근디 뵙 아저씨가 첨에는 살살 해야 되구 피곤허지 않게 조심해야 헌다구 했어유. 하다가 쉬구 심호흡을 하면서 무리하지 말라구유."

　"조심할게. 가르쳐 줘! 얼른 가르쳐 줘! 디콘, 넌 세상에서 가장 멋진 마법사야!"

　디콘은 풀밭에 서서 천천히, 간단하면서도 효과적인 근육 운동을 천천히 보여 주었다. 지켜보는 콜린의 눈이 휘둥그레졌다. 앉은 상태에서도 몇 가지 동작을 따라 할 수 있었다. 이내 콜린은 튼튼해진 두 발로 일어나 조심스럽게 따라 했다. 메리도 따라 하기 시작했다. 지켜보던 수트는 따라 할 수 없어 조바심이 나는지 나뭇가지에서 내려와 운동하는 아이들 주위를 바쁘게 뛰어다녔다.

　그 후 근육 운동은 마법과 마찬가지로 아이들의 하루 일과로 자리 잡았다. 콜린과 메리는 날마다 운동량이 늘어나 갈수록 식욕도 좋아졌다. 디콘이 매일 아침 뜰로 가져와 덤불 뒤에 놓아두는 바구니가 없다면 아이들은 어찌해야 좋을지 몰랐을 정도로 말이다. 구덩이에 만든 조그만 화덕과 아낌없이 베푸는 소어비 부인 덕분에 메들록 부인과 간호사와 크레이븐 박사는 또다시 어리둥절해졌다. 구운 달걀과 감자, 거품이 풍성한 갓 짠 우유와 귀리로 만든 케이크, 빵, 히스꿀과 생크림을 배불리 먹는다면 누구라도 아침밥을 깨작거리고 저녁밥은 거들떠보지도 않을 것이기 때문이다.

간호사가 말했다.

"둘 다 거의 먹질 않고 있어요. 영양을 섭취하게 만들어야지, 안 그러면 굶어 죽고 말 거예요. 하지만 둘 다 겉보기에는 멀쩡해요."

메들록 부인도 성난 듯 소리쳤다.

"아이구! 두 사람 때문에 곤란해 죽겠다니까. 둘 다 악마가 틀림없어. 하루는 윗도리가 터질 만큼 먹어 대다가 또 하루는 요리사가 기껏 만들어 놓은 진수성찬을 거들떠보지도 않으니, 원! 어제는 빵가루 소스를 뿌린 영계 요리에 손도 대지 않았다니까. 가엾게도, 요리사는 그 애들에게 주려고 새로운 푸딩을 만들어 내기까지 했는데 그것도 고스란히 돌려보냈지 뭐야. 요리사는 울음을 터뜨릴 뻔했어. 그 아이들이 굶어 죽으면 자기 책임이 될까 봐 걱정하는 거지."

크레이븐 박사가 와서 콜린을 오랫동안 유심히 살펴보았다. 박사는 간호사가 박사에게 보여 주려고 남겨 둔, 손도 대지 않은 아침 식사 쟁반을 보면서 매우 걱정스러운 표정을 지었다. 그리고 소파 옆에 앉아 콜린을 살펴보고는 더욱더 걱정스러운 표정이 되었다. 박사는 볼일이 있어 런던에 다녀오느라고 2주쯤 콜린을 보지 못했다. 어린아이들은 으레 건강을 되찾기 시작하면 무서운 속도로 회복하는 법이다. 콜린의 피부는 밀랍 같은

빛깔이 사라졌고, 아름다운 눈은 맑아졌으며, 홀쭉하게 쑥 들어간 눈가와 뺨, 관자놀이에는 살이 붙었다. 또한 입술은 도톰해지고 정상적인 색깔로 돌아와 있었다. 게다가 무겁게 축 늘어지던 머리카락도 이마 위에서 건강하고 부드럽고 생기 넘치게 찰랑거리고 있었다. 환자임에 분명하던 예전과 비교해 도저히 똑같은 아이라고 할 수 없었다. 크레이븐 박사는 턱을 괴고 아이의 상태에 대해 심사숙고했다.

"통 먹질 않는다니 안타깝구나. 그러다 큰일 난다. 놀랄 만큼 살이 쪘는데 안 먹으면 다시 빠질 거야. 얼마 전까지만 해도 아주 잘 먹었잖니."

"부자연스러운 식욕이라고 했잖아요."

그때 근처 의자에 앉아 있던 메리가 갑자기 이상한 소리를 냈다. 엄청나게 꾹꾹 참다가 숨이 막힐 지경이 되어 나오는 소리였다.

크레이븐 박사가 메리를 바라보았다.

"왜 그러니?"

그러자 메리가 책망하는 듯한 투로 쏘아붙였다.

"재채기랑 기침의 중간쯤 되는 게 목에 걸렸어요."

나중에 메리는 콜린에게 말했다.

"하지만 도저히 참을 수가 없었단 말이야. 네가 조금 전에 커다란 감자뿐만 아니라 잼이랑 생크림 바른 두툼한 빵을 한입 크게 베어 물던 게 생각났거든."

크레이븐 박사는 메들록 부인에게 물었다.

"혹시 애들이 몰래 음식을 구할 수 있는 방법이 있소?"

"땅에서 파내거나 나무에서 따지 않는다면 전혀 불가능하지
요. 온종일 아무도 보지 않는 데서 자기들끼리만 있어요. 보내
주는 음식 말고 다른 걸 먹고 싶으면 하인들한테 가져오라고 해
야만 구할 수 있죠."

"글쎄, 먹지 않아도 잘 지낸다면 상관할 바가 아니겠지요. 콜
린은 다른 아이가 됐으니까."

"여자애도 마찬가지예요. 살이 좀 찌고 심술궂은 표정이 사라
지니까 정말 예뻐지기 시작했어요. 머리숱도 많아지고 윤기가
나고 얼굴색도 밝아졌어요. 예전에는 그렇게 뚱하고 미워 보일
수가 없더니 이젠 콜린 도련님하고 둘이 미친 애들처럼 깔깔 웃
네요. 웃어서 살이 찌는지도 모르겠어요."

크레이븐 박사가 말했다.

"그럴지도 모르지. 마음껏 웃게 내버려 두시오."

25

젖혀진 커튼

    비밀의 뜰에는 쉬지 않고 꽃이 피어났고 아침마다 새로운 기적이 일어났다. 붉은가슴울새의 둥지에는 알이 생겼고, 그 짝꿍이 깃털로 덮인 조그만 가슴과 날개로 알을 조심스럽게 품었다. 처음에 암컷은 매우 신경이 날카로웠고 붉은가슴울새도 화가 난 것처럼 주위를 잔뜩 경계했다. 그 시기에는 디콘조차 나뭇잎이 무성한 구석 자리에 있는 둥지에 가까이 가지 않고 잠자코 기다렸다. 디콘은 조그만 한 쌍의 새에게 신비로운 마법의 주문을 걸고 효과가 나타날 때까지 기다리는 것 같았다. 뜰 안에 있는 모든 것은 그 새들과 똑같다. 그렇기에 어마어마하고 부드럽고 무섭기까지 하며 가슴 터질 만큼 아름답고 엄숙하기도 한, 알을 품는 일이 얼마나 경이로운지 다들 이해하고 있었다. 알을 가져다 버리거나 다치게 한다면 온 세상이 빙빙 돌다 끝나 버릴 것이라는 사실을 알지 못하는 사람이 이 뜰에 한 명이라도 있었다면, 그 사실을 마음속 깊이 느끼고 그대로 행동하지 못하는 사람이 한 명이라도 있었다면, 황금빛 봄날이 그렇게 찬란하고 행복하지는 못했으리라. 하지만 세 아이는 모두 그것을 알고 느꼈으며, 붉은가슴울새 부부도 아이들이 그렇다는 것을 알고 있었다.

처음에 붉은가슴울새는 날카롭게 경계하는 눈으로 메리와 콜린을 지켜보았다. 어떤 신기한 이유에서인지 새는 디콘을 경계하지 않아도 된다는 사실을 알고 있었다. 새는 이슬방울처럼 반짝이는 까만 눈으로 디콘을 처음 보는 순간부터 그가 낯선 존재가 아니라 부리나 깃털만 없을 뿐 자기하고 똑같은 새라고 여겼다. 게다가 디콘은 붉은가슴울새의 말을 할 수 있었다. 붉은가슴울새의 말은 다른 말과 확실히 구별되었다. 붉은가슴울새에게 붉은가슴울새의 언어로 말하는 것은 프랑스 사람에게 프랑스어로 말하는 것과 똑같았다. 디콘은 언제나 붉은가슴울새에게 붉은가슴울새의 언어로 이야기하므로 새는 디콘이 사람들에게 말할 때는 횡설수설하는 희한한 말을 쓴다는 사실을 조금도 문제 삼지 않았다. 사람들이 새의 말을 알아들을 만큼 똑똑하지 못하기 때문에 디콘이 그 사람들한테는 그렇게 희한한 말을 써야 하는 거라고 여겼다. 디콘은 움직이는 모습도 붉은가슴울새와 똑같았다. 붉은가슴울새들은 위험하거나 위협적으로 보이는 갑작스러운 움직임으로 서로를 놀라게 하는 일이 결코 없다. 붉은가슴울새라면 누구나 디콘의 말을 알아들을 수 있었으므로 새는 디콘이 있어도 조바심 내거나 불안해하지 않았다.

하지만 나머지 두 아이는 경계할 필요가 있었다. 먼저 남자아이는 처음에 제 발로 뜰에 들어온 게 아니었다. 바퀴 달린 이상하게 생긴 것을 타고 들짐승의 가죽을 무릎에 덮고 있었다. 그것만으로도 의심스러웠다. 얼마 후 남자아이는 두 발로 일어나 움직이기 시작했는데 그 모양이 어설퍼서 나머지 아이들이 도와줘야만 했다. 붉은가슴울새는 덤불 속에 숨어 고개를 갸웃거리며 불안하게 지켜보았다. 느리게 움직이는 남자아이의 모습은 마치 고양이들이 잽싸게 덮칠 준비를 하는 것처럼 보였다. 고양이들은 잽싸게 덮치려고 할 때 먼저 느릿느릿 기어가게 마련이다. 붉은가슴울새는 며칠 동안 제 짝꿍과 이 문제에 대해 많은 이야기를 했지만, 짝꿍이 너무나 놀라는 바람에 알에 해로울까 봐 염려스러워 더 이상 말하지 않기로 했다.

남자아이가 혼자 걸어 다니고 움직임도 빨라져서 붉은가슴울새는 천만다행이었다. 하지만 대단히 길게 느껴지는 시간 동안 새는 남자아이 때문에 몹시 불안했다. 그 아이의 행동은 다른 사람들하고 달랐다. 걷기를 무척 좋아하는 것 같았지만 잠시 앉거나 누워 있다가 일어서서 다시 걷곤 했다.

어느 날 문득 붉은가슴울새는 엄마와 아빠 새에게 나는 법을 배울 때 자기도 그 남자아이와 똑같았다는 사실을 기억해 냈다. 자기도 겨우 조금만 날다가 쉬어야만 했다. 새는 그 아이도 나는 법을, 아니 걷는 법을 배우고 있다는 생각이 들었다. 새는 짝꿍에게 그 이야기를 했다. 자기네 알도 깃털이 돋으면 저렇게 똑같이 행동할지도 모른다고 하자, 짝꿍은 마음이 놓였고 둥지 가장자리에서 즐거운 마음으로 그 남자아이를 내려다보게 되었다. 자기 알들이 훨씬 영리해서 더 빨리 배울 거라는 생각도 했다. 붉은가슴울새의 짝꿍은, 사람은 알보다 어설프고 느려터진 데다 하늘을 나는 법을 배우는 것 같지도 않다고 너그럽게 덧붙였다. 하늘이나 나무 꼭대기에서 사람을 만난 적은 없으니까 말이다.

얼마 후 남자아이는 나머지 두 아이들처럼 돌아다니기 시작했다. 그런데 세 아이는 때때로 아주 희한한 짓을 했다. 나무 아래에 서서 팔다리와 머리를 움직였는데, 걷는 것도 아니고 뛰는 것도 아니고 그렇다고 자리에 앉는 자세도 아니었다. 아이들은 날마다 몇 번씩이나 그렇게 요상하게 움직였다. 붉은가슴울새는 짝꿍에게 아이들이 뭘 하고 있는지, 뭘 하려는 것인지 설명해 줄 수가 없었다. 자기의 알은 저렇게 파닥거리지 않으리라는 말만 해줄 뿐이었다. 어쨌든 붉은가슴울새의 말을 유창하게 할 줄 아는 남자아이도 함께하는 모습을 보고, 새들은 그것이 전혀 위험하지 않은 일이라는 것만 분명히 알 수 있었다. 물론 붉은 가슴울새와 그 짝꿍이 레슬링 챔피언 봅 하워스나 근육이 단단 해지는 운동을 알 리가 없었다. 붉은가슴울새는 사람과 다르다. 붉은가슴울새는 태어날 적부터 항상 근육 운동을 하기 때문에 근육이 자연스럽게 발달한다. 먹이를 찾아 매일 사방으로 날아 다니면 근육이 퇴화할 일은 없다. 퇴화라는 것은 사용하지 않아 줄어든다는 말이다.

남자아이가 다른 아이들처럼 걷고 뛰고 땅을 파고 잡초를 뽑 을 수 있게 되자, 뜰 한구석에 자리한 붉은가슴울새의 둥지에는 평화와 만족감이 넘쳐흘렀다. 더 이상 알이 다칠까 봐 걱정할 필요가 없었다. 알이 은행 금고에 있는 것만큼이나 안전하다는 사실을 알게 되고 아이들이 벌이는 신기한 일을 지켜보면서 뜰 은 정말로 재미있는 곳이 되었다. 어미 새는 비가 와서 아이들 이 뜰에 오지 않으면 심심하기까지 했다.

하지만 비가 오는 날에도 메리와 디콘은 전혀 심심하지 않았 다. 비가 쉬지 않고 퍼붓던 어느 날 아침, 콜린은 누가 볼까 봐 걸어 다닐 수 없어 소파에만 앉아 있어야 해 잔뜩 조바심이 났 다. 그때 메리는 어떤 생각이 떠올랐다.

그날 콜린이 일찌감치 말했다.

"이제 난 진짜 남자애가 됐고, 팔과 다리와 온몸에 마법이 가 득하니까 도저히 가만히 있을 수가 없어. 내 몸이 항상 움직이고 싶어 한단 말이야. 메리, 아침 일찍 눈을 뜨면 밖에서 새들이 짹짹거리고 온 세상이 기뻐서 소리쳐. 나무처럼 우리가 소리를 들을 수 없는 것들까지도 말이야. 그럴 때면 나도 침대에서 뛰쳐나가서 소리치고 싶어. 내가 진짜 그렇게 한다면 무슨 일이 벌어질까?"

메리는 배꼽이 빠져라 웃었다.

"간호사가 달려오고 메들록 부인도 달려오겠지. 네가 미쳐 버린 건 아닐까 싶어서 의사를 부를 거야."

콜린도 깔깔 웃었다. 모두 어떤 표정을 지을지 눈앞에 선했다. 난데없이 고함을 질러 대서 기겁하다가 꼿꼿하게 선 모습을 보고는 깜짝 놀랄 테지.

"아버지가 빨리 돌아오시면 좋겠어. 내가 직접 말씀드릴 거야. 항상 그 생각을 해. 하지만 이젠 오래 버틸 수 없어. 누워서 아픈 척 연기하는 것도 더는 못하겠어. 게다가 내 모습도 너무 달라졌잖아. 오늘 비가 안 오면 좋았을 텐데."

바로 그때 메리에게 어떤 생각이 떠올랐다.

메리가 알쏭달쏭한 질문으로 입을 열었다.

"콜린, 이 집에 방이 몇 개인지 아니?"

"1000개쯤 되려나."

"아무도 들어가지 않는 방이 100개쯤 있어. 난 언젠가 비 오는 날 여기저기 몰래 돌아다니면서 구경한 적이 있거든. 메들록 부인한테 들킬 뻔했지. 방으로 돌아가다가 길을 잃었고 네 방이 있는 복도에서 멈춰 선 거야. 그때 두 번째로 네 울음소리를 들었어."

콜린은 소파에서 벌떡 일어났다.

"아무도 들어가지 않는 방이 100개나 된다니! 꼭 비밀의 뜰 얘기 같아. 우리 가서 구경하자. 네가 내 휠체어를 밀어 줘. 우리가 어디 갔는지 아무도 모를 거야."

"나도 그 생각을 하고 있었어. 감히 우릴 따라올 사람은 없을 거야. 네가 뛰어다닐 수 있는 복도도 있어. 운동도 할 수 있을 거야. 인도풍으로 꾸민 방도 있는데, 장식장에 상아로 만든 코끼리가 잔뜩 들어 있어. 별별 방이 다 있다고."

"종을 울려."

간호사가 들어오자 콜린이 지시를 내렸다.

"휠체어를 가져와. 메리 아가씨하고 나는 이 집에서 사용하지 않는 곳을 보러 가겠어. 계단이 있으니까 초상화가 걸린 화랑까지는 존에게 밀어 달라고 해. 그런 다음 존은 물러가고 다시 부를 때까지 우리끼리만 있을 거야."

그날 아침은 여느 때의 비 오는 날처럼 지긋지긋하지 않았다. 하인은 초상화가 걸린 화랑까지 휠체어를 밀어 주고 두 아이만 남겨 놓은 채 물러갔다. 콜린과 메리는 기쁨에 찬 눈으로 서로를 바라보았다. 존이 아래층에 있는 방으로 돌아간 것을 메리가 확인하고 돌아오자마자 콜린이 휠체어에서 일어섰다.

"여기서부터 저쪽 끝까지 달려갈 거야. 그런 다음에는 펄쩍펄쩍 뛸 거고. 그다음에 봅 하워스 근육 운동을 하자."

두 아이는 그 밖에도 많은 것을 했다. 초상화를 구경하다가 무늬가 들어간 초록색 실크 드레스를 입고 손가락에 앵무새가 앉아 있는 못생긴 여자아이 그림을 발견했다.

"이 사람들은 전부 내 친척일 거야. 아주 오래전에 살았던 사람들이겠지. 앵무새를 들고 있는 저 애는 우리 할머니의 할머니의 할머니의 할머니쯤 되려나. 메리 꼭 너처럼 생겼다. 지금의 너 말고, 처음 여기 왔을 때 말이야. 지금은 살이 많이 붙고 훨씬 보기 좋아졌어."

"너도 마찬가지야."

두 아이는 웃음을 터뜨렸다.

메리와 콜린은 인도풍으로 꾸며진 방으로 가서 상아로 만든 코끼리를 가지고 재미있게 놀았다. 장밋빛 벨벳 커튼이 쳐진 방과 생쥐가 구멍을 낸 쿠션도 발견했다. 하지만 어린 생쥐들은 자라서 떠나가 버리고 쿠션은 텅 비어 있었다. 두 아이는 다른 방들도 돌아다녔고 메리가 혼자 나선 때보다 훨씬 많은 것을 발견했다. 새로운 복도와 모퉁이와 계단을 찾았고 마음에 드는 오래된 그림도 보았다. 어디에 쓰는지 도통 알 수 없는 이상한 골동품도 발견했다. 그날 아침은 정말로 즐거웠다. 다른 사람들과 같이 살고 있는 집에서 왠지 멀리 떨어져 있는 것 같아 너무도 신났다.

콜린이 말했다.

"여기 오길 잘했어. 이 집이 이렇게 크고 희한하고 오래된 곳인지 몰랐거든. 비가 오는 날마다 이렇게 돌아다니자. 처음 보는 모퉁이랑 물건들이 항상 있을 테니까 말야."

두 사람은 콜린의 방으로 돌아왔다. 그날 아침 두 아이는 식욕이 너무나 왕성해 점심 식사를 건드리지 않고 돌려보내기가 도저히 불가능했다.

간호사가 쟁반을 아래층에 있는 주방으로 가져가 탁 하고 내려놓자, 요리사인 루미스 부인은 반짝반짝 빛날 정도로 싹 비운 접시와 그릇을 볼 수 있었다.

루미스 부인이 말했다.

"이것 좀 봐! 이 집은 정말 수수께끼야. 그중에서도 저 두 애들이 가장 큰 수수께끼라니까."

힘센 젊은 하인 존이 말했다.

"날마다 저렇게 먹어 대니 도련님이 한 달 전보다 몸무게가 갑절은 늘어났다구 해도 놀랄 일이 아니겠슈. 난 빨리 여길 그만둬야겠구먼유. 이러다 내 근육이 상헐까 봐 겁나네."

그날 오후 메리는 콜린의 방에 생긴 변화를 눈치챘다. 사실 그 전날부터 눈치챘지만 우연일지도 모른다는 생각에 아무런 말도 하지 않았다. 오늘 역시 아무 말도 하지 않았지만 자리에 앉은 채 오직 시선은 벽난로 선반 위의 그림으로 향했다. 커튼이 옆으로 쳐져 있어 그림이 보였다. 메리가 콜린의 방에서 눈치챈 변화란 그것이었다.

메리가 한참 그림을 보고 있자 콜린이 말했다.

"네가 뭘 궁금해하는지 알아. 왜 커튼이 젖혀져 있는지 궁금한 거지? 앞으로 계속 저렇게 놔둘 거야."

메리가 물었다.

"왜?"

"이젠 어머니가 웃는 모습을 봐도 화나지 않으니까. 엊그저께 밤에 자다가 깼는데 달빛이 밝게 비추고 있었어. 온 방에 마법이 가득하고 모든 게 눈부시도록 아름다워서 가만히 누워 있을 수가 없었어. 그래서 일어나 창밖을 내다보았어. 방 안은 꽤 밝았고 달빛이 커튼을 비추고 있었어. 나도 모르게 다가가서 끈을 당겼지. 어머니가 날 보고 있었어. 거기에 서있는 날 보고 기뻐서 웃는 것 같았지. 그래서 어머니를 보는 게 좋았어. 어머니가 그렇게 웃는 모습을 언제나 보고 싶어. 어머니도 마법을 쓸 줄 아는 사람이었을 거야."

"넌 지금 어머니하고 정말 많이 닮았어. 가끔은 네가 남자아이 모습을 하고 있는 네 어머니의 유령이 아닐까 싶다니까."

콜린은 그 말에 깊은 감명을 받은 듯했다.

"내가 어머니의 유령이라면…… 아버지가 날 좋아하시겠지."

메리가 물었다.

"아버지가 널 좋아하시면 좋겠니?"

"난 아버지가 날 싫어한다는 게 싫었어. 아버지가 날 좋아하게 된다면 아버지한테 마법 얘기를 해드릴 거야. 그러면 아버지도 기운이 나실 거야."

26

"엄니가 오셨어!"

마법에 대한 세 아이의 믿음은 계속되었다. 아침마다 마법 의식을 치른 데다, 콜린은 가끔 마법에 대한 강의를 하기도 했다.

"난 강의를 하는 게 좋아. 나중에 커서 중요한 과학 발견을 하면 강의를 해야 할 테니까 미리 연습하는 셈이지. 지금은 어려서 짧게 할 수밖에 없지만. 게다가 벤 웨더스타프는 교회에 온 기분인지 도중에 잠들어 버리기 일쑤고."

벤 노인이 말했다.

"강의가 왜 좋으냐 허믄 한 사람이 일어나서 허고 싶은 대루 말허구 다른 사람은 아무 대꾸도 못 허기 때문이쥬. 지는 절대 강의는 못 헐 거구먼유."

그러나 콜린이 나무 아래에서 강의할 때면 노인은 시선을 떼지 못했다. 물론 노인의 흥미를 사로잡는 것은 강의가 아니었다. 날마다 꼿꼿해지고 튼튼해지는 콜린의 다리와 당당하게 쳐든 사내아이다운 얼굴이었고, 예전에는 뾰족하던 턱과 푹 꺼져 있던 뺨에 통통하게 살이 오른 모습이었으며, 자기가 기억하는 크레이븐 마님의 눈을 닮기 시작하는 두 눈동자였다.

콜린은 벤 노인이 그렇게 열성적인 눈빛으로 바라보면 자기의 강의에 엄청 감동을 받은 모양이라고 생각했다. 실제로 노인이 무슨 생각을 하는지도 궁금해졌다. 한번은 노인이 완전히 넋을 잃은 표정이기에 콜린이 물어보았다.

"벤 웨더스타프, 무슨 생각을 하고 있어요?"

"도련님 종아리랑 어깨를 보니 이번 주에 도련님 몸무게가 2~3킬로는 늘어난 게 틀림없다는 생각을 허구 있었슈. 몸무게를 달아보면 좋겠는디."

"마법 덕분이에요. 소어비 부인이 보내 주는 우유와 먹을거리 덕분이기도 하고. 보다시피 과학 실험은 성공했어요."

그날 아침 디콘은 늦게 와서 강의를 듣지 못했다. 달려오느라고 얼굴이 빨개졌고 재미있게 생긴 얼굴은 평소보다 더욱 환하게 빛났다. 비가 내린 후 잡초가 무성해져서 일을 해야만 했다. 따뜻한 비가 땅에 스며든 다음에는 언제나 할 일이 많아진다. 꽃에 좋은 물기는 잡초에도 좋은 법이므로 조그만 싹과 이파리가 쑥쑥 올라와 뿌리가 단단해지기 전에 얼른 뽑아 줘야만 했다. 콜린은 이제 잡초를 꽤 잘 뽑을 수 있게 되었다. 잡초를 뽑으면서 강의도 할 수 있었다.

그날 아침 콜린이 말했다.

"마법은 일하고 있을 때 가장 효과가 좋아. 뼈와 근육에서 마법을 느낄 수 있거든. 난 뼈와 근육에 대한 책을 읽을 거야. 하지만 마법에 대한 책은 내가 직접 쓸 참이야. 지금 결심했어. 앞으로도 계속 여러 가지 발견을 해야지."

그렇게 말하고 얼마 지나지 않아 콜린은 모종삽을 내려놓고 일어섰다. 그러고는 한동안 아무 말도 없었다. 강의 내용을 생각하느라 그런 때가 종종 있었다. 콜린은 몸을 똑바로 펴더니 두 팔을 힘껏 뻗었다. 얼굴이 더욱 발그레해지고 묘한 두 눈은 기쁨으로 더 커졌다.

콜린이 소리쳤다.

"메리! 디콘! 날 좀 봐."

두 아이는 풀을 뽑다 말고 콜린을 쳐다보았다.

"너희가 날 여기로 데려온 첫날 기억나니?"

디콘은 콜린을 뚫어지게 쳐다보았다. 동물들을 부리는 마법사는 다른 사람들보다 많은 것을 볼 수 있었다. 그중에는 디콘이 입 밖으로 꺼내지 않는 것들도 많았다. 지금 디콘은 콜린에게서도 그것을 볼 수 있었다.

디콘이 대답했다.

"당연히 기억하쥬."

메리도 콜린을 뚫어지게 쳐다보았지만 아무런 말도 하지 않았다.

"지금 갑자기 그 생각이 났어. 모종삽으로 땅을 파는 내 손을 보다가…… 진짜인지 확인해 보려고 벌떡 일어선 거야. 이건 진짜야. 난 진짜 건강하다고! 건강해."

디콘이 말했다.

"그렇구말구유!"

콜린은 얼굴이 새빨개지도록 다시 외쳤다.

"난 건강해. 건강하다고!"

콜린은 자기가 건강하다는 사실을 이미 알고 있었다. 또한 그것을 바라고 느끼고 생각하기도 했지만 바로 그 순간, 환희로 가득한 믿음과 깨달음 같은 게 안에서 솟구쳤다. 너무도 강렬해서 힘껏 외치지 않을 수 없었다.

콜린은 당당하게 외쳤다.

"난 영원히 살 거야. 수많은 것을 알아낼 거야. 디콘처럼 사람들이랑 동물들이랑 땅에서 자라는 모든 것에 대해 알아낼 거야. 그리고 언제까지나 마법을 만들어 낼 거야. 난 건강해. 난 건강해. 마구 소리치고 싶어. 고맙다고. 난 행복하다고!"

장미나무 근처에서 일하던 벤 웨더스타프 노인은 콜린을 힐끗 돌아보더니 특유의 무미건조하고 툴툴거리는 말투로 말했다.

"아무래도 영광송(예배나 미사에서 신을 찬미하기 위해 부르는 짧은 찬송가를 가리킴 – 옮긴이)을 불러야겠네유."

영광송에 대해 좋다 싫다 하는 감정이 없던 벤 노인은 특별히 경건한 마음을 담아서 제안하지는 않았다.

하지만 콜린은 평소 탐구심이 강한 데다 영광송을 전혀 알지 못했다.

"그게 뭔데?"

벤 노인이 대답했다.

"디콘이 도련님헌티 불러 드릴 수 있을 거예유."

디콘은 동물을 부리는 마법사답게 모든 것을 안다는 듯한 미소를 지어 보였다.

"교회에서 부르는 노래유. 우리 엄니는 종달새두 아침에 일어나서 영광송을 부른다구 생각하시쥬."

"너희 어머니가 그러셨다면 분명히 근사한 노래일 거야. 난 교회에 가본 적이 없어. 항상 많이 아팠으니까. 불러 봐, 디콘. 듣고 싶어."

디콘은 콜린이 영광송을 모른다는 사실을 단순하고 자연스럽게 받아들였다. 디콘은 콜린 자신보다도 콜린의 기분을 잘 이해했다. 그래서 디콘은 콜린이 영광송을 모른다는 사실을 본능적으로 이해했다. 자기가 이해한다는 사실도 의식하지 못한 상태였지만 말이다. 디콘은 모자를 벗고 여전히 웃는 얼굴로 주위를 둘러보았다.

"도련님도 모자를 벗어유. 벤 할아버지두유. 그리구 일어나야
해유."

콜린은 모자를 벗었다. 디콘을 골똘하게 쳐다보는 콜린의 머
리카락으로 따뜻한 햇살이 내리쬐었다. 벤 웨더스타프 노인은
무릎을 대고 서둘러 일어나더니 자기가 왜 이렇게 이상한 짓을
하고 있는지 모르겠다는 듯한, 황당하고 반쯤은 화가 난 표정으
로 모자를 벗었다.

나무와 장미 사이에 선 디콘은 두드러져 보였고, 이내 꾸밈없
고 힘찬 목소리로 진지하게 노래하기 시작했다.

만복의 근원 하느님을 찬송하세.

온 백성 찬송 드리고

저 천사여, 찬송하세.

성부와 성자와 성령을 찬송하세.

아멘.

노래가 끝나자 벤 웨더스타프 노인은 꼼짝도 하지 않고 서 있
었다. 고집스럽게 턱을 든 채 불안한 눈길로 디콘을 빤히 쳐다
보았다. 콜린은 생각에 잠긴 채 노래에 푹 빠진 표정이었다.

"정말 좋은 노래구나. 마음에 들어. 내가 마법에 고맙다고 외

치고 싶을 때의 느낌과 비슷한 것 같아."

콜린은 당황스러운 표정으로 생각에 잠겼다.

"아니, 어쩌면 똑같은지도 몰라. 우리가 세상 모든 것의 이름을 정확히 알 수는 없잖아? 디콘, 다시 불러 줘. 우리도 따라해 보자, 메리. 나도 부르고 싶어. 이건 내 노래야. 어떻게 시작했더라? '만복의 근원 하느님을 찬송하세'라고 했나?"

모두 함께 영광송을 불렀다. 메리와 콜린은 음을 살려 최대한 목청을 높였고, 디콘의 목소리도 더욱 크고 아름다워졌다. 벤 웨더스타프 노인은 둘째 소절에서 귀에 거슬리게 헛기침을 하더니 셋째 소절부터는 무지막지할 정도로 힘차게 따라 불렀다. 마지막에 '아멘'까지 부르자, 메리는 콜린이 불구가 아니라는 사실을 알아낸 때와 똑같은 일이 벤 노인에게 일어난 것을 보았다. 노인은 씰룩거리는 턱으로 눈을 끔뻑거리며 콜린을 쳐다보았다. 쭈글쭈글한 뺨은 젖어 있었다.

"지는 영광송이 쓸모가 있는지 몰랐는디 인제 마음을 바꿔 먹어야겠슈. 콜린 도련님, 이번 주는 몸무게가 3킬로는 늘 거구먼유. 3킬로는 늘 거예유!"

눈길 끄는 무언가를 따라 뜰 저쪽을 바라보던 콜린은 갑자기 깜짝 놀란 표정이 되었다. 콜린이 재빨리 말했다.

"누가 들어오고 있어? 누구지?"

담쟁이덩굴에 가려진 문이 살며시 열리고 한 부인이 들어왔다. 부인은 모두가 마지막 소절을 부를 때쯤 들어와 가만히 바라보며 듣고 있었다. 부인의 뒤쪽에는 담쟁이덩굴이 드리워지고 나무 사이로 햇살이 들어와 기다란 파란 망토로 얼룩지듯 비쳤다. 사방이 초록빛으로 물든 가운데 생기 넘치는 얼굴로 미소 짓는 부인의 모습은 마치 콜린의 책에 나오는 부드럽게 채색된 그림 같았다. 부인의 눈에는 애정이 넘쳐흘렀다. 아이들은 물론이고 벤 웨더스타프와 동물들, 그리고 활짝 피어난 꽃까지 무엇이든 받아들여 줄 것 같은 표정이었다. 난데없이 불쑥 나타났지만 아무도 부인을 방해꾼으로 여기지 않았다. 디콘의 눈이 환해졌다.

"엄니예유, 엄니가 오셨슈!"

디콘은 소리치며 풀밭을 달려갔다.

콜린도 부인이 있는 쪽으로 걷기 시작했고 메리도 따라갔다. 두 아이 모두 맥박이 빨라지는 것을 느꼈다.

디콘은 중간쯤 되는 곳에서 멈춰 서서 다시 말했다.

"우리 엄니예유! 아가씨랑 도련님이 엄니를 만나구 싶어 혀서 지가 문이 어디 숨어 있는지 알려드렸거든유."

콜린은 수줍음으로 얼굴이 발그레해져서 손을 내밀었다. 두 눈으로는 열심히 부인을 바라보았다.

"아플 때도 부인을 만나고 싶었어요. 부인이랑 디콘이랑 비밀의 뜰을 보고 싶었거든요. 지금까지 사람이든 뭐든 보고 싶어

한 적이 한 번도 없었죠."

치켜든 콜린의 얼굴을 보자마자 부인의 표정이 바뀌었다. 얼굴이 붉어지고 입가가 씰룩이더니 눈에 안개가 낀 듯했다.

부인은 떨리는 목소리로 외쳤다.

"아이구, 요 녀석아! 아이구, 요 녀석아!"

부인도 자기가 그런 말을 하게 될 줄은 몰랐다. 하지만 부인의 입에서는 '콜린 도련님' 대신 '요 녀석'이라는 말이 튀어나왔다. 부인은 디콘의 얼굴을 보고 감동을 받을 때도 분명히 똑같이 말할 터였다. 콜린은 그 말이 마음에 들었다.

"제가 건강해져서 놀라셨죠?"

부인은 콜린의 어깨에 한 손을 올렸다. 미소와 함께 두 눈에서 뿌연 안개가 걷혔다.

"그려, 놀랐다마다! 어찌나 니 엄니를 쏙 빼닮은지 가슴이 다 두근두근 뛰었네."

콜린이 약간 어색해하며 물었다.

"제가 어머니를 닮았으니, 아버지가 절 좋아하실까요?"

부인은 콜린의 어깨를 부드럽게 토닥였다.

"그려, 그렇구말구, 요 녀석아. 니 아부지는 집에 오셔야 혀. 집에 오셔야 허구말구."

벤 웨더스타프 노인이 부인에게 다가오며 말했다.

"수잔 소어비, 저 다리 좀 보시게. 두 달 전만 해두 북채에 양

416

말을 신겨 놓은 것 같았는디. 그리구 사람들이 도련님 다리가 굽은 데다 안짱다리라구 혔는디. 근디 저 다리가 어떤가 한번 보라니께!"

수잔 소어비는 편안하게 웃었다.

"쪼금만 있으면 아주 단단해질 거예유. 앞으로 쭉 뜰에서 놀구 일허구 배불리 먹구 우유를 많이 마시면 요크셔에서 젤루 튼튼헌 다리가 될 테니께유. 정말 천만다행이에유."

부인은 두 손으로 메리의 어깨를 잡고 어머니처럼 인자한 눈길로 내려다보았다.

"너도 그렇구! 우리 엘리자베스 엘렌처럼 튼튼해졌네. 너두 네 엄니처럼 될 거여. 우리 마사가 메들록 부인헌티 네 엄니가 아주 미인이라고 들었다더라. 나중에 다 크면 한 송이 장미처럼 어여쁠 거여."

부인은 쉬는 날 집에 온 마사가 메리의 얼굴이 누리끼리하고 못생겨서 메들록 부인의 말을 도저히 믿을 수 없다고 한 말은 전하지 않았다. 그때 마사는 고집스럽게 덧붙였다.

"엄니가 진짜루 이쁘면 그렇게 못생긴 아가 나올 수 없잖아유."

메리는 자기의 얼굴이 달라지고 있다는 데 신경 쓸 시간이 없었다. 그저 예전과 '다르게' 보인다는 것과 머리숱이 많아지고 머리카락이 빨리 자란다는 것만 알 뿐이었다. 하지만 메리는 예전에 마담 사히브를 보며 즐거워하던 기억이 떠올라서 언젠가 그녀처럼 될 것이라는 말을 들으니 기분이 몹시 좋았다.

수잔 소어비 부인은 세 아이와 함께 뜰을 한 바퀴 돌았다. 아이들은 지금까지의 이야기를 빠짐없이 들려주었고, 생생하게 살아난 덤불이며 나무를 전부 보여 주었다. 콜린과 메리가 부인의 양쪽에 서서 걸었다. 두 아이는 부인이 따뜻하고도 포근한, 몹시도 즐거운 기분을 느끼게 해준다는 사실에 호감을 느끼면서 줄곧 부인의 장밋빛 얼굴을 올려다보았다. 부인은 디콘이 동물들을 이해하는 것처럼 두 아이를 이해하고 있는 듯했다.

부인은 허리를 굽혀 아이들에게 하듯 꽃에게 말을 걸었다. 수트는 부인을 따라다니며 한두 번 까악 소리를 내더니 마치 디콘의 어깨인 것처럼 부인의 어깨에 내려앉았다. 두 아이가 붉은가슴울새와 그 새끼들이 처음 나는 법을 배운 이야기를 들려주자, 부인은 어머니처럼 인자하고 부드럽게 웃음을 터뜨렸다.

"새가 나는 법을 배우는 건 어린애가 걷는 법을 배우는 거랑 똑같을 거여. 그려두 난 우리 애가 다리가 아니라 날개를 가지구 있다면 걱정이 될 것 같은디."

아이들은 황무지 오두막의 포근한 분위기가 풍기는 멋진 부인에게 마법에 대한 이야기도 했다.

콜린이 인도의 고행자에 대해 설명하고 나서 물었다.

"아줌마, 마법을 믿으세요? 전 아줌마가 마법을 믿으시면 좋겠어요."

"밑구말구. 그게 그런 이름인지는 몰랐는디, 이름이 뭐가 중요하겠어? 프랑스에서는 딴 이름으루 부르구 독일에서도 딴 이름으루 부를 테니께. 씨앗을 키우구 햇볕을 내리쬐게 하구 널 건강하게 만들어 준 게 바로 그거여. 그건 좋은 거여. 그건 우리 바보 같은 사람덜하고는 달라서 무슨 이름으루 불러두 신경을 안 쓰지. 참말 좋은 그거는 걱정 때미 멈추는 법이 읎어. 수없이 많은 시상을 쉬지 않고 만들구 있으니께. 계속 그 좋은 걸 밑구 시상이 그걸루 꽉 차있다는 걸 잊지 말어. 이름은 뭐라구 불러두 상관없으니께. 니들은 아까 내가 들어올 때 거기에 대구 노래를 부르구 있었잖여."

콜린은 묘하게 생긴 아름다운 눈을 크게 뜨고 말했다.

"너무 기뻤어요. 갑자기 제가 얼마나 변한지 느껴졌거든요. 팔다리의 힘이 세지고 땅도 팔 수 있고 일어나서 펄쩍 뛰어오르기도 하고. 그래서 아무한테나 외치고 싶었어요."

"니들이 영광송을 부르는 걸 마법도 듣고 있었을 거여. 니들이 그 어떤 노래를 불렀어두 말이지. 기뻐서 노래 부른다는 게 중요한 거니께. 아이구, 요 녀석아! 마법이든 기쁨을 주는 것이든 간에 이름은 아무래도 상관없는 거여."

그러면서 부인은 또다시 콜린의 어깨를 토닥여 주었다.

부인은 오늘 아침에도 평소와 마찬가지로 바구니에 맛있는 것을 잔뜩 담아 주었다. 배가 고파질 무렵 디콘이 으레 숨겨 두는 곳에서 바구니를 가져왔다. 부인은 나무 아래 함께 앉아서 아이들이 게걸스럽게 먹는 모습을 매우 흡족한 표정으로 바라보았다. 부인은 원래 재미있는 성격이어서 온갖 신기한 이야기로 아이들을 웃게 해주었다. 심한 요크셔 사투리로 새로운 단어를 가르쳐 주기도 했다. 부인은 콜린이 신경질적인 환자인 척하기가 점점 힘들어지고 있다는 말을 듣고 배꼽이 빠지도록 웃었다.

"우린 같이 있을 때면 웃지 않고는 견딜 수가 없거든요. 그런데 웃으면 도무지 아픈 사람 같지가 않잖아요. 그래서 웃음을 꾹꾹 참으려다가 더 크게 터져 버린다니까요."

이번에는 메리가 말했다.

"너무나 자주 떠오르는 생각이 있어요. 갑자기 생각나면 끊임없이 계속 떠올라요. 콜린의 얼굴이 보름달같이 되면 어떡하나 하는 거예요. 아직은 아니지만 날마다 조금씩 살이 찌고 있으니까요. 그러다 어느 날 아침 갑자기 보름달처럼 되어 버리면…… 그땐 어떻게 해야 할지 모르겠어요!"

수잔 소어비 부인이 말했다.

"그려. 앞으로도 계속 연극을 혀야겠다. 허지만 오래 안 해두 될 거여. 크레이븐 씨가 돌아오실 테니께."

"아버지가 돌아오실 거라고 생각하세요? 왜요?"

부인이 작게 킬킬 웃었다.

"네가 직접 아버지한티 말씀드리기두 전에 아버지가 아시믄 안 되겠지. 넌 밤마다 그 생각을 허느라구 잠도 못 잘 거여."

"절대로 다른 사람이 말하면 안 돼요. 전 매일 여러 가지 방법을 궁리하고 있어요. 지금 생각으로는 그냥 아버지 방으로 뛰어들어 가려고 해요."

"그러면 아버지가 깜짝 놀라시겠지. 나두 그분의 놀란 얼굴을 보구 싶구나. 참말루! 네 아버지는 돌아오셔야 혀. 꼭 돌아오셔야 혀."

부인과 아이들은 디콘네 오두막을 방문하는 일에 대해서도 이야기를 나누었다. 전부 계획을 짜두었다. 마차를 타고 황무지를 지나다 히스꽃 밭에서 점심을 먹기로 한 것이다. 디콘네 열두 아이들을 전부 만나고 디콘의 텃밭도 구경하기로 했다. 그런 다음 피곤해지면 돌아올 것이다.

이윽고 수잔 소어비 부인은 메들록 부인을 만나러 가려고 자리에서 일어섰다. 콜린도 휠체어를 타고 돌아갈 시간이었다. 콜린은 휠체어에 앉기 전에 부인의 곁에 바짝 서서 동경의 눈빛으로 바라보다가 불쑥 부인의 파란색 망토 자락을 붙잡았다.

"아줌마는 제가 바라던…… 사람이에요. 아줌마가 디콘의 엄마인 것처럼 우리 엄마도 되면 좋겠어요!"

수잔 소어비 부인은 곧바로 허리를 굽히고 따뜻한 팔로 콜린을 파란 망토 아래로 안아 주었다. 콜린이 진짜 아들이라도 되는 것처럼 꼭 안아 주던 부인의 눈에 다시금 뿌연 안개가 퍼졌다.

"그려, 요 녀석아! 네 엄니는 이 뜰에 계셔. 난 그렇게 믿는다. 네 엄니는 여그를 못 떠나. 네 아버지가 너한티 돌아오셔야겠다. 꼭 돌아오셔야 혀!"

27

비밀의 뜰에서

이 세상이 시작된 후로 세기가 바뀔 때마다 온갖 훌륭한 것들이 발견되었다. 지난 세기에는 그 어느 세기보다 더욱 놀라운 것들이 발견되었다. 그리고 새로운 세기에도 깜짝 놀랄 만한 것들이 잔뜩 빛을 보게 될 것이다. 처음에 사람들은 새로운 일이 이루어질 수 있다는 사실을 믿지 않으려고 한다. 그러고 나서는 이루어지면 좋겠다고 바라기 시작하고, 그다음에는 이루어질 수 있음을 알게 된다. 그런 후에 그 일은 정말로 이루어진다. 온 세상 사람들은 왜 진작 그 일이 이루어지지 않았는지 의아해한다.

지난 세기에 사람들이 발견한 새로운 것 가운데 하나는, 생각이 단지 생각에 지나지 않을지라도 전기만큼 강력하며 햇빛처럼 좋을 수도, 독약처럼 해로울 수도 있다는 것이다. 슬프거나 나쁜 생각이 마음속으로 들어오게 내버려 두면 성홍열균이 몸에 들어오도록 하는 것만큼 위험하다. 그대로 계속 놓아두면 영영 벗어나지 못할 수도 있다.

메리는 자기가 싫어하는 것들에 대한 미움과 사람들에 대한 심술궂은 생각, 그 어떤 일에도 만족하거나 관심을 보이지 않는 고집으로 가득할 때만 해도 얼굴이 노랗고 몸이 골골하고 심심하고 불행했다. 그러나 메리가 전혀 깨닫지 못했지만 주변 환경은 메리에게 친절했다. 환경은 좋은 쪽으로 메리를 움직였다.

메리의 마음속에 서서히 붉은가슴울새나 아이들이 북적거리는 황무지의 오두막, 무뚝뚝한 늙은 정원사, 요크셔 출신의 어린 하녀, 봄날, 날마다 살아나는 비밀의 뜰, 그리고 황무지 소년과 그 소년의 동물들이 가득 들어오면서, 메리의 간과 소화에 영향을 미쳤다. 얼굴색을 누렇게 만들고 몸을 골골대게 만드는 좋지 않은 생각들은 도무지 들어설 틈이 없어졌다.

한편 콜린은 방에만 틀어박혀서 병에 대한 두려움, 자기를 쳐다보는 사람들에 대한 미움, 등의 혹과 죽음에 대해서만 생각할 때, 반쯤 돌아버린 신경질적인 우울증 환자였다. 봄과 햇살에 대해 아무것도 모르고, 마음만 먹으면 자신도 건강해질 수 있고 두 발로 설 수 있음을 알지 못했다. 그러나 아름다운 생각이 끔찍한 생각들을 밀어내고 새롭게 자리 잡으면서 콜린은 생기를 되찾았다. 온몸에 건강한 피가 돌았고 힘이 봇물처럼 밀려들었다.

콜린의 과학 실험은 매우 간단하고 사실적이었으며 이상한 점이라고는 하나도 없었다. 콜린처럼 기운 빠지게 만드는 나쁜 생각들이 마음속에 들어올 때 용기를 주는 좋은 생각들을 떠올리면서 단호하게 밀어낸다면 누구에게나 놀라운 일이 벌어질 수 있다. 한 마음에 두 가지 생각이 있을 수는 없으니까.

애야, 네가 장미를 가꾸는 곳에는
엉겅퀴가 자랄 수 없단다.

비밀의 뜰이 되살아나고 두 아이도 함께 생기를 되찾는 동안, 한 남자가 노르웨이의 피오르드와 스위스의 산과 계곡 등 저 멀리 떨어진 아름다운 곳들을 떠돌고 있었다. 그 남자는 10년 동안이나 마음속에 가슴 아픈 어두운 생각을 가득 담고 지냈다. 남자는 용기가 없었다. 어두운 생각 대신 다른 생각을 집어넣으려고 해본 적도 없었다. 푸른 호숫가를 거닐 때도 그렇게 어두운 생각을 했다. 사방에 푸른 용담이 활짝 피어 있고 꽃내음 가득한 산기슭에 누워 있을 때도 마찬가지였다. 너무도 행복할 때 갑자기 끔찍한 슬픔이 닥친 후로는 어둡고 컴컴한 생각들만 가득 차게 내버려 두었다. 한 줄기 빛조차 고집스럽게 막았다. 집과 자신의 의무 따위는 까맣게 잊어버렸다.

여행을 할 때도 남자에게서 흘러나오는 음울한 분위기는 주변의 공기까지 물들여 사람들은 그를 쳐다보기만 해도 덩달아 우울해졌다. 남자를 처음 보는 사람들은 대부분 그가 반쯤 미치거나 큰 죄를 짓고 숨어 산다고 생각했다. 그 남자는 키가 컸고, 일그러진 표정에 어깨가 굽었으며, 호텔 숙박부에는 항상 '아치볼드 크레이븐, 영국 요크셔 미셀스와이트 장원'이라고 적었다.

남자는 서재에서 메리를 만나 '땅을 조금' 가져도 된다고 허락한 이후로 오랫동안 멀리 여행을 다녔다. 유럽에서 가장 아름다운 곳들은 전부 다녔지만 그 어디에도 며칠밖에는 머무르지 않았다. 남자는 가장 조용하고 외진 곳만 골랐다. 해가 뜰 무렵 구름이 내려올 정도로 높은 산꼭대기에 올라가 산을 내려다보기도 했다. 산 아래로 빛이 내리쬐면 마치 세상이 지금 막 만들어진 것처럼 보였다. 하지만 그런 빛도 크레이븐 씨를 감동시키지는 못했다.

그러던 어느 날 10년 만에 이상한 일을 경험하게 되었다. 크레이븐 씨는 오스트리아 티롤의 멋진 계곡을 홀로 걷고 있었다. 그 어떤 영혼에 드리워진 그늘이라도 걷어 낼 수 있을 만큼 아름다운 곳이었다. 그러나 오랫동안 그곳을 걸어도 크레이븐 씨의 그늘은 그대로였다. 마침내 지쳐서 이끼가 잔뜩 깔린 시냇가에 주저앉았다. 축축하고 푸른 이끼 틈으로 맑은 물줄기가 좁은 길을 따라 졸졸졸 기분 좋게 흘렀다. 물줄기가 돌을 넘어갈 때면 보글보글 거품이 생기면서 나직한 웃음과도 같은 소리가 들

렸다. 크레이븐 씨는 새들이 고개를 숙인 채 물을 떠먹고는 날개를 퍼덕이면서 도로 날아가는 모습을 지켜보았다. 새들이 정말로 살아 있는 것처럼 느껴지면서도 그 조그만 소리에 고요함이 더욱 깊어졌다. 계곡은 너무나도 고요했다.

맑은 시냇물을 바라보며 앉아 있으려니 조금씩 몸과 마음이 계곡처럼 고요해지는 느낌이 들었다. 잠이 올 것 같았지만 잠들지는 않았다. 햇살이 드리운 시냇물을 바라보다, 시냇가에서 자라는 것들이 눈에 띄기 시작했다. 시냇물 가까이 사랑스러운 물망초가 무리 지어 피어 있었다. 그 잎사귀들은 촉촉하게 젖은 상태였다. 크레이븐 씨는 자기가 아주 오래전과 똑같은 눈빛으로 물망초를 보고 있음을 깨달았다. 그는 물망초가 매우 사랑스럽고 주위에 만발한 작은 꽃송이들이 경이롭다고 생각했다. 하지만 그는 마음속에 그처럼 순수한 생각들이 서서히 채워지고 있음을 깨닫지 못했다. 나쁜 생각들을 서서히 부드럽게 밀어내고 있음을……. 마치 악취 풍기는 연못에서 맑은 샘물이 솟아나 구정물을 완전히 밀어내 버리는 것과 같았다.

그가 가만히 앉아서 화사하고 사랑스러운 파란색 꽃을 바라보는 사이, 계곡은 점점 고요해졌다. 그곳에 얼마나 앉아 있었는지, 자기에게 무슨 일이 일어났는지 그는 알지 못했다. 그러다 마침내 잠에서 깨어난 것처럼 천천히 일어나 카펫처럼 깔린 이끼 밭에 서서 어리둥절한 기분으로 천천히, 부드럽게 심호흡을 했다. 몸에서 뭔가가 조용하게 빠져나간 듯했다.

크레이븐 씨는 속삭이듯 중얼거렸다.

"이게 뭐지?"

그러고는 한 손을 이마로 가져갔다.

"마치 내가…… 살아 있는 기분이군!"

나는 아직 발견되지 않은 것들의 경이로움에 대해 잘 알지 못하므로 크레이븐 씨에게 어떻게 그런 일이 일어났는지 자세히 설명해 줄 수 없다. 다른 사람들도 마찬가지일 것이다. 크레이븐 씨 자신도 전혀 이해하지 못했다. 하지만 그로부터 몇 달 뒤 그는 미셀스와이트에서 그 이상한 일을 떠올렸는데, 우연히도 바로 그날 콜린이 비밀의 뜰로 들어가 이렇게 외친 사실을 알게 되었다.

"난 영원히 살 거야!"

그 특별한 고요함은 저녁 내내 크레이븐 씨에게 머물렀다. 그는 너무도 오랜만에 평온하게 잘 수 있었지만 그리 오래가지 않았다. 그는 평온함이 이어질 수 있다는 사실을 알지 못했다. 이튿날 밤 그는 또다시 우울한 생각을 향해 창문을 활짝 열었다. 어두운 생각들이 한꺼번에 우르르 몰려들었다. 그는 계곡을 떠나 다시 떠돌아다녔다. 하지만 이상하게도 잠깐 동안, 때로는 30분 동안, 마음속 어두운 짐이 또다시 빠져나가고 자기가 아직 죽지 않은, 살아 있는 사람이라는 느낌이 들 때가 있었다. 어째서 그런지는 알 수 없었다. 이유는 알 수 없었지만 그는 천천히, 아주 천천히 뜰과 함께 '살아나고' 있었다.

여름이 지나고 가을이 무르익을 무렵 크레이븐 씨는 코모 호수에 갔다. 그곳에서 그는 꿈이 아름답다는 것을 알게 되었다. 그는 수정처럼 반짝이는 푸르른 호수에서 몇 날 며칠을 보내거나, 피곤에 지쳐 잠들 수 있도록 풀이 푹신하게 깔린 언덕을 정처 없이 걸어 다녔다. 하지만 그즈음부터 크레이븐 씨는 잠을 잘 자기 시작했고 더 이상 꿈꾸는 것이 무섭지 않았다.

크레이븐 씨는 생각했다.

"내 몸이 건강해지고 있나 보군."

정말로 크레이븐 씨의 몸은 건강해지고 있었다. 또한 그에게도 평온한 시간이 찾아와 그의 영혼도 조금씩 건강해졌다. 미셸 스와이트 생각이 나기 시작했고 집에 가봐야 하지 않나 하는 생각도 들었다. 어렴풋이 아들 소식도 궁금해졌다. 그럴 때면, 아이가 자고 있는 동안 침대로 가서 날카롭게 깎아 놓은 듯한 상앗빛 얼굴과 꼭 감긴 눈에 빽빽하게 난 까만 속눈썹을 바라볼 때 어떤 느낌이 들지 생각해 보았다. 크레이븐 씨는 움찔했다.

어느 날 그는 멀리까지 산책을 다녀왔다. 돌아올 때는 보름달이 높이 떠있고 온 세상이 자줏빛 그림자와 은빛으로 가득했다. 호수와 호숫가와 숲이 너무도 고요해서 크레이븐 씨는 자기가 묵고 있는 별장으로 들어가지 않았다. 그는 호숫가에 있는 조그만 테라스로 내려가 의자에 앉아서 고요한 밤을 가득 채운 천상의 향기를 힘껏 들이마셨다. 크레이브 씨는 이상한 고요함이 몸으로 스며드는 것을 느꼈다. 점점 깊이 스며들더니 어느새 잠이 들었다.

언제부터 잠이 들고 꿈을 꾸기 시작한지는 알 수 없었다. 꿈이 너무도 생생해서 자기가 꿈을 꾸고 있다는 것도 느끼지 못했다. 그는 자리에 앉아서 철 늦게 핀 장미꽃 향기를 맡으며 발치에서 들려오는 찰싹이는 물소리를 듣고 있었다. 그러다가 어떤 목소리가 섞여 들려오는 걸 느꼈다. 달콤하고 행복한 목소리였다. 그것은 멀리서 들려오는 것 같은데도 바로 옆에서 나는 것처럼 또렷했다.

"아치! 아치! 아치!"

그 목소리는 더욱 부드럽고 분명한 목소리로 귓전을 울렸다.

"아치! 아치!"

크레이브 씨는 전혀 놀라지도 않고 벌떡 일어섰다. 그러고는 너무도 생생한 그 목소리에 화답했다.

"릴리어스! 릴리어스! 릴리어스! 어디 있소?"

그러자 황금 플루트에서 나는 듯한 그 목소리가 되돌아왔다.

"뜰에요! 뜰에요!"

그러고 나서 꿈은 끝났다. 하지만 크레이브 씨는 깨어나지 않았다. 그는 아름다운 밤 내내 달게 잤다. 잠에서 깨어나자 밝은 아침이었고, 하인 하나가 옆에 서서 그를 보고 있었다. 이탈리아 출신의 그 하인은 별장에서 일하는 모든 하인이 그렇듯 외국에서 온 주인이 아무리 이상한 행동을 해도 그대로 받아들이는 데 익숙해져 있었다. 크레이븐 씨가 언제 나가고 들어오는지, 어디에서 자는지 아무도 몰랐다. 밤새 뜰을 돌아다니거나 호수에 띄운 배에 누워 있는 것도 아는 사람이 없었다. 하인은 몇 통의 편지가 놓인 쟁반을 들고 크레이븐 씨가 집어들 때까지 조용히 기다렸다. 하인이 물러가자 크레이븐 씨는 편지를 든 채 호수를 바라보며 잠시 그대로 앉아 있었다. 기묘한 고요함이 주위에 가득했다. 뭔가가 달라진 느낌이었다. 크레이븐 씨는 진짜처럼 너무도 생생한 꿈을 떠올렸다.

그는 의아해하면서 중얼거렸다.

"뜰에 있다고! 하지만 문은 잠그고 열쇠는 깊이 파묻었는데."

잠시 후 그는 편지들을 힐끗 보았다. 맨 위에 놓인 편지는 영국 요크셔에서 온 것이었다. 깔끔한 여자 글씨체였는데 눈에 익은 글씨체는 아니었다. 그는 누가 보낸 편지인지 깊이 생각하지 않은 채 봉투를 뜯었는데, 첫 문장을 보자마자 온 정신이 그리로 쏠렸다.

크레이븐 나리께

저는 일전에 황무지에서 감히 말을 건넨 수잔 소어비입니다. 그때 메리 아가씨 일로 말씀을 드렸지요. 다시 한 번 감히 말씀을 드립니다. 제가 나리라면 집으로 돌아오겠습니다. 분명히 집에 돌아오길 잘했다고 생각하실 것입니다. 그리고 이런 말씀을 드리는 것을 용서하십시오. 마님이 여기 계신다면 분명히 나리께 집으로 돌아오라고 하셨을 것입니다.

충직한 하인, 수잔 소어비 올림

크레이븐 씨는 편지를 두 번 읽고 봉투에 다시 넣었다. 그는 계속 그 꿈을 떠올렸다.

"미셀스와이트로 돌아가야겠어. 그래, 당장 돌아가자."

그는 뜰을 가로질러 별장으로 돌아가서 피처에게 영국으로 돌아갈 준비를 하라고 일렀다.

며칠 후 크레이븐 씨는 요크셔로 돌아왔다. 그는 기차를 타고 오면서 지난 10년 동안 한 것과 사뭇 다르게 아들을 떠올렸다. 그는 줄곧 아들을 잊으려고만 했다. 그런데 지금은 생각하지 않으려고 해도 저절로 아들에 대한 기억이 떠올랐다. 아이만 살고 엄마는 세상을 떠난 암울한 시절의 기억이었다. 그는 아기를 보지 않으려고 했다. 그러다 겨우 아기에게로 갔는데, 며칠 못 버티고 죽을 것처럼 아기의 모습은 너무 약하고 가련해 보였다. 그런 아기가 며칠이 지나도 살아 있자, 모두 깜짝 놀랐다. 하지만 끝내 정상적으로는 자라지 못할 거라고 생각했다.

크레이븐 씨는 나쁜 아버지가 될 마음은 없었지만, 스스로를 조금도 아버지라고 생각하지 않았다. 의사와 간호사의 보호를 비롯해 온갖 호사를 누리게 해주었지만, 정작 그는 아들 생각만 해도 몸이 움츠러들고 스스로 불행 속에 파묻혀 버렸다.

처음 1년 동안 집을 비우고 돌아온 날, 그 불쌍한 아기는 검은 속눈썹이 빼곡하게 난 커다란 회색 눈을 힘없이, 무심하게 들어 크레이븐 씨를 바라보았다. 그 눈은 그가 사랑하던 행복한 눈과 몹시 닮았으면서도 끔찍하게 달랐다. 크레이븐 씨는 시체처럼 창백해진 얼굴로 돌아섰다. 그 뒤로는 자고 있을 때만 아들을 보러 갔다. 그가 아들에 대해 아는 것이라고는 성질이 삐뚤어지고 신경질적이고 반쯤 돌아 버린, 그 누구도 부정할 수 없는 환자라는 사실뿐이었다. 화를 내면 무척 위험할 수 있으므로 아들은 무엇이든 하고 싶은 대로 해야만 했다.

전부 기분 좋은 기억은 아니었지만, 기차가 굽이친 산길과 황금색 들판을 지나는 동안 '다시 살아나고 있는' 크레이븐 씨는 아들에 대해 새롭게, 오래, 꾸준히, 깊이 생각해 보기 시작했다.

그가 중얼거렸다.

"어쩌면 10년 동안 내가 전부 잘못했는지도 몰라. 10년은 긴 시간이야. 이젠 너무 늦었는지도 몰라. 아, 너무 늦어 버렸어. 내가 도대체 무슨 생각을 하고 있었던 건가!"

물론 '너무 늦었다'는 말은 잘못된 마법이었다. 콜린조차 잘못이라고 말할 터였다. 하지만 크레이븐 씨는 좋은 마법이든 나쁜 마법이든 마법이라고는 하나도 알지 못했다. 혹시 어머니처럼 인자한 소어비 부인이 아들의 상태가 치명적으로 나빠진 것을 알고 용기를 내어 편지를 보낸 것은 아닐까 싶었다. 기묘한 차분함에 사로잡히지 않았더라면, 그는 그 어느 때보다 비참했을 것이다. 그러나 차분함은 용기와 희망도 함께 가져다주었다. 그는 최악의 상황을 떠올리는 대신 좋은 쪽으로 생각하려고 애쓰는 자신의 모습을 발견했다.

"내가 아이의 상태에 도움이 될 수 있다는 생각에 편지를 보냈을 수도 있지. 미셀스와이트에 가는 길에 부인을 만나야겠군."

하지만 황무지를 지나면서 오두막집에 마차를 세우자, 다 같이 모여 놀고 있던 일고여덟 명의 아이들이 싹싹하고 예의 바르게 어머니는 아침 일찍 황무지 너머로 해산을 도우러 갔다고 말했다. 아이들은 크레이븐 씨가 묻지도 않는데 '우리 디콘'은 매주 며칠씩 일하러 가는 저택의 뜰에 갔다고 말했다.

크레이븐 씨는 한데 모여 있는 아이들의 조그맣고 튼튼한 몸과 제각각 싱긋 웃는 발그레한 뺨을 보면서 건강하고 예쁘다는 생각을 했다. 그는 주머니에서 1파운드짜리 금화 한 닢을 꺼내 가장 나이가 많은 '우리 엘리자베스 엘렌'에게 주었다.

"이것을 여덟 사람 몫으로 나누면 한 사람한테 반 크라운씩 돌아갈 게다."

그러자 아이들은 싱긋 웃고, 큭큭거리기도 하고, 감사의 인사로 고개를 숙이기도 했다. 크레이브 씨는 잔뜩 신이 나서 서로 팔꿈치를 찔러 대고 폴짝 뛰어오르는 아이들을 뒤로 한 채 그자리를 떠났다.

경이로움으로 가득한 황무지를 지나자니 마음의 위안이 되었다. 어째서 다시는 느끼지 못하리라고 생각한, 편안한 느낌이 드는 걸까? 왜 땅과 하늘, 저 멀리까지 뻗은 자줏빛 꽃이 아름다워 보이고 600년 동안 조상 대대로 살아온 대저택에 다가갈수록 마음이 따뜻해지는 것일까? 마지막으로 그 집을 떠날 때는 굳게 닫힌 방과 침대에 누운 아이를 생각하면서 몸서리를 쳤는데, 혹시라도 아이가 조금이나마 좋아져서 더 이상 그 아이를 보면서 몸서리치지 않아도 되는 걸까? 그때의 꿈은 너무도 현실 같았다. "뜰에요! 뜰에요!"라고 대답하던 부드럽고 맑은 목소리가 아직도 생생했다.

크레이브 씨는 중얼거렸다.

"열쇠를 찾아봐야겠어. 문을 열어 봐야겠어. 이유는 모르겠지만……, 꼭 그래야겠어."

크레이브 씨가 저택에 도착하자, 평소와 마찬가지로 맞이하러 나온 하인들은 주인의 얼굴이 훨씬 좋아 보인다는 사실을 알아차렸다. 그는 평소 하던 대로 피처의 시중을 받으며 혼자 지내던 외딴 방으로 가지 않았다. 대신 서재로 들어가 메들록 부인을 불렀다. 부인은 어리둥절해하면서도 약간의 흥분과 호기심을 느끼면서 안으로 들어왔다.

크레이븐 씨가 물었다.

"콜린은 어떤가?"

메들록 부인이 대답했다.

"저…… 도련님은…… 말하자면 좀 달라지셨습니다."

"더 나빠진 건가?"

메들록 부인은 새빨간 얼굴로 설명을 하려고 무진장 애썼다.

"글쎄요, 크레이븐 박사님이나 간호사나 저나 도련님의 상태를 정확히 판단할 수가 없습니다."

"왜 그렇지?"

"사실대로 말씀드리자면, 콜린 도련님은 좋아졌을 수도 있고 나빠졌을 수도 있습니다. 도련님의 식욕은 도저히 이해할 수가 없을 정도입니다. 그리고 도련님의 태도는……."

주인은 불안한 듯 눈썹을 찡그렸다.

"예전보다…… 별나진 건가?"

"그렇습니다, 주인님. 도련님은 예전에 비하면 아주 특이해지셨습니다. 예전에는 거의 드시질 않았는데 갑자기 엄청나게 많이 먹기 시작하더니, 또 갑자기 도통 먹질 않고 예전처럼 식사를 고스란히 물리기 시작했습니다. 주인님은 모르셨겠지만 예전에 도련님은 절대로 밖에 나가려고 하지 않았습니다. 저희가 도련님을 휠체어에 태워서 밖으로 데려가려고 하면 사시나무 떨듯 떨었습니다. 그러다 보니 크레이븐 박사님도 억지로 데리고 나가지 말라고 하셨지요. 그런데 갑자기…… 지금까지 중에 가장 심한 발작을 일으키고 얼마 안 있어 갑자기 도련님이 메리 아가씨랑 수잔 소어비의 아들 디콘하고 매일 밖에 나가겠다고 하시는 겁니다. 디콘이 휠체어를 밀어 줄 수 있다면서요. 도련님은 메리 아가씨와 디콘을 정말로 좋아하시는데, 디콘은 자기가 길들인 동물들도 데려온답니다. 믿지 않으실지 모르지만, 도련님은 아침부터 밤까지 온종일 밖에 나가 계십니다."

다음 질문이 이어졌다.

"겉으로 보기에는 어떻지?"

"식사만 꾸준히 잘한다면, 주인님도 도련님이 살이 쪘다고 생각하실 겁니다. 하지만 저희는 혹시 몸이 부은 건 아닌지 걱정입니다. 메리 아가씨하고 둘이 있을 때면 도련님은 가끔씩 이상하게 웃기도 합니다. 예전에는 소리 내어 웃은 적이 없었는데요. 주인님이 부르시면 크레이븐 박사가 곧바로 올 겁니다. 박사님도 이렇게 황당한 일은 처음이라고 합니다."

"지금 콜린은 어디 있나?"

"뜰에 있습니다, 주인님. 항상 뜰에 나가 계시지요. 누가 쳐다볼까 봐 근처에 아무도 얼씬거리지 못하게 합니다만."

크레이븐 씨는 메들록 부인의 마지막 말이 제대로 들리지 않앉고, 이렇게 중얼거릴 뿐이었다.

"뜰에 있다고."

메들록 부인이 물러가자 크레이븐 씨는 자리에서 벌떡 일어나 몇 번이고 외쳤다.

"뜰에 있다고!"

그는 가까스로 정신을 가다듬고는 돌아서서 방을 나갔다. 그리고 메리가 그런 것처럼, 관목 사이에 난 문으로 들어간 다음 월계수를 지나 분수가 있는 꽃밭으로 갔다. 분수는 물을 내뿜고 있었고 꽃밭에는 알록달록 화려한 가을꽃들이 활짝 피어 있었다. 그는 잔디밭을 가로질러 담쟁이덩굴로 덮인 담을 따라 나 있는 긴 산책로로 갔다. 그리고 길을 내려다보면서 천천히 걸었다. 오랫동안 내버려 둔 곳으로 자기도 모르게 이끌려 가는 느낌이었다. 그곳에 가까워질수록 그의 발걸음은 점점 느려졌다. 담쟁이덩굴이 빽빽하게 드리워져 있어도 그는 문이 어디 있는지 알고 있었다. 하지만 열쇠를 정확히 어디에 묻은지는 알 수 없었다.

그래서 크레이븐 씨는 가만히 멈춰 서서 주위를 둘러보았다. 그는 걸음을 멈추자마자 깜짝 놀라서 귀를 기울였다. 혹시 꿈이 아닌가 하는 생각이 들었다.

문은 빽빽한 담쟁이덩굴로 가려 놓고 열쇠는 관목 아래에 묻어, 10년 동안 아무도 저 안에 들어가지 못했는데…… 그런데 뜰 안에서는 소리가 들려왔다. 서로 붙잡으려고 나무 아래를 뛰어다니며 내는 소리였다. 숨죽여 내는 듯한 기쁨의 탄성 같은 이상한 소리였다. 들키지 않으려고 참으면서도 너무 신나서 불쑥 터져 나오는, 어린아이들의 웃음소리가 분명했다. 내가 지금 무슨 꿈을 꾸고 있는 걸까? 도대체 무슨 소리인 걸까? 정신이 나가서 들리지도 않는 소리를 들었다고 착각하는 걸까? 꿈속의 목소리가 한 말이 바로 이거였을까?

바로 그때, 왈칵 터져 나오는 웃음소리가 들렸다. 문 가까이로 발걸음 소리와 건강한 아이가 가쁘게 내쉬는 숨소리도 들려왔다. 그리고 웃음소리에 이어서 담쟁이덩굴이 흔들리는가 싶더니 문이 활짝 열렸다. 열린 문으로 남자아이 하나가 전속력으로 달려나왔다. 아이는 밖에 서있는 사람을 미처 보지 못하고 품에 닿을 만큼 달려들었다.

크레이븐 씨는 달려오는 아이가 자기에게 부딪혀 넘어지지 않도록 두 팔을 크게 벌려 안았다. 그는 그곳에 아이가 있다는 사실에 깜짝 놀랐다. 아이를 붙잡은 채 뒤로 조금 물러난 순간 그는 숨이 막히는 듯했다.

키가 크고 잘생긴 아이였다. 생기로 반짝이는 얼굴은 지금껏 뛰어노느라 한층 더 밝게 빛났다. 아이는 이마의 숱 많은 머리칼을 쓸어 올리고 묘한 회색 눈동자를 들었다. 까만 속눈썹이 술 장식처럼 눈가를 빼곡하게 덮은 그 눈에는 사내아이다운 웃음이 가득 넘쳤다. 크레이븐 씨를 숨 막히게 한 것은 바로 그 눈이었다.

크레이븐 씨가 더듬거렸다.

"누구…… 아니…… 누구지?"

이것은 콜린이 기대하거나 계획한 일이 아니었다. 콜린은 이런 만남을 생각조차 해보지 않았다. 하지만 달리기 시합에서 이겨 달려온 것이 어쩌면 더 잘된 방법인지도 몰랐다. 콜린은 몸을 꼿꼿하게 폈다. 함께 달리기를 하고 있던 메리도 문밖으로 뛰어나왔다. 메리는 콜린이 그 어느 때보다 키가 커보이도록 등을 꼿꼿이 세운다고 생각했다.

"아버지, 저 콜린이에요. 믿기지 않으시겠죠? 저도 그러니까요. 제가 콜린이에요."

메들록 부인이 그런 것처럼 콜린은 아버지가 황급하게 중얼거리는 말을 이해할 수 없었다.

"뜰에! 뜰에!"

콜린이 서둘러 설명했다.

"네, 뜰이 절 이렇게 만들어 줬어요. 그리고 메리랑 디콘이랑 동물들이랑 마법 덕분이에요. 아직 아무도 몰라요. 아버지가 오시면 말씀드리려고 비밀로 했거든요. 전 이제 건강해요. 달리기 시합에서 메리한테 이겨요. 전 운동선수가 될 거예요."

빨갛게 달아오른 얼굴로 너무나 열성적으로 다급하게 말하는 콜린의 모습은 건강한 사내아이 그 자체였다. 그런 아들의 모습을 보는 크레이븐 씨는 도저히 믿어지지 않는 기쁨으로 온몸이 떨렸다.

콜린이 한 손을 내밀어 아버지의 팔을 잡았다.

"기쁘지 않으세요, 아버지? 기쁘지 않으세요? 전 영원히 살 거예요!"

크레이븐 씨는 아들의 어깨를 감싸고 꼭 끌어안았다. 순간 그는 감히 아무런 말도 할 수 없었다.

마침내 크레이븐 씨가 입을 열었다.

"아들아, 날 뜰로 데려가 주려무나. 그리고 전부 얘기해다오."

아이들은 크레이븐 씨와 함께 뜰로 들어갔다.

뜰 안에는 황금빛과 자줏빛, 푸른 보랏빛, 불타는 진홍빛의 향연이 펼쳐져 있었다. 여기저기 철 늦은 하얀 백합과 붉은 백합의 무리가 눈에 띄었다. 역시나 철 늦은 장미가 여기저기 기어오르고 축 늘어지며 무리 지어 피어 있었고, 노랗게 물들기 시작한 나무들은 햇살을 받아 그윽한 황금빛 자태를 뽐내는 중이었다. 크레이븐 씨는 아이들이 온통 잿빛이던 뜰에 처음 들어올 때처럼 아무 말 없이 서있었다. 그는 주위를 둘러보고 또 둘러보았다.

"죽었다고 생각했는데……."

콜린이 말했다.

"메리도 그렇게 생각했대요. 하지만 이렇게 살아났어요."

잠시 후, 그들 모두는 나무 아래로 가서 앉았다. 콜린만 일어선 채로 이야기하고 싶어 했다.

크레이븐 씨는 흔히 사내아이들이 그러듯 콜린이 다급하게 쏟아 내는 이야기를 들으면서 그렇게 희한한 이야기는 처음이라고 생각했다. 마법과 들짐승들, 한밤중의 기묘한 만남, 다가온 봄날, 자존심이 상한 라자가 잔뜩 화가 나서 벤 웨더스타프에게 보여 주려고 두 발로 서게 된 것, 아이들의 별난 우정, 연극 놀이, 조심스럽게 지켜온 엄청난 비밀까지.

크레이븐 씨는 이야기를 들으며 눈물이 나도록 웃었고, 웃지 않을 때는 눈물을 흘리기도 했다. 운동선수이자 연설가이자 과학자인 콜린은 웃음이 많고 사랑스럽고 건강한 아이였다.

콜린이 이야기를 끝내며 덧붙였다.

"이제 더는 비밀로 할 필요가 없어요. 사람들이 날 보면 기겁할 정도로 놀랄 거예요. 하지만 난 이제 절대로 휠체어를 타지 않을 거예요. 아버지, 아버지하고 같이 걸어서 집으로 돌아가겠어요."

벤 웨더스타프 노인은 주로 뜰에서 일했지만 오늘은 채소를 나른다는 핑계로 부엌에 들어왔다. 메들록 부인이 하인들 방에서 맥주 한잔하라고 권해 준 덕분에 노인은 자기가 희망한 대로 미셀스와이트 장원의 현재 주인들에게 일어난 가장 극적인 사건을 직접 목격할 수 있었다.

마당으로 난 창문 하나로 얼핏 잔디밭이 내다보였다. 벤 노인이 뜰에서 들어온 것을 아는 메들록 부인은 노인이 주인을 슬쩍 보았거나 혹시라도 콜린 도련님과 주인이 만나는 장면을 보지 않는지 내심 기대했다.

메들록 부인이 물었다.

"혹시 주인님이나 도련님을 봤어요, 웨더스타프 할아버지?"

벤 노인은 맥주를 한 모금 들이켜고 손등으로 입을 훔치더니 약삭빠르고 의미심장한 말투로 대답했다.

"그럼유, 봤쥬."

"두 분 다요?"

"두 분 다 봤쥬. 이거 참 고맙네유, 부인. 한 잔 더 마실 수 있겠슈?"

메들록 부인은 잔뜩 궁금한 얼굴로 서둘러 맥주잔을 채웠다.

"두 분이 함께 계시던가요?"

벤 노인은 새로 채운 맥주를 단번에 반이나 들이켰다.

"콜린 도련님은 어디 계셔요? 어떻게 보이던가요? 두 분이 무슨 이야기를 하던가요?"

"듣지는 못했슈. 사다리에 올라서 담을 내려다보기만 했으니께. 허지만 이건 말해 줄 수 있쥬. 저 밖에서는 그동안 집안 사람덜이 모르는 일이 벌어지구 있었어유. 이제 곧 알게 될 거구먼유."

2분도 지나지 않아 벤 노인은 남은 맥주를 마저 들이켜고 창문을 향해 맥주잔을 숙연하게 흔들었다. 관목 사이로 잔디밭이 힐끗 보였다.

"뭔 말인가 궁금하믄 저길 봐유. 누가 잔디밭을 걸어오는지 보라니께유."

창밖을 내다본 메들록 부인이 두 손을 들어 올리며 날카롭게 비명을 질러 대는 바람에 남녀 할 것 없이 하인들이 전부 달려 나왔다. 모두 창밖을 내다보고는 눈이 튀어나올 정도로 놀랐다.

미셀스와이트의 주인이 잔디밭을 걸어오고 있었다. 많은 하인은 주인이 여태까지 한 번도 본 적이 없는 얼굴을 하고 있었다. 그리고 그 곁에는 고개를 똑바로 들고 눈에는 웃음이 가득한 남자아이가 요크셔의 여느 사내아이만큼 튼튼하고 힘차게 걷고 있었다. 바로 콜린 도련님이었다!

지은이 프랜시스 호지슨 버넷

1849년 영국 맨체스터에서 태어났다. 세 살 때 아버지가 세상을 떠난 이후 형편이 점점 어려워져서 어머니와 다섯 남매는 생활고에 시달렸다. 열여섯 살 되던 해에 미국으로 이민을 간 버넷은 생계를 위해 여러 잡지에 글을 기고하기 시작했다. 로맨스 소설을 시작으로 성인을 위한 소설을 써서 재능을 인정받았고, 의사인 스완 버넷과 결혼하여 낳은 두 아들을 위해 『소공자』를 발표한 이후 동화 작가로서도 세계적인 명성을 얻게 된다. 버넷은 어린 시절 불우하던 경험을 밑거름으로 대표작인 『소공녀』 『비밀의 화원』을 비롯하여 많은 동화와 소설을 썼으며, 이들 중 많은 작품이 연극으로 각색되었다.

그린이 천은실

전문 일러스트레이터로 활동하고 있으며 주로 수채화 작업을 한다. 『제일 예쁘고 제일 멋진 일』 『별』 『요정 키키』 『마녀분콩』 『달님은 밤에 무얼 하나요?』 등 다수의 그림책 일러스트를 작업했다. 이외에도 'Mr. hopefuless someday', 'Bugs in paper'의 아트상품 및 '2004, 2008 시월에 눈 내리는 마을' 포스터, '2008 뚜레쥬르 월그래픽' 표지, 사보, 웹 일러스트까지 다양한 분야에서 활동하고 있으며, 인디고 아름다운 고전 시리즈 『피노키오』 『백설공주』를 작업하였다.
www.chuneunsil.com

옮긴이 정지현

충남대학교 자치행정과를 졸업한 후 현재 번역에이전시 하니브릿지에서 아동서 및 소설 전문 번역가로 활동하고 있다. 옮긴 책으로 『감사』 『내게 도움을 준 모든 것』 『어른이 되기 위해 알아야 할 100가지』 『내 아버지를 위한 질문』 『4만 명에서 단 한 명으로』 『오페라의 유령』 『피터 팬』 등 다수가 있다.

비밀의 화원 아름다운 고전 리커버북 시리즈 ❾

지은이 | 프랜시스 호지슨 버넷 **그린이** | 천은실 **옮긴이** | 정지현
펴낸이 | 김종길 **펴낸곳** | 인디고

출판등록 | 1998년 12월 30일 제2013-000314호 **주소** | (04029) 서울특별시 마포구 월드컵로8길 41
홈페이지 | indigostory.co.kr **전화** | (02)998-7030 **팩스** | (02)998-7924
블로그 | http://blog.naver.com/geuldam4u **페이스북** | www.facebook.com/geuldam4u
이메일 | geuldam4u@geuldam.com **인스타그램** | geuldam
초판 1쇄 발행 | 2019년 3월 28일 **초판 4쇄 발행** | 2024년 4월 25일 **정가** | 16,800원
ISBN 979-11-5935-048-1 03840

이 도서의 국립중앙도서관 출판시도서목록(CIP)은 e-CIP홈페이지(http://www.nl.go.kr/ecip)와
국가자료공동목록시스템(http://www.nl.go.kr/kolisnet)에서 이용하실 수 있습니다.(CIP제어번호 : CIP2018010090)

이 책은 글담출판사가 저작권자와의 계약에 따라 발행한 것이므로 이 책 내용의 일부
또는 전부를 사용하려면 반드시 글담출판사의 동의를 받아야 합니다.